Edward Docx • Am Ende der Reise

Edward Docx
Am Ende der Reise

Roman

Aus dem Englischen von
Anna-Christin Kramer und Jenny Merling

KEIN & ABER
POCKET

Für O, S, W & R,
die mir beigebracht haben, was Liebe ist

Die Originalausgabe erschien 2017 unter dem Titel
Let Go My Hand bei Picador, an imprint of Pan Macmillan, London
Copyright © 2017 by Edward Docx

Alle Rechte vorbehalten
Copyright © 2017/2020 by Kein & Aber AG Zürich – Berlin
Coverbild: Maria Manco
Satz: Dörlemann Satz, Lemförde
Druck und Bindung: CPI books GmbH, Leck
ISBN 978-3-0369-6101-9
Auch als eBook erhältlich

www.keinundaber.ch

GLOSTER. Laß mich nun los!
Hier, Freund, ist noch ein Beutel, drin ein Kleinod,
Kostbar genug dem Armen. Feen und Götter
Gesegnen dir's! Geh nun zurück, mein Freund:
Nimm Abschied; laß mich hören, daß du gehst!
EDGAR. Lebt wohl denn, guter Herr!

— *Shakespeare, König Lear*
4. Aufzug, 6. Szene: Gegend bei Dover

»Zuerst muss man aufräumen.«

— *Iwan Turgenjew, Väter und Söhne*

Oh God said to Abraham, »Kill me a son«
Abe says, »Man, you must be puttin' me on«
God say, »No« Abe say, »What?«
God say, »You can do what you want Abe, but
The next time you see me comin' you better run«
Well Abe says, »Where do you want this killin' done?«
God says, »Out on Highway 61«

— *Bob Dylan, Highway 61 Revisited*

ERSTER TEIL

Porträt eines Vaters

Dover

Ich hätte mich niemals darauf einlassen sollen. Das ganze Ausmaß wird mir leider erst klar, als wir in Dover ankommen und zum Fährterminal abbiegen. An der Passkontrolle kurbele ich das Fenster herunter, ein kalter Windstoß bläst herein – Meeresluft, Diesel, Schiffsrost –, und die Möwen kreischen, als wäre gerade jemand umgebracht worden.

Ich reiche der Kontrolleurin unsere Pässe.

»Urlaub?«, fragt sie.

Ich ringe mir ein Lächeln ab. »Ja.«

Sie wirft einen Blick auf Dad, und ich lehne mich zurück, damit sie an mir vorbeischauen und entscheiden kann, ob wir möglicherweise aus irgendeinem irrwitzigen Grund die Fähre in die Luft jagen wollen. Wir sitzen in einem heruntergekommenen Campingbus, weil wir kein richtiges Auto haben. Dad schläft auf dem Beifahrersitz, und das fühlt sich komplett falsch an, weil *er* sonst jeden Sommer in dieser Situation hinter dem Steuer saß, noch lange, nachdem meine älteren Brüder nicht mehr mitkommen wollten und nur noch ich und meine Eltern übrig waren.

Ich bekomme die Pässe zurück und stecke sie in das

kleine Fach unter dem Lenkrad, als hätte ich hier das Sagen. Dann atme ich bewusst die Meeresluft ein, tue so, als würde mich das total überraschen, was es auch jedes Mal tut, und rolle auf das nächste Häuschen zu, wo einem ein Typ von der Fährgesellschaft so einen länglichen Zettel gibt, auf dem die Nummer der Schlange steht, in die man sich einreihen soll. Auf unserem steht »76«, fünf Jahre älter als Dad. Ich hänge ihn an den Rückspiegel und fahre zu den aufgereihten Autos, die es alle kaum erwarten können, auf das Schiff zu gelangen. Und plötzlich wallen die Emotionen in mir auf, und ich weiß nicht, wo ich hinschauen oder wie ich mich verhalten soll.

Zu diesem Zeitpunkt sprang Dad nämlich immer aus dem Auto, um Tee aufzusetzen, als wäre er einer dieser Formel-1-Mechaniker, bei denen jede Sekunde zählt. Und weil der Bus damals zu vollgestopft war, um unterwegs mal eben die Kochplatte auszupacken, und er wahrscheinlich Ralph und Jack nicht stören wollte, die gerne mal einen Aufstand anzettelten, hockte er sich stattdessen mit dem kleinen Campingkocher auf den Asphalt. Und ich hockte mich jedes Mal daneben und beobachtete, wie das blaue Flämmchen im Wind flackerte, die Hände auf die Knie meiner besten Sommerferienjeans gestützt, fünf Jahre alt, aber im Geiste ebenfalls bei Ferrari unter Vertrag. Meine Brüder lasen währenddessen im Bus, und meine Mutter ließ die Hand mit der Lucky-Strike-Zigarette aus dem Fenster hängen und hoffte inständig, dass wir nicht dran wären, bevor das Wasser kochte, da sie wusste, dass Dad sein »Tässchen Tee« brauchte, wie sie gerne mit übertriebenem britischen Akzent sagte.

Als Nächstes muss ich jetzt also überlegen, ob Dad und ich einen Tee trinken sollen, während wir in der Schlange warten, den ich selbst aufsetzen müsste, da seine Feinmotorik schon dabei ist, »kontinuierlich nachzulassen«, wie es in einem der achthundert PDFs heißt, die ich zum Thema »Was auf Sie zukommt« und »Wie Sie sich am besten vorbereiten« gelesen habe. Und das hier ist nur eine weitere unmögliche Entscheidung, die wir zu treffen haben.

Ein Mann in Warnweste winkt uns in »Spur 76« zu den anderen Kleinbussen und Geländewagen. Ich fahre vor, und die Handbremse knarzt wie eine alte Uhr, die man bis zum Anschlag aufzieht. Und da ich zu aufgewühlt bin, um mit Dad zu reden, öffne ich meine Tür und steige aus, alles in einer einzigen, schnellen Bewegung – als wäre ich derjenige, der dauernd Krämpfe in den Beinen bekommt.

Ich bereue jedoch sofort, den beschissenen Bus verlassen zu haben. Jetzt stehe ich nämlich auf dem Parkplatz vor den getönten Scheiben eines Geländekombis mit Kajaks auf dem Dach und Fahrrädern am Kofferraum, und der Familienvater steigt aus und sagt: »Alles klar, zwei Cappuccinos und einen Latte«, und er wirft mir über die Motorhaube einen Blick zu, als wäre er irgendein großer Anführer oder so, und als müsste ich wissen, was für ein toller Vater er sei und was für einen tollen Krieger er abgeben würde, wenn er denn müsste, was nicht der Fall ist. Und ich zittere und denke, vielleicht jage ich die Fähre ja doch noch in die Luft. Ich drehe mich um und schiebe die quietschende Seitentür des Busses auf, die mal wieder geölt werden müsste, aber wann bitte sollen wir das machen?

»Wie gehts dir, Dad?«, frage ich.

»Gut.« Er dreht sich lächelnd zu mir um. Er trägt scheußliche Klamotten, so wie immer – einen puddinggelben Fleecepullover, ausgewaschene beigefarbene Chinos, extraleichte Wanderstiefel, auf die er unerklärlich stolz ist. »Vielleicht geh ich noch eben eine Runde joggen«, fügt er hinzu.

Ich nicke langsam. Dieser Tage rudern wir zwischen Witzen und Sarkasmus hin und her, als hätten wir Angst vor dem Ufer.

»Hab ich schon hinter mir«, erwidere ich. »Du hast noch geschlafen.«

»Schon wieder einen Halbmarathon?«

»Jep. Und dann hab ich noch mit dem Kajak ein bisschen Strecke gemacht.«

Er gibt ein missbilligendes Geräusch von sich. Wir hassen solche Ausdrücke wie »Strecke machen«.

»Vielleicht schmeiß ich mich noch schnell in ein paar brutale Yogaposen«, sagt er.

»Die Atmosphäre da draußen ist jedenfalls schon mal ziemlich spirituell.«

Er mustert die aufgereihten SUVs und legt innerlich die Zukunft in Schutt und Asche, welche die Menschheit womöglich noch erwartet. Sein Kiefer krampft sich manchmal zusammen, und er gähnt oft.

Die Meeresluft hat sich mir um die Schultern gelegt und mich abgekühlt. Ich steige ein, und Dad fummelt an einem Hebel herum, um den Sitz nach hinten zu drehen.

Ich fülle Wasser in den Kessel. Anscheinend ziehen wir das mit dem Tee echt durch. Ich klappe den grauen Plastiktisch auf, an dem wir schon so viele gesellige Mahlzeiten eingenommen haben. Dad hat den Bus 1989 gekauft, kurz vor meiner Geburt; ein altmodischer, kastenförmiger VW aus den Achtzigern in Blau-Metallic, den man selbst geschenkt nicht haben wollte. Aber er hat Charakter – zumindest finden wir das. Und das zählt. Oder sollte es zumindest.

Aus dem Augenwinkel bemerke ich, wie Dad mit dem Sitz kämpft. Wenn man es nicht mit den Beinen hat, kann man einfach die Füße gegen den Boden stemmen und sich umdrehen. Aber in Dads Beinen kribbelt es oft, er leidet unter »Funktionseinschränkung der unteren Extremitäten«. Gleichzeitig will ich ihm aber auch nicht alles abnehmen, und ich habe keine Ahnung, was angebracht wäre – hier, jetzt, wann auch immer. Also lasse ich ihn machen und widme mich dem Campingkocher.

Auf der einen Seite denke ich, wehe, wenn Ralph nicht kommt. Auf der anderen Seite sind wir ohne ihn vielleicht besser dran und bleiben lieber so lange wie möglich unter uns – nur ich und Dad –, da Ralph an einer Art metaphysischer Tollwut leidet. Und außerdem frage ich mich, wie Jack das alles sagen und tun kann, was er sagt und tut. Wie kann er sich jetzt noch weigern, mitzukommen? Wann erkennt er endlich, dass Dad es eben doch ernst meint? Jack ist schlimmer als Ralph, ein Ausbund an passiver Aggressivität. Ralph ist wenigstens einfach nur aggressiv.

Ralph und Jack sind Zwillinge und eigentlich nur

meine Halbbrüder. Ralph ist der Dünne von beiden, Jack eher weniger. Sie nehmen Dad ganz anders wahr. Als wäre er für sie ein ganz anderer Mann. Meine Mutter meinte früher immer, sie wären von ihm »psychologisch beeinflusst« worden. Aber wer weiß – vielleicht liegt es auch an den Genen? Irgendwo hab ich mal gelesen, dass Gene sozusagen die Zutaten sind, und das Familienumfeld ist die Art, wie man sie zubereitet.

Ich werfe einen Blick zu Dad. Er kniet jetzt im Fußraum und stemmt sich mit der Schulter gegen den Sitz. Er hebt den Kopf, und wir sehen uns zum ersten Mal richtig in die Augen, seit er aufgewacht ist – oder zumindest so getan hat. Und dann stellt er mir rundheraus die gleiche Frage, die ich ihm gestellt habe: »Und wie gehts dir, Louis?«

»Ging schon mal besser.«

Er nickt. »Nur damit du's weißt, Lou, und um deine Frage zu beantworten: Ich bin gerade echt glücklich.«

Ich weiß nicht, wie ich damit umgehen soll, also sage ich: »Vielleicht hättest du dich öfter mal im Fußraum von klapprigen Campingbussen rumtreiben sollen.«

Und dann lächelt er mich richtig an, so wie er es jetzt ständig macht, traurig-aber-glücklich, reuevoll-aber-froh, als wäre zwischen uns alles geklärt. Das hilft mir nicht gerade, und manchmal frage ich mich, ob das mit seinen Medikamenten zu tun hat. Aber das rechtfertigt noch lange nicht, dass er mich alle fünf Minuten so anlächelt. Und es ist auch nicht so, als wäre ich hiermit einverstanden. Zumindest nicht mehr. Nicht jetzt, wo wir es tatsächlich machen.

Ich stelle mich in die Kochnische und tue so, als hätte ich mit dem Tee alle Hände voll zu tun.

Er hat den Sitz umgedreht und scheint sehr zufrieden mit sich. Er zwängt sich durch die Lücke – seine Arme funktionieren noch einwandfrei – und plumpst mit einem theatralischen Seufzer auf das Polster.

»Wie lange haben wir noch?« Er deutet mit dem Kopf Richtung Meer.

Das ist so ziemlich die schlimmste Frage, die er hätte stellen können, aber das wird ihm erst hinterher klar.

»Ich meine, wie lange, bevor wir ablegen.«

»Wir haben noch jede Menge Zeit.«

Und das ist die schlimmste Antwort. Das Problem haben wir natürlich schon seit achtzehn Monaten. Die Hälfte von dem, was wir sagen, klingt zu bedeutungsvoll, und die andere Hälfte so hohl, dass ich mich frage, weshalb wir überhaupt Zeit damit verschwenden. Vielleicht fallen wir deswegen ständig auf Witze zurück. Vielleicht sind wir deswegen schon immer auf Witze zurückgefallen. Aber wir versuchen eben, im Moment zu leben, was auch immer das heißen mag. Was bleibt uns auch anderes übrig? Wir müssen weiterreden. Wir sind eine Redefamilie. Das Reden – Sprache an sich – hat uns zum erfolgreichsten Hominiden aller Zeiten gemacht, würde Dad sagen. Sagt er auch. Oft.

»Du bist wohl mit Bleifuß gefahren, hm?«

»Eigentlich nicht«, antworte ich. »Die Straßen waren frei.«

»Zum Glück haben wir nicht den Maserati genommen.«

»Ja, dann wären wir jetzt wahrscheinlich schon da.«

Dad denkt kurz darüber nach, als würde er womöglich ein ernsteres Thema ansprechen wollen. Aber dann sagt er: »Slow Driving, das könnte der neueste Trend werden, oder?«

»So wie Slow Food und Slow Cities?«

»Genau.« Die Idee gefällt ihm, und seine Gesichtsmuskeln erwachen zum Leben. »Wir könnten so tun, als wäre Slow Driving die neuste Philosophie, und gut bezahlte Vorträge vor Leuten mit zu viel Freizeit halten. Ich sehe das Buch schon vor mir.« Er bildet mit Daumen und Zeigefingern einen imaginären Bilderrahmen. »›Das allzu Offensichtliche neu verpackt – für all diejenigen, die es die ersten drei Male verpasst haben.‹ Dann noch ein paar Zitate von den Griechen aus dem Internet, und *voilà*!«

Dad hat es mit den Griechen. Das Christentum nennt er immer »den großen Ideenklau«.

»Ich dachte, die Griechen hatten damals noch gar keine Autos.«

»Ich meine ja auch Zitate über das Leben. Dreh das einfach um.«

»Was soll ich umdrehen?«

»Na, dein Argument.«

»Ich hab doch gar kein Argument.«

»Hast du wohl. Du sagst, dass die Griechen intensiver über das Leben nachdenken konnten, eben *weil* sie so viel langsamer gefahren sind als wir.«

»Ich sage überhaupt nichts.«

»Die ganze Philosophie, das Theater, die Demokratie, die Bildhauerei, die Olympischen Spiele, das war nur möglich, weil die Griechen die ursprünglichen Slow Driver waren.« Er holt schulmeisterlich Luft, als würde er zu einer Ansprache vorm allwöchentlichen Treffen der Life Coaches in Notting Hill ansetzen. »Meine Damen und Herren, wir wissen doch alle, dass die Leute früher glücklicher waren. Die Frage lautet, weshalb?«

»Die Frage lautet in der Tat, weshalb.«

»Lassen Sie es mich erklären.«

»Moment, Sie müssen uns vorher noch das Honorar abknöpfen.«

»Zum Beispiel das alte Griechenland. Wir haben unser Glück verloren ...« Er legt eine gespielt tiefgründige Pause ein. »Wir haben unsere *emotionale Mitte* verloren, als wir das Slow Driving aufgaben.«

Ich schüttele den Kopf. Dad und ich haben eine ganze Liste mit Wörtern und Ausdrücken, die wir nicht leiden können. Die »emotionale Mitte« spielt da ganz oben mit, zusammen mit »Strecke machen« und Wörtern wie »Legende«, »eklektisch« und »kuratiert«. Wir wissen selbst nicht genau, warum, aber es vereint uns auf geheimnisvolle Weise, dass wir bestimmte Vokabeln nicht ausstehen können; Taschenlampen, mit denen wir über den nebligen Sumpf leuchten, der zwischen uns liegt.

Dampf legt sich auf das Fenster, dessen schäbigen kleinen Vorhang Dad zurückgezogen hat, und wir fühlen uns wieder gut.

»Hast du die Croissants dabei?«, fragt er.

Croissants, pikante Nierchen und Austern: die drei Leibspeisen meines Dads.

»Klar. Sechs Stück.«

»Worauf wartest du dann noch?«

Ich hole die Croissants und die Milch aus der blauen Kühlbox, die immer mit uns reist, und dann ziehe ich die zwei Metalltassen hervor – im Übrigen ein echter Überraschungserfolg –, die ich mal in New York gekauft hatte, als wir dort über Weihnachten meine amerikanisch-russischen Großeltern besuchten. Dann schenke ich den Tee so ein, wie ich es tausendmal bei Dad beobachtet habe – den Kessel hoch oben in der Luft, damit das Wasser auf dem Weg nach draußen mit Druck über die Teeblätter rauscht, als könnten wir so die Tatsache kompensieren, dass wir ihn jedes Mal zu früh ausschenken. Und jetzt lassen wir uns Tee und Croissants schmecken, hören die Wellen an einen nahegelegenen Kiesstrand schlagen und sehen zu, wie das apricotfarbene Morgenlicht durch die Frontscheibe hereinströmt und die gesammelten Spuren der unzähligen Kilometer aufleuchten lässt, die wir schon gemeinsam zurückgelegt haben.

Wir haben gerade mal drei Schlucke des viel zu heißen Darjeeling getrunken, da beschließen sämtliche Geländewagenfahrer ringsum, ihre beschissenen geländetüchtigen Motoren anzulassen, als könnte die Fähre jeden Moment ohne sie ablegen und auf Nimmerwiedersehen mitsamt Frankreich verschwinden. Ich schüttele den Kopf – nach dem Motto, jedes Mal das Gleiche –, und wir amüsieren uns beide köstlich.

Jetzt müssen wir also den Tee runterstürzen und verbrennen uns dabei die Kehle, damit wir uns eine stärkere Portion nachschenken können, denn die zweite Tasse ist erst so richtig das Wahre. Und wir stopfen uns die Croissants in den Mund wie meine dreijährigen Neffen. Und in der Schlange nebenan geht es bereits voran.

»Dann machen wir uns wohl besser mal auf die Socken«, sagt er.

Das ist einer seiner Lieblingsausdrücke.

Und kurz fühlt es sich so an, als würden wir tatsächlich in den Urlaub fahren.

Mein Vater wurde in Yorkshire geboren, in den letzten Stunden von Churchills Kriegsregierung; seine erste Milch trank er unter Clement Attlee. Das erzählt er zumindest gerne. Und manchmal, trotz der Jahrzehnte in London, kann man noch ein anderes England in seiner Stimme hören – die alten Balken, die unter den Wiederaufbauten, Anbauten und Fassaden knarzen.

Er war ein Einzelkind. Sein Vater kam aus Yorkshire und besaß dort einen renommierten Steinmetzbetrieb. Er war für seine Inschriften bekannt, verdiente sein Geld aber hauptsächlich mit der Beaufsichtigung des Wiederaufbaus Tausender Kilometer Trockenmauer. Meine Großmutter war eine Damenschneiderin aus Lancaster. Sie arbeitete ebenfalls ihr ganzes Leben lang und unterhielt einen lukrativen Nebenjob, indem sie Vorhänge nähte. Die beiden waren finanziell viel besser dran, als sie je zugegeben hätten, besonders am Ende. Aber nachdem mein Dad seine erste Frau für meine Mutter verlassen hatte, brachen sie jeglichen Kontakt zu ihm ab.

Meine Großmutter verstarb entsprechend zerstritten mit ihrem Sohn. Keine Zeit, um noch etwas zu ändern oder zu verstehen. Manchmal denke ich darüber nach.

Sie verbrachten ihr ganzes Leben miteinander, unzählige Stunden zog sie ihn auf, und dann plötzlich ein Streit; dann Schweigen, kein einziges Wort mehr, nie wieder. Ich glaube, mein Großvater unternahm irgendwann mal einen Versöhnungsversuch, aber er hatte Alzheimer, und sein Ende war unschön und zermürbend.

Ich habe die Eltern meines Vaters nie kennengelernt. Ralph und Jack dagegen erinnern sich noch ziemlich gut an sie. Sie spielten oft auf dem Hof voller Steine neben dem alten Haus am Stadtrand von Halifax. Ralph beschreibt sie als übertrieben hochmütig, kleingeistig und insgeheim grausam – nachtragende, verängstigte Leute, denen es eigentlich elend ging. Jack hält sie für anständige, entschlossene, hart arbeitende, gewissenhafte, gesetzestreue Bürger, die ihren Weg im Leben gefunden hatten und keine Rücksicht auf diejenigen nehmen konnten, denen es anders ging. Ich kann das nicht entscheiden – ich habe Fotos der beiden aus den 1950er-Jahren gesehen, und ihre Welt ist unvorstellbar weit von meiner entfernt. Wie sie da stehen – offensichtlich nicht vertraut mit der Kamera und unfähig zu einem Lächeln, da (das scheinen sie einem sagen zu wollen) man sich ein Lächeln erst *verdienen* muss. Als Dad mir als kleinem Jungen Sachen beibrachte – die Planeten, die Länder der Welt, europäische Geschichte –, stellte er es immer so dar, als wäre er der letzte Überlebende der Rosenkriege. Aber jetzt meint er, dass selbst dieser letzte Nachhall langsam verstummt und Großbritannien eine Geschichte ist, von der niemand mehr weiß, wie man sie schreiben soll.

Bevor er meine Mutter kennenlernte, waren meine

Großeltern von einem tiefsitzenden Stolz auf ihn erfüllt, der jedoch unausgesprochen blieb. Dad ging auf eine katholische Knabenschule und schaffte es irgendwie, den pädophilen Priestern zu entgehen. Er arbeitete hart, war hochintelligent und schnitt in sämtlichen Prüfungen hervorragend ab. Er kam ganz nach oben. Und noch weiter. Bis er schließlich Dekan der Fakultät für englische Literatur am University College in London wurde. (Daher auch die entsprechenden Neigungen seiner drei Söhne.) Er hält die englische Sprache immer noch für unser größtes Geschenk an die Menschheit. Nicht die moderne Demokratie, die Eisenbahn, das Internet, Newton, Keynes, Darwin, staatliche Gesundheitsfürsorge oder was auch immer manche Leute glauben, was England ist, war, gemacht oder erfunden hat, sondern die Sprache selbst, ihre Reichweite, ihren Facettenreichtum, ihre Poesie. Er ging sogar noch weiter und behauptete, Literatur stelle uns durch Sprache das Rohmaterial zur Verfügung, das wir zum Denken bräuchten – im Gegensatz zu den nichtsprachlichen Künsten. Auf zahllosen Autobahnfahrten erinnerte er mich daran, dass Sprache »das definierende, erlösende und herausragende Charakteristikum der Menschheit« sei. Und, da nahm er kein Blatt vor den Mund, die englische Sprache sei die großartigste von allen.

Ich habe keine Ahnung, wie viele andere Sprachen er beherrscht – ein bisschen gebrochenes Deutsch, Französisch etwas besser –, aber sein Glaube war unerschütterlich. Wir gurkten durchs ganze Land, damit er Vorträge über die »Natur des Betrugs« bei Shakespeare oder die »Natur der Beständigkeit« bei John Donne halten konnte.

Oder er schleppte mich mit zu diesen Literaturfestivals, die immer in Zelten auf einer matschigen Wiese stattfanden und wo er in der Jury irgendeines Lyrikpreises saß. Ich habe es zwar nie ausprobiert, aber wenn ich zu ihm sagen würde: »Dad, das interessiert doch keine Sau«, würde er garantiert zurückgeben: »Mich schon.«

Unser Haus ist praktisch eine Privatbibliothek. In ein paar Jahren bekommt man so was sicher überhaupt nicht mehr zu Gesicht. Bücher, meine ich. Regale. Buchrücken. Dad hat selbst mehrere Bücher verfasst, darunter eins über Literaturtheorie, das ihn auf der Karriereleiter nach oben katapultierte. Nicht, dass heutzutage noch jemand so was lesen würde, Studenten vielleicht mal ausgenommen. Wobei, meine Kommilitonen haben sich damals auch nicht die Mühe gemacht. Womöglich bin ich der Einzige, der Dads »Hauptwerk« in den letzten zehn Jahren gelesen hat, und so richtig packend fand ich es nicht; ich nahm einfach nur die Wörter auf wie ein Wal, der das ganze Meer schluckt und dann wieder ausspuckt, in der Hoffnung, dass etwas Nahrhaftes in den Barten hängen bleibt. Von Mum mal abgesehen, das sollte ich vielleicht dazusagen. Sie las es vor ihrem Tod noch einmal und unterstrich dabei bestimmte Sätze. Da wären wir also zu zweit. Keine Ahnung, ob Ralph oder Jack es je gelesen haben – gute Frage eigentlich. Das einzige Buch von Dad, das mir richtig gefallen hat, war das über Shakespeares Sonette. Ich kann es jederzeit aufnehmen, beiseitelegen und wieder weiterlesen, ohne dass es mich verwirrt oder ich mich zum Konzentrieren in ein Kloster zurückziehen müsste. Andererseits leide ich wie jeder andere heutzutage unter akuter Hirnflechte und kann mich nicht länger als zwanzig Sekunden auf irgendetwas konzentrieren.

Es gibt übrigens kein Thema auf der Welt, für das Dad sich *nicht* interessiert. Vom Higgs-Boson über vergessene U-Bahn-Stationen bis hin zu J. S. Bach, J. M. W. Turner und dem Schicksal der Neandertaler – er hat davon gelesen, darüber nachgedacht und eine Meinung dazu. Mum meinte einmal, sie habe seine Neugier geheiratet. Und da war etwas dran. Seine Neugier färbt ab. An seiner Seite kommt einem alles interessant vor, weil er sich echt für alles begeistern kann – bis auf Golf, Realityshows und religiöse Menschen. Mum sagte oft, er sei der lebende Beweis dafür, wie weit man es mit angelesenem Wissen und einer Portion Eigenständigkeit bringen könne. (Sie nannte ihn immer Laurence.) Und auch das stimmt: Neben oder unter seiner Selbstgefälligkeit und Eitelkeit trägt Dad etwas Starkes und Ehrliches in sich – etwas, das man weder kaufen noch verkaufen noch verleumden kann. Und ich glaube, dafür hat er öfter mal gebüßt. Zum Beispiel schaffte er es nie zum Professor. Aber das Seltsamste an dieser Eigenschaft, was auch immer sie sein mag: Es scheint ihm fast unmöglich, sie in seiner eigenen Familie anzuwenden. Ja, er besitzt eine entwaffnende Offenheit und Direktheit, nur eben nicht seinen Kindern gegenüber, oder den zwei Frauen, die er liebte.

Und vor allem ist es superschwer, ihm zu widersprechen. Er besitzt eine moralische Intensität, die einem nicht nur das Gefühl gibt, falschzuliegen, sondern auch noch ein schlechter Mensch zu sein. Damit will ich nicht sagen, dass er nicht gerne diskutiert. Auf der anderen Seite ist er nämlich mit einem Eifer bei der Sache, den man nicht jeden Tag erlebt. Er will Gespräche führen – ständig, mit Gott und der Welt, über Gott und die Welt. Vielleicht ist das auch seine Haupteigenschaft: Er will um jeden Preis ein Gespräch führen.

Was seltsam ist: Mein Vater liebte meine Mutter über alles. War verrückt nach ihr. Das scheint ja nicht in allen Ehen der Fall zu sein. Heute spricht er nicht mehr darüber, weil das damals die schwierigen Jahre mit Ralph und Jack waren, aber einmal, als Mum im Sterben lag, nutzte ich die Gelegenheit und fragte ihn, wie sie sich kennengelernt hatten. Er antwortete, er sei wegen irgendeiner völlig sinnlosen Konferenz in New York gewesen und eines Abends auf eigene Faust losgezogen, »um sich neue Literatur anzuhören« und »diesen ganzen Windbeuteln zu entfliehen, die sich über Jane Austen und den verflixten Postmodernismus ereiferten«. Er sagte, sie habe eine Lyriklesung gehalten, und da habe er es einfach gewusst, genauso plötzlich wie unbestreitbar. Das sagte er wirklich so.

Wir einigten uns vor einer ganzen Weile auf die Fahrt, an einem Samstagmittag im ausklingenden Frühling, in einem Café namens Clowns an einem vergessenen Ort in Süd-London, in der Nähe des Flusses. Wir waren früh dran, und bis auf einen beschürzten Alten hinter der Theke, der den Sportteil auf Italienisch las und dessen Miene darauf schließen ließ, dass ihm im Leben bisher noch nichts begegnet war, was seiner vorgefertigten Meinung über die Welt widersprochen hätte, war der Laden leer. Die Wände waren mit riesigen Fotos und Zeichnungen von Clownsgesichtern gepflastert – unheimlich, albern, grell. Bei der Kasse hingen Clownspostkarten. Ein Clownsspiegel, der einem sein wahres Selbst zeigt. Clownstassen. Darauf war ich nicht gefasst gewesen. Ich weiß noch, wie wir uns unter totenbleichen, von schwarzen Herzen umrahmten Augen an einen Tisch im hinteren Teil setzten und die blutroten Münder uns schweigend auslachten.

Zehn Minuten später kämpfte ich mit einer merkwürdigen Pastete und einem Karottensalat, während Dad sich selbstvergessen seinen Weg durch eine Ziegenkäsequiche bahnte. Er isst immer nur mit einer Hand und schneidet mit der Seite seiner Gabel, wenn er sie nicht gerade durch die Luft schwenkt, um eines seiner zahllosen Argumente zu unterstreichen.

»Wie oft bin ich schon geflogen, Lou?«

»Keine Ahnung, Dad. Fünfhundert Mal?«

»Kein einziges Mal mehr als absolut nötig. Ich hasse Fliegen.«

»Ich weiß. Ich war öfters mal dabei. Du hast da keine Zweifel aufkommen lassen.«

»Es liegt ja nicht am Fliegen selbst.«

Mir ist aufgefallen, dass so eine Einleitung meistens das Gegenteil bedeutet und es durchaus an der fraglichen Sache liegt. Ich mühte mich weiter mit meinem Essen ab und dachte über den Unterschied zwischen Reiben und Raspeln nach.

»Ich kann diese Sicherheitsleute einfach nicht ausstehen.«

»Das ist doch nur am JFK so schlimm, und da kann man das ja wohl nachvollziehen.«

»Die erinnern mich an die Nazis.«

»Wie viele Nazis kennst du denn persönlich?«

Dad quetschte sich ein Stück von seiner Quiche ab. Seltsamerweise fängt er mit seiner freien Hand überhaupt nichts an. Er hält sich einfach leicht an der Tischkante fest, als könnte jeden Moment ein Erdbeben ausbrechen oder so.

»Das hat man davon, wenn man strohdumme Leute in Uniform steckt – Rache. Die Rache der aufgeblasenen Strohdummen.«

»Der aufgeblasenen Strohdummen?«

»Ganz genau. Als ob wir nicht wüssten, dass die Dummheit dieser Leute in der Schule vielleicht noch peinlich war und sie deswegen jede Klausur versemmelt haben, die die Regierung sich hat einfallen lassen, um die Wahrheit zu verschleiern, nämlich dass Dummheit sehr wohl auch Privilegien mit sich bringt, Vorteile, Nutzen auf lange Sicht, und wir wissen ja, wer zuletzt lacht.«

»Die Nazis.«

»Jetzt tu doch nicht so, als würdest du diese Sicherheitsleute mögen, Lou. Ich schwörs dir: Die halten sich für Mitglieder einer strohdummen Herrenrasse und bemerken nicht mal das Paradoxe daran.«

»Sind wir jetzt die Juden?«

»Die glauben echt, sie würden ihr Vaterland jedes Mal vor einer Katastrophe retten, wenn sie einem verbieten, Flüssigkeiten mit an Bord zu nehmen.«

»Flüssigkeiten sind nun mal nicht erlaubt.«

Er zeigte mit der Gabel auf mich. »Eins kann ich dir sagen, Lou. Die Terroristen haben gewonnen. Das denke ich mir jedes Mal am Flughafen. Stell dir nur mal die Milliarden Stunden vor, die sie uns gestohlen haben. Milliarden Stunden *unseres* Lebens, die wir jetzt damit verbringen dürfen, uns vor übergewichtigen Sicherheitsmonstern auszuziehen und unser Gepäck durchwühlen zu lassen.«

»Ich schätze, Fliegen kommt also nicht infrage.«

Er aß ein Stück Quiche. Jetzt kamen wir der Sache schon näher.

»Ich werde fahren. Ich will fahren.«

»Dad, du kannst überhaupt nicht mehr selbst fahren.«

»Deswegen fährt mich auch Doug.«

»Dad.«

»Er hat sich schon bereit erklärt.«

»Aber Doug …«

»Was hast du denn gegen ihn?«

»Du kennst ihn halt erst seit fünf Jahren oder so.«

»Behalt dein ›halt‹ für dich.«

»Doug ist Automechaniker.«

»Und das reicht dir als Gegenargument?«

»Natürlich nicht, ich meine bloß, Doug ist nur irgendein Typ, den du bei einer römischen Ausgrabung oder was auch immer kennengelernt hast.«

»Altpaläolithische Ausgrabung, Lou, das war lange vor den Römern.«

»Von mir aus. Nur weil er in der Nähe wohnt und dir mit dem Haus hilft, heißt das jedenfalls noch lange nicht …«

»Doug besucht mich oft. Wir waren schon bei drei, vier Ausgrabungen zusammen.«

»Weil er dich in der Vergangenheit mal zu ein paar frühmenschlichen Überresten gekarrt hat, soll er dich jetzt zur Dignitas bringen?«

»Es geht doch nur darum, dass ich mich an ihn als Fahrer gewöhnt habe. Er kennt mich gut.«

»Dad, jetzt versteh mich doch nicht absichtlich falsch.«

»Tut mir leid. Ich verstehe wirklich nicht, was du meinst. Es war jedenfalls keine Absicht.«

»Dann eben unbewusst.«

»Unbewusstes kann man nicht mit Absicht machen.«

»Du machst es schon wieder.«

Ich atmete einmal tief durch.

»Ich will damit nicht sagen, dass Doug ein schlechter Mensch ist. Aber ich kann nicht zulassen, dass er dich fährt.« Ich zwang mich, meinem Vater ins Gesicht zu schauen. »Ich muss das machen.«

Er zögerte. »Das kann ich nicht von dir verlangen.«

»Ich weiß. Und ich will es ja auch nicht machen, weil du es von mir verlangst. Ich fahr dich dahin, weil ich das möchte.«

»Das kann ich dir nicht zumuten, Lou.«

»*Du* mutest mir gar nichts zu, sondern die Situation. Die Krankheit. Aber tu wenigstens nicht so, als wäre Doug als Fahrer eine gute Idee.«

»Ich tu doch gar nicht so! Ich kann bloß nicht ...«

»Dad. Denk doch mal nach. Was soll ich denn machen? Dir zum Abschied zuwinken und mich dann in dem leeren Haus mit einem Bier vor den Fernseher setzen? In dem Haus, wo ich mein ganzes Leben lang mit dir und Mum gewohnt habe?«

Der Hieb saß.

»Jack wird sich in London verabschieden«, sagte Dad. »Das wünscht er sich so.«

»Ach, hör doch auf. Jack wünscht sich überhaupt nichts. Er ist komplett dagegen. Und das weißt du auch ganz genau, verdammt noch mal.«

Dad schwieg.

»Jetzt lass uns mal bei den Tatsachen bleiben«, fuhr ich fort. »Jack will nicht mitkommen, weil er dich nicht noch ermutigen will. Und außerdem glaubt er nicht, dass du es ernst meinst.«

»Ich meins aber ernst.«

»Mir ist das auch klar. Aber Jack … egal. Lass uns wenigstens nicht so tun, als würde er sich in London ›verabschieden‹ wollen. Scheiße, was für ein blödes Wort.«

»Ich dachte eben, wir könnten uns in Zürich treffen. Du könntest dich wegen der Flüge mit Ralph absprechen.«

»Mit *Ralph*?«

»Na, damit ihr zur gleichen Zeit …«

»Ralph ist der Letzte, auf den ich mich verlassen würde. Wir können uns ja nicht mal …«

»Dann trefft ihr euch eben im Hotel.«

»Dad, verdammt noch mal!«

»Lou.«

»Sorry, tut mir leid, aber die Flugzeiten und der Treffpunkt sind hier wirklich nicht das Problem. Das wird der schlimmste Tag meines Lebens.«

»Nein, wird es nicht. Nein.« Seine Augen schimmerten feucht. Er ist immer dann am verletzlichsten, wenn ich ihn dazu zwinge, sich in mich hineinzuversetzen. Seine ganze Selbstsicherheit und sein Lebenswille – sein *Sterbewille* – scheinen ihn dann zu verlassen, und die Schmerzen seiner Krankheit stehen ihm ins Gesicht geschrieben. Deshalb tue ich ihm das meistens nicht an. Aber unser Mitgefühl füreinander kehrt verrückterweise alles ins Gegenteil: Wenn ich mich in ihn hineinversetze, will ich ihm um jeden Preis einen selbstbestimmten Tod ermöglichen, und wenn er sich in mich hineinversetzt, will er weiterleben.

»Lou, das haben wir doch schon besprochen.«

»Haben wir. Immer und immer wieder. Wir haben uns in eine Sackgasse manövriert.«

»Nein, wir haben zu einer Entscheidung gefunden.«

»Dad.«

»Und wir können es uns jederzeit anders überlegen. Jederzeit. Bis ich in diesem Zimmer liege. Ich will nichts tun, womit du nicht einverstanden bist, kein bisschen. Falls du es dir ...«

»Dad, ich will das jetzt nicht alles noch mal durchkauen. Nicht hier.« Ich konnte ihn plötzlich nicht mehr ansehen, und so blieb mir nur noch der clownsgeschmückte Raum. »Ich meine bloß, dass Fliegen nicht infrage kommt. Doug kann dich auch nicht fahren. Am Ende wird er noch wegen Mordes angeklagt.« Ich biss mir auf die Lippe. »Wir bereiten das alles zusammen vor, darauf hatten wir uns doch geeinigt, oder? Dass wir es planen. Dass wir so bereit sind wie möglich. Dass wir die Kontrolle darüber haben.« Ich kämpfte mit meiner Stimme, die in ein Quietschen abzurutschen drohte. »Ich meine doch bloß, dass dich nun mal irgendwer fahren muss, und ...«

»Doug.«

»... und da Mum nun mal tot ist und Ralph und Jack es garantiert nicht machen, bleibe nur noch ich übrig.« Ich rang mir ein Lächeln ab. »Ich *will* dich fahren. Doug hat damit nichts zu tun. Ich mach das schon.«

Jetzt konnte er die Tränen nicht mehr wegblinzeln. »Das kann ich nicht von dir verlangen.«

»Ich weiß. Und das tust du auch nicht. Ich mache das aus freien Stücken.«

Zwei Nebenwirkungen laut der PDFs sind »tränende Augen« und »emotionale Labilität«. Ersteres liegt an einer »Erschlaffung der Gesichtsmuskulatur, wodurch reguläre Tränenflüssigkeit austritt«. Und mit Letzterem meinen sie, dass »emotionale Reaktionen zu unfreiwilligem Lachen oder Weinen führen«, doch man dürfe »nicht vergessen, dass diese Verhaltensänderungen medizinischen Ursprungs sind«.

»Dann muss Jack aber auch mitkommen«, sagte Dad leise.

»Ja, Dad. Jack muss mitkommen.«

Aber Jack hat schon erklärt, dass er nicht mitkommen will. Denn Jack wollte aus Prinzip und definitiv nicht wahrhaben, was mein Vater aus Prinzip und definitiv beschlossen hatte. Und er glaubte nicht, dass mein Vater es wirklich ernst meinte. Und auf seine Weise ging es Ralph genauso. Meine Brüder vermuteten, dass er die Situation manipulierte – sie beide manipulierte. Ich erklärte ihnen natürlich, dass es ihm so ernst sei, wie seine Krankheit ernst sei, und ernster gehe es wohl nicht mehr. Aber jedes Mal kamen sie mir mit der gleichen Antwort: Schon, aber meinst du, er zieht das durch? Meinst du echt?

»Natürlich muss Jack mitkommen«, sage ich. »Ich rede noch mal mit ihm.«

Alles hinterlässt Spuren

Ich stehe auf der Fähre in irgendeiner Schlange an, keine Ahnung, wofür, und sehe quer durch die Lounge rüber zu Dad. Der sitzt auf einem unbequemen Stuhl am Fenster und liest. Wir sind zusammen durch ganz Europa gereist, und ja, vielleicht hat er nur deshalb eine »besondere Beziehung« zu mir (Moms Formulierung), weil er sich mit Ralph und Jack überhaupt nicht versteht, aber trotzdem … Trotzdem, als ich jetzt zu ihm rübersehe, wie er da sitzt und liest, er liest einfach immer und überall, da geht mein Herz auf, das sonst immer zur Faust geballt ist, und streckt die Finger nach ihm aus wie auf diesem Michelangelo, den er mir mal im Vatikan gezeigt hat, als ich noch viel zu jung war, um mich dafür zu interessieren oder ihn wertzuschätzen, und einfach nur ein Eis wollte. Ich hätte gern, dass er sich zu mir umdreht und wir uns ansehen, keine Ahnung, warum. Ich will diesen Gesichtsausdruck von ihm sehen, den er früher immer hatte, als ich noch klein war und wir zusammen vor dem Fernseher saßen, wo irgendein Politiker absolute Scheiße von sich gab. Dann warf er mir immer diesen Blick zu, so ein »Hast *du* eine Ahnung, warum der so einen Schwachsinn erzählt, Lou?«

»Die Schlange ist zu lang«, sage ich.

Dad sieht auf. Er war so sehr in seine Lektüre vertieft, er hat gar nicht mitbekommen, dass ich schon wieder zurück bin.

»Das deprimiert mich zu sehr.«

Er seufzt, als hätte er schon seit Langem vermutet, dass ich meine ganz eigene Dunkelheit mit mir herumtrage, und klappt sein Buch zu.

»Willst du noch hierbleiben?«, frage ich.

Konsumgestöber braut sich rings um uns zusammen. Er setzt zu einer Antwort an – warum nicht? – merkt aber offenbar, dass es mir nicht gut geht, und sagt stattdessen: »Nein, lass uns mal lieber an Deck gehen, ein bisschen frische Luft schnappen.«

»Ich glaub, wir müssen da vorn lang, am Duty-free-Shop vorbei.«

»Okay. Wir haben ja keine Eile.« Er stemmt sich mühsam hoch. »Ich dachte, Duty free gäbs gar nicht mehr.«

»Gibts ja auch nicht, die nennen das nur immer noch so, damit die Leute weiter da einkaufen.«

Jetzt steht er, seinen Stock in der Hand, fertig zum Abmarsch. »Aber man muss ganz normal Steuern auf die Sachen zahlen?«

»Jep.«

»Klasse. Na, dann wollen wir uns mal mit Parfüm eindecken.«

Ich habe mich darauf gefreut und gleichzeitig davor gefürchtet. Wir gehen immer an Deck; das ist eins von unseren Sommerferienritualen, vielleicht so eine Art Parodie auf uns als Seemänner, die nur wir lustig finden.

Vielleicht hat es auch wirklich was mit frischer Luft zu tun, oder damit, die Entfernung, den Unterschied zwischen Urlaub und Alltag körperlich wahrzunehmen. Dort verschwindet die vertraute Küste. Hier kommt das Unbekannte. Aber jetzt mache ich mir Sorgen, ob das für Dad mit dem Gehen klappt, weil das Schiff angefangen hat, ein wenig zu schwanken.

Und wie aufs Stichwort merke ich auf Höhe des Dutyfree-Shops, dass er total angespannt ist. Er zeigt es nur nicht. Er zieht den linken Fuß ein wenig nach, aber das war auch schon mal schlimmer. Vielleicht reißt er sich allerdings auch nur mit aller Kraft zusammen. An der Plastikwand verläuft ein Geländer, und er hält sich daran fest. Er lächelt sogar, aber ich sehe genau, wie es ihn tief drinnen unglaublich schmerzt, nicht nur die körperliche Anstrengung, sondern auch die Tatsache, dass das Gehen mittlerweile überhaupt eine Anstrengung bedeutet. Ich weiß nicht, ob ich zu ihm hingehen oder lieber Abstand halten soll.

Eine Durchsage, viel zu laut: »Unser Bordshop ist nun geöffnet. Markenartikel – unschlagbar günstig! Zum Beispiel Kokorico, der neue markant-männliche Duft von Jean Paul Gaultier.« Und jetzt wird mir richtig schlecht, weil ich meine Reisetabletten vergessen habe, und weil ein paar Kinder stehen geblieben sind und Dad anstarren, wie es Kinder nun mal tun. Er geht einfach weiter. Und da wird mir plötzlich klar, dass er das gerade für mich tut. Ich wollte unbedingt an Deck, aber er war in dem Moment eigentlich nicht in der Lage dazu. Genau solche Situationen wollte er eben nicht durchmachen müssen in den nächsten neun Monaten oder wie viel Zeit ihm nun genau bleibt, bevor seine Atemmuskulatur so schwach geworden ist, dass sein Körper nicht mehr ohne fremde Hilfe atmen kann. Das, was ich von ihm brauche, ist genau das, was ihn am meisten demütigt. Und mehr noch, wird mir klar: Er will nicht, dass ich seinen Verfall mitbekomme. Gerade ich nicht. Wäre es jemand anderes, der ihm dabei zusieht, Doug zum Beispiel, dann würde er das vielleicht nicht mitmachen.

Meine Kiefermuskeln sind angespannt. Ich fahre mir mit der Zunge über die Zähne. Ich hoffe, dass die Kinder nicht auch noch anfangen, Dads Gang nachzumachen. Ich weiß nicht, ob ich ihn seinen Mann stehen lassen oder ihn stützen soll. Also rühre ich mich einfach nicht vom Fleck, und das Herz schlägt mir bis zum Hals, als ob es mich ersticken will. Und da steigt wieder diese Welle an Gefühlen in mir auf. Keine Ahnung, wie ich das beschreiben soll, es ist jedenfalls deutlich spürbar wie Gift oder das Gegenteil von Verliebtheit und breitet sich in mir aus, bis jede meiner Zellen damit gefüllt ist; aber ich kann mich nicht übergeben, ich kann es nicht loswerden, ich muss es aushalten, angespannt, voll bis an den Rand, ein Gefühl, als würde ich ertrinken, aber von innen.

Die Kinder laufen weg. Ich entspanne willentlich meine Kiefermuskeln und zwinge mich, zu Dad zu schauen. Unglaublich, wie schwer es mir mittlerweile fällt, ihn anzusehen. Er wird demnächst einen Rollstuhl brauchen. In der Klinik für Motoneuronerkrankungen in Oxford wurden uns die vier Stufen genannt: Krankheitsbeginn, Krücken, Rollstuhl, Bett. Es gibt natürlich noch eine fünfte Stufe, aber die haben sie nicht erwähnt.

Wir gehen an einer Gruppe belgischer Trucker vorbei, die im Halbkreis um einen Spielautomaten herumstehen und ihn mit Münzen füttern, als wäre es immer noch 1983. In diesem Moment würde ich ihnen allen am liebsten einen Kuss mitten auf die dicken, weißen Gesichter drücken, einfach dafür, dass sie überhaupt keine Sorgen zu haben scheinen. Ja, denke ich, alles wird gut. Wir haben ja keine Eile. Irgendwann kommen wir schon noch auf Deck an, denn wenn Dad sich was vornimmt, dann bringt er es auch zu Ende. Ich nehme meine Jacke von einer Hand in die andere und bin froh, dass ich auch an Dads Windjacke gedacht habe. An Deck ist es nämlich immer viel kälter, als man denkt.

Wir sind gleich da, haben fast die Lounge durchquert und sehen schon die weiße Tür, die nach draußen führt, als uns eine besonders hohe Welle trifft und ein Ruck durch die Fähre geht. Dad hält sich kurz an einer Stuhllehne fest, kommt dabei anscheinend an den Kopf des Mannes, der dort sitzt, und der zuckt daraufhin zusammen und verschüttet einen winzigen Schluck Kaffee.

»Verdammte Scheiße!« Der Typ dreht sich um, voller selbstgerechter Empörung, als hätten wir gerade einen Luftangriff auf seinen E-Reader gestartet. »Was sollte das denn jetzt, bitte schön?«

»Tut mir furchtbar leid.«

»Kann ja wohl nicht wahr sein!«

Auf dem Bildschirm ist eine kleine Schliere zu sehen, aber der Typ veranstaltet ein Riesengewese, wischt hektisch mit ein paar Servietten daran herum und dreht sich dann wieder zu Dad um. Ich spüre, wie mir die Schamesröte ins Gesicht steigt.

»Und was sollte das nun?« Der Typ ist etwa fünfundfünfzig und trägt eine teure Brille, bei der der Markenname auf dem Gestell steht, als ob das irgendwen interessieren würde. Ihm gegenüber sitzt seine übertrieben jugendlich gekleidete Frau und runzelt missbilligend die Stirn. Sie wirft Dad einen Blick zu, der Mitempörung ausdrücken soll, aber noch etwas anderes zeigt, eine Art Schadenfreude darüber, dass dem Mann, mit dem sie ihr Leben verschwendet, wieder mal etwas Unangenehmes passiert ist.

»Es tut mir wirklich leid«, erwidert Dad ruhig. »Das war keine Absicht. Ich bin eben Leichtmatrose.« Er schaut auf den Bildschirm. »Ist mit dem Gerät alles in Ordnung?« Ich weiß, dass er gleichzeitig zu erkennen versucht, was der Typ liest.

»Keine Ahnung, schwer zu sagen. Der Bildschirm ist jedenfalls irgendwie beschlagen …«

»Tut mir leid«, wiederholt mein Vater. »Falls es kaputt ist, kaufe ich Ihnen natürlich ein neues.« Er lächelt den Typen traurig-aufmunternd an.

Aber der guckt, als ob er außer Genervtheit schon lange keine anderen Gefühle mehr wahrnimmt und als wäre ausgerechnet Dad schuld daran. Einen Moment lang steht die Zeit still, wir bewegen uns alle sanft mit dem Schiff auf und ab, sind seekrank und todunglücklich, unter uns der leere schwarze Ozean der Ewigkeit, nur weil dieser Typ nicht mitbekommen hat, dass Dad nicht richtig laufen kann, und seinen Gehstock nicht sieht. Und klar, wenn er sich nicht bewegt, wirkt er ja auch ganz normal, also warum steht er jetzt bitte einfach da, hält sich an der Stuhllehne fest und lächelt müde, anstatt anzubieten, noch ein paar Servietten oder einen neuen Kaffee zu holen? Vor allem, warum lässt er nicht endlich die Stuhllehne los?

Ich merke, dass Dad Angst hat. Nicht vor dem Mann, sondern davor, weiterzugehen, weil das Schiff mittlerweile ziemlich stark von einer Seite zur anderen schwankt, wie diese münzbetriebenen Schaukeltiere vor Supermärkten, die meine Neffen so mögen.

Die Frau sieht Dad an. Sie steht ihrem Mann bereitwillig zur Seite, um ein bisschen Feindseligkeit an einem Dritten auszulassen. »Und, funktioniert er noch?«

Und plötzlich bin ich wieder da.

»Na komm, Dad«, sage ich. »Ich will Ralph noch anrufen und Bescheid sagen, dass wir losgefahren sind, bevor wir keinen Empfang mehr haben.«

»Ja, scheint zu funktionieren«, sagt der Mann.

»Hier ist mein Name und meine Telefonnummer.« Dad reicht ihm eine seiner altmodischen verzierten Visitenkarten, die er für solche Fälle immer dabeihat. »Falls doch was sein sollte, melden Sie sich bitte. Wir bestellen Ihnen dann einen neuen.«

Er zögert einen Moment, als ob ihm noch ein neuer Gedanke gekommen ist oder er seine Meinung geändert hat. »Darf ich Ihnen ein Buch empfehlen, das ich vor Kurzem gelesen hab?«

»Dürfen Sie nicht, nein.«

Dad ignoriert ihn und kritzelt etwas auf die Rückseite der Karte. Die Stuhllehne lässt er dabei nicht los.

»Komm, Dad«, sage ich und reiche ihm meinen Arm. »Lass uns abhauen.«

Aber Dad schreibt weiter. Er zeigt auf den E-Reader: »Mit diesen Dingern wird nie wieder ein Buch vergriffen sein. Toll, nicht? Ein echter Fortschritt für die Menschheit. So, bitte schön. Lesen Sie mal rein. Wird Ihnen gefallen, das verspreche ich Ihnen.«

Der Typ tut mittlerweile so, als könnte er meinen Vater weder sehen noch hören, deshalb tritt mein Vater hinter dem Stuhl hervor, beugt sich über den Tisch und gibt der Frau die Karte. Seine Stimmung hat sich verändert. Er ist nicht böse, sondern eine Mischung aus resolut und tadelnd. Lehrerhaft.

Die Frau sieht hoch. Sie möchte gern noch feindseliger wirken, aber sie ist verunsichert, und Dad hat diese beeindruckende Art, einen auf Oberlehrer zu machen.

»Also dann.« Er richtet sich auf. »Ich wünsche Ihnen noch einen schönen Urlaub. Und bleiben Sie bitte nicht zusammen, wenn Sie das eigentlich gar nicht wollen.«

»Wie bitte?«, fragt die Frau.

Aber das wars, wir gehen weiter, und zum ersten Mal, seitdem das alles angefangen hat, legen wir einander den Arm um die Schulter, wie zwei Soldaten, die von der Front nach Hause humpeln, während es hinter uns Bomben und Kugeln hagelt und alles explodiert. Und mir geht durch den Kopf, wie seltsam und ungewohnt und gleichzeitig nah und vertraut sich das anfühlt, wie ich Dads echten, lebendigen Körper stütze, seinen Atem, sein

Gewicht, seinen Puls und den Rhythmus seines Schlurfens spüre, der sowohl der Rhythmus seiner Krankheit ist als auch der Rhythmus seines Wesens.

Meine Mutter hieß Yuliya. Ein weiterer Grund dafür, dass sich mein Vater so Hals über Kopf in sie verliebte, bestand sicher darin, dass ihre Eltern aus Russland kamen und sie dadurch einen authentischen Kommunistenschick mitbrachte. Außerdem hatte sie es in jüngeren Jahren mal zu ungefähr zehn Minuten Ruhm als Dichterin gebracht. Und sie hatte türkisblaue Augen und Wahnsinnshaare in einem Kupferton, den man nicht färben kann, mit dem man geboren werden muss, und damit schlug sie jegliche Konkurrenz um Längen. Mein Dad hat immer gesagt, er hätte mal gelesen, eine gut aussehende, zufriedene Frau, die nichts dafür tun muss, gut aussehend und zufrieden zu sein, würde einfach jedem den Kopf verdrehen. Männer sowieso, aber auch Frauen.

Meine Mutter starb vor vier Jahren wenig überraschend an ihren Zigaretten. Wir haben sie bis zum Schluss gepflegt, na ja, hauptsächlich Dad. Sie war in New York aufgewachsen, und wir fuhren mindestens einmal im Jahr hin, weil es für uns gratis war. Wir konnten immer bei meinen Großeltern oder bei Tante Natascha übernachten, obwohl Tante Natascha später wegen eines blonden Schadenregulierers namens Andrew nach Yonkers gezogen ist, der selbst einen gehörigen Schaden hatte, was ich ziemlich lustig fand, aber natürlich für mich behalten musste. Jedenfalls – wenn man vom Krebs mal absieht, hatte ich es schon gut mit Mum und New York. Eine

Zeit lang behauptete ich, ich wäre waschechter Amerikaner, bis Dad irgendwann zu mir meinte: »Lou, du musst nicht mal so tun. Du bist doch wirklich Halb-Amerikaner.« Jedenfalls kann man wohl sagen, dass die USA mein zweites Zuhause sind. Ich hoffe, sie sind bald mein richtiges Zuhause. Demnächst wirds ja nicht mehr viel geben, was mich in London hält, außer Jack und seinen Kindern.

Ich habe den Eindruck, Mum hat Dad von dem befreit, was er früher mal war. Und jetzt, wo sie weg ist ... entwickelt sich Dad zurück, kommt wieder zum Vorschein. Einmal, da war ich zwölf oder so, habe ich gelesen, was Dad für Mum vorn in sein Buch über Sonette geschrieben hat. Das muss er ihr irgendwann ganz am Anfang geschenkt haben. Da stand: »Wenn man in der Liebe etwas vermisst, weiß man nie, was es genau ist, bis man es irgendwann findet. Dann vergisst man es nie wieder.«

Ich bin unglaublich erleichtert, als wir endlich oben an Deck sind. Der Wind pfeift, und die Wolken rasen vorbei wie eine Parade verrückter Altherrenhaarschnitte. Wir stehen am Heck, und mein Blick fällt sofort auf den Schaum der Wellenkämme, die wir hinter uns zurücklassen: Erst dick und weiß, dann teilen sie sich, sehen aus wie Seifenschaum, werden immer mehr auseinandergezogen und verschwinden schließlich ganz, bis alles wieder nur noch grau-grünes Meer ist, als wäre die Fähre nie da gewesen. Keine Ahnung, warum, aber auf einmal ist es mir unheimlich wichtig, dass die Welle, die das Schiff produziert, nicht einfach so verschwindet, und ich sehe genau hin, ob nicht doch ein Unterschied im Wasser zu entdecken ist, ob nicht doch irgendetwas von uns noch eine Weile bleibt.

Dad und ich, immer noch Arm in Arm, gehen rüber zu den im Boden verankerten Plastikstühlen und setzen uns. Dad atmet tief ein und aus, als würde er seine Atemzüge zählen, und ich starre immer noch aufs Meer hinaus, als plötzlich eine Gruppe Hippie-Studenten auftaucht und sich ans andere Ende des Tisches setzt. Sie rauchen Selbstgedrehte und benehmen sich, als wären sie in einem brasilianischen Slum aufgewachsen und dort nur knapp dem Tod entronnen, indem sie bedeutungsvolle Lieder schrieben, bevor sie per Anhalter den Weg über zwei Kontinente bis hierher schafften. Ich höre einen von ihnen sagen, er wäre »echt total offen für alle neuen Erfahrungen«, und denke mir, irgendwann reichts auch. Deshalb laufen Dad und ich wieder los, die Längsseite des Schiffs hinunter, bis zu einer weißen Kette, auf der »Kein Zutritt« steht und über der eine Reihe Rettungsboote hängt.

Hier unten weht der Wind ein wenig stärker. Ich ziehe meine Jacke an und gebe Dad seine. Ich versuche, bloß nicht hochzugucken und über Rettungsboote nachzudenken und darüber, dass vielleicht ein Heilmittel für Dads Krankheit gefunden wird, und was, wenn das nächstes Jahr passiert oder sogar schon nächste Woche? Scheiße.

Also spreche ich es jetzt doch einfach aus: »Wenn Mum noch leben würde, würden wir das hier trotzdem machen?«

Mein Dad zieht den Reißverschluss seiner Windjacke hoch und sieht mich an. »Nein. Würden wir nicht.«

»Dachte ich mir.«

»Du weißt doch auch, warum.«

»Eigentlich nicht.«

»Lou.«

Er sieht mich unter den grauen Brauen hervor an. Sein ruhiger, blauer Blick scheint zu fragen, ob ich das wirklich alles noch mal durchgehen will. Und ich weiß, wenn ich Ja sage, dann machen wir das auch. Das Problem ist nur, dass ich es auf immer und ewig durchgehen will. Also sage ich stattdessen: »Ich habe auf der Arbeit eine neue Lesegruppe gegründet.«

Komplett gelogen. Ich fühle mich auch sofort unglaublich schlecht. Doch er wird das natürlich nie rausfinden, und das macht es noch schlimmer.

Aber dann sagt er: »Gibst du mir eine Zigarette?«

Wären in diesem Moment fünfzehn Delfine mit Mundharmonikas und Gitarren aus dem Meer aufgetaucht und hätten angefangen, dieses blöde *Mr. Tambourine Man* zu singen, hätte ich nicht überraschter sein können.

»Du rauchst doch gar nicht, Dad.«

»Ich fange wieder damit an. Ich musste fast fünfunddreißig Jahre auf meinen Rückfall warten.«

Ich zögere. Ich wusste nicht, dass er weiß, dass ich rauche.

Wir sind beide so scheinheilig. Und Mum und Ralph und Jack auch. In meiner Familie sollte jeder ein Schild mit sich rumtragen, auf dem steht: »Ich meine genau das Gegenteil von allem, was ich mache und sage.«

»Ist schon okay«, sagt er lächelnd. »Auf seinen Vater muss man hören.«

Ich suche in der Jackentasche nach der Packung, die ich da versteckt habe. »Warum?«

»Diese Frage habe ich schon immer gehasst.«

»Deine Antwort darauf habe ich mindestens genauso gehasst.« Ich hole eine Zigarette aus dem zerknautschten Päckchen. Ich finde Rauchen eigentlich total schrecklich, die Gründe sind ja offensichtlich. Ich mache es nur, um mich selbst noch mehr zu ärgern. Ich reiche Dad eine. Der nimmt sie, steckt sie aber nicht in den Mund. »Was habe ich denn geantwortet?«

»›Darum.‹ Mehr hast du nie gesagt. Nur immer ›darum eben‹. Darum eben. War nicht gerade hilfreich. Und auch nicht sehr clever.«

»Wenn du selbst mal Kinder hast, wirst du das verstehen.« Er hebt die Hand, damit ich ihn nicht unterbreche. »Glaub mir, das wirst du. Manche Sachen muss man einfach für seine Eltern tun, darum eben. Soll ich mir die hier eigentlich mit den Zähnen anzünden oder was?«

Ich gebe ihm mein Zippo. Ich werde sie ihm bestimmt nicht auch noch anzünden. Alles hat seine Grenzen.

Aber mittlerweile hört der Wind gar nicht mehr auf, also hocken wir uns hin, die Köpfe dicht beieinander, jeder mit seiner Zigarette im Mund, und versuchen, sie anzuzünden. Und er zieht seinen Reißverschluss wieder auf, um aus seiner Jacke ein Zelt zu formen, aber es klappt immer noch nicht, bis ich das Gleiche mit meiner Jacke mache und die Flamme von beiden Seiten geschützt ist. Jetzt gibt es nur noch uns zwei hier, ich spüre den Schlag seiner Wimpern, spüre das Blut in seinen Ohren und die Wärme seines Atems. Der Rauch steigt ihm in die Augen, und als wir wieder aufstehen und zur Reling gehen, sieht es deshalb aus, als würde er weinen. Also sage ich schnell: »Du hast früher mal geraucht? Wann war das denn?«

Er blinzelt und kneift die Augen zusammen, und es ist ihm peinlich, aber er rückt trotzdem mit der Sprache raus: »Als ich in deinem Alter war. 1978 habe ich aufgehört, bevor deine Brüder geboren wurden. Ob du's glaubst oder nicht, ich wollte ihnen mit gutem Beispiel vorangehen.« Er lacht leise sein Lachen, das immer klingt, als würde ihm gerade aufgehen, wie wenig wir wirklich über das Universum wissen und dass man es eigentlich nur staunend hinnehmen kann. »Und jetzt schau dich an. Du rauchst in letzter Zeit wie ein Schlot.«

»Ich hatte eben eine Menge Stress, Dad.«

»Stell dir mal den Stress vor, seinem Sohn dabei zusehen zu müssen, wie er genau das macht, was seine Mutter umgebracht hat.«

»Ich hör ja bald auf.«

»Na ja ... wenn ich wieder anfange, machst du das vielleicht wirklich.« Er sieht mich an. »Umgekehrte Psychologie. Bei deinen Brüdern funktioniert es zumindest. Keine Ahnung, was bei dir funktioniert, Lou. Bestechung? Oder – was wäre denn das Gegenteil von umgekehrter Psychologie?«

»Wahrscheinlich Ermutigung, Dad.«

»Stimmt. Na gut, dann ermutige ich dich, mit dem

Rauchen aufzuhören, auch wenn ich wieder damit anfange. Versprochen?«

»Versprochen«, sage ich. »Ich hasse es sowieso.«

Durch die Fähre geht so ein typisches lautes Fährenrumpeln.

»Und was für eine Lesegruppe hast du jetzt gegründet?«

»Eine Slow-Reading-Gruppe.«

»Nein!« Dad sieht mich an, als ob er mir gern glauben möchte. »Im Ernst?«

Die Lüge ist so unverfroren, dass ich mir jetzt richtig Mühe geben muss. »Ja, wirklich. Jeden ersten Montag im Monat. Im Moment sind wir etwa zu zehnt. Wir lesen alle dasselbe, ein Gedicht oder ein paar Seiten aus einem anspruchsvollen Roman, und dann reden wir gemeinsam darüber. Es geht darum, dass man sich richtig darauf konzentriert, also auf die Literatur.« Meine Seele zerfällt in mir drin zu Asche, deshalb sage ich das Einzige, was garantiert für einen Themenwechsel sorgen wird. »Ich mache das zusammen mit Eva. Ein paar von ihren Arbeitskollegen sind auch dabei.«

Dad will wieder zu mir schauen, tut es jedoch nicht. Wir reden nie über meine Freundinnen. Ich bin mir sicher, dass er gern ab und zu so ein Gespräch unter Männern hätte, aber ich bin ziemlich gut darin, das Thema zu meiden. Er ist so altmodisch und ungeschickt, was das angeht, dass es mir peinlich ist. Indem ich also nur ihren Namen sage, öffne ich ihm bereits diese Tür. Und das weiß er. Deshalb will er nicht rübergucken, damit ich nicht sehe, dass er gerade versucht hereinzukommen, und die Tür vielleicht wieder zuschlage. Ich muss sie jetzt aber natürlich sowieso sperrangelweit offen lassen, als Strafe dafür, dass ich ihn angelogen habe, und fühle mich abgrundtief schlecht – das kommt jetzt noch zu den vielen anderen Sachen dazu, wegen denen ich mich eh schon abgrundtief schlecht fühle, wegen allem eigentlich.

»Wer war Eva noch mal?«, fragt Dad, ohne mich anzusehen. »Die, die dich voranbringt, oder die, die dich zurückhält?«

»Dad.«

»Ich hatte den Eindruck, das letzte Jahr war ganz schön ... hektisch für dich.«

»Sag nicht ›hektisch‹.«

»Beschäftigt. Stressig.«

»Das war früher.«

»Wo kommt sie denn her?«

»Tufnell Park.«

»Ah, eine Londonerin.«

»Ihr Dad ist aus Yeovil. Ihre Mum kommt aus Eritrea.«

»Und was hält sie davon, mit jemandem aus Stockwell zusammenzusein?«

»Sie hat so einen Nacktscanner wie am Flughafen vor der Zimmertür stehen.«

»Bestimmt seltsam.«

Ich bin kurz davor, einen Witz über Ganzkörperdurchsuchungen zu machen, und dass ich praktischerweise immer schon meinen Gürtel ausgezogen habe, wenn ich zu ihr komme, aber das fühlt sich irgendwie falsch an. Deshalb sage ich nur: »Ihr Dad hat früher eine komplett unrentable Tapas-Bar geführt, und ihre Mum ist Teilhaberin von einem äthiopischen Restaurant in Tufnell Park. So haben sich die beiden auch kennengelernt. Eva meint, sie würden die schlimmste Ehe führen, die sie je gesehen hat.«

»Gibt bestimmt schlimmere, Lou.«

»Nein, wirklich, die spielen ganz oben mit. Eva hat erzählt, wie sich ihre Mum zu Weihnachten mal als Weihnachtsmann verkleidet, in ihr Zimmer geschlichen und Geschenke hingelegt hat. Eva hat so getan, als würde sie schlafen. Fünf Minuten später kam ihr Dad rein, auch als Weihnachtsmann verkleidet, und hat die Geschenke wieder mitgenommen.«

»Interessant.«

»Und zehn Minuten danach kam ihr Dad noch mal rein und hat die Geschenke wieder hingelegt, aber er hatte die Schrift ihrer Mum mit kleinen weißen Etiketten überklebt.«

»Ach du Scheiße.«

»Und dann kam ihre Mum zurück, immer noch im Weihnachtsmannkostüm, hat sich die Geschenke angeguckt und war völlig fassungslos darüber, was Evas Dad gerade getan hat. In dem Moment kommt ihr Dad dazu, um zu sehen, was ihre Mum da treibt, und sie fangen an, sich zu streiten. Sie werden immer lauter, und Eva liegt hellwach da und sieht diesen zwei Weihnachtsmännern dabei zu, wie sie vor ihrem Bett stehen und sich durch ihre Rauschebärte hindurch anschreien. Und das alles am Abend vor Weihnachten.«

»Hat das Spuren bei ihr hinterlassen?«

»Alles hinterlässt doch Spuren«, antworte ich.

Dad sieht mich an. Ich erwidere seinen Blick.

»Und was macht sie?«

»Das Gleiche wie ich.«

Er kann seine Geringschätzung kaum verbergen. »Sie ist Datenbankmanagerin?«

»Nein, Anwältin. Mit ›das Gleiche‹ meinte ich, dass sie auch ziellos in den flachen Gewässern von Sinn- und Zwecklosigkeit umhertreibt.«

Er runzelt die Stirn. Er kann es nicht ausstehen, wenn ich Witze über meinen Job mache, und ich will nicht, dass die gute Stimmung zwischen uns gleich wieder hin ist, deshalb frage ich schnell nach dem Buch, das er immer noch in der Hand hält. »Was liest du da eigentlich?«

»Die Sonette. Nummer vierundsiebzig, ›Doch sei getrost‹.«

»Kannst du das auswendig?«

»Ja.«

»Sag es mal auf.«

»Nein.«

»Eine Zeile wenigstens?«

»›Doch sei getrost! Wenn mich der harte Spruch des Todes ohne Schonung einst ereilt, lebt etwas noch von mir in diesem Buch ...‹«

Der Wind fährt ihm durch die Haare. Ich sehe ihm an, dass es ihm hier draußen besser geht. Und deshalb geht es auch mir besser. Er rezitiert den Vers zu Ende: »› ... das zum Gedächtnis ewig bei dir weilt.‹«

»Ich würde so was auch gern auswendig können«, sage ich, weil es stimmt und weil ich Dad so gern zuhöre, wenn er über Sachen redet, die ihm viel bedeuten.

»Du hast das ganze Internet auf deinem Telefon, Lou. Du musst überhaupt nichts mehr wissen. Zu meiner Zeit mussten wir uns noch Sachen einprägen, damit wir sie abrufen konnten, falls wir sie später noch mal brauchten. Sonst musste man jedes Mal mit dem Bus in die verflixte Bibliothek fahren, wenn man was wissen wollte. Kann man sich heute gar nicht mehr vorstellen. Gibt es überhaupt noch Bibliotheken? Die Fortschrittslücke zwischen meiner und deiner Generation ist bestimmt die größte, die es je gab.«

Dad sieht sich nach etwas um, wo er seine Zigarette ausdrücken kann. Hinter uns steht ein Eimer mit Sand. Er wartet ab, bis wir die nächste Welle hinter uns haben, dreht sich auf seinen Stock gestützt ein Stück, macht einen Schritt nach vorn, lässt die Zigarette in den Eimer fallen, richtet sich auf und greift wieder nach der Reling.

»Du findest bestimmt, dass früher alles besser war, oder?«, frage ich.

»In der Tat, ja.«

»Wieso?«

»Wenn man was auswendig lernt, wenn man es sich für immer einprägt, dann hat man die Wörter in sich drin, biologisch oder chemisch, oder wie das Gehirn halt funktioniert.«

»Über Neuronen.«

»Genau. Jedenfalls existieren die Wörter dann in einem drin, also in den Neuronen. Und können an andere Neuronen abgegeben werden. Und wenn einem Gedanken durch den Kopf blitzen, dann blitzen sie gleichzeitig an ganz viel Shakespeare vorbei, und das hilft garantiert dabei, Dinge besser zu formulieren und sich besser auszudrücken.«

Draußen auf dem Ärmelkanal fährt so ein Typ mit einer kleinen Jacht über die Wellen, es sieht aus, als würde er auf ihnen bergsteigen. Und noch ein Stück weiter draußen pflügt eine andere Fähre in die Gegenrichtung zurück.

»Dadurch wird Shakespeare zu einem Teil von dir, Lou. Und der Teil gibt es an die anderen weiter.«

»Ich werd wirklich ein paar Gedichte auswendig lernen.«

»Mach das. Nicht für mich, sondern für dich selbst.« Dad verlagert sein Gewicht. »Je mehr Wörter man kennt, desto besser kann man ausdrücken, was gesagt werden muss. Sprache ist Denken. Denken ist Sprache.«

»Das sagst du immer.«

»Kann man nicht oft genug sagen.« Er tippt sich mit dem Finger an den Kopf. »Wenn man da oben anständige Sachen reintut, stehen die Chancen gut, dass auch wieder anständige Sachen rauskommen. Übrigens, selbst wenn ich hundert Millionen Pfund hätte, ich würde mir nie im Leben ein Boot kaufen.«

»Wir sind einfach keine Seemänner, Dad.«

»Was würdest du dir kaufen?«

Ich drücke meine Zigarette auch in dem Eimer aus.

»Eine Wohnung in Rom«, sage ich. »Eine richtig schöne.«

»Machs doch einfach. Verkauf dein Haus.«

»Dad, hör auf.«

Wir schweigen wieder und stützen uns auf die Reling.

Ich habe plötzlich das seltsame Gefühl, meinen Vater zum ersten Mal so zu sehen, wie er wirklich ist, einfach als Mann, ohne die Milliarden von DNS-Verbindungsdrähten zwischen uns und ohne die Tausenden von Stunden, die wir schon miteinander verbracht haben. Gleichzeitig fühle ich diese Verbindung aber auch so stark und wahrhaftig wie noch nie.

Und wir sehen gemeinsam auf das Meer hinaus, wie es wohl schon viele Väter und Söhne getan haben, nur wahrscheinlich in einer etwas anderen Situation als wir, und die Wellen wogen und glänzen wie Fischschuppen in der Lichtscherbe, die bis weit hinten glitzert, dort, wo jetzt vielleicht noch England ist, bevor es sich auflöst und irgendwann ganz verschwindet.

Ralph

Meine Brüder und ich haben uns schon immer sehr nahegestanden. Eigentlich verwunderlich – immerhin bin ich die Personifizierung all ihrer Probleme mit Dad, die Personifizierung sämtlicher familiärer Auseinandersetzungen überhaupt. Wahrscheinlich ist der Abstand zwischen uns so groß – elf Jahre –, dass wir einfach an dem Zeitpunkt vorbeigerauscht sind, wo es eine Rolle gespielt hätte, und dort gelandet sind, wo es schon wieder egal war. Ich durfte mitmachen, wenn sie die drei Musketiere spielten. Dann sagten sie immer: »Einer für alle, und alle für einen, Lou«, als wäre ich einer von den Großen, obwohl ich eigentlich noch klein war, aber auch um mir zu zeigen, dass wir »alle zusammen hier drinstecken«. Jetzt ist mir klar, dass wir damals mit »hier drin« unbewusst unseren Vater meinten.

Als ich auf die Welt kam, wohnten meine Brüder wegen des Alkoholproblems ihrer Mutter, wegen des Gekreisches und den daraus resultierenden Anwaltsgängen bei Dad. Deswegen kenne ich es gar nicht anders: Sie waren schon immer meine Brüder. Wenn meine Eltern unterwegs waren, was öfter vorkam, passten sie immer auf, dass ich nicht die Treppe runterfiel, mit Grillspießen spielte oder an meinem Abendbrot erstickte, und irgendwann wurde ihnen das zur zweiten Natur.

In den Semesterferien brachten sie mir auch immer viel bei, nahmen mich mit auf Fahrradtouren, zeigten mir, wie man ein Lagerfeuer macht und was echte Musik ist. Im Laufe der Zeit entwickelte ich die seltsame Angewohnheit, alles mit ihnen zu machen, beziehungsweise für sie. Besonders für Ralph. Nicht im Bezug auf unseren Alltag, sondern immer dann, wenn er sich entspannen oder angeben oder seine Persönlichkeit ausleben wollte. Ich war jedes Mal vor Ort und das dankbarste Publikum überhaupt: absolut ergeben, begeistert, voller Bewunderung. Und jedes Mal, wenn ich irgendetwas machte, zum Beispiel einem Mädchen mit einer cleveren Nachricht antwortete oder den Barrégriff auf der Gitarre lernte, stellte ich mir vor, wie er mir mit wohlwollender Großer-Bruder-Miene zunickte.

Einmal, ich war vierzehn, er Mitte zwanzig und ganz mit seiner Karriere als arbeitsloser Schauspieler beschäftigt, kam er anlässlich von Dads Sechzigstem mit einer samisch-schwedischen Modestudentin zu Besuch, deren umwerfende Schönheit uns alle an den Rand des Zusammenbruchs brachte. Damals wusste Mum noch nicht, dass sie krank war, und das Haus wimmelte vor Dads Labour-Party-Kollegen, die sich für die beste Regierung aller Zeiten hielten (und die er »im Scherz« als »Betrüger« bezeichnete), und Mums Bekannten – Singer-Songwriter ohne Plattenvertrag, Drehbuchautoren ohne Produzenten, Dichter ohne Verlag – jeder in London, der nie den Durchbruch geschafft hatte und, wie Mum immer zu mir sagte, auch nie schaffen würde. »Das liegt an den herrschenden Bedingungen, Lou.« Jedenfalls sollte ich ein Gedicht vortragen, das Mum für Dad geschrieben hatte, aber es lag oben in meinem Zimmer, und ich wollte es vorher noch mal üben, da ich ziemliches Lampenfieber hatte. Ich hatte die Hand schon fast an der Türklinke, da hörte ich eine Frauenstimme: »Ja, ja, ja, nicht aufhören.« Zum ersten Mal hörte ich so was in echt, und ich zögerte erst. Dann lauschte ich gebannt. Leider knarzen die Dielen in unserem Haus wie blöd, und keine zwei Sekunden später war mir klar, dass ich aufgeflogen war, da hinter der Tür plötzlich Stille herrschte. Also blieb mir nur noch die Flucht nach vorne. Ich musste so tun, als wäre ich gerade erst die Treppe hochgerannt und hätte kein bisschen gelauscht, und dafür musste ich an die Tür klopfen – schön fest und rhythmisch.

»Ralph, ich brauch was aus meinem Zimmer«, rief ich. »Und du musst runterkommen. Ich trag gleich das Gedicht von Mum vor, und Dad hält eine Rede.«

Angespannte Stille.

»Ralph?«

Nichts.

»Ralph, ich weiß, dass du da drin bist.«

»Dann verpiss dich gefälligst.«

»Aber ich brauch das Gedicht. Und du sollst runterkommen. Dad will was sagen. Du sollst seine Rede nicht verpassen. Die ist echt wichtig. Jetzt komm schon.«

»Das hier ist auch wichtig. Ich schlafe gerade mit jemanden.« Der Lattenrost quietschte.

Damals (wie heute) war Ralph rein gar nichts peinlich.

Als Schauspieler gab er sich ganz seinem Publikum hin, aus wem auch immer es bestehen mochte. Schon mit Anfang zwanzig gab er freimütig zu, nach allen vernünftigen Maßstäben ein schrecklicher Mensch zu sein. Im Ernst: Ich bin echt ein Schwanzlurch, Lou, verkündete er immer ohne jegliche Scham und schüttelte dabei fast ein wenig belustigt den Kopf, als würde er gerade seine Schuld an einem kleinen Auffahrunfall zugeben. Ich akzeptiere das, du akzeptierst das, wir alle akzeptieren das. Aber wenigstens *habe* ich diese Selbsterkenntnis, was man von den meisten anderen hier ja wohl nicht gerade behaupten kann. Dann zog er immer die Augenbrauen hoch und schaute mich auffordernd an.

Ich wandte mich wieder dem Türspalt zu. »Jetzt komm schon, Ralph. Gib mir doch einfach das Gedicht, dann kannst du weitermachen.«

»Zieh Leine, Lou. Ich hab nen Riesenständer, und du bist mein Bruder. Das ist einfach nur daneben.«

Unterdrücktes Mädchengekicher.

»Ralph, ich meins ernst.«

»Ich auch. Habs noch nie ernster gemeint.«

Aber ich würde jetzt bestimmt nicht die nächsten zwanzig Minuten die Treppe hoch- und runterrennen, bis die beiden ihren Orgasmus gehabt hätten. Und ich merkte, dass Ralph sich im Widerstandsmodus befand. Ich grub die Füße fester in den Boden. »Gib mir das Gedicht, dann geh ich weg. Aber ich brauch es jetzt. Ich muss das vorlesen. Ich glaube, es liegt auf dem Schreibtisch.«

»Nee.«

»Bitte.«

»Kein Mann sollte eine Frau im Bett zurücklassen, um einen anderen Mann zu besänftigen, besonders nicht seinen kleinen Bruder. Hat Oscar Wilde gesagt.«

»Oscar Wilde war schwul, du Idiot.«

»Das war, bevor er sich geoutet hat.«

»Na gut. Aber ich warne dich. Ich komm jetzt rein und hol mir das Gedicht, ich will Dad nämlich nicht enttäuschen. Und ich bezweifle, dass du vorher fertig wirst.«

Erneutes Gelächter.

Genau das meinte ich wahrscheinlich damit, dass wir gegenseitig unser Lieblingspublikum waren – denn tief drinnen wollte er, dass ich reinkomme und ihn sehe, und tief drinnen wollte ich reingehen, um ihm zu zeigen, wie wenig mir diese ganze Sexgeschichte ausmachte.

»Ich komm jetzt rein.«

»Lou, wag es bloß nicht.«

»Doch, ich komm jetzt rein.«

»Ich will dich nur beschützen. Hier drin siehts furchtbar aus, alles voller Wichse.«

»Ich zähl jetzt bis drei, und dann komm ich rein. Eins, zwei …«

Ich hielt mir schützend eine Hand über die Augen und ging mit gesenktem Kopf ins Zimmer. Die Nachttischlampe war auf den Boden gefallen, und Schatten reckten sich an den Wänden empor. Ralph setzte sich auf. Niemand fühlte sich angesichts des Unbehagens anderer so wohl wie er. Seine Freundin hatte sich die Decke über den Kopf gezogen und wäre offenbar am liebsten im Erdboden versunken. Um mir meine Schamesröte nicht ansehen zu lassen, marschierte ich schnurstracks zum Schreibtisch.

»So was erlebt man ja auch eher selten.« Ralph schob sich das Kissen hinter dem Kopf zurecht. »Damit wäre mein Wochenende also eingeläutet.«

Ich hielt mir die Hand dichter vor die Augen und mied seinen Blick, während ich mich durch das Chaos auf dem Schreibtisch wühlte. Mit einem lauten, lang gezogenen Streichholzratschen zündete sich Ralph eine Zigarette an.

»Mach die Zigarette aus, du Pimmelkopf«, sagte ich. »Ich muss in dem Bett noch schlafen.«

»Tut mir leid, dass ich dich nicht vorgewarnt habe, Kristen«, meinte er. »Mein kleiner Bruder führt anscheinend einen Ein-Mann-Dschihad gegen den Spaß.« Ralph wedelte demonstrativ das Streichholz aus. »Den behalten wir besser im Auge. Tagsüber patrouilliert er durchs Haus, damit sich ja niemand vergnügt. Und nachts schläft er in Burka und Bußgürtel. Während er sich fröhlich einen von der Palme wedelt, wohlgemerkt.« Ralph hatte sich der Bettdecke zugewandt, aber eigentlich sprach er mit mir. »Was ist eigentlich mit deinen Haaren los, Lou?«

Unter der Decke rührte sich etwas. Er blies lässig einen Ring in die Luft, auf dass er sich irgendwo niederließe.

»Bist du jetzt den Jungen Konservativen beigetreten?«

»Wenigstens bin ich nicht so ein Riesenversager wie du.«

»Noch nicht.«

Ich warf ihm einen Blick zu. Er schenkte mir sein typisches Halblächeln. Ralph war immer schon blass, und seine verwuschelten braunen Haare, die er damals noch länger trug, fielen ihm über die tief liegenden Augen, die er von unserem Vater geerbt hatte. Seine waren allerdings heller, eine Art Taubenblau. Dad meinte einmal, er sähe aus wie der Hauptdarsteller im feuchten Kricket-Traum eines verkappten schwulen Maharadschas, und das beschreibt meinen Bruder eigentlich ganz gut.

Ich wollte vor Scham im Boden versinken – ich konnte das Gedicht auf Teufel komm raus nicht finden und befürchtete schon, es auf unserer alten Krücke von einem Drucker erneut ausdrucken zu müssen.

»Tut mir leid, ich weiß auch nicht. Ich war mir sicher, dass es noch hier liegt. Vielleicht ist es unten.«

»Hier.« Ralph zog es unter der Tasse hervor, die ihm als Aschenbecher diente. Er wusste, dass er es zu weit getrieben hatte.

»Mensch, Ralph.«

»Das ist echt gut«, versuchte er mich zu besänftigen.

»Du bist ein Riesen…«

»Arschloch, schon klar. Ich weiß. Ich hab mich einfach nur dafür interessiert. Deine Mum schreibt zwar nicht viel, aber sie hats echt drauf. Lass dir bloß nie was anderes einreden.«

Ralph erzielte in seinem Anglistikstudium regelmäßig Bestnoten, und das machte ihn in meinen Augen nicht nur zum klügsten Menschen, den ich kannte, sondern gleichzeitig auch zum klügstmöglichen Menschen der Welt. Die Tatsache, dass er sich gegen eine wissenschaftliche Karriere entschieden hatte, war ein unausgesprochener Witz auf Kosten meines Vaters.

»Anapästischer Tetrameter«, erklärte er. Ein sonnenverbranntes Knie ragte nun unter der Decke hervor. »Am besten trägst du es beschwingt und auf- und abschwellend vor.« Seine Hände tanzten langsam durch die Luft. »Wie bei Byron: ›*Assur* stürmt *her* wie der *Wolf* auf die *Herde*.‹«

Er reichte mir das Gedicht. Die Bettdecke glitt den blonden Flaum auf ihrem Oberschenkel hinauf. Seine Zigarette erlosch zischend im kalten Tee.

»Boah, Ralph.«

Er rang sich einen Entschuldigungsversuch ab. »Die anderen Zimmer waren alle belegt. Ich musste mich zwischen dem Bett von meinem Vater und dem von meinem kleinen Bruder entscheiden. Ich glaube ja nicht an göttliche Vergeltung, wie du weißt, aber ich dachte, das hier ist besser für alle Beteiligten.«

»Du hast echt tief sitzende Probleme.« Ich schüttelte den Kopf. »Hast du's schon mal mit Therapie probiert? Da kannst du jemanden bezahlen, damit er so tut, als ob er sich für deine Probleme interessiert.«

Er lächelte schlitzohrig. »Meinst du nicht, wir können uns später darüber unterhalten? Immerhin stehst du hier neben meinem Bett und schaust deinem Bruder beim Sex zu. Das ist schon reichlich seltsam, findest du nicht?«

»Das ist *mein* Bett«, gab ich zurück.

Sie bewegte sich. Ich erhaschte einen Blick auf ihr Schamhaar. Dann klammerte sich das nackte Bein um die Decke und rührte sich nicht mehr.

»Du musst mit runterkommen und dir Dads Rede anhören«, sagte ich. »Wieso bist du sonst überhaupt hier?«

»Warum muss Dad eigentlich ständig Reden schwingen?«

»Macht er doch gar nicht. Er wird sechzig, Mann. Jetzt komm schon.«

»Vielleicht will er ja über die alte Missbrauchsgeschichte reden, die wir alle schon erfolgreich verdrängt haben. Dann kommt das endlich auch mal ans Licht. Die Alcopops. Die zwielichtigen Partys. Die dauergebräunten Fernsehmoderatoren. Die vage vertrauten Abgeordneten.«

»Ihr seid echt ekelhaft«, sagte die Decke leise, aber bestimmt. »Was stimmt mit euch Engländern eigentlich nicht? Selbst in Schweden würden wir so was nie sagen.«

»Das liegt an Lou. Ich hab dir doch gesagt, dass er einiges mit sich rumschleppt.«

»Jetzt komm halt mit runter, Ralph.«

»Aber ich kann da unten niemanden leiden. Ich würde mich lieber nackt auf die Treppe stellen und mir Heroin in die Augen spritzen.«

»Er will dich bestimmt dabeihaben.« Ich ging zur Tür. »Und übrigens schlafe ich heute Nacht hier, nur damit du es weißt. Und zwar nicht auf dem Boden.«

»Lou, nur damit *du* es weißt«, rief er mir hinterher. »Du bist echt ein Liebestöter. Jedes Mal, wenn du den Mund aufmachst, rutscht der Orgasmus für den Rest der Menschheit auf der Agenda weiter nach unten.«

»Fick dich.«

»Mach die Tür zu.«

»Fick dich ins Knie.«

Ich zog die Tür hinter mir zu und erstarrte prompt, als ich die vertrauten Schritte auf der Treppe hörte. Fast schon ein Rennen. Zielstrebig. Neugierig. Ohne Rücksicht auf die Privatsphäre anderer. Sollte ich zurück in mein Zimmer gehen oder mich auf den Weg nach unten machen? In jedem Fall war ich mir plötzlich sicher, dass ich meinen Bruder vor meinem Vater und meinen Vater vor dem Anblick meines Bruders bewahren musste. Rückblickend wird mir klar, dass Ralphs damaliges Verhalten sich als sexuellen Vorwurf an Dad lesen lässt, als wollte er sagen: »Du hast an meinem zehnten Geburtstag heimlich mit einer anderen geschlafen, jetzt schlafe ich an deinem sechzigsten eben heimlich mit jemandem. Du hast die Familie mit Sex kaputt gemacht, du hast Untreue normalisiert und dann kanonisiert, jetzt musst du eben mit den Konsequenzen leben, alter Mann, denn jede Frau, die mir je über den Weg laufen wird, bedeutet mir mehr als du, und jedes Mal, wenn du meine Aufmerksamkeit willst, wenn du mich brauchst, werde ich nicht da sein.« Ich weiß nicht, ob Ralph selbst das so sah, zumindest jedenfalls nicht ausdrücklich, aber genau das tat er, hatte er schon immer getan: Er nahm das Besondere und erklärte es zur Normalität; mit jeder neuen Freundin machte er sich über Dad lustig und ihm gleichzeitig einen Vorwurf. Genau jene Lektionen waren beim Sohn hängen geblieben, von denen der Vater gar nicht wusste, dass er sie erteilt hatte.

Dad war auf dem Treppenabsatz angekommen. »Na, Louis?«, sagte er. »Wir haben dich gesucht. Zehn Minuten noch, okay? Bei dir alles in Ordnung?«

»Hab nur den hier geholt.« Ich hielt den Zettel hoch und hoffte inständig, er würde nicht erraten, dass es sich dabei um ein Gedicht handelte, das meine Mutter für ihn geschrieben hatte, da ich ihm die Überraschung nicht verderben wollte.

Er zögerte, unsicher und beschwipst.

»Weißt du, wo deine Brüder sind?«

»Nee. Im Garten vielleicht?«

Er musterte mich besorgt, fast schon misstrauisch. Ich hoffte, er würde mir abkaufen, dass mein merkwürdiges Verhalten dem Lampenfieber geschuldet war. »Ich komm gleich runter. Ich wollte das hier bloß noch einmal durchlesen. Geht das?«

Ich drehte mich zu meiner Zimmertür und hoffte, dass er wieder verschwinden würde.

»Ich freu mich jedenfalls schon drauf, was auch immer es ist.« Wieder hielt er kurz inne. »Falls du sie siehst, sag ihnen doch bitte, ich fänds schön, wenn sie bei der Rede dabei wären.«

»Mach ich.«

Er stieg die Treppe hinab. Ich öffnete die Tür ein Stück und blieb auf der Schwelle stehen, das Gedicht meiner Mutter in der Hand.

»Grüß dich, Louis«, sagte Ralph. »Hattest du noch nicht genug? Wir wollten uns gerade weiter vergnügen. Wer war das?«

»Jack«, log ich. »Jetzt komm schon runter, Ralph. Ich bin voll nervös. Ich kenne da unten niemanden und komme mir total bekloppt vor, dass ich das hier vortragen muss.«

»Wir kommen gleich.« Kristen setzte sich plötzlich auf, die Decke an die Brust gedrückt. »Keine Widerrede, Ralph. Wir machen das für deinen Bruder. Na los.«

Ralph seufzte. »Anscheinend kommen wir extra für dich nach unten, Bruderherz.« Er griff nach der Decke. »Und jetzt guck weg, oder erfreu dich an meiner Nacktheit.«

»Das sagst du jeden Abend.«

»Und trotzdem guckst du nicht weg.«

Kristen sah kopfschüttelnd zwischen uns hin und her. »Können wir nicht ein paar Stunden lang so tun, als wären wir alle normale Menschen?«

Ich lächelte dankbar und setzte mich mit meinem Gedicht auf die Treppe, während die beiden sich anzogen.

Wir haben im Laufe der Jahre schon einiges zusammen durchgemacht, er und ich. Ralph ist immer noch der Einzige, der wirklich weiß, was läuft. Aber jetzt ... keine Ahnung, wie das werden soll. Ich meine, wenn er jetzt aus Berlin kommt, wo er erfolgreich als Puppenspieler arbeitet.

Falls er denn kommt.

L'Autoroute des Anglais

»Nein, aber merkst du das, Lou ... praktisch unhörbar. Wie schnell fahren wir?«

»Knapp über hundert.«

»Eben. Praktisch unhörbar. Der Zauber des Heckantriebs.«

»Ein Zauber, der seinesgleichen sucht.«

Wir fahren die französische Autobahn entlang, die A26, und die Sonne verschwindet ab und zu hinter den Wolken und kommt dann wieder zum Vorschein, als ob im Himmel das Betriebssystem getestet würde. Somme ist hier ausgeschildert, und Dad hat unnötigerweise die Karte auf dem Schoß, weil er »Navis« nicht ausstehen kann, und natürlich können wir auch keine Musik anmachen, weil uns das zu sehr zusetzen würde. Deswegen reden wir stattdessen über Motorengeräusche.

Dad geht nicht auf meine sarkastische Bemerkung ein und fährt enthusiastisch fort: »Und deswegen wollte ich auch keinen neuen. Nach neunundachtzig haben sie den Motor nach vorne verlagert, Diesel, und die veranstalten vielleicht einen Krach. Das ist das Problem mit Allradantrieb.«

»Was jetzt genau?«

»Der *Lärm*.«

Darauf gehe ich ebenfalls nicht ein, da ich anhand seiner Betonung erkenne, dass er über »Lärm« als Hauptproblem »der modernen Welt« sprechen will. Damit meint er in erster Linie nicht-klassische Musik, insbesondere wie man sie in Einkaufszentren, Pubs, Restaurants und so weiter zu hören bekommt. Aber im weiteren Sinne meint er damit »Lärm« als Symptom oder Vorbote der »Verdummung«, von der er glaubt, sie könne jeden Moment das öffentliche Leben, unsere Kultur und Zivilisation erobern. Dahinter wiederum steckt Wut auf die Leute, die diesen »Lärm« produzieren oder konsumieren. Ich spüre, wie ich die Zähne aufeinanderpresse, weil mich seine Wut (auf irgendeinem tiefer liegenden Level, das ich nicht ganz verstehe) ebenfalls wütend macht. Aber jetzt ist nicht der richtige Moment, jetzt ist nicht der richtige Moment.

Ein weiteres Schild taucht vor uns auf und verkündet »Reims 254 Kilometer«. Kilometer ziehen viel schneller vorbei als Meilen. Trotzdem (und auch wenn das über alle Maßen bekloppt ist) haben wir es eilig, da ich uns eine Übernachtung in einem Château in der Champagne gebucht habe – das kam mir irgendwie richtig vor – und wir spätestens heute Abend um sechs da sein müssen, da dann die Verkostung beginnt. Also trete ich etwas fester aufs Gas, um eine LKW-Kolonne zu überholen.

»Aber sie hatten keine andere Wahl«, sagt Dad.

Er nickt, selbstzufrieden über seine Insiderinformationen in dieser Frage. Dad steht auf Minibusse, Straßen, Fahrten, Autos und Karten; ein Überbleibsel irgendeiner altmodischen Vorstellung von Männlichkeit, die noch aus seiner längst vergangenen Jugend im letzten Jahrhundert stammt. Wenn wir am Wochenende nicht gerade auf Lyrikfestivals waren, fuhren wir zu Autorennen. Einmal im Jahr pilgerten wir zum Großen Preis von Belgien und campten dort. Wir verfolgen die Formel 1 immer noch, so wie andere Fußball verfolgen, Ralph und Jack auch. Dads persönlicher Held ist Jim Clark; er sagt, Clark sei »ein ganz Großer« gewesen, die höchste Auszeichnung, die Dad je vergibt. Ralphs Held ist Senna. Jacks ist Prost. Ich weigere mich, einen Helden zu haben – einfach nur, um sie zu ärgern.

Ich spüre die Millisekunde, in der Dad bemerkt, dass ich seinen Worten nicht mit der angemessenen Aufmerksamkeit folge, und dass es ihn verletzt. Also sage ich: »Wer hatte keine andere Wahl, Dad?«

»VW.«

»Wieso?«

»Wegen der Bauunternehmer.«

»Bauunternehmer?«

»Ja. Die wollten alle Pritschenwagen, weil die sich von hinten leichter beladen lassen. Deswegen mussten sie den Motor nach vorne verlagern. Das heißt, seit neunzehnneunzig haben wir es mit Motoren im vorderen Teil des Autos zu tun, und ...«

Im Handschuhfach klingelt mein Handy. Ich habe einen furchtbaren Klingelton eingestellt – »Jelly On A Plate« –, weil ich letztens mit Jacks Kindern gespielt habe und die das zum Schreien finden. Keiner weiß, warum, da sie in ihrem Leben noch keinen Wackelpudding zu

Gesicht bekommen haben und ausschließlich aus Plastikschüsseln essen. Jetzt sind wir also einfach nur zwei Engländer, unterwegs zum Suizid, die einen Blick wechseln, während sie eine französische Autobahn namens *L'Autoroute des Anglais* in die falsche Richtung entlangrasen und dabei dem unfassbar nervtötenden »Jelly On A Plate« lauschen.

Dad klappt das Handschuhfach auf und geht ran. »Hallo, Larry Lasker hier.«

Er grinst und bedeutet mir mit kleinen Kopfbewegungen, ich solle auf die Straße schauen.

»Ach, grüß dich, Eva«, sagt er. »Tut mir leid, da bist du wohl an das weisere und erfahrenere Modell geraten.«

Mein Vater zwinkert mir allen Ernstes zu.

»Lou fährt gerade. Wenn man das so nennen kann. Zumindest hat er unseren Bus noch nicht kleingekriegt.«

»Dad.«

»Als wir aus London raus sind, wars ein paar Mal ziemlich knapp.«

Ich strecke die Hand aus. »Dad, gib mir das Handy.«

»Ja, ich musste ihn dran erinnern, dass er auf der anderen Seite fahren muss, als wir von der Fähre runter sind.«

»Dad!«

»Guck auf die Straße, Lou.« Er hält die Hand hoch und schweigt.

Ich stelle mir vor, wie Eva jetzt wahrscheinlich gerade in ihrer Wohnung in Tufnell Park auf ihrer Matratze unter dem Giebelfenster steht, weil da der Empfang am besten ist.

Eva und ich sind erst seit zehn Monaten so richtig

zusammen, aber sie weiß, was los ist, weil wir alles miteinander teilen – Kaffee, Geld, Shampoo, jedes Zittern, jedes Lied. Aber ich habe Dad nichts von ihr erzählt. Zumindest nichts Genaues. Ich weiß auch nicht, warum. Ich habe Geheimnisse. Vielleicht wollte ich mir einen Ort schaffen, der auf der anderen Seite auf mich wartet, einen Ort, der nichts mit meiner Familie zu tun hat. Es kam mir falsch vor, sie in die Sache hineinzuziehen, anmaßend, da sie nicht mit ihnen befreundet war, sondern nur mit mir. Und ich wollte nicht, dass ihre Anwesenheit für meine Familie belastend sein könnte oder dass es meine Familie belasten könnte, dass es sie belastete, oder dass mich überhaupt irgendetwas davon belastete. Am allermeisten wollte ich sie jedoch vor ihrer Gefräßigkeit schützen.

Mit einem Blick auf Dad erkenne ich jedoch, dass er ihre Worte durchsiebt, wie nur er es kann. Ich ertrage den Gedanken nicht, dass Dad sich uns beide zusammen vorstellt, wenn er nicht mehr ist. Und plötzlich kommt mir der ganze Plan, meinen Vater und Eva voneinander fernzuhalten, wie ein weiterer Riesenfehler vor. Einer von vielen. Ich strecke die Hand erneut aus. »Dad, darf ich dann jetzt mit ihr sprechen?«

Er hält sich einen Finger an die Lippen. Sein Profil sieht resigniert und ernst aus.

Meine Augen brennen. Erst nach ein paar Sekunden bemerkte ich, dass es daran liegt, dass der Fahrer hinter mir wie wild die Lichthupe betätigt. Irgendwie sind wir in die linke Spur geraten, um einen Citroën zu überholen, der wiederum die LKW-Kolonne überholt. Aber er fährt kaum langsamer als wir, weswegen der Überholvorgang ewig dauert, ich aber auch nicht die Spur wechseln kann.

»Danke, Eva«, sagt Dad. »Das war sehr mutig von dir.«

Wieder strahlt die Lichthupe auf. Der Mercedes hängt mir jetzt derart im Kofferraum, dass wir alle sterben werden, wenn ich die Bremse auch nur antippe. Ich trete das Gaspedal durch, Schluss mit Slow Driving – nein, wir rasen so schnell nach Zürich, wie wir können, und der Motor veranstaltet einen Riesenlärm.

»Mach ich«, sagt er. »Mach ich. Ich sag ihm, dass er dich zurückrufen soll, sobald wir anhalten.«

Wir sind am Citroën vorbei. Dad hält das Handy so, dass es sein Gesicht verdeckt, und schaut in die andere Richtung.

»Danke. Ja. Tschüs … Ja.« Ich merke, dass Dad noch etwas sagen will, irgendetwas von Bedeutung, aber er ist sich nicht sicher, ob das eine gute Idee wäre. »Tschüs«, wiederholt er. »Und ich wünsch dir viel Erfolg.«

Der Mercedes rauscht links an uns vorbei, und die Botoxbestie auf dem Beifahrersitz wirft mir einen Blick zu, als wäre ich derjenige, der ihre OP verpfuscht hat.

»Dad?«

»Tut mir leid«, sagt er.

»Sollen wir anhalten?«

»Okay. Ja. Fahr in der nächsten Haltebucht rechts ran.«

»Okay.«

Ich weiß nicht, ob das das Ende unserer Fahrt bedeutet oder er einfach nur eine Pause einlegen will. Wenn ich sage, dass wir umdrehen sollen, wird er sich nicht dagegen wehren. Das ist die einzige Sache, bei der ich mir sicher bin: Mein Vater wird nach meinen Wünschen handeln. Zwischen uns herrscht in dieser Hinsicht eine Art tektonisches Einverständnis. Ganz tief unten. Dass wir das hier entweder aus freien Stücken zusammen machen oder gar nicht. Aber gleichzeitig will ich auch nicht, dass er es abbrechen möchte. Ich will nicht, dass er Zweifel hat. Denn dann würde alles, was wir durchgemacht haben, sinnlos werden, und meine Brüder hätten die ganze Zeit über recht gehabt.

Er schaut mich immer noch nicht an, und ich muss meine Kontrollblicke einstellen, wenn ich nicht will, dass die Situation noch peinlicher wird. Er leidet. Emotionale Labilität. Er zittert fast unmerklich. Unter dem bedeckten Himmel sieht er sehr krank aus – blass, ausgezehrt und schwach. Als wäre das Sterben ein aktiver, von Minute zu Minute voranschreitender Prozess, dem ich zusehen kann. Was ja auch stimmt.

Ich weiß nicht, wie ich mich verhalten soll.

»Tut mir leid«, sagt er heiser. »Ich hätte nicht rangehen sollen.« Er legt das Handy wieder ins Handschuhfach und kämpft mit der Verriegelung. Das flackernde Licht stört ihn. Die Glühbirne gibt langsam den Geist auf.

»Da stand kein Name. Die Nummer war unterdrückt. Ich verstehe diese verflixten Handys einfach nicht.«

Er versteht sie wohl – er hat schon seit zwanzig Jahren eins.

»Dad, mach dir keinen Kopf deswegen.«

Er fummelt noch kurz weiter, dann sagt er: »Sie klingt lebhaft.«

»Lebhaft« ist keines seiner typischen Wörter, und ich

zucke innerlich zusammen, da das bedeutet, dass er nicht weiß, wie er mit mir über sie sprechen soll. Weil Jack die beste Ablenkung von Eva ist, sage ich: »Ich dachte, es wäre Jack.«

»Hat Jack gesagt, dass er anrufen will?«

»Nein. Nein, hat er nicht. Aber ... ruf du ihn doch mal an.«

»Mach ich. Weiß er, dass wir losgefahren sind?«

»Ja.« Jetzt tue ich ihm noch mehr weh. Die Tatsache, dass Jack nicht kommen wird, bereitet Dad den größten Kummer – oder die größte Niederlage. Aber wenigstens kann ich mich dahinter verstecken, während wir aus dem Moment herauskriechen.

»Ah«, sage ich. »Da kommt bald ein *aire de repos* – sechs Kilometer. Sollen wir da anhalten?«

»Ja ... ja.«

Eine Weile sitzen wir schweigend nebeneinander. Fahren die Autobahn entlang. Eine grauenvolle Verzweiflung hängt zwischen uns. Als würde das hier auf ewig unsere Leben definieren. Es wäre mir fast lieber, wenn er gehässig wäre – wutschnaubend, sich aufregen würde, Hauptsache irgendetwas anderes als das hier. Alles, was ihn wiederbeleben würde. Ein paar schwarze Vögel flattern am Straßenrand auf wie Asche, die man in den Wind gestreut hat.

Mein Vater hat die Lyrik meiner Mutter allein durch seine Anwesenheit vernichtet. Unterdrückung. Erstickung. Er hat sie so endgültig erdrückt, als hätte er ihr ein Kissen auf das Gesicht gehalten.

Eine heftige Nebenwirkung der Behandlungsmethoden, mit denen Zeus, Jahwe, Jesus, Allah und der Rest der Bande mich dafür bestrafen, dass ich nicht an sie glaube, besteht darin, dass ich viel über meine Eltern nachdenken muss. Es stimmt zwar, meine Mutter hat all ihrem Talent zum Trotz nach der Hochzeit nie den Durchbruch als Dichterin geschafft. Ach, Lou, sagte sie immer, das Leben sickert einem in Form von Kopfschmerzen und Sorgen unaufhaltsam durch die Finger. Aber sie hat mir viel über die »Großen« beigebracht, wie sie sie nannte, und ich spüre eine gewisse Verantwortung, ich weiß auch nicht, die Lyrik in meinem Leben zu behalten. Was auch immer *das* bedeuten soll. Manchmal kommen mir diese halben Zeilen und Bruchstücke in den Sinn, zum Beispiel »das Zentrum hält nicht stand«, und ich habe keine Ahnung, woher oder von wem sie stammen.

Ich sollte dazusagen, dass Dad, um meine Mutter zu heiraten, seine erste Ehe – und wahrscheinlich auch Ralphs und Jacks Seelen – komplett kaputt gemacht hat. Fünfzehn Jahre, Trauversprechen, Ehefrau, die emotionale Unversehrtheit seiner Kinder – ab in die Tonne. Wir reden hier von gerichtlichen Anordnungen. Von Leuten, die vor Fenstern standen und sich über Liebe und Hass anbrüllten. Ich habe gesagt, mein Vater sei »ehrlich«, nicht »gut« – viele denken, das wäre dasselbe, ist es aber nicht. Meiner Meinung nach haben sie im Grunde kaum etwas miteinander zu tun.

Trotzdem habe ich nie bei einem anderen Pärchen, ob jung oder alt, das gesehen, was meine Mutter und mein Vater miteinander teilten. Sie liebten einander einfach –

körperlich, geistig, spirituell. Zahlreiche Paare leben inmitten von Rosen und Ranken – riecht den himmlischen Duft, seht die paradiesischen Früchte! –, und das mag ja auch alles schön aussehen und duften, aber hinter den Blumen und den Früchten und dem Laub sind die Säulen angeschlagen und zerfallen allmählich zu Staub. Meine Eltern dagegen standen einfach nur strahlend weiß da, zwei Säulen und ein mächtiger Bogen: Willkommen im Tempel der Liebe, Leute.

Ich schätze, es hatte damit zu tun, dass sie sich nicht zueinander überreden mussten. Paare werden oft dafür bewundert, dass sie sich »ganz aufeinander einlassen«, aber nicht mal das bringt die Beziehung meiner Eltern wirklich auf den Punkt, suggeriert es doch, dass irgendwelche Fehler oder Schwächen bewusst übersehen werden mussten, um den anderen zu akzeptieren. Was sagt uns das also? Dass es in Ordnung geht, egal, wie man sich benimmt, sofern es im Namen der wahren Liebe geschieht? Dass das Gute fröhlich aus dem Schlechten entsteht und andersherum? Dass eine Welt aus Lügen eine Welt aus Liebe gebären kann? (Ehrlich ging es immer nur phasenweise zu.) Und wo bleibt Carol bei der ganzen Geschichte, Ralphs und Jacks Mutter? In der Kellerwohnung in Bayswater, wo sie Radio hört und ihr Leben anhand der billigen Weißweinflaschen bemisst, die sich in ihrer Kühlschranktür aneinanderreihen.

Manchmal denke ich, dass die Trauer meinem Vater am meisten zusetzt – nicht die Krankheit, sondern die Trauer. Vielleicht macht er das hier deswegen, weil er keinen Sinn darin sieht, ohne meine Mutter weiterzumachen. Das hier ... all das hier ist eine aufwendige Totenmesse für sie.

Ich spreche das Einzige aus, was mir in den Sinn kommt: »Wieso heißt das in Frankreich *aire de repos*?«

Er klingt immer noch heiser. »Was meinst du?«

»Na ja, statt einfach Rastplatz mit Tankstelle.«

»Interessant«, sagt er.

Das einzig Positive an Mums Tod besteht vielleicht darin, dass er uns beigebracht hat, wie man sich zusammenreißt, wie man die falschen Worte findet, um die Zeit rumzukriegen, um die Wirklichkeit auf Abstand zu halten, bis man wieder aufstehen und sich weiter mit dem Feind befassen kann.

»Interessant, dass die zwei Sprachen unterschiedliche Wörter verwenden. Das sagt uns was über nationale Befindlichkeiten.«

»Kannst du das vielleicht näher erläutern?«, frage ich.

»Na, wie du schon sagtest: Wir nennen das einfach Tankstelle.«

»Und das bedeutet?«

»Das bedeutet, wir halten Benzin und Essen für Antriebsstoffe, mit denen wir auftanken müssen.«

»Wohingegen?«

»Wohingegen der französische Ausdruck *aire de repos* darauf hindeutet, dass die allgemeine Bevölkerung Wert darauf legt, sich beim Essen Zeit zu lassen, und den Benzinkauf als gesonderte Aktivität betrachtet.« Er wedelt vorwurfsvoll in Richtung Fenster. Das mochte er schon immer, denke ich, der Welt Vorhaltungen machen. »Und zweitens bedeutet das, dass die Franzosen stillschweigend davon ausgehen, dass ihre Mitmenschen besseren Proviant dabeihaben, als eine beliebige Kette von Schlachtabfallpanschern jemals servieren könnte.«

»Und drittens? Ich hab das Gefühl, da kommt noch was.«

»Drittens schwingt darin die Annahme mit, dass ihre Landsmänner sich eher nicht durch eine seelenlose Betonwüste scheuchen lassen wollen, sondern, wenn möglich, lieber unter der Pracht des offenen Himmels rasten möchten.«

»Bist du deswegen Champagner-Sozialist?«

»*Du* hast uns doch dieses Champagner-Château gebucht.«

»Ich bin aber kein Sozialist.«

»Wobei wir derzeit wieder sehr angesagt sind. Was bist du denn dann?«

»Ein Mensch.«

»Sehr witzig.«

»Ein witziger Mensch.«

Solche Diskussionen sind heilsam, beruhigend und entspannend – »die sokratische Methode«, wie Dad immer sagt. Oder »Kabbelei«, wie Mum es nannte. Noch so ein Problem, das wir alle gemeinsam haben: Wir brauchen Widerstand, um uns gut zu fühlen. Ansonsten existieren wir vielleicht nicht.

»Ich bin Sozialist«, erklärt Dad, »weil ich glaube, dass die Menschheit etwas Besseres leisten kann, als sich um die plumpe, knirschende, *elende* Metapher des Markts zu scharen.«

Er ist wieder zum Leben erwacht.

»Schau dir nur mal den Börsencrash an.«

»Nein, danke.«

»Ein Eisteddfod-Festival an Rettungsaktionen, Boni und Wimpelgehisse für genau die Banken und Banker, die die Zivilisation überhaupt erst ausgeplündert haben. Rettungsaktionen, die natürlich vom Steuerzahler finanziert wurden. Von uns. Dem Volk. Wenn das kein Sozialismus ist, dann weiß ich auch nicht. Dein Handy hat gepiepst.«

»Gib her. Und zwar sofort, Dad. Ich meins verdammt ernst. Sorry.«

»Warte …«

»Sofort.«

»Sei vorsichtig, Lou. Schau auf die Straße. Da kommt die Ausfahrt.«

Ich schnappe mir das Handy und halte es hoch. Eine Nachricht.

»Wer war das?«

»Eva«, lüge ich.

In Wirklichkeit ist die Nachricht von Jack, aber er stellt mir eine Frage, auf die ich keine Antwort habe.

Jack

Ich öffnete die Badezimmertür einen Spaltbreit.
»Siobhan?«
»Nein, ich bins.«
»Lou. Hallo. Komm rein.«
Das Bad war winzig, was die Lage nicht gerade verbesserte. Jack braucht schon ewig ein größeres Haus (so wie Dads, unseres, meins).
Er sah auf. »Huch, was ist denn mit deinen Haaren passiert?«
»Ich lasse sie wachsen.«
»Verstehe.« Jack grinste. Er kniete in einem Anzug zwischen Windeln, Handtüchern, Kinderschlafanzügen und Hinterteilsalben, Lotionen, Cremes und Gelen. Er befreite Klein-Percy (so nannten wir seine Tochter, die jüngste seiner drei Kinder) gerade von ihren Kleidern, wogegen sie sich mit einer Kraft und Entschlossenheit wehrte, die so gar nicht zu ihren zwölf Monaten passte. Der Kampf wurde noch dadurch erschwert, dass ihr das Bauch-Aua aus der Windel gesickert war, um sich schön auf ihrem Rücken und den zahlreichen Winterklamotten zu verteilen. Jack ließ kurz von den tausend Knöpfchen, Zwickeln und Laschen ab, um sich die Krawatte ins

Hemd zu stopfen, damit diese nicht auch an der Sauerei teilhaben würde.

»Vorsicht. Die Windeln da sind dreckig. Hier hat so ungefähr jeder gerade Durchfall.«

»So mag ich's am liebsten.«

»Kannst du mal gucken, ob du noch ein paar Feuchttücher findest? Unter dem Waschbecken.«

Billy und Jim, die dreijährigen Zwillinge, kippten sich gegenseitig Wasser über den Kopf; der eine hatte einen Schwamm im Mund, der andere eine Zahnbürste.

»Ihr sollt doch das Wasser nicht trinken«, warnte Jack und richtete sich auf. Er verzog das Gesicht zu einer Ist-das-zu-fassen-Miene, so ähnlich wie unser Vater, wenn er die Nachrichten schaut. Er sieht Dad ähnlicher als der schmale Ralph, weil er kräftig gebaut ist; außerdem trägt er sein rotbraunes Haar kurz, und seine blauen Augen schimmern gräulich. Und er trägt einen Stoppelbart, der mit weißen und goldenen Haaren durchsetzt ist, wodurch er älter und, na ja, väterlicher wirkt.

»Na, ihr?« Die Jungs sind meine Patenkinder. »Zeit fürs Bad?«

Sie reagierten mit der typisch kindlichen ausdruckslosen Verachtung auf meine einfältige Frage und lutschten noch konzentrierter an Schwamm und Zahnbürste.

»Sagt mal Hallo zu Onkel Lou«, forderte Jack sie auf.

Sie lutschten weiter, winkten mir aber jeweils knapp zu. »Das Taxi ist übrigens da«, sagte ich.

Manchmal denke ich, mein Job in dieser Familie ist der des taktvollen Boten zwischen den Unversöhnlichen und den Wahnsinnigen. Anscheinend bin ich der Einzige, den alle leiden können. Oder zumindest der Einzige, dem niemand die Schuld gibt, was am Ende wohl aufs Gleiche rausläuft. Also füge ich sanft hinzu: »Wir müssen uns auf die Socken machen.«

»Geht nicht.« Jack sah auf. »Percy, die Jungs und ich haben fest vor, das ganze Haus mit Scheiße einzudecken, bevor sie ins Bett gehen. Vorher schläft hier niemand.« Er warf den Zwillingen einen Blick zu. »Du sollst den Schwamm nicht essen, Billy. Ihr habt Pipi ins Wasser gemacht, weißt du noch?«

Ausgelassenes Gelächter in der Wanne.

»Kann ich dir irgendwie helfen?«

Er lehnte sich demonstrativ von dem Fäkalhorror zurück. »Bitte, tu dir keinen Zwang an.«

Jack lächelt viel öfter als Ralph. Er amüsiert sich eher in die Breite, wohingegen Ralph sich in die Tiefe amüsiert.

»Sollen wir schon mal vorfahren, und du kommst einfach nach?«

»Nein. Kommen Dad und Siobhan da unten klar?«

»Schon. Dad macht irgendwelche sarkastischen Kommentare übers Fernsehprogramm, und Siobhan überhört sie mit Absicht.«

Jack schälte Klein-Percy aus ihrer rosa Mini-Strumpfhose. »Sobald ich alle drei sauber hab, gehst du nach unten und sagst Siobhan, ich hätte alles erledigt, und dann bringst du Zita mit hoch, die Babysitterin. Sag einfach, die Kids wollen Hallo zu ihr sagen, bevor wir gehen. Dann bestech ich sie, damit sie sie ins Bett bringt, und wir verschwinden.«

»Zita ist doof«, sagte Billy.

»Feuchttücher, Lou. Feuchttücher, Feuchttücher, Feuchttücher.«

»Ich such doch.«

Das Bad war knietief von Handtüchern bedeckt und wer weiß, wovon sonst noch.

»Soll ich Dad hochschicken?«

»Nein. Dann bricht hier noch ein Kleinkrieg aus.«

Jack war bei der letzten Schicht vor der Windel angekommen – ein Strampelanzug mit einer Reihe komplizierter Druckknöpfe. Ich reichte ihm die Feuchttücher. Wenn Ralph sich mit Sex an meinem Vater rächt, dann rächt Jack sich mit seiner hemdsärmeligen Art des Vaterseins. Bei ihm weiß ich auch nicht, ob er sich dessen bewusst ist. Aber irgendwo genoss er es garantiert, dass er zu spät für eine Verabredung mit Dad war, weil er seinen Vaterpflichten nachkam.

Jack war früher mal Journalist. Jetzt arbeitet er in der PR-Abteilung einer Lebensversicherung. Peinlich (Jack), eine Niederlage (Dad), auch noch die letzte Hoffnung verloren (Ralph). Dafür, sozusagen als Wiedergutmachung für die demütigende Sinnlosigkeit, verdient er jetzt fünfmal so viel wie vorher. Das scheint bei solchen Bürojobs die Regel: je eintöniger der Job, desto höher das Gehalt. Doch die Ironie des Schicksals wird noch dadurch verstärkt, dass Jack früher mal Kommunist war. Im Ernst. Er ging in Edinburgh zur Uni, verkaufte in Stiefeln den *Socialist Worker* und trug Seiten und Hinterkopf kurz rasiert – diesen Haarschnitt hatten die Leninisten mit den Rockabillys gemeinsam, bevor auch nur eins davon angesagt war. Fragt mich nicht, wieso: entweder auf der Suche nach väterlicher Anerkennung, oder um unseren Vater auf die Probe zu stellen, sucht euch was aus. Vielleicht glaubte er den ganzen Kram sogar, die Möglichkeit besteht bei Jack immer.

Jack verzog das Gesicht. »Meint Dad das mit heute Abend ernst?«

»So ernst wie noch nie.«

»Mensch, Percy, jetzt halt doch mal für eine Sekunde still.« Jack war spürbar angespannt. »Wieso müssen wir das überhaupt diskutieren? Das zieht Dad doch sowieso nie durch, in die Schweiz fahren.«

»Mach ihm das mal klar.«

»Was hat er eigentlich für ein Problem?«

»Motoneuronerkrankung.«

Jack warf mir einen Blick zu. »Jetzt sei mal nicht so ein Schwanzlurch, Lou.« Er ist manchmal so todernst, dass es einen fertigmacht. Ralph gibt einem das Gefühl, man wäre tollpatschig und im Unrecht, bei Jack fühlt man sich dagegen leichtsinnig und im Unrecht.

»Na ja, das *ist* nun mal sein Problem.«

»Motoneuronerkrankung ist ja nicht gerade eine Seltenheit. Stephen Hawking hat das auch.«

»In Dads Alter schon. Er wird daran sterben. Nichts zu machen. Maximal noch zwei Jahre. Haben sie in der Klinik gesagt.«

»Dad ist einfach nicht der Dignitas-Typ.«

»Und was macht deiner Meinung nach einen Dignitas-Typ aus?«

»Wir sind nun mal keine Dignitas-Familie.«

»Und was macht deiner ...«

»Percy! Jetzt halt doch mal still!« Vorsichtig wie ein Bombenentschärfer beim letzten Schritt seines Einsatzes nahm Jack ihr die Windel ab. Der Geruch saurer Babymilch füllte das kleine Bad. »Glaubt er vielleicht, wir kümmern uns nicht mehr um ihn, wenn es schlimmer wird?«

»Ich glaub, es geht ihm nicht ums Kümmern, sondern ums Schlimmerwerden.«

Die Zwillinge spritzten mit Wasser um sich.

»Da muss es doch noch andere Pflegemöglichkeiten geben«, meinte Jack.

»So viele sind das gar nicht. Und am Ende landet man immer am selben Ort.«

»Man könnte doch wenigstens mal darüber reden.«

»Deswegen ist er ja hier.«

»Nein, er ist nicht zum Reden hier, sondern um uns vor vollendete Tatsachen zu stellen.«

»Wenn du nicht bereit bist, darüber zu reden, kann er es jedenfalls nicht.«

»Ich meine, in die Schweiz? Ernsthaft?«

»Vielleicht wird ja demnächst das Gesetz geändert, und er kann es in Shepherd's Bush machen, aber bis dahin bleibt uns nur Zürich ... oder Albanien oder New Mexico.«

Natürlich hatte ich Jack hinter Dads Rücken im Laufe der letzten Wochen in dessen Gedankengänge eingeweiht. Aber Jack hatte beschlossen, Siobhan nichts davon zu erzählen, dass es heute Abend um Dads neuen Plan gehen würde – zum Teil wahrscheinlich, weil er dachte,

Dad »spiele« einstweilen nur mit dem Gedanken, und teils, weil er es Dad überlassen wollte, das Thema gegenüber Siobhan zur Sprache zu bringen.

Jack hob Percys Beinchen an. »Er ist so was von stur und dickköpfig.«

»Das Gleiche sagt er auch immer über dich.«

»Aber das hier geht uns alle was an. *Wir* müssen doch hinterher mit den Konsequenzen weiterleben. Das betrifft uns also irgendwie mehr als ihn.«

»Du schaffst es echt, dich als das wahre Opfer von Dads Krankheit hinzustellen.«

»Außerdem will er unser Einverständnis. Und ich ...«

»Warum erzählst du *ihm* nicht deine Eins-a-Einwände?«

»Das haben wir doch alles schon hinter uns.«

»Wir zwei, ja. Bis zum Erbrechen. Aber du und Dad ...«

»Jungs, jetzt hört doch mal auf, hier alles nass zu spritzen.«

Jim saugte extra lange an seiner Zahnbürste und schluckte dann demonstrativ. Als er sich der Aufmerksamkeit des ganzen Raumes sicher war, leerte er seinen Plastikbecher jenseits des Wannenrands aus.

»Nein.« Jack hob die Stimme. »Jim. Nein. Das Wasser bleibt schön *in* der Wanne.«

Billy steckte sich die Seife in den Mund.

»Billy!«, rief Jack.

Da beschloss Klein-Percy, dass es ihr jetzt langsam reichte, und startete einen Angriff auf das Hörvermögen sämtlicher im Haus Anwesender.

Anscheinend sah ich etwas verängstigt aus, denn Jack rief mir über den anschwellenden Lärm hinweg zu: »Ich hab ihre Milch vergessen. Sie braucht ihre Milch vorm Baden. Mach doch mal die Scheißtür zu.«

Percy trat und wand sich, als hinge ihr Leben davon ab, dass Jack ihr bloß nicht den Hintern abputzen würde. Seine Krawatte war aus dem Hemd gerutscht und baumelte gefährlich nah über dem Durchfallfluss. Er fluchte. Ich wollte sie ihm gerade aus dem Weg nehmen, da explodierte Billy mit dem markerschütternden Schrei eines Selbstmordattentäters. »Meine Augen! Meine Augen!«, brüllte er.

»Scheiße! Scheiße!« Jack sprang auf. »Er hat Seife in die Augen bekommen.« Er schnappte sich ein Handtuch und verarztete Billy.

Klein-Percy verdoppelte ihre Lautstärke.

Dann regnete es plötzlich.

Eiskalte Regengüsse füllten das Bad.

»Mach das wieder aus!«, schnappte Jack. »Mach aus, das ist ja eiskalt!«

Jim hatte irgendwie die Dusche angestellt.

Billy kreischte. Percy brüllte. Aber gegen Jims schrilles Geschrei konnten sie nicht anstinken.

Ich stieg rasch über Percy hinweg und versuchte mich zu den Armaturen zu beugen, ohne meine Klamotten nass zu machen.

»Mach das Drecksding aus, Lou. *Was zum Teufel machst du da?*«

Das dreistimmige Geschrei füllte sämtliche Tonlagen des menschlichen Ohres, es hallte von den Kacheln und flog uns um die orientierungslosen Köpfe. Ich kam nicht trockenen Fußes an den Wasserhahn. Ich gab auf und beugte mich an Jim vorbei, der seine Knie umklammert hielt, um sich vor dem Wolkenbruch zu schützen, der mich jetzt bis auf die Knochen durchnässte. Das Wasser ging aus.

»O Gott.« Jack wirbelte herum und ließ dabei Billy los, der mit einem Schrei ausrutschte und versank.

»Percy, komm zurück. Leg dich hin!« Jack hob die nacktarschige Percy hoch und hielt sie in die Luft, unsicher, was er als Nächstes tun sollte.

Ich schnappte mir Billy, wurde dabei noch nasser und versetzte Jim versehentlich einen Stoß mit dem Ellbogen, woraufhin er mich entsetzt anstarrte.

Percy hatte es irgendwie geschafft, auf ihrem Weg nicht nur ihre eigene Windel mitzuschleifen, sondern auch die der Zwillinge. Der ganze Boden war voller Kinderkot. Überall stand Wasser. Die Schlafanzüge waren durchweicht, die sauberen Windeln hatten sich mit Wasser vollgesogen. Percy schaltete noch einen Gang rauf, um ihre gesamte Lungenkapazität auszuschöpfen. Jack hielt sie über das Waschbecken und fluchte, weil er den Stöpsel nicht finden konnte. Das Wasser war erst zu heiß, dann zu kalt.

Billy verschluckte sich an seinem Schwamm.

Jim zitterte von dem kalten Duschschwall und brüllte: »Raus! Raus! Raus! Raus! Ich will nicht! Ich will nicht! Raus! Raus!«

»Nimm mir mal die Krawatte ab!«, rief Jack mir zu. »Nimm mir die Scheißkrawatte ab. Wo ist der Stöpsel?

Mach das kalte Wasser aus. Hier ist alles voller Scheiße. Meine Scheißkrawatte. Alles voller Scheiße.«

Da betrat Siobhan das Bad.

Zehn Minuten später verließen wir das Haus, um zu diskutieren, ob mein Vater sich umbringen sollte.

Aire de repos

Wir sind irgendwo kurz vor Arras. Die *aire de repos* stellt sich als einer dieser für europäische Autobahnen typischen Rastplätze heraus, ein sauberes, einladendes, adrettes Stück Waldrand mit einem Toilettengebäude, das erstaunlicherweise keine Verkehrsgeräusche von draußen hereinlässt. Ein sicherer Hafen. Während ich vor den Kabinen stehe und meinem sterbenden Vater dabei zuhöre, wie er seinen Darm entleert, schreibe ich Eva, der Frau, mit der ich schlafe, eine Nachricht und muss an Freud und Jung denken, über die ich eigentlich nichts weiß, außer, dass ein bestimmter Typus Intellektueller sie verehrt, Leute wie Ralph zum Beispiel. Wo steckte der eigentlich?

Ich schicke eine Nachricht an seine deutsche Handynummer. Dann schicke ich eine Nachricht an seine britische Handynummer, kopiere sie und schicke sie ihm auch noch per E-Mail. Er wollte doch unterwegs zu uns stoßen. Mir kommt ein schrecklicher Gedanke. Vielleicht, sei es bewusst oder unbewusst, meldet er sich nicht, um Dad damit aufzuhalten. Weil er meint, dass Dad das Ganze vielleicht nicht durchzieht, wenn er Ralph vorher nicht noch einmal gesehen hat. Entweder nehmen meine Brüder die Sache nicht ernst genug, oder sie nehmen sie so ernst, dass sie tatsächlich versuchen, Dad aufzuhalten, indem sie einfach nicht kommen.

»Geschafft«, sagt Dad ziemlich laut in seiner Kabine.

Das letzte Mal waren wir gemeinsam auf der Toilette, als ich drei war. Ein Mann mit einem sehr akkuraten und irgendwie arrogant wirkenden Ziegenbart kommt herein.

»Alles in Ordnung?«, frage ich Dad durch die Tür.

»Jep. Ich freue mich, verkünden zu dürfen, dass ich mir den Hintern immer noch selbst abwischen kann.«

Ich schaue unauffällig zu Mr. Ziegenbart rüber. Der sieht mich fragend an. Dad erklärt lautstark: »Das ist übrigens der Hauptgrund dafür, dass ich das jetzt machen will.«

Ich bin einerseits verblüfft, andererseits auch wieder nicht wirklich überrascht, dass Dad diese Unterhaltung ausgerechnet hier und jetzt führen will. (Mein Handy vibriert, eine Drei-Wort-Nachricht von Eva: *Ich liebe dich.* Wie sind die Leute bloß früher klargekommen, als es noch keine Handys gab?) Der einzig mögliche Umgang mit meinem Vater, wenn er diesen halb scherzhaften, halb ernsten Ton anschlägt, ist, genauso zu reden. Keine Ahnung, ob uns das jemals irgendwas gebracht hat. Aber da das Ziel unserer Reise ja der Tod ist, ist es wohl eher nebensächlich, ob es uns was bringt oder nicht. Ich antworte ihm genauso unnötig laut durch die Tür zurück: »Wie meinst du das? Was ist der Hauptgrund dafür, dass du was machen willst?«

»Die Tatsache, dass ich mir den Hintern noch selbst abwischen kann, ist der Hauptgrund dafür, dass ich diese Reise überhaupt machen will.«

»Du willst dich also umbringen, weil du dir den Hintern noch selbst abwischen kannst?«

Mr. Ziegenbart ist am Überlegen, ob er es hier mit zwei Perversen oder mit zwei Scherzkeksen zu tun hat.

»Meinst du, das geht vielen so?«

»Denke schon, ja.«

Dad spült, also spreche ich noch lauter. »Leben und Tod – stets eine Frage des Anus?«

»Ich glaube, die Angst vor dem Verfall und der Hilflosigkeit ist eigentlich die Angst davor, sich den Hintern nicht mehr allein abwischen zu können.«

»Okay.«

»Das meinen die meisten in Wirklichkeit, wenn sie sagen, sie wollen in Würde sterben. Alles klar, ich bin so weit, komm rein.«

Mr. Ziegenbart macht seinen Hosenstall zu und wirft mir einen missbilligenden Blick zu. Ich drücke die Tür ein Stück auf und schiebe mich in die Kabine.

Dad ist vornübergebeugt und schaut zu Boden, als ob er jeden Moment umkippen könnte. Seine Beine wirken dünn und zerbrechlich, und er hält das eine fest, weil die Muskeln darin zucken. Er sieht hoch. »Es gibt eine Grenze«, sagt er leise. »Eine Linie, die wir nicht überschreiten wollen, Lou.«

Ich fasse meinen Vater um den Oberkörper und richte ihn auf. Hinsetzen und Aufstehen sind das Schwierigste für ihn.

»Auf der einen Seite der Linie kann man sich den Hintern noch selbst abwischen«, sagt Dad. »Auf der anderen Seite eben nicht mehr.«

»Und darauf kommt es an?« Ich helfe Dad, die Hose hochzuziehen. Er stützt sich auf meinen Schultern ab.

»Ja.«

Unsere Gesichter sind dicht voreinander. Speichel tropft ihm aus dem Mund. »Ich will nicht, dass das jemand anderes für mich tun muss«, sagt er noch leiser. »Schon gar nicht du.«

Ich zwinge mir ein Lächeln auf die Lippen und verankere es da. Ich höre, wie er ein- und ausatmet. Er sieht mich an. Ich merke, wie ich nicke. Wieder spüre ich diese Gefühlsmischung in mir aufwallen, Ekel, Trauer, Wut, Mitleid, Angst, Verzweiflung, Liebe, und jedes der Gefühle kämpft gleichzeitig mit seinem Gegenpart. Als ich das letzte Mal bei Eva geschlafen habe, hatte ich einen Traum: Der Boden brach zwischen meinen Füßen auf, und die eine Seite war das, was ich fühle, die andere das, was ich sage, der Graben dazwischen wurde immer breiter, und ich hatte Angst, jeden Moment in die kochende Lava unter mir zu fallen.

Ich sage: »Ich bin froh, dass ich gerade hier bin. Also statt Doug, meine ich. Es macht mir wirklich überhaupt nichts aus, Dad.«

»Ja, aber der arme Doug!«, sagt Dad mit einem Grinsen. »Der mag doch öffentliche Toiletten so! Die sind sein archäologisches Spezialgebiet.«

»Wir können ihm ja ein Foto schicken. Hat er Snapchat?«

»Was ist das denn?«

»Ach, egal.«

Wir verlassen die Kabine. Wir legen einander die

Arme um die Schultern, sind wieder miteinander verbunden. Mr. Ziegenbart hämmert auf den Knopf am Händetrockner ein, als wäre der schuld an allem, was in seinem Leben bis jetzt schiefgelaufen ist. Er wirft uns wieder einen missbilligenden Blick zu, der sich jedoch schnell in ein unechtes Lächeln verwandelt, als er Dads Gehstock sieht. Aber seit der Sache auf der Fähre ist mir dieser ganze »Was sollen denn die Leute von uns denken?«-Quatsch egal, wir schieben uns einfach fröhlich und ohne Scham zu den Waschbecken. Durch die offene Seite des Gebäudes ist ein Spatz hereingeflogen und betrachtet uns einen Augenblick lang, den Kopf neugierig zur Seite geneigt: Zwei Männer, die sich nebeneinander die Hände unter Wasserhähnen waschen, die immer entweder eine Fontäne spucken oder lediglich vor sich hin tröpfeln.

Sobald man sich verliebt, ist an Schlaf nicht mehr zu denken. Ich war von Anfang an im Nachteil bei der Sache mit Eva, weil sie intelligenter ist als ich, aber es hat mich dann auch noch fast den letzten Nerv gekostet. Drei Monate voller Unsicherheit, Unverständnis, Verwirrtheit. Bis, endlich, eines Abends … Wir standen im Dunkeln auf der Schwelle ihrer Wohnung.

»Sorry«, sagte sie und tastete unter etwas herum, das ich als ihren Schreibtisch identifizierte. »Das Deckenlicht ist schrecklich.«

Eine Lampe an der Wand leuchtete auf. Eva durchquerte das Zimmer. Sie hat die schwärzesten Haare, die man sich nur vorstellen kann, und an diesem Abend hatten sie sich hier und da unter ihrer runden Strickmütze hervorgeschlichen und fielen ihr in langen, weichen Fragezeichenwellen über die Schultern. Ich hatte nicht die leiseste Ahnung, was sie gerade dachte – ihr Gesichtsausdruck und ihre Körpersprache hätten schüchtern, trotzig oder beides gleichzeitig sein können. Und als sie mich ansah, waren ihre Augen so dunkel, dass Pupille und Iris eins zu sein schienen.

»Hübsche Wohnung«, sagte ich albernerweise. Und fügte dann hinzu, damit das Ganze ein bisschen weniger peinlich für uns beide würde: »Vielleicht sollten wir was trinken. Ich fühle mich gerade viel zu nüchtern. Ich meine, nüchtern sein ist ja schön, aber wir ...«

»Nein, nein, gute Idee. Was möchtest du?«

»Was hast du denn da?«

Sie nahm die Mütze ab, zog die Jacke aus und ließ beides auf den Grabhügel aus Klamotten fallen, der auf der Lehne eines monströsen rissigen Ledersessels thronte. Für Londoner Verhältnisse war ihre Wohnung ziemlich groß, auch wenn sich der meiste Platz unter den Dachschrägen befand. Ihr Bett bestand aus einer Matratze auf dem Boden unter den zwei Balken eines Giebelfensters, die Decke darauf war zerwühlt. Zu beiden Seiten hatte sie ihre Bücher aufgereiht, wo die Dachschräge auf den Holzboden traf. Es gab eine kleine Kochnische, einen Schreibtisch und einen winzig kleinen Kamin mit einer einzelnen Kerze darin. Eine Tür führte zum Badezimmer. Über dem Kamin hing eine Schwarzweißaufnahme mit altmodischen Autos, die vor einem Hintergrund aus Publikum, Palmen und alten Gebäuden an einer Startlinie stehen. »Italienisches Rennen in Eritrea« lautete die Bildunterschrift.

»Ich hab alles«, sagte sie.

»Alles?«

»Ja. Im wahrsten Sinne des Wortes.« Mit einer übertriebenen Geste öffnete sie etwas, das ich lediglich für einen alten Kleiderschrank gehalten hatte, das sich aber nun als eine Art Hausbar herausstellte, deren vier Regalböden komplett mit Flaschen jeglicher Farbe, Form und Herkunft gefüllt waren. »Voilà«, sagte sie.

»Meine Güte.« Jetzt wurde mir einiges klar. »Kein Wunder, dass du kaum rausgehst. Du bist bestimmt meistens besoffen.«

»Klar, jeden Morgen beim Frühstück schon hacke.« Sie nickte zum Schrankinhalt hin, als wäre dieser mehr Fluch denn Segen. »Hab schon seit zehn Jahren keinen Sonntag mehr bewusst erlebt.«

»Aber jetzt mal im Ernst ...?«

»Als mein Dad die Tapas-Bar zugemacht hat, durfte ich die Flaschen hier behalten.«

»Nett von ihm.«

»Nicht wirklich.«

Sie hatte so eine Art, mir halb zu widersprechen, aber nie ganz.

»Nicht wirklich?«

Sie griff wahllos eine Flasche heraus. »Na ja, wann trinkt man schon mal Van-der-Hum-Mandarinenlikör oder ...« Sie griff nach einer anderen. »... oder Gurken-Wodka? Alleine?«

»Moment mal ...«

»Was denn?«

»Mandarinenlikör?«

»Jep.«

»Davon hätte ich gern einen Doppelten. Den hab ich in New Orleans immer getrunken. Zwei Eiswürfel, bitte.«

»Das ist das nächste Problem.« Sie schaute mit einem Seufzer zu ihrer Kochnische. »Ich hab kein Eis, keinen Shaker und keine Gläser.«

»Aber ich sehe da ein paar Teller.« Neben der Spüle stand ein kleines Abtropfregal.

»Ja, Teller haben wir.«

»Na, dann kippen wir den Mandarinenlikör und den Gurken-Selbstgebrannten einfach auf einen Teller und lecken das Zeug da runter.«

»Wie durstige Werwölfe?«

»Ganz genau.«

»Wie wärs mit ekligen Tassen?« Sie ging rüber zum Schreibtisch. »Davon hätte ich zwei.«

»Sogar noch besser.«

Auf dem Rückweg brachte sie eine Flasche aus dem Schrank mit.

»Manchmal trinke ich Jägermeister. Die ersten fünf Schlucke schmecken eigentlich ganz gut, und es hat irgendwie was von zu Hause. Wann warst du denn in New Orleans?«

»War ich nie. Das ... das sollte ein Witz sein.«

»Denkst du dir öfter Sachen aus?«

»Ständig.«

Sie spülte die Tassen und trocknete sie mit Papierhandtüchern ab. »Aus Unsicherheit oder aus Langeweile?«

»Beides. Verlustangst spielt auch eine Rolle.«

»Du wirst ja rot.«

Sie zündete die dicke Kerze im Kamin an, und wir setzten uns davor auf den Boden zwischen ein paar Kissen. Ich betrachtete das Poster mit den Autos.

»Hat das was mit Mussolini zu tun? Also, hat der die schnellen Autos nach Eritrea gebracht?«

»Eritrea war schon vor den Faschisten eine italienische Kolonie. Aber ja, stimmt. Nicht schlecht.« Ihr Blick wirkte, als würde sie sich auf das Schlimmste gefasst machen. »Bist du einer von diesen Jungs, die viel wissen?«

»Ich weiß eine ganze Menge über ziemlich wenig.«

»Was sind deine Spezialgebiete?«

»Fragmente von Dichtern und frühmenschliche Müllbeseitigung. Und deine?«

»Formel 1 und *patatas bravas*.«

»Krass, echt?« Man sah mir bestimmt an, dass ich tatsächlich beeindruckt war.

»Ja.«

»Mein Dad liebt die Formel 1«, sagte ich. »Ich war schon bei vielen Rennen.«

»Mein Dad auch. Der hat mir das Poster geschenkt.«

»Meine Güte, das hat mir ja noch nie eine erzählt.« Ich hob meine Tasse, und wir stießen an. »Lass uns nach Rom ziehen und heiraten. Wir machen ein veganes Café auf und verkaufen dort Bücher. Wir könnten die Reifen von Formel-1-Wagen in einem kleinen Ofen verbrennen. Einfach nur, um die Hipster zu ärgern.«

Sie sah mir ins Gesicht, blinzelte nicht, sagte auch nichts, und ich merkte, wie ich wieder rot wurde, weil ich gerade eine Grenze überschritten hatte. Aber dann sagte sie: »Wir könnten es ›Pit Stop‹ nennen. Oder ›Box Box Box‹.«

Und da wusste ich, dass alles gut werden würde, weil das Glück dieses eine Mal auf meiner Seite war ... Um ehrlich zu sein, ich hatte meinen Vater angelogen, was mich und die Frauen anging. Ich hatte weder welche, die mich voranbrachten, noch welche, die mich zurückhielten. Ich war nie »beschäftigt«, und mein Leben war auch nie zu »hektisch«. Ich habe rote Haare. (Sowohl von meiner Mutter als auch von meinem Vater.) Und offenbar bedeutet das, dass ich bei etwa neunzig Prozent der *señoritas* auf dieser Welt nicht die geringste Chance habe. Die gucken mich nicht mal an. Und schon gar kein zweites Mal. In den Augen der meisten Frauen könnte ich genauso gut ein schwuler, weißrussischer Schlachthofbesitzer sein, dem elend lange Schamhaare aus den Nasenlöchern wachsen und der das Blut von Tausenden von Babylämmern an den Händen hat. Andererseits war ich für die restlichen zehn Prozent genau das, wovon sie immer geträumt haben. Manche Mädchen, nicht viele, aber eben dieser kleine Prozentsatz, lieben mich einfach.

Es war mir nicht bewusst gewesen, dass auch Eva schon immer – unglaublicherweise, fantastischerweise – ein Fan von Rothaarigen gewesen war. Für sie gehörte ich als präraffaelitischer Vampir zur attraktivsten Männergruppe schlechthin (O-Ton Eva). Und unsere früheren »Kommunikationsprobleme« waren (wie sich herausstellte) lediglich der Tatsache geschuldet, dass sie damals leider, leider noch mitten in der Trennung von ihrem Ex-Freund steckte, einem innerlich bereits uralten Zweiunddreißigjährigen, der im öffentlichen Dienst tätig war und dem es zum Teil aufgrund der Langeweile in der Beziehung und teils durch Erpressung gelungen war, Eva zu einer Verlobung zu überreden, den sie jedoch, wie sie mittlerweile erkannt hatte, aufgrund seiner völligen Unfähigkeit, eine tiefergehende Bindung zu anderen Menschen aufzubauen, und schon gar nicht zu ihr, nie im Leben hätte heiraten können (O-Ton ich). Unsere unregelmäßigen Treffen in herbstlichen Cafés mit gedämpftem Licht, bei denen wir uns altbackenen Karottenkuchen und spülwasserähnlichen grünen Tee teilten, waren (wie sie später beichtete) alles, wozu sie sich zu diesem Zeitpunkt in der Lage fühlte, solange sie sich noch nicht vollständig von seiner Boshaftigkeit und seinem Jähzorn befreit hatte. Dies war der Grund für die Unsicherheit und Verwirrtheit auf meiner Seite gewesen.

In dieser Nacht lagen wir zusammen in ihrem Bett, nackt und warm und eng beieinander, und durch das Fenster, an dem die Eisblumen wuchsen, schien der Mond herein.

Die Sinnlücke

Mein Vater und ich gehen langsam den Weg von den Toiletten zurück. Die Veränderung bleibt unausgesprochen, aber auf einmal haben wir bei jedem Schritt die Arme umeinander gelegt. Es steht schlimmer um ihn als noch vor einer Woche, geht mir durch den Kopf. Oder vielleicht auch nicht. Vielleicht tut er nur so, weil er glaubt, es würde mir helfen, und die Erinnerung an seine mühseligen Schritte würde es mir leichter machen. Hinterher.

Aber ich kann ihn nicht der Heuchelei bezichtigen. Und überhaupt: Was macht es für einen Unterschied, ob sich sein Zustand tatsächlich verschlimmert oder nicht? Jetzt, da wir so eng miteinander verbunden sind, geht es uns mit jedem Schritt besser, wir haben das Gefühl, diesen Minuten die angemessene Schwere, Bedeutung und Wichtigkeit zu verleihen. Womöglich sollte man so leben: sich etwas einreden und es dann immer wieder vor sich selbst wiederholen, menschliche Alltagsphilosophie in Aktion.

Wir ignorieren Evas Anruf. Wir können einfach nicht darüber sprechen. Nicht jetzt. Eines unserer größten Probleme besteht darin, dass wir im Gespräch von einem Thema aufs nächste kommen und dann zwangsläufig bei dem *einen* Thema landen. Dafür ist noch keiner von uns bereit. Wir stellen gerade so etwas wie eine unendlich lange, ausgewogene Gleichung für das Universum auf, also eine Gleichung, die alles beinhaltet, was wir jemals zueinander darüber gesagt haben, was wir hier machen. Wenn wir auch nur ein einziges Wort hinzufügen würden, würde die Gleichung aus der Balance geraten, und wir müssten sofort aufhören und die ganze Geschichte noch einmal neu schreiben. Und falls wir es tatsächlich mit dem Universum aufnehmen wollen, muss ich auf den richtigen Moment warten, weil man so einen Scheiß nur ein, zwei Mal im Leben mitmachen kann.

Dr. Twigge, der Therapeut, bei dem wir ein paar Mal gemeinsam waren, meint, es sei nur natürlich und sehr menschlich, den Sinn dahinter verstehen zu wollen, aber eigentlich gebe es überhaupt keinen Sinn, der sich verstehen ließe. Darauf erwiderte mein Vater, genau darauf wolle Camus im *Mythos des Sisyphos* hinaus, wenn er über den Zusammenprall des menschlichen Bedürfnisses nach Sinn mit der Tatsache spricht, dass der Welt nun einmal kein festgelegter Sinn innewohnt. »Dieses Bedürfnis, *das* meinte Camus mit dem Absurden, Lou, und nicht, dass die Dinge selbst absurd wären.« Ich weiß noch, dass Dad das als »die Sinnlücke« bezeichnete. Er und Twigge vergnügten sich fortan mit Themen, die nichts mit dem eigentlichen Grund unseres Besuchs zu tun hatten.

Dad sieht den anderen VW zuerst – das gleiche schrottige Kastenmodell aus den Achtzigern wie unserer. Zwei Typen fummeln am Heck herum. Der eine geht immer wieder in die Hocke und steht dann auf, der andere steht einfach nur mit einem Plastikbecher in der Hand da. Der Bus hat sich ein Stück zur Seite geneigt, als hätte er das Fahren endgültig aufgegeben, als wollte er kein Bus mehr sein. Erst da wird mir klar, dass sie eine Panne haben. Und sofort frage ich mich: Was, wenn wir liegen bleiben? Was dann? Offensichtlich kann ich wirklich nur an mich selbst denken – vielleicht ist das auch so eine Generationsfrage –, denn Dad ist anscheinend genau das Gegenteil durch den Kopf gegangen. Er dreht ab in ihre Richtung, vorbei am Picknicktisch, über den Asphalt und hinüber unter die Bäume. Die Sonne scheint, und wir liegen gut in der Zeit, aber wir müssen spätestens um sechs in dem Château in der Champagne sein, und ich will eine Stunde früher da sein, damit wir uns wenigstens noch kurz entspannen können, bevor die ganze Scheiße losgeht.

»Reifenpanne?«, ruft Dad ihnen auf Englisch zu.

Wir marschieren auf sie zu, zwei zerlumpte Boten mit Neuigkeiten von einer unermesslichen Niederlage.

»*Ja*«, erwidert der Typ in der Hocke auf Deutsch. »Großes Problem.« Er scheint zu beschäftigt, um sich über unser Interesse zu wundern. Er ist einer von diesen unleugbar Fetten – bleiche Haut mit schimmernder Schweißschicht, gelbes Carlsberg-T-Shirt, das sich über seine Plauze spannt, verstörend haarlos und größer als gedacht, als er sich aufrichtet.

»Großes Problem«, wiederholt er. »Wir müssen Dean heute noch nach Denzlingen bringen.« Er nickt in Richtung des anderen, als hätten wir ihn bereits kennengelernt. »Dean hat drei Auftritte. Wir sind *am Arsch*.« Das sagt er wieder auf Deutsch.

Dean trinkt einen Schluck. Er ist ein gutes Stück kleiner, hat einen verschlagenen Frettchenblick, und sein Gesicht sieht aus, als hätte er zwei Wochen im Windtunnel verbracht.

»Vielleicht fahre ich lieber per Anhalter weiter, Malte«, sagt er leise. Er ist Engländer.

»Haben Sie keinen Ersatzreifen?«, fragt Dad.

»Genau darin liegt das Problem.« Malte trägt diese typisch deutsche Mischung aus Ernsthaftigkeit und Leidenschaftslosigkeit zur Schau. Er presst die dicken Lippen aufeinander und bläst dann die Wangen auf. »Das Extrarad haben wir nicht.«

»Kein Ersatzreifen?«, fragt Dad erschrocken.

Jetzt stehen wir alle da und starren auf den Platten. Kurz denke ich, dass Dad ihnen unseren überlassen will.

Aber dann fragt er: »Was ist denn damit passiert?«

»Ich weiß nicht.« Malte zuckt ratlos mit den Schultern. »Eigentlich müsste der hier sein, ja, hier hinten, oder vielleicht vorne dran, aber ich fahre den Bus seit einem Jahr und hab ihn noch nie gesehen.« Er tritt lustlos gegen den Platten. »Wir haben echt ein Problem, nur weil das Rad flach ist.«

»Platt«, korrigiert Dean leise.

»Genau.« Malte nickt zustimmend. »Keine Luft. Flach.«

Dean trinkt noch einen Schluck.

»Wir haben den gleichen Bus«, sage ich. »Den Westfalia.«

»T3«, ergänzt Dad kennerhaft. »Der Ersatzreifen ist bei dem Modell vorne unterm Kühler.«

Dad hat eine verwirrte Miene aufgesetzt, so wie immer, wenn er sein Gegenüber eigentlich nicht ernst nimmt.

»Die T3s haben Heckantrieb«, fährt er fort. »Deswegen ist für den Ersatzreifen da hinten kein Platz.«

»Wegen des Motors«, ergänze ich zur Erklärung und um Dean miteinzubeziehen.

»*Ernsthaft?*« Malte runzelt die Stirn und grinst dann breit. »Ihr verarscht mich doch.«

»Nein, tun wir nicht«, sage ich.

»Na dann.« Dad setzt sich in Bewegung. »Wollen wir doch mal sehen, ob ihr einen vorne drinhabt.«

Zu viert trotten wir zur Kühlerhaube, in den Schatten der Bäume.

»Okay«, sagt Malte. »Ich schau mal drunter.«

Er legt sich auf den Asphalt und robbt rückwärts unter den Bus, wobei sein T-Shirt hochrutscht und den Blick auf einen erschrockenen weißen Bauch freigibt, der nach links und rechts schwabbelt, als wüsste er nicht so recht, wie er am besten der sich verschiebenden Schwerkraft gehorchen soll.

»*Ja!* Hier ist er!«, verkündet Malte triumphierend. »Hat sich die ganze Zeit hier unten versteckt.«

»Ist der noch brauchbar?« Dad hält sich am Bus fest und beugt sich vor.

»Ich glaub schon – *ja* – vollgepumpt.«

»Aufgepumpt«, berichtigt Dean und trinkt einen Schluck.

»Na, dann könnt ihr ja jetzt loslegen«, meint Dad.

»Ja, das stimmt.« Malte zögert kurz. »Aber wie kriegen wir den aus diesem Unterschrank raus?«

»Da vorne müsste ein kleiner Riegel sein. Wenn du den aufmachst, kommst du an die Ablage ran. Habt ihr Werkzeug dabei?«

Ich schaue zu Dean.

»Nein«, sagt der Bauch. »Scheiße.«

Dean befördert sein Getränk zwischen den Backen hin und her.

Nach einer kurzen Beratung stellt sich heraus, dass Malte und Dean nichts im Bus haben, das ihnen bei der bevorstehenden Aufgabe behilflich sein könnte. Und dann stellt sich raus, dass Dad und ich anscheinend *unser* Werkzeug holen, um ihnen beim Reifenwechsel zu helfen.

Ich überlege natürlich, ob ich Dad nicht lieber fragen sollte, ob er seine Zeit wirklich hiermit verbringen will. Wir haben es ihnen zwar versprochen, aber in Anbetracht der Umstände können die beiden sich auch nicht beschweren, wenn wir einfach abhauen. Gleichzeitig (wir öffnen gerade den Kofferraum) erweckt Dad aber auch den Eindruck, dass er das hier wirklich tun will. Er hat Werkzeug dabei – er hatte schon immer Werkzeug dabei. Er ist stolz darauf, immer bestens ausgestattet zu sein. Womöglich macht ihn nichts auf der Welt glücklicher, als das richtige Werkzeug für eine bestimmte Aufgabe dabeizuhaben. Wenn es drauf ankommt, ist er bereit. Noch so eine Generationensache. Männer müssen allzeit bereit sein, das sagt Dad schon sein Leben lang und ist dabei immer selbst mit gutem Beispiel vorangegangen. Reparier deine Sachen. Bau den Motor auseinander. Kümmer dich endlich um diese beschissene Spülmaschine. Nimm es mit der unbelebten Welt auf und mach sie dir untertan. Und wenn die Zeit dann kommt: Sei nicht ahnungs- und hoffnungslos, sondern bereit. Jetzt will er sein Werkzeug benutzen. Und es ist seine Zeit, nicht meine. Was würden wir auch sonst machen? Was *sollten* wir auch sonst machen?

»Zwanzig Minuten, mehr nicht«, sagt Dad, als könnte er meine Gedanken lesen, während wir schwer bepackt zu Malte und Dean zurückhumpeln.

Malte stellt sich als unglaublich ungeschickt heraus; was er vorn aufbaut, reißt er mit dem Hintern wieder ein, und seine Arme und Beine sind wie aus Margarine.

Dann stellt sich heraus, dass Dean ähnlich unbrauchbar ist.

»Er ist Pianist«, erklärt Malte. »Deswegen kann er seine Hände für nichts benutzen außer Klavierspielen. Er spielt drei Abende am Stück, morgen gehts los. Er braucht seine Finger. Heute Abend treffen wir die Sponsoren. Rheinmetall. Das ist sehr wichtig. Die Sponsoren. Sehr wichtig für die Musik.«

Und so bin *ich* schließlich derjenige, der auf dem Asphalt sitzt, die Radkappen abnimmt und sich gegen das Radkreuz stemmt, um die Radmuttern zu lösen.

»Gegen den Uhrzeigersinn«, mahnt Dad, bevor ich überhaupt angefangen habe.

Das ist mir natürlich klar, aber ich verkneife mir einen bissigen Kommentar – jetzt ist nicht der richtige Zeitpunkt – und sage stattdessen: »Alles klar.«

»Geht schwer?«, fragt Malte.

»Ja«, antworte ich.

»Was spielen Sie so?«, wendet Dad sich an Dean. Die drei stehen in einem Halbkreis hinter mir, während ich mich an den Muttern abrackere. Die Septembersonne ist heiß, wenn sie durch die Wolken bricht.

»Debussy«, erwidert Malte.

»Debussy?«, fragt Dad.

»Die Flötentrios.« Dean klingt, als gäbe er das nur ungern zu. »Ein paar Solos, bisschen Chopin. Beim Denzlinger Festival für Debussy und Feinkost. Ist nicht besonders groß.«

»Hat Debussy in Denzlingen gelebt?«, fragt Dad. »Oder wo ist da die Verbindung?«

»Er hat einmal auf der Durchreise da übernachtet.« Dean verzieht das Gesicht. »Und angeblich hat er da irgendein superköstliches Abendessen bekommen.«

»Das berühmte *Feinschmecker-Hochgenuss*-Dinner.« Malte grinst.

»Und hinterher hat er wohl gesagt, dass die deutsche Küche der französischen überlegen ist. Und deswegen veranstalten die dieses Festival mit Musik und Essen. Es ist nicht ganz ernst gemeint ...«

»Dean ist total berühmt«, unterbricht Malte stolz. »Wenn Sie Klassik mögen, haben Sie vielleicht schon mal von ihm gehört. Dean Swallow. Er spielt viel Klavier. Ich bin sein Manager.« In den letzten Satz legt er den tragenden Ton eines Mannes, der sich als frisch entsandter Botschafter an irgendeinem Hof vorstellt. »Ich fahre ihn zu seinen Auftritten. Wir lassen uns für Flüge und Hotels bezahlen, aber dann kommen wir mit dem Bus und schlafen einfach da drin. Das Geld stecken wir trotzdem ein. Guter Plan, *oder*?«

Ich schaue auf. Dad lächelt. Ich schwitze, aber immerhin habe ich alle Muttern gelöst. Mit dem Wagenheber kurbele ich den Bus hoch und nehme den Reifen ab.

»Vorne Scheibenbremse, hinten Trommel«, bemerkt Dad. »Gleicht das Gewicht auf der Achse aus.«

Malte rollt den Ersatzreifen zu mir und sieht dabei aus wie eine Karikatur eines Automechanikers. »Hey, Sie haben doch bestimmt Durst. Dean, hol denen mal was zu trinken. Ganz schön heiß, *ja*?«

»Was trinken Sie denn, Dean?«, fragt Dad.

Malte lacht. »Vor dem Essen mit den Sponsoren ist er immer nervöser als vor den Auftritten.«

Dean starrt in seinen Styroporbecher, als würde er sich am liebsten selbst hineinrühren und auflösen. »Amaretto mit Limettensaft.«

»Wollen Sie auch einen?« Malte rollt mir den Ersatzreifen hin und nimmt den platten entgegen. »Wir haben auch Eis.«

»Ich muss noch fahren«, sage ich.

»Im Uhrzeigersinn, Lou«, mahnt Dad. »Amaretto mit Limette, das hab ich ja noch nie gehört.«

Ich ziehe die Radmuttern fest, lasse den Wagen wieder runter und stehe auf, um mehr Gewicht hinter das Drehkreuz zu bringen.

»Das reicht schon, Lou«, sagt Dad. »Riesig ist des Schlossers Kraft, wenn er mit dem Hebel schafft.«

»Meinst du, die sind fest genug?«

»Ja, so ist gut. Man muss es ja auch nicht übertreiben.«

Der Schweiß rinnt mir in Strömen herunter. Ich richte mich auf und merke, dass ich der Kompetenz meines Vaters in dieser Hinsicht blind vertraue, wie eigentlich überhaupt in allem. Und ich weiß nicht, was ich mit diesem Gedanken anfangen soll. Der Verkehr dröhnt an uns vorbei, und ich denke: So muss es sich anhören, wenn man verrückt wird, genau wie in diesem Moment. Alle rasen sie irgendwohin. Zu Hunderten pro Minute. Nicht in den Tod. Aber eigentlich doch genau dahin – in den Tod.

Ich ziehe den Wagenheber unter dem Bus hervor. »Wir machen uns mal besser wieder auf den Weg, Dad.«

Aber Malte ist begeistert und will sich unbedingt erkenntlich zeigen. »Mensch, ihr habt uns echt die Eier gerettet. Danke! Danke. Na los, wir trinken einen zusammen. Dean, haben wir noch Amaretto übrig?«

»Geht leider echt nicht«, sage ich.

»Nein, klar.« Malte nickt. »Du musst noch fahren. Was können wir dir stattdessen Gutes tun? Ein bisschen *Wurst*? Wir haben noch was von der leckeren aus Detmold übrig, glaube ich. Dean?«

Dad lehnt sich an den Bus, während ich das Werkzeug wieder einpacke. »Haben Sie eine CD oder so dabei?«, fragt er Dean. »Eine Aufnahme, die man sich mal anhören könnte?«

Dean fühlt sich sichtlich unwohl. »Ja, schon. Aber die ist ziemlich ... experimentell.«

»Das geht schon in Ordnung.«

Dean zuckt mit den Schultern und geht seine CD holen.

Malte verstaut den Ersatzreifen im Bus. Er ist viel zu faul, um ihn an den dafür vorgesehenen Platz zu legen.

Und weil ich keine Lust habe, den Job am Ende auch noch übernehmen zu müssen, sage ich beiläufig zu Dad: »Die Verkostung geht um sechs los.«

»Da haben wir doch noch reichlich Zeit«, erwidert er.

Malte kommt mit einer Visitenkarte für Dad zurück, aber Dad ist ganz auf Dean konzentriert, der schüchtern wieder aus dem Bus steigt. Also gibt er sie stattdessen mir und zwinkert mir dabei verschwörerisch zu.

Dean streckt Dad die helle CD-Hülle hin wie einen Block ranzigen Feta. Sein Gesicht ist darauf abgebildet.

»Das hören wir uns an, und dann empfehlen wir es weiter.«

Die Schamesröte entspringt an Deans Nase und kriecht aerodynamisch in Richtung seiner Ohren.

Ich weiß genau, wie er sich fühlt.

Dad richtet sich auf, so weit ihm das möglich ist. »Mach nur weiter, Dean. Niemals aufgeben«, sagte er. »So wie du wird nie wieder jemand spielen. Hab nur deine Freude daran, das ist das Geheimnis. Erfreue dich, woran du kannst.«

Die drei Kassetten umfassen insgesamt etwa zweieinhalb Stunden. Die erste beginnt mit einem bösartigen Zischen, dann Stille, bis man seltsame Rufe und gedämpftes Krachen hört – wie das Geräusch von Leuten in weiter Ferne, die ihre Waren an einem Marktstand anpreisen. Und dann hört man jemanden auf eine Mülltonne einschlagen, aber wie durch eine Wand. So geht die Aufnahme ungefähr eine Minute lang weiter, und man versteht weder was gesagt wird noch was da so knallt.

Dann geht eine Tür auf, und jemand kommt in das Zimmer, wo anscheinend der Rekorder steht. Derjenige atmet schwer, direkt ins Mikrofon. Und dann bricht die Aufnahme kurz ab.

Als es weitergeht, ist die Lautstärke aufgedreht worden, und das Zischen ist nun ein lauteres, analoges Summen. Man hört, wie die Person wieder weggeht, und dann eine leise Stimme, deutlicher, aber immer noch nicht verständlich.

Und dann plötzlich Schreie.

Schockierend – so laut. Ein grausamer Wortschwall. Klar und deutlich, lediglich wutverzerrt.

Die Brutalität der Worte ist erschreckend.

Dann zerspringt etwas.

Und dann eine andere, männliche Stimme. »Nein. Lass das. Nein. Nein. Lass das.« Immer und immer wieder.

Weihnachten war nur noch vier Tage entfernt, und Eva war erkältet und zitterte, aber die Welt lag uns zu Füßen, und nichts konnte uns etwas anhaben. Sie kam dampfend aus dem Bad, das weiße Handtuch betonte den Zimtton ihrer Haut.

»Wie fühlst du dich?«, fragte ich.

»Geht so ... vielleicht doch kein Ebola.«

Ich zuckte mit den Schultern. »Vielleicht ist es nur die harmlose Variante.«

Sie sah sich um und bemerkte, dass ich aufgeräumt und das Bett frisch bezogen hatte. Sie kam zu mir an die Spüle, wo ich gerade unsere drei Teller wusch, umfasste meinen Kopf und lehnte ihre Stirn an meine. Dann sagte sie sanft: »Du bist echt ein guter Krankenpfleger, hm?«

Ich trat einen Schritt zurück, und sie musste es an meinem Gesichtsausdruck erkannt haben.

»Was ist?«, fragte sie. »Was ist los?«

Ich redete einfach drauflos, und alles sprudelte spontan aus mir heraus ... Und nachdem ich ihr dort an der Spüle alles erzählt hatte, fragte sie einfach nur: »Wann hat er davon erfahren?«

»Vor neun Monaten.«

»Das hättest du mir doch ... Und jetzt? Ist das alles schon beschlossene Sache?«

»Ja. Sobald es sich ›ernstlich verschlimmert‹. Er hofft, nächstes Jahr ist es so weit. Man muss den ganzen Prozess schon viel früher in die Wege leiten.«

»Er *hofft* das?«

»Sagt er so.«

»Meine Güte.«

»Die Krankheit ist unheilbar. Manchen Leuten bleiben zwei Jahre, manchen vier, aber es verläuft immer tödlich, und Behandlungsmethoden gibt es keine. Im Schnitt hat man nach der Diagnose noch vierzehn Monate. Wir haben die Hälfte also schon hinter uns.«

»Aber ... wie läuft das genau? Man wacht eines Tages auf und kann sich nicht mehr bewegen?«

»Nein, das passiert nach und nach, über Monate, aber unaufhaltsam. Irgendwo hat er sogar Glück. Seine Hände sind kaum betroffen, zumindest bisher. Und sprechen kann er auch noch gut. Er sagt, er will nicht abwarten, bis es zu spät ist. Er will immer noch reden können.«

»Mensch, Lou, das tut mir so leid.«

Ich sagte, es müsse ihr nicht leidtun, und es sei eine Erleichterung, dass ich endlich mit jemandem außerhalb der Familie darüber geredet hätte. Eine Riesenerleichterung. Aber dann ging ich selbst unter die Dusche, und sofort kam mir der Gedanke, dass ich uns damit überfordert hätte. Dass wir eine Bruchlandung hinlegen würden. Dass ich besser den Mund gehalten hätte. Dass ich unsere junge Beziehung und damit meine einzige reine Glücksquelle vergiftet hatte.

Als ich wieder ins Zimmer kam, trug sie Jogginghose und T-Shirt und saß auf dem großen Ledersessel, den ich von ihren Klamotten befreit hatte, trocknete sich die Haare ab und lehnte dabei den Kopf abwechselnd nach links und rechts.

Sie fragte: »Und er will sich wirklich umbringen?«

Ich liebte sie noch mehr dafür, dass sie das Thema Tod nicht mit falschen Tonfällen oder aufgesetzten Emotionen umgab. Davor hatte ich mich am meisten gefürchtet – wie sich meine Gefühle zu ihr in dem Fall verändern würden, vor dem Graben, der sich dadurch geöffnet hätte. Sie sah mich jedoch einfach nur unverwandt an – so intelligent und mitfühlend, dass es mir leicht ums Herz wurde.

»Na ja, er würde es nicht ›sich umbringen‹ nennen, sondern ›aktive Sterbehilfe in Anspruch nehmen‹.«

»Macht das einen Unterschied?«

»Bei dem einen wird das Leben mit dem Tod ersetzt,

bei dem anderen nur ein schlimmer Tod mit einem guten.«

»Verstehe. Und wie läuft das? Man geht einfach zur Dignitas, und fertig?«

Ich schüttelte den Kopf. »Das ist nicht so einfach, wie alle denken. Man muss da erst Mitglied werden und alle möglichen Untersuchungen über sich ergehen lassen, bevor sie einen überhaupt in Erwägung ziehen. Womit die Ärzte hier in England übrigens nichts zu tun haben wollen, damit sie nicht am Ende wegen Beihilfe zum Mord belangt werden können. Das ist ein Riesenbürokratieaufwand, bis man da grünes Licht bekommt.«

»Grünes Licht? Das heißt doch nicht wirklich so.«

Ich erklärte ihr, dass die meisten Leute fälschlicherweise davon ausgingen, dass es sich bei Dignitas um eine Klinik handele. Dabei sei sie lediglich ein Verwaltungsdienst, der den Todkranken dabei helfe, sich durch die schweizerische Gesetzeslage zu navigieren. Dass der klinische Teil den Ärzten vorbehalten sei, mit denen Dignitas zusammenarbeite. Ich erzählte ihr von den unzähligen Unterlagen, die Dad vorlegen musste, und davon, wie man in Zürich zu einem der Ärzte gehen muss, um das Rezept zu bekommen. Und selbst dann müsse man einen zweiten Gesprächstermin vereinbaren, bevor man das blaue Dignitas-Haus betreten dürfe.

»Und erst dann«, sagte ich, »darf man das Spezialgift trinken.«

Sie blies die Wangen auf und atmete langsam aus.

Es sprach dafür, wie tief ich schon in dieser ganzen traumatischen Sache drinsteckte, dass ich sie missverstand und dachte, sie wolle damit ihre Betroffenheit zum Ausdruck bringen, dass wir den ganzen Weg nach Zürich fahren müssten, und nicht etwa, dass sie ein Problem mit der ganzen Sache hatte.

»Ich weiß«, sagte ich. »Das ist echt eine Schande, dass man in diesem Land hier nicht sein Leben beenden darf. Aber das steht jetzt auch nicht zur Debatte. Dad will sich dafür einsetzen. Natürlich. Aber ich bin dagegen.«

»Was meinst du? Du bist dagegen, dass er ...«

»Ich bin dagegen, dass er ins Fernsehen oder zum Radio geht und da von seinem Recht auf einen selbstbestimmten Tod redet. Es ist ja so schon schwer genug.« Ich schaute zu ihr. Sie wirkte besorgt. Ich schlug einen sanfteren Ton an: »Er war früher öfter im Radio und hat Besprechungen für die Zeitung geschrieben. Er war so eine Art Medienprofessor. Aber wir haben eine Abmachung: Er unternimmt nichts, womit ich nicht klarkomme. Und wir ... wir können es uns jederzeit anders überlegen.«

»Mit wem hast du sonst noch darüber gesprochen, außer mir?«

»Wir sind eine Weile zu einem Therapeuten gegangen und haben so eine Familie besucht, die das 2008 gemacht hat. Und mit ein paar Angehörigen haben wir auch gesprochen.«

Sie wechselte mit dem Handtuch die Seiten und sah mit geneigtem Kopf zu mir auf. »Und was meinten die dazu?«

»Die meinen, dass man nach ein paar Jahren total froh darüber ist, weil man immer wieder auf den Kalender guckt und denkt: ›Jetzt wäre er sowieso tot. Und es wäre viel schlimmer gewesen.‹«

»Das heißt, rückblickend ist es eine gute Idee – in fünf Jahren oder so?«

»Ja.«

»Aber deswegen fühlt es sich natürlich jetzt noch lange nicht gut an.«

»Genau.«

»Scheiße.« Sie hob den Kopf und ließ das Handtuch fallen.

»Aber gleichzeitig gehen die Gedanken auch mit einem durch«, fuhr ich fort. »Ich meine, als er mir das erzählt hat, hab ich direkt alles vor mir gesehen. Wie es immer schlimmer wurde, wie er im Rollstuhl saß, wie es zu Ende ging. Das sieht man alles, und dann trauert man viel zu früh. So in der Art ... ich weiß auch nicht. Manchmal sehe ich den Tod in seinem Gesicht, obwohl er noch am Leben ist.«

Sie stand auf und nahm mein Gesicht liebevoll in die Hände. Ich sah ihr an, dass es ihr wehtat, dass ich ihr nicht früher davon erzählt hatte, sie sich aber gleichzeitig nichts anmerken lassen wollte, um sich nicht in den Mittelpunkt zu rücken.

Also sagte ich: »Ich hätte dir das schon früher erzählen sollen. Aber ...«

»Aber was?«

»Ich wollte nicht, dass das hier – wir – davon belastet werden. Scheiße, ich hasse das Wort. Ich wollte, dass wir erst mal aus dem Gröbsten raus sind.«

»Wie, aus dem Gröbsten raus?«

»Ich wollte, dass wir … ich weiß auch nicht. Ich wollte nicht, dass so was Ernstes zwischen uns steht. Ich wollte, dass wir beide …«

»Du hast doch keine Ahnung«, flüsterte sie. Ihr Gesicht war meinem so nah, ihre Augen tanzten zwischen meinen hin und her. »Du hast doch keine Ahnung, wie oft ich an dich denke. Ständig. Ständig.«

Wenn sie ernst wird, fängt ihre Augenbraue immer an zu zucken.

Ich wurde derart von Gefühlen überschwemmt, dass jede Bewegung zum Sturz geführt hätte.

Verloren

Wir sind spät dran. Wir haben uns verfahren. Wir verfallen in Panik.

»Fahr noch mal da drüben lang«, sagt Dad. »Die Querstraße da müsste es doch sein.«

»Wir sind von rechts gekommen«, sage ich. »Also muss es rechts sein.«

»Nein, links. Da drüben muss es sein.«

»Kann es gar nicht.«

»Muss es aber.«

Ein Weinbautraktor rumpelt vor uns her. Ich schwenke rabiat auf die linke Spur und schneide ihn dann unnötig scharf. Ich fahre mittlerweile ganz schön aggressiv. Ich bin mir nicht hundertprozentig sicher, aber ich glaube, ich habe vorhin im Stau auf der Autobahn die Temperaturanzeige des Busses steigen sehen. Als ob die Anstrengungen der letzten Tage auch dem Wagen einiges abverlangt haben. Und vielleicht liegt es auch nur daran, dass die schmalen Landstraßen für ein seltsames Echo sorgen und die Geräusche dämpfen, aber der Motor klingt auch anders, als wollte er sich beschweren, dass er gefälligst mit mehr Würde behandelt werden möchte.

Die erste Verkostung fängt um sechs an, in zehn Minuten. Wir haben das Komplettpaket gebucht, das viel teurer ist als nur Abendessen und Unterkunft, und Dad meint, die besten Champagnersorten werden sie vor dem Essen reichen: »Zu gutem Champagner kann man nichts essen, Lou.« Also kommt noch die Sorge dazu, dass wir das Geld umsonst ausgegeben haben. Nicht, dass es wirklich wichtig wäre.

»Halt die Augen offen«, sagt Dad mürrisch.

»Ich gucke doch schon.«

»Was ist denn das da? Kannst du was erkennen?«

»Kühe.«

»Nein, da oben.«

»Ein Haus.«

»Das von dem Weingut?«

»Nein, Dad. Das ist doch viel größer als das da. Und außerdem ist es gelb.«

»Das da ist doch gelb.«

»Nein, das da ist beige. Das Château ist richtig gelb, so wie Vanillepudding. Oder dein Fleecepulli.«

»Woher willst du das denn überhaupt wissen?«

»Im Internet waren Fotos.«

»Ach so, im Internet. Na dann.« Endlose Geringschätzung.

Das Navi mischt sich ein: »*An der nächsten Kreuzung weiter geradeaus fahren.*«

Es kommt aber keine Kreuzung.

Dad schnauft erneut verächtlich. »Es ist eben nicht echt, Lou, das ist das Problem.«

Ich fahre weiter. Ein verrückter Fasan taucht aus dem

Straßengraben auf, eiert auf die Straße, spürt den drohenden Tod und flattert umständlich auf und davon.

»Was, das Internet?«

»Nein, Navis!« Er deutet auf das Stück Technik, das mit seinem Saugnapf an der Windschutzscheibe hängt und nicht weiß, für wie viel Empörung es bei ihm sorgt, und fängt dann an, im Handschuhfach nach seiner Brille zu suchen. Das flackernde Licht macht ihn noch wütender.

Ich drehe die Lautstärke des Navis herunter. Ich wünschte, ich wäre einfach ein paar Stunden vorher nach Zürich geflogen, hätte mir ein Hotel gesucht, kurz einen Abstecher zu dem blauen Dignitas-Haus gemacht, das Ganze hinter mich gebracht, wieder ausgecheckt und wäre zurück nach Hause geflogen.

»Vielleicht haben wir die falsche Postleitzahl eingegeben«, sage ich.

»Weingüter haben keine Postleitzahlen, Lou.« Dad setzt sich die Brille auf. »Hätte ich mal einen vernünftigen Straßenatlas mitgenommen. Hierdrauf kann man ja überhaupt nichts erkennen. Dabei habe ich einen zu Hause, genau dieses Gebiet. Auf diese verdammten Geräte kann man sich eben nicht verlassen.«

Wir sind ganz nah dran, aber das Navi ist verwirrt oder hat einen Fehler oder wurde länger nicht mehr aktualisiert. Und das ist anscheinend meine Schuld. Dad nutzt das Scheitern eines technischen Geräts gern als Beweis für das Scheitern der gesamten modernen Welt und dafür, dass Fortschritt nur eine Illusion ist und sich die Zivilisation in eine Sackgasse verrannt hat. Für ihn ist das Problem mit dem Navi kein technisches, sondern moralisches Versagen. Und er will mir seine Schlussfolgerung immer und immer wieder mit dem Holzhammer beibringen, obwohl sie völlig bescheuert ist. Er weiß das, und ich weiß das, und wir machen uns mit dieser Unterhaltung nur gegenseitig immer verrückter.

»Geht die Uhr richtig?«

Die Uhr am Armaturenbrett steht auf fünf. Dad weiß, dass wir sie noch nicht auf die französische Zeit umgestellt haben.

»Nein, es ist jetzt fast sechs«, antworte ich, »aber es kann wirklich nicht mehr weit sein.«

»Ich meine, ist es genau sechs? Oder geht die Uhr ein bisschen vor? Ich glaube, die geht ein bisschen vor, nicht?«

»Keine Ahnung«, sage ich. »Ich hab sie nicht eingestellt.«

Wir sollten nicht über Uhren und Zeit reden. Natürlich nicht. Aber ich möchte Dad klarmachen, dass wir dieses Problem hier gar nicht hätten, wenn wir nicht angehalten und eine Dreiviertelstunde lang Maltes Reifen gewechselt hätten.

Stattdessen bekomme ich immer wieder die schwere Tür seines »Hab ich's dir doch gesagt!« vor den Kopf geschlagen, er reißt sie immer wieder auf und knallt sie mir dann ins Gesicht. Und dann öffnet er sie wieder und sagt mir noch mal »Hab ich's dir doch gesagt!«. So muss sich Jack in Dads Anwesenheit fühlen: voll klaustrophobischer Wut, die einen ausgeprägten Fluchtinstinkt in einem hervorruft. Dieses Gefühl – nicht etwa, dass er recht oder unrecht hat, und auch nicht der Wunsch, mit ihm zu streiten, nein – dieses Gefühl, dass mir egal ist, was er denkt. Vielleicht ist das aber auch eher Ralphs Gefühlswelt, ich weiß es nicht. Die Sache ist die: Manchmal habe ich den Eindruck, Dad wäre *meine* Krankheit. Und es ist ansteckend. Aber ich möchte so gern gesund sein. Ich will frei sein. Was hat das zu bedeuten?

»Halt an«, sagt Dad. »Stopp!«

Jetzt stehen wir tatsächlich an einer Kreuzung. Man kann aber nur links oder rechts abbiegen, nicht geradeaus fahren. Wir können nicht einfach immer weiterfahren. Es ist nichts ausgeschildert. Der leere Himmel kennt uns nicht. Ich halte an und kurbele mein Fenster hinunter. Es kommt kein Windhauch herein, nur der Geruch von frisch gemähtem Gras.

»Falls ich hier Empfang habe, kann ich mal auf der Website nachsehen.«

»Mach das Ding aus.«

Ich tue, wie mir geheißen, wie ein gehorsames Kind.

»Das Ding ist absolut nutzlos, Lou.«

»Ich könnte auf der Website nachschauen.«

»Vergiss diese Websites.«

»Da ist aber die Anfahrt beschrieben.«

»Die hättest du dir abschreiben sollen, auf Papier. Du hast wieder mal nicht nachgedacht.« Dad faltet die Frankreichkarte so, dass der entsprechende Abschnitt vorn ist. »So, jetzt schauen wir erst mal, wo wir sind. Und zwar auf einer echten Karte. Wir brauchen irgendein Dorf in der Nähe.«

»Wir sind irgendwann durch Vignerons gekommen.«

»Sind wir etwa dreißig Kilometer südöstlich von Troyes?«

»Ungefähr. Warte mal, mein Roaming funktioniert.«

»Roaming«, sagt er, und er legt so viel Sarkasmus in das Wort, das könnte nicht mal ich.

Ich ignoriere ihn. »Ich hab hier Google.«

Er ignoriert mich. »Alles klar, habs gefunden. Wir fahren jetzt zurück nach Vignerons, dann wissen wir, wo wir sind.«

»Ja, aber dann wissen wir immer noch nicht, wo das Château ist.«

»Eins nach dem anderen, verdammt noch mal!«

Die Seite baut sich auf meinem Handy auf. »Okay, hier ist die Anfahrtsbeschreibung ab Vignerons.«

»Gut, gib her. Wir fahren zurück nach Vignerons und versuchen es von da aus noch mal. Ich schreib mir die Wegbeschreibung ab.«

Also wende ich, und wir fahren wieder in die Richtung zurück, aus der wir gekommen sind. Pappeln säumen einen sanft abfallenden Hügel, auf dem weiße Kühe auf einer löwenzahnübersäten Wiese weiden. Dahinter steigt ein Hang wieder ebenso sanft an, und die Spätseptembersonne gleitet über die verheißungsvollen Weinberge gen Westen.

Ein tief hängender, typisch britischer Himmel, wie aus Lumpen zusammengeflickt. Ich war sechs. Mein Dad hatte mich zu einem Autorennen auf einer kleineren Rennstrecke mitgenommen, halb versteckt in einem schmalen nebligen Tal irgendwo in England.

Ich weiß noch, wie der Regen immer wieder kurz aufhörte und dann wieder anfing, und es ging ein ziemlicher Wind, wodurch das Rennen gefährlich und aufregend wurde. Wir standen zusammen auf einem schlammigen, extra aufgeschütteten Hügel, die Rennstrecke kam auf uns zu, bog nach links ab und schlängelte sich dann in engen Kurven durch eine Talsenke. Zuerst kamen die Single-Seater-Fords, dann folgten die Tourenwagen und anschließend die Minis; sie rauschten dicht an dicht an uns vorbei, die Reifen spritzten uns nass, die Fahrer gingen ans Limit des Fahrbahnkontakts. Wir hatten auf der Fahrt hierher lange überlegt, welche Stelle der Rennstrecke wohl die meiste »Action« bereithielt, und mussten uns zwischen zwei davon entscheiden. Meistens waren wir hinterher überzeugt, dass sämtliche Überholmanöver und Unfälle, also alles Aufregende, genau an der anderen Stelle passierten, und schimpften den halben Tag lang darüber. Aber diesmal hatten wir die richtige Wahl getroffen.

Ich kann mich noch gut daran erinnern, dass Dad und ich gleichermaßen aufgeregt waren; dieses Gefühl, wenn man ganz genau weiß, dass jemand, der einem viel bedeutet, gerade genauso glücklich ist wie man selbst, die Bindung, die man dadurch noch deutlicher spürt, und das Glück über die geteilten Emotionen.

Wegen der ständigen Wetterumschwünge fuhren manche zu schnell und verloren die Kontrolle über das Auto, »voll versemmelt«, wie Dad sagte. Andere schafften den ersten Teil der Kurve gut, hatten aber so viel Schwung drauf, dass sie dann doch darüber hinausschossen und ihre Flugbahn sie auf die Wiese zwang, wo sie dank einer leichten Steigung zum Stehen kamen. Andere verloren die Kontrolle, weil einer der Reifen über die glatte weiße Umrandung fuhr und das Fahrzeug wegglitt. Ich habe immer noch das Geräusch im Ohr, das verzweifelte Quietschen der Bremsen, das fast lautlose Rauschen, wenn ein Auto über das nasse Gras rutschte, und dann der dumpfe Aufprall, wenn es gegen die Reifenmauer prallte, die direkt vor uns stand.

Ab und zu schaffte ein Fahrer diese Kurve jedoch, glitt am äußeren Rand entlang, die Vorderräder der einzige Teil des Wagens, der dem Verlauf der Strecke folgte, und überholte dank seines unglaublichen Könnens tatsächlich einen Konkurrenten. Und Dad sagte dann so was wie: »Nummer siebenundzwanzig hat es wirklich drauf.« Und ich wusste zwar nicht, was dieses »es« war, aber ich verstand ganz genau, was mein Vater damit meinte.

Ich trage dieses Prinzip bis heute mit mir herum, ganz tief drinnen: dass manche »es« einfach draufhaben. Und ich wollte immer einer von diesen Menschen sein. Ich wollte immer wie die Fahrer sein, die trotz der Wetterbedingungen nicht aus der Kurve fliegen, während alle anderen gegen die Bande krachen, aus dem Rennen ausscheiden, raus sind.

Ich erinnere mich, dass ich an diesem Tag khakifarbene Gummistiefel und eine neue Regenjacke mit Kapuze trug, die eng unter meinem Kinn zugeschnürt war. Meine Hände waren kalt, und während wir darauf warteten, dass die Rennwagen, die gerade an uns vorbeigefahren waren, in der nächsten Runde wieder auftauchten, hockte sich mein Vater vor mich hin und wärmte meine kleinen Hände in seinen großen.

Gegen Mittag spazierten wir zu den Boxen. Wir gingen nebeneinander und aßen warme Donuts mit Zimt und Zucker, was meine Mutter niemals erlaubt hätte. Damals gab es noch keine Sicherheitsvorschriften, wir konnten einfach zwischen den Autos herumlaufen. Manche waren schon wieder bereit zur Weiterfahrt, andere waren noch schlammverkrustet und mussten erst repariert werden. Ich erinnere mich an die breiten schwarzen Reifen mit den weißen Steinchen, die im Gummi steckten.

Ich habe noch den leicht pflanzlichen Geruch des Motorenöls in der Nase und das dumpfe Grollen, gefolgt von einem plötzlichen Bellen, wenn die Motoren hier und da angelassen wurden, weil die Mechaniker etwas testen wollten. Ich sehe noch die Fahrer vor mir, die ihren Helm mit dem Arm durch das Visier trugen.

Ich erinnere mich noch so gut an alles, weil ich an diesem Tag meinen Vater verlor.

Eben stand er noch direkt neben mir und hielt meine Hand. Und dann ließ er los.

Ich erinnere mich noch ganz genau an den Moment, in dem mir klar wurde, dass er nicht mehr neben mir war. Ich beschattete meine Augen mit meiner neuerdings freien Hand, um mir durch das Fenster eines Rennwagens das Armaturenbrett anzusehen. Als ich wieder einen Schritt zurücktrat, war ich allein. Ein kleiner sechsjähriger Junge. Ich weiß noch, wie die Panik aus heiterem Himmel auf mich einstürzte. Wie sich die Welt in dieser Sekunde schlagartig in eine Welt voller Fremder und

Angst und Einsamkeit verwandelte. Ich erinnere mich an die plötzliche, erstmalige Erkenntnis, dass ich nicht Teil meines Vaters war, sondern ein eigener Mensch, ein Kind. Ich erinnere mich, wie sich die Gedanken in mir überschlugen – wie sollte ich ab jetzt etwas zu essen bekommen, warm bleiben, am Leben bleiben? Die Angst durchfuhr meinen Körper, war fast greifbar.

Ich lief auf den nächstbesten Erwachsenen zu, ich ging ihm gerade bis zur Hüfte. Ich sagte ihm, wie ich heiße und dass ich nicht wisse, wo mein Vater ist. Und dieser Fremde nahm mich mit, ich lief ihm einfach hinterher, dorthin, wo der Kommentator arbeitete. Eine Durchsage schallte über den gesamten Platz: »Herr Laurence Lasker, kommen Sie bitte zur Rennaufsicht, Ihr Sohn Louis wartet dort auf Sie.«

Ich weiß noch, wie ich meinen Vater wiedersah und erst da – erst da – anfing zu weinen. Ich weiß noch, dass ich auf dem Heimweg vorn im Auto sitzen durfte, obwohl ich zu klein für den Sicherheitsgurt war, und ich weiß noch genau, dass ich nie wieder ohne meinen Vater sein wollte.

Dann versuch es mit Verständnis

Das Internet sagt einem vielleicht, wie man überall hinkommt, aber nicht, wie es sich dann anfühlt, dort zu sein. Château Chigny ist eines dieser hübschen französischen Minischlösschen – weder schäbig noch herrschaftlich, hellgelb gestrichen und symmetrisch, hellblaue Fensterläden, die einladend geöffnet sind, und hohe, schlanke Schornsteine auf einem steilen Dach, die von zwei konischen, normannisch wirkenden Türmen an beiden Enden flankiert werden. Wir gleiten die mäandernde, von Platanen gesäumte Auffahrt hinauf, und in mir regt sich Hoffnung. Ich sehe so einen hohen, v-förmigen Weinbautraktor, von denen uns auch schon einer auf der Straße begegnet war. Außerdem einen rostigen roten Peugeot, der schon vor Jahren den Geist aufgegeben haben muss. Ein braun-weißer Hund bellt freundlich, und eine windschiefe Schaukel baumelt an einem Ast. Der Kies knirscht unter meinen Füßen. Auf einem hölzernen Pfeil steht *bienvenue*.

Ich gehe schnell um das Auto herum, um Dad zu helfen. Der Duft von Geißblatt liegt in der Luft, und ich spüre eine schwache Hitze von dem sonnengewärmten Steinpfad aufsteigen, der zur bogenförmigen Haustür führt. Ich greife nach Dads Stock, er hält sich an meinen Schultern fest und steigt aus.

Er schaut sich um. »Genau das Richtige.«

Wir streiten uns vielleicht ab und zu, Dad und ich, aber wir geben uns Mühe, nicht nachtragend zu sein.

»So kann es drinnen weitergehen«, stimme ich zu.

»Ist das ein schöner Abend«, fährt er fort. »Hoffentlich kriegen wir noch ein bisschen Sonne ab.« Das hier ist Dad in Reinform, und ich will nicht, dass es aufhört. Etwas löst sich in mir. Noch so eine bekloppte Sache: Neun Tage lang habe ich heimlich jedes winzige Detail zu dieser Fahrt recherchiert. Es sollte eine Reise werden, wie mein Dad sie für mich planen würde, obwohl er nie irgendwas plante; wir fuhren immer einfach los und schlugen unsere Zelte in der Nähe des Ortes auf, den wir besichtigen wollten – eine prähistorische Höhle, Beethovens Geburtshaus oder irgendein Schloss, das der verrückte Mondkönig Ludwig sich auf einen Fels gezimmert hatte. Ich reservierte uns Unterkünfte, sagte wieder ab und reservierte was anderes, recherchierte und zerbrach mir über alles den Kopf – Zimmergröße, Aussicht, Essen, Wein. Dad liebt Wein. Mit sechzehn hatte er einen Lehrer, der ihm die Grundlagen beibrachte, und die will er jetzt an mich weitergeben. Aber anscheinend habe ich den Geschmackssinn eines Wischmopps, ich schmecke nämlich nie irgendwas außer ... na ja, Wein eben.

Wir gehen gemeinsam den Pfad hinauf und drücken die massive Eingangstür auf, die sich überraschend leichtgängig öffnet. Dahinter erwarten uns freundliches Zwielicht und der Duft von Schellackpolitur.

Eine Frau erhebt sich von ihrem schmalen Schreibtisch nahe des Treppenabsatzes. Ich schätze sie auf Anfang fünfzig. Sie trägt einen dunkelbraunen Bob, den sie sich hinter die Ohren streichen muss, als sie sich vorbeugt, um uns den altmodischen Meldeschein zu überreichen, und ich merke, dass Dad ihren französisch-strengen Chic attraktiv findet. Aber sie bewegt sich wie jemand, dem zu viel aufgehalst wurde, und beißt sich öfter auf die Unterlippe, so als würde sie jeden Moment damit rechnen, dass jemand nach ihr ruft, damit sie sich um etwas kümmert, womit sie sich schon ihr ganzes Leben lang rumschlagen muss.

Sie spricht Französisch, und ich verstehe etwa die Hälfte. Kein Problem, sagt sie. Man könne noch zwanzig Minuten auf uns warten. Das Essen lässt sich verschieben. Alles lässt sich verschieben. Dad bedankt sich und sagt etwas über Champagner. Sie lächelt geistesabwesend, und ihr Blick huscht hektisch hin und her, als sie unsere Pässe entgegennimmt. Sie hat wohl für dieses Jahr die Nase voll von ihren Gästen. Dad gibt noch irgendwas über das Baujahr des Châteaus von sich, und kurz sehe ich Ralph in ihm. Wären da nicht seine katholischen Schuldgefühle, seine nordische Widersprüchlichkeit, seine Nachkriegskindheit oder was auch immer ihn so quält, umtreibt und verzehrt, dann hätte Dad sicher zahlreiche Freundinnen, Frauen und Freunde haben können, nur … nur leidet er nun mal an diesen Dingen und teilt Ralphs intuitives Verständnis anderer Menschen nicht. Deshalb merkt er nicht, dass das Lächeln der Französin lediglich nachsichtig und beschwichtigend ist. Er hat kein Gespür für ihre eigene Wirklichkeit, ihr Dasein als Mensch mit tausend Sorgen, die rein gar nichts mit uns oder mit ihm zu tun haben. Er operiert noch mit der Software des zwanzigsten Jahrhunderts, deutet sie falsch und glaubt, dass sie mit ihm flirtet, und deswegen legt er in Sachen Châteaus und französische Geschichte noch mal ordentlich nach. Allein die Art, wie er das Gewicht auf seinen Stock verlagert und beim Sprechen den Kopf neigt, ist ein bisschen peinlich und deplatziert, aber gleichzeitig macht es mich auch traurig, weil es etwas Unschuldiges an sich hat. Er glaubt nämlich wirklich, dass sich jeder für Architektur und Geschichte interessiert, und kann sich keine Welt vorstellen, in der solche Gespräche völlig irrelevant sind. Ihm war noch nie klar, dass sein Stück der Welt nicht den ganzen Kuchen darstellt. Nicht mal annähernd. Und trotzdem ... trotzdem will er es unbedingt mit anderen teilen, da sie sich seiner Auffassung nach regelrecht danach die Finger lecken müssten.

Wir müssen uns beeilen, und ich ziehe mich rasch auf meinem Zimmer um, schicke Eva eine Nachricht und renne dann den Flur hinab, um meinem Vater zu helfen. Ich trage eine Jacke, die Eva mir ausgesucht hat, aber sie passt überhaupt nicht hierher. Sieht zu sehr nach London aus, nach irgendwas anderem. Egal, wo ich bin, ich bin nie passend gekleidet.

Die Tür ist nicht abgeschlossen, nur für den Fall. Also gehe ich rein. Mein todgeweihter Vater liegt halb nackt und mit geschlossenen Augen auf dem Bett; er ist eingenickt und sieht aus wie ein betäubtes Wildtier, dem wegen Artenschwund ein Chip verpasst werden soll. Vom Sonnenbrand auf Unterarmen und Stirn mal abgesehen ist seine Haut totenbleich. Die Haare an seinen Beinen sind dünner geworden. Wie er so bewegungslos daliegt, wirken seine Arme und Beine dürr und unansehnlich. Er ist nur noch ein Balg aus Knochen und schwindenden Muskeln, der nicht mehr jagt, angreift, brüllt, nicht mehr wild ist. Seine Klamotten hat er ausgezogen, bis auf Unterhose und Socken. Ich habe den Eindruck, dass er aufgegeben hat.

»Dad«, sage ich. Mir ist schlecht.

Er schlägt die Augen auf. Wie durch ein Wunder sehe ich das Licht darin, sehe, wie sie nach mir suchen. Er richtet sich langsam auf. Er bewegt sich. Und jetzt stehe ich wie angewurzelt da, völlig reglos. Als er spricht, kann ich seine Stimme kaum ertragen. Bald werde ich gar nicht mehr hören können, was er sagen will – egal, was passiert. Ich muss mich dazu zwingen, ans Fußende zu gehen und ihm die Socken auszuziehen. Dann helfe ich ihm beim Aufsitzen. Ich kann ihm nicht in die Augen schauen.

»Warte kurz, ich mach dir schnell die Dusche an«, sage ich.

»Alles klar, ich bin bereit.«

Im Bad fummele ich an den Armaturen rum, bis das Wasser die richtige Temperatur hat. Und jetzt … jetzt sind wir also wieder im Leben. Und ich denke, man sollte doch wohl glauben, dass inzwischen mal jemand etwas erfunden hätte, womit man die richtige Wassertemperatur leichter einstellen kann. Doch das ist wohl nur ein weiteres Problem, das die Menschheit nie lösen wird. Ich muss mit Jack oder Ralph sprechen.

Dad hat sich auf einen Sessel gestützt, und etwas Speichel rinnt ihm aus dem schiefen Grinsen.

»Walnussschreibtisch«, verkündet er. »Zweites Kaiserreich. Rate, wann genau.«

Mein ganzes Leben lang hat er mir auf diese Weise Sachen beigebracht.

»1750.«

»Nein. Das Zweite Kaiserreich ging von 1852 bis 1870. Napoleon der Dritte.«

»Napoleons Enkel?«

»Neffe.«

Ich helfe ihm aus der Unterhose.

»Dafür würden eine Menge Leute einen Haufen Geld hinblättern, Louis.«

»Glaub mir, ich weiß mein Glück zu schätzen.«

»Denk bloß nicht, das wäre selbstverständlich.«

»Wenn es auf der Welt nur einen Menschen gibt, der nichts für selbstverständlich hält, dann mich.«

»Und verschwende deine Intelligenz nicht.«

Ich hake mich bei ihm unter.

»Was soll das denn jetzt wieder heißen?«

Mein Handy vibriert in meiner Hosentasche, während wir Richtung Bad schlurfen. Das hier ist das erste Mal, dass ich meinen nackten Vater irgendwohin führe.

»Bleib bloß nicht in diesem Verwaltungskram stecken, Lou.«

»Dad, ich bin Datenbankmanager. Das ist reine Verwaltung.«

»Viele Leute verbringen ihr ganzes Leben mit Verwaltung. Eins kann ich dir sagen: Wenn du in meinem Alter nichts vorzuweisen hast außer deine Verwaltungsleistungen, wirst du damit nicht glücklich.«

»Soll ich das twittern?«

»Würde das jemand mitkriegen?«

»Kriegt überhaupt noch irgendwer irgendwas mit?«

»Du schon, Lou.«

»Hat mich ja weit gebracht.«

Das Wasser ist lauwarm. Dad stellt sich trotzdem drunter.

»Scheiße, das ist ja eiskalt. Hab ich dir irgendwas getan?«

»Warte, ich schau mal, ob da noch was geht.«

Ich drehe das heiße Wasser millimeterweise weiter auf, weil ich Angst habe, ihn zu verbrühen. Doch es wird wärmer und scheint zu halten. Ich reiche Dad die Seife, und er wäscht sich mit einer Hand, während er sich mit der anderen am Seifenhalter festklammert – genau so, wie er sich beim Essen an der Tischkante festhält.

»Zuschauen kostet aber extra«, sagt er.

»Meine Güte, Dad!«

»Tut mir leid. Das macht die Krankheit.« Er tippt sich an den Kopf. »Nimmt einem die Hemmungen.«

Ich verziehe mich ins Zimmer. Ich habe ihm das größte und schönste von allen reserviert. Ich kenne mich mit Einrichtung zwar nicht aus, aber vielleicht stammt hier alles aus dem Zweiten Kaiserreich oder der Belle Époque oder so – himmelblaue Tapete mit blass goldenen Streifen und Blumen, Bettgestell aus Messing, dunkle

Schränke und so ziemlich alles, was das Herz meines Vaters begehrt. Meine Jacke ist unter der Dusche nass geworden, und ich hänge sie über den Schreibtischstuhl. Der Anruf kann nicht länger warten, und ich überlege, mich dafür auf die Chaiselongue zu legen, aber da fällt mir der Balkon wieder ein, und ich gehe nach draußen, was sich sofort richtig anfühlt. In der Ferne sieht man die weitläufigen Weinberge, die sich in schnurgeraden, engen Reihen heben und senken; ein heller Weg führt zu einem Haus mit ockerfarbenem Dach weit draußen – ein weiterer Bauernhof, daneben auf einem Hügel ein blaues Feld, könnte Lavendel sein.

»Jack.«

»Lou, Gott sei Dank. Wo seid ihr?«

»In so einem Château am Arsch der Welt. Tut mir leid, dass ich mich nicht früher gemeldet hab, ich saß am Steuer.«

»Ich komme.«

Ich habe mir das Handy fest ans Ohr gepresst und beobachte einen Habicht, der in einem Luftstrom eine Kehrtwendung macht.

»Ich komme«, wiederholt er.

Erleichterung durchflutet mich wie metaphysisches Morphium.

»Ich hab auf der Arbeit Bescheid gesagt, dass Dad krank ist.«

»Untertreibung des Jahres.«

»Ich buch mir gleich einen Flug. Wo soll ich hinfliegen? Wo seid ihr als Nächstes?«

»Morgen fahren wir zu so einem Wellness-Hotel

an der Schweizer Grenze. Dann flieg am besten nach Basel.«

»Welche Airline fliegt nach Basel?«

»Irgendeine bestimmt. Guck mal bei diesen überteuerten Billigfluglinien. Oder flieg nach Straßburg.«

»Okay, lass dein Handy an.«

Ich habe Angst, ich könnte in Tränen ausbrechen, und beobachte schweigend den beschissenen Habicht.

Jack sagt: »Keine Ahnung, was ich mir dabei gedacht habe. Tut mir leid.«

Ich bekomme kein Wort heraus.

»Ich dreh hier schon den ganzen Tag am Rad«, sagt er.

»Nicht so sehr wie ich.«

»Wann seid ihr los?«

»Viel zu früh heute Morgen.«

»Bei dir alles in Ordnung?«

»Ich halte mein Leben keine Minute mehr aus.«

»Einen Tag schaffst du noch. Ich komme. Dann werde ich ein Wörtchen mit dem Arschloch reden, und dann ... dann fahren wir alle wieder nach Hause. Das ist doch völliger Wahnsinn. Kommt Ralph auch?«

»Angeblich schon.«

»Ich versuch es schon die ganze Zeit bei ihm. Ich krieg an allen Enden nur die Mailbox.« Jack seufzt. »Der ist vielleicht ein Schwanzlurch.«

»Er will morgen Abend dazustoßen. Hat er jedenfalls gesagt. Er weiß, wo wir übernachten.«

»Ist Dad gut drauf oder sauer?«

»Wenn er gut drauf ist, ist es echt seltsam. Wenn er

sauer ist, ist es noch seltsamer. Aber du weißt ja, wie das ist. Momentan sind wir jedenfalls die meiste Zeit in Crazytown. Und zwar mitten in *centre-ville*.«

Jack schweigt.

»Was soll ich ihm sagen?«

»Wozu?«

»Dass du kommst. Der weiß das doch bestimmt. Ich meine, dass du ihn davon abhalten willst.«

»Mir egal.«

»Er denkt bestimmt, du bist wütend.«

»Schon lange nicht mehr. Ich weiß gar nicht, was ich gerade bin.«

»Willkommen im Club.«

»Was habt ihr heute Abend vor?«

»Champagner-Verkostung.«

»Um Gottes willen.«

»Was sollten wir denn deiner Meinung nach machen?«

»Keine Ahnung, weiß ich auch nicht. Na gut. Schreib mir jedenfalls morgen, damit ich weiß, wo ihr seid.«

»Klar, mach ich.«

»Bleibt in Frankreich.«

»Okay.«

»Wag dich ja nicht auch nur in die Nähe der Schweiz.«

»Ich sitze am Steuer. Wir fahren, wohin ich will.«

»Ich probiers noch mal bei Ralph. Der hat wahrscheinlich kein Guthaben mehr.«

»Solltest du nicht lieber Dad anrufen?«

»Wieso?«

»Ich weiß auch nicht ... weil du sein Sohn bist?«

»Ich muss persönlich mit ihm sprechen.«

»Ich leg dann mal lieber auf. Er duscht gerade.«

»Okay. Okay, ich such mir einen Flug. Wir sehen uns bald. Halt die Ohren steif, Lou. Tut mir leid, dass ich mich so danebenbenommen habe.«

»Mach dir keinen Kopf. Liegt in der Familie.«

Jetzt schimmert der Weinberg golden, die Sonne geht unter wie ein brennendes Wikinger-Totenschiff, und die Wolken werden von unten in den Abendtönen Pfirsich, Rosé und Blassblutorange beleuchtet. Plötzlich habe ich das Gefühl, dass die Herstellung von Champagner – etwas, das die Welt haben will, zu schätzen weiß, feiert und freimütig bezahlt – sicher ein glückliches Dasein bietet. Zu jeder Jahreszeit hier draußen in den französischen Weinbergen sein, die Wissenschaft des Weinbaus, die Kunst der Weinherstellung, die damit verbundene Geschichte, und von überall kommen die Leute zu Besuch. Oder vielleicht will man nach zwei Generationen auch einfach nur noch nach New York abhauen, sich irgendeine miese Bude mieten und so tun, als wäre man Filmemacher, so wie jeder andere Depp auch. Keine Ahnung.

Dr. Twigge würde sagen, dass man die Unsicherheit und die Sabotage seiner Eltern aus der Kindheit in ein tief sitzendes, unbewusstes Narrativ der Selbstkritik umwandelt – die Stimme, die man als inneren Kommentar hört und der man im schlimmsten Falle glaubt. Der feindselige, kontraproduktive und selbstzerstörerische Ratgeber, der für Wut, Pessimismus und Zynismus eintritt. Jeder Mensch hat einen, in euphemistischer Umschreibung gern »innerer Kritiker« genannt. Der Trick liegt angeblich darin, das Problem zu erkennen und es dann in die Wüste zu schicken. Aber was, wenn es der eigene Vater ist, den man zum Verstummen bringen will? Ah, macht der Therapeut, der Tod ist ein guter Zeitpunkt, um sich mit seinen Eltern zu versöhnen. Die schlechten Stimmen mit den Leichen zu begraben. Von da an nur noch auf die guten Stimmen zu hören. Halte sie auseinander. Lass die Liebe herrschen. Und wenn du das nicht schaffst – dann versuch es mit Verständnis.

Ralph legte seine Zigarette im Aschenbecher ab und musterte die Speisekarte. »Meint ihr, ich krieg hier auch *un*saisonales Gemüse und was anderes als Ursorten?«

»Ich hab Lust auf Pestizide«, meinte Jack. »Pestizide und Konservierungsmittel.«

Ralph nickte. »Genau, schön industriell verarbeitet mit ordentlich Plastikverpackung und möglichst vielen Flugmeilen auf dem Konto.«

»Am besten aus einem Land, wo die Menschenrechte mit Füßen getreten werden.«

Ralph nahm seine Zigarette wieder in die Hand. »Vielleicht haben sie ja China-Huhn aus Käfighaltung, oder Krebsfleischimitat, wofür der Meeresboden durchpflügt wurde.«

»Okay, Lou«, sagte Jack. »Was hast du noch nie gegessen?«

»Hummer hatte ich noch nie.« Insgeheim ging es mir eher um die Pommes, die es dazu gab, aber ich wollte die beiden unbedingt beeindrucken.

Damals, ich war ungefähr neun, hatten meine Brüder mich zum Essen mitgenommen. Ralph stand gerade am Anfang seiner Karriere als (unbeschäftigter) Schauspieler. Er hatte mich nach der Schule abgeholt, weil Mum und Dad übers Wochenende verreist waren. Jack arbeitete (unbezahlt) beim *Fulham and Hammersmith Chronicle*, einer Zeitung, die derart unterbesetzt war, dass er von Artikeln über NATO-Luftangriffe bis hin zu Restaurantbesprechungen bereits alles geschrieben hatte. Damals waren seine Haare noch länger, und er war dünner, sodass er und Ralph aussahen wie eineiige Zwillinge, wenn sie zusammen unterwegs waren: wie potenzielle Kunstbetrüger – Ralph der Fälscher, Jack der Händler. In ihrer Gesellschaft fühlte ich mich wie ein Gott. Aber damals (wie heute) nahmen die beiden kein Blatt vor den Mund, wenn sie sich vor mir unterhielten – und manches davon hätten sie früher wohl besser für sich behalten. Ich weiß zum Beispiel noch, dass gerade das Essen serviert wurde, als die Sprache auf Carol kam.

»Ich war vor drei Tagen bei ihr«, sagte Jack. »Da war vielleicht ne Stimmung. So ähnlich wie auf einem Sowjet-U-Boot, das in der Arktis festsitzt.«

»Was ist eigentlich aus dem Typen geworden, mit dem sie sich mal getroffen hat? Wie hieß der noch gleich ... Arnold?«

Jack schüttelte den Kopf. »Waren zusammen im Kino und haben sich über die Untertitel gestritten.«

Ralph nickte bedächtig.

»Die hatte auch schon mal ein dickeres Fell«, fuhr Jack fort. »Ich würde fast sagen, sie ist depressiv.«

»Was ja auch die einzig logische Reaktion auf die Welt ist«, erwiderte Ralph.

»Du nimmst auch gar nichts ernst, oder?«

»Das wäre dann die zweitlogischste Reaktion auf die Welt.«

»Versuchs doch mal mit Anteilnahme.«

»Versuch du's doch mal mit Akzeptanz.« Ralph zuckte mit den Schultern. »Ich vermute mal, dass sie ...«

Ich fiel ihm ins Wort. »Welchen Teil vom Hummer kann man eigentlich essen?«

»Fang mit den Scheren an«, sagte Ralph.

»Ich meine ja bloß«, äußerte Jack vorsichtig, »dass wir vielleicht öfter mal bei ihr vorbeischauen sollten.«

»Wenn wir ausgehen, ist sie immer bestens drauf.« Ralph fuhrwerkte mit seiner Gabel an seinem Schnitzel herum. »Vor ein paar Wochen war ich mit ihr auf einem Konzert. Weit und breit nur gute Laune.«

»Ja. Solange man nicht über Dad spricht.«

»Natürlich. Aber das ist auch schon ewig so. Solange man sich von dem Thema fernhält, ist sie so scheinnormal wie jeder andere auch.«

»Was sind die Scheren?«, unterbrach ich erneut. »Diese kleinen Dinger hier?«

»Nein, die Scheren sind die riesigen Scheren da vorne dran«, sagte Jack. »Ich meine ja bloß ... da drin ist es so *dunkel*. Man sieht die Hand vor Augen nicht, wenn man nicht sämtliche Lampen anmacht.«

»Sie wohnt im Keller, Jack. Ist doch klar, dass es einem da vorkommt wie im U-Boot.«

»Vielleicht sollten wir ihr was Neues kaufen. Sie

könnte doch umziehen. Wir helfen ihr auch. Irgendwas Helles und ...«

»Jack, das Problem ist nicht ihre blöde Wohnung.«

»Ich sehs doch bloß pragmatisch.«

»Oberflächlich.«

»Aber wenn wir uns um den oberflächlichen Kram kümmern, dann ...«

»Das Problem ... das *Problem* besteht darin, dass sie eine verkappte Alkoholikerin ist.«

»Na, dann – nein, jetzt hör mir mal kurz zu – dann sollten wir vielleicht versuchen, daran was zu ändern.«

»Und diesem Problem liegt ein anderes Problem zugrunde, und zwar, dass ihre große Liebe ihr das Herz in tausend Stücke gerissen hat.«

»Ja, aber ...«

»Mum glaubt nun mal, dass Liebe ein Einzelfall ist und ein Leben lang hält, sonst ist es keine Liebe.«

»Ich sag doch gar nicht ...«

»Wahre Liebe lässt sich nicht ersetzen, da kommt einfach nichts ran. Das ist ihre Definition von Liebe. Und was sollen wir ihr da reinreden? Sie müsste erst mal ihre gesamte Weltanschauung in die Tonne treten, damit es ihr besser geht.«

»Das können wir doch ...«

»Es gibt nur eine einzige Lösung, und das weißt du selbst genau: Dad. Und das wird nie passieren. Im Leben nicht. Die beiden haben sich gegenseitig gefoltert, bis sie komplett entstellt waren, und dann hat Dad noch einen draufgesetzt: Er hat die Folterkammer verlassen und die Tür hinter sich zugemacht.«

»Toll.« Jack nickte sarkastisch. »Das heißt, wir als ihre liebenden Söhne lassen sie einfach in ihrer Verzweiflung versinken?«

»Wir lassen sie in Ruhe. Das Ausmaß ihres Leidens zeigt doch nur das Ausmaß ihrer Liebe.«

»Wir überlassen unsere eigene Mutter herzlos der Depression.«

»Ich habs dir doch schon tausend Mal erklärt: Sie braucht die Depression, sonst stimmt das Bild nicht, das sie von ihrer Ehe hat. Ihr ganzes Weltbild eigentlich.« Ralph neigte den Kopf und drehte die Handflächen nach oben, um sich einen Anstrich von Vernunft zu geben. »Vielleicht ist sie ja gerne depressiv. Das kommt vor. Schau dich nur mal um. Fassungslosigkeit wird immer mehr zur Grundeinstellung. Die eine Hälfte der Welt hat keine Ahnung, was zum Geier die andere Hälfte da macht.«

»Wie krieg ich denn die Scheren ab?«, schaltete ich mich ein.

»Zieh einfach dran, so.« Jack beugte sich zu mir und brach eine Hummerschere ab. »Ich glaube bloß, dass sie uns braucht. Sie zieht sich zurück und bekommt nicht genug Input von der Außenwelt. Und wenn nicht wir ...«

Ralph seufzte. »Warum nur hab ich das Gefühl, dass du mir gleich mit dem Wörtchen ›Pflicht‹ um die Ecke kommst?«

»Ich glaube tatsächlich, dass wir ihr gegenüber in der Pflicht sind ... zumindest dazu, sie ein bisschen aufzumuntern.«

»Wie gesagt, wir können ja öfter was mit ihr unternehmen.«

»Das auch. Aber wir müssen sie auch besuchen. Einfach nur leise und normal da sein. Öfter. Ohne Drama. Einfach ein Glas Wein trinken. Einfach zusammen kochen. Gemüse schnippeln.«

»Das ist also deine Lösung? Gemüse schnippeln?«

»Wir müssen miteinander auskommen, ohne dass es ständig melodramatisch wird.«

Ralph verzog das Gesicht. »Unmöglich.«

Jack sah ihm in die Augen. »Ich sage doch nur, dass wir für sie da sein müssen. Sie braucht …«

»Aber *wie*?«, meldete ich mich diesmal lauter zu Wort. »Wie soll ich die Scheren essen? Die sind voll hart.«

»Lou, das ist ein Außenskelett«, erklärte Ralph. »Hummer sind im Grunde einfach nur Rieseninsekten. Man isst das, was innen drin ist.«

»Ich hab noch nie ein Insekt gegessen.«

»Im Ernst«, sagte Ralph. »Besuchen bringt nichts. Sie liebt das Theater, sie liebt Musik. Sie muss öfter vor die Tür.«

Jack hatte seinen Ochsenschwanz aufgegessen und wirkte, als wünschte er sich, es wäre noch etwas vom Restochsen übrig. Er lehnte sich zurück. »Sie würde das zwar nie zugeben, aber ich glaube, sie ist einsam. Isoliert. Sie hört den ganzen Tag Nachrichten.«

»Da würden ja wohl jedem Selbstmordgedanken kommen.«

»Wir müssen sie überreden. Dass sie umzieht. Dass sie sich zusammenreißt. Dass sie das Trinken aufgibt. Dass sie wieder lebt. Anteil nimmt. Sie hat noch dreißig Jahre vor sich. Wieso sollte sie die nicht nutzen?«

»Wie gesagt, vielleicht will sie auch einfach nur in Ruhe vor sich hin leiden, hast du da schon mal dran gedacht?«

»Man kann doch nicht durchs Leben gehen, indem man das Leben schlechtmacht. Was ist das denn für ein Leben?«

»Ein sehr beliebtes.«

»Aber *wie* soll ich das da drin denn essen?«, fragte ich. »Die Haut ist total hart.«

»Das ist ein Panzer, keine Haut«, sagte Jack. »Brich ihn einfach auseinander. Aber wir müssen ihr doch zumindest Hilfe anbieten. Das wäre doch nur zu ihrem Besten.«

Ralph seufzte geräuschvoll. »Hast du es jemals geschafft, *jemals*, Mum etwas zu verkaufen, das zu ihrem Besten wäre?«

»Sie redet gerne, und …«

»Nein, man kann sich unmöglich mit ihr auf einem persönlichen Level unterhalten. Sie fasst alles sofort als Beleidigung auf.«

»Sie hat halt ihren Stolz.«

»Was soll das überhaupt bedeuten?«

Jetzt war Jack mit dem Seufzen an der Reihe.

»Das bedeutet nur«, beantwortete Ralph seine eigene Frage, »dass jemand verängstigt und zerbrechlich ist. Dass derjenige keine Auseinandersetzung zulassen und sich geistig kein bisschen öffnen kann, weil er befürchtet, dass es seine Weltsicht zerstören und er am Ende ohne seine

Überzeugungen dastehen könnte. Dass er so empfindlich ist, dass er sich zum Schutz einen festen Panzer zugelegt hat.« Er deutete auf meinen Hummer.

»Stimmt doch gar nicht.« Jack schüttelte den Kopf. »Du redest zur Hälfte Quatsch und tust trotzdem so, als würde das alles erklären.«

»Das machen wir hier auf der Erde eben gerne. Mach doch mit. Bitte.«

»Sie hat mich, und sie hat dich, Ralph. Ich bin ein Arschloch, und du bist ein Albtraum. Aber das wars. Was anderes hat sie nicht. Wir müssen ihr ein bisschen ... ein bisschen Liebe geben.«

»Okay, okay, okay«, gab Ralph nach. »Drauf geschissen. Du hast gewonnen. Besuchen wir sie am besten gleich. Direkt nach dem Nachtisch.«

Jack wog die Herausforderung ab. »Gut, machen wir.«

»Lou, stimmt was nicht?« Ralph schaute mich an. »Du hast deinen Hummer ja gar nicht angerührt. Nein, du sollst den doch nicht *ablecken*.«

Und so erreichten wir Bayswater, als die niedrig stehende Sonne wieder einmal irgendwo im Westen Londons aufgab.

»Sieht aus, als wäre sie zu Hause«, sagte Ralph.

»Ist sie ja meistens«, erwiderte Jack.

»Genau das meine ich ja. Kannst du das übernehmen?«

Jack bezahlte den Fahrer durchs Fenster, und wir standen kurz da, drei Brüder in der kurzen, unsicheren Dämmerung einer stuckverzierten Londoner Straße.

Carol wohnte in einem Haus in der Farbe abgetragener Unterwäsche. Es hatte fünf Stockwerke und musste mal irgendwem gehört haben, der eine Menge Geld verdiente. Mittlerweile war es aber in immer kleinere Wohnungen unterteilt worden, sodass auf dem Säulenvorbau kein Platz für weitere Klingeln war. Im zweiten Stock stand ein Fenster offen, und dahinter schlug ein Mann in Boxershorts auf einen Sandsack ein. Auf der Treppe eines Nachbarhauses plapperte eine Frau mit Kopftuch in einer mir unverständlichen Sprache aufgeregt in die Gegensprechanlage. Über den Dächern kreischten und flatterten die Möwen in einem großen, endlosen Krieg, während die fetten Londoner Tauben auf den gelben Linien am Bordstein patrouillierten und mit Neuigkeiten von verteidigten Gebieten und Gefechtsberichten hin und her ruckten.

Ich weiß noch, wie meine Mutter einmal sagte, Bayswater sei ein »Übergangsstadtteil«. Damals wusste ich nicht, was sie damit meinte. Aber es gibt nur wenige Dinge, die mich trauriger machen, als in einen Übergangsstadtteil zu ziehen und dann dort zu bleiben.

Ich folgte meinen Brüdern über die Straße, um das schwarze Geländer herum, vorbei an zwei Schilfpflanzen, eine steile Treppe hinab, passierte hinter ihnen die abblätternden Gitterstangen vor dem Kellerfenster und gelangte zu einer braunen Tür, die aussah, als würde sie von der Eingangstreppe erdrückt. Ralph betätigte die Klingel, die eher rasselte als läutete. Klassische Musik wurde leiser gedreht. Wir hörten, wie jemand mehrere Schlösser öffnete.

»Wer ist da?«

»Mum«, sagte Ralph. »Wir sinds.«

»Ralph!«

»Höchstpersönlich.«

»Hallo. Hallo! Eine Sekunde.«

Ein Riegel wurde zurückgeschoben.

»Wer ist ›wir‹?«

Ralph beugte sich zur Tür. »Jack, ich und ... ein Überraschungsbesucher.«

»Jack! Wieso hast du nicht vorher angerufen?«

»Haben wir doch.«

»Hab ich wohl überhört.«

»Du hast deinen Brahms wieder zu laut aufgedreht.«

»Was für eine Überraschung. Mann, Scheiße! Wartet mal kurz.« Eine Vorhängekette wurde gelöst, und dann öffnete Carol endlich die Tür.

Sie war kleiner, als ich sie mir vorgestellt hatte – oder vielleicht wirkte sie auch einfach nur dicker als die kantige junge Frau, die ich von Fotos her kannte. Ihr Haar war jetzt silberblond, aber sie trug immer noch denselben Fransenschnitt – als wollte sie sich vor allem verstecken, was nicht in ihrem unmittelbaren Blickfeld lag. Sie trug einen langen grauen Rock und eine graue Strickjacke, und etwas in ihrer Haltung deutete darauf hin, dass sie niemanden mehr hatte, dem gegenüber sie hätte süffisant sein können, weswegen sie es zu sich selbst war.

»Sorry, dass wir uns nicht früher angekündigt haben«, sagte Ralph. »Wir waren ...«

»Wer ...?« Carols eben noch freudige Miene versteinerte mit einem Mal zu einer feindseligen Maske. »Wer ist das denn bitte schön?«

»Das ist …«

»Schafft mir den bloß vom Hals!«

»Ma«, sagte Jack.

Ihre Stimme wurde hoch und schrill. »Schafft ihn mir vom Hals!«

»Ma, er ist doch noch ein Kind.«

Sie wedelte wild mit den Händen. »Weg … weg … schafft dieses Kind bloß weg von hier!«

Ralph stellte sich zwischen uns und warf Jack einen raschen Blick zu. »Schon gut, Mum.«

»Schafft ihn mir bloß aus den Augen. Macht das nie wieder!« Und jetzt schwoll ihr Geschrei vom Treppenaufgang hinaus in die Welt. »Bringt ihn *weg*!«

»Ma.« Ralph berührte sie am Ellbogen, als wollte er sie beruhigen wie ein kleines Kind. »Ma.«

Doch sie ließ sich nicht beschwichtigen. »Macht das nie wieder! Nie, nie wieder! Schafft mir das verdammte Kind vom Hals!«

Meine Brüder mussten sie nun zurückhalten, damit sie sich nicht auf mich stürzte.

»Du! Ja, du! Guck mich an! Guck mich mal an, Kind.«

Ihr wutverzerrtes Gesicht ragte über Ralphs Schulter. Ich drehte mich um und rannte die Treppe hinauf, rutschte aus, schlug mir das Knie auf. Ich lief weiter die Straße hinab, während mir ihre Schreie in den Ohren nachhallten, als wären sie auf ewig dort gefangen. Ich rannte, bis ich zu weit gerannt und plötzlich allein war, allein auf einem unwirtlichen Londoner Gehweg;

hohe Häuser senkten sich mit der hereinbrechenden Dunkelheit auf mich herab, Fremde gingen an mir vorbei, und ich vergrub mein tränennasses Gesicht in der Armbeuge.

An der steilen Felswand

Außer uns wohnen noch zwei andere britische Pärchen im Château, die uns natürlich schon hassen, weil wir so spät dran sind. Am liebsten würde ich ihnen sagen: »Kein Stress, Leute, ich hasse uns doch auch.« Aber stattdessen kämpfen Dad und ich uns an dem alten Traktor und der windschiefen Bank vorbei zum Eingang der Höhle – eigentlich eine Scheune – und nehmen ihre Begrüßung freundlicher entgegen, als sie gemeint ist.

Drinnen ist es dunkel und kühl, und es riecht nach Sägespänen und verschüttetem Wein. Die Französin vom Empfang leitet die Champagnerprobe. Sie macht anscheinend alles hier. Sie stellt sich neben ein großes Fass, auf dem vier Flaschen stehen. Zwei Wände sind komplett von riesigen Weinregalen bedeckt. In der Ecke steht ein unglaublich großes landwirtschaftliches Gerät, das aussieht wie eine Spinnenklaue und bestimmt auch als Folterinstrument dienen könnte, falls mal zufällig die Inquisition reinschneien sollte. Wir stehen alle rum, außer Dad, der sich den einzigen Stuhl geschnappt hat. Während er sich hinsetzt und seine Beine mit den Händen in die richtige Position bringt, sagt er irgendwas über den *Totschläger* von Zola. Ich verstehe es nicht genau, nur, dass es lustig ist. Unsere Gastgeberin lächelt, nicht, weil sie es auch lustig findet, sondern eher so, wie man seinem eifrigen Lieblingsschüler gutmütig zulächelt, und das fliessende Französisch meines Vaters etabliert ihn natürlich sofort als Alphafigur der Runde. Selbst seine offensichtlichen Schwierigkeiten beim Laufen und Hinsetzen sorgen nicht etwa dafür, dass er bemitleidet oder von oben herab behandelt wird. Im Gegenteil, er wirkt dadurch noch charismatischer und beeindruckender; er ist der Mittelpunkt. Plötzlich bin ich mir überraschend sicher. Mein Vater will nicht im Rollstuhl sitzen. Mein Vater will nicht, dass ihm die Spucke aus dem offen stehenden Mund tropft und er über Wörter stolpert, die ihm einst so bedingungslos gehorcht haben.

Unsere Gastgeberin erzählt uns etwas auf Englisch, wobei sie ihren französischen Akzent absichtlich mehr hervorkehrt als notwendig. Wir stehen zehn Minuten lang da und hören ihr zu, und keiner versteht ein Wort von dem, was sie redet. Bis auf meinen Vater, der Fragen stellt, als wäre er ernsthaft interessiert, was er natürlich tatsächlich ist. Schon bald sind die Französin und er ins schönste Zwiegespräch vertieft, und der Rest von uns ist außen vor.

Zwischendurch überlege ich, woher das leise Quieken und Quietschen kommt, das immer wieder zu hören ist. Endlich geht mir auf, dass es aus einem kleinen weißen Gerät stammt, das ein Mann in der Hand hält. Ein Babyfon. Immer mal wieder horcht er kurz hinein, die Bewegung ist gespielt unauffällig, soll aber eindeutig wahrgenommen werden.

Eine Frau zieht eine zustimmungheischende Grimasse, um mir zu bedeuten, dass sie froh ist, nicht zu dem Mann mit dem Babyfon zu gehören. Sie fängt ein Gespräch mit mir an: Ich heiße Leah, sagt sie, und mir bleibt nichts anderes übrig, als darauf einzugehen. Schnell fangen auch die anderen an zu reden und tauschen wie wir Geschichten darüber aus, wer sie sind und was sie denken und wo sie hinwollen. Ich spreche bewusst von Geschichten, weil ich auf keinen Fall irgendjemandem hier die Wahrheit erzählen werde. Andererseits sagen die anderen wahrscheinlich auch nicht die ganze Wahrheit, sondern nur das, was man eben gerne von sich erzählt. Dad würde jetzt einwerfen, dass das Leben die Geschichte ist, die wir uns über uns selbst erzählen, wie für den *Homo sapiens* überhaupt alles nur Geschichten sind, Erzählungen. Ralph sagt, er »halte es mit Sartre«, und unser Leben sei in Wirklichkeit nur eine Ansammlung von Geschichten, aufgrund derer wir uns selbst missverstehen. Jack sagt hingegen, für ihn würde sich das alles »aber verdammt real« anfühlen.

Ich würde den Leuten gern sagen, dass es nicht ihre Schuld ist; dass ich im Moment einfach nicht gut mit anderen Menschen kann; dass ich gerade unterwegs bin, um meinen Vater umzubringen; dass ich deshalb ein Problem mit Menschen habe, die nicht zu schätzen wissen, dass sie am Leben sind. Dass es nicht an ihnen liegt, sondern es mir mit jedem so gehen würde, weil ich mich momentan auf das konzentriere, was unter der Oberfläche passiert, und sich alles andere unecht anfühlt. Aber ich sage das alles nicht. Natürlich nicht. Stattdessen gehe ich wie immer jeglichem Konflikt aus dem Weg und schließe mich der Unterhaltung an.

Dabei erfahre ich, dass Leah und ihr Mann mit ihrer Werbeagentur Millionen verdient haben, und das andere Paar, Neil und Beth-Marie, zwei Kinder hat und sich anscheinend für die Ersten halten, denen dieses Glück je zuteilwurde. Der Werbemillionär ist schweigsam und sieht ein bisschen so aus, wie ich mir Richard den Dritten vorstelle, groß, aber mit gebeugtem, irgendwie schiefem Rücken, starken Handgelenken und einem Blick, in dem man seine Intelligenz sieht, die er für die falsche Sache genutzt hat, was er auch weiß.

Er kann nicht lächeln, nur seine Mundwinkel zucken gelegentlich.

Der wird nachher beim Essen wohl meine einzige Chance sein.

Ich tue so, als würde ich einen Anruf bekommen, und gehe nach draußen.

Der Himmel hat bei dem Wahnsinnssonnenuntergang vorhin anscheinend ganz schön was abgekriegt, rotbraune und lila Flecken und ein dünner Streifen Blutrot.

Ich stehe eine ganze Weile da und sage »Ja«, »Nein«, »Ja«, »Nein«, »Ja«, »Nein« in mein Handy. Ja, die Welt ist uralt. Nein, ich will nicht nach Hause. Ja. Nein. Ja. Nein. Ja. Nein. Keine Ahnung.

Die Landschaft ringsum entspannt mich, das habe ich von meinem Vater. Hat was damit zu tun, dass es die Natur kein bisschen interessiert, wie erbärmlich die menschliche Existenz manchmal ist.

Auf einmal denke ich auch über die vielen prähistorischen Völker nach, Väter und Söhne, lange bevor es Häuser gab. Die hockten da neben ihrer Felswand und spähten in die Dämmerung hinaus, ob sich auch keine Gefahr näherte. Ja. Nein. Ja. Nein. Ja. Nein. Eros. Thanatos. Schöpfung. Zerstörung. Gab es schon immer, seit Anbeginn der Zeit. Und davor? Und warum? Meine Mutter interessierte sich für Buddhismus und las jede Menge mystischen Kram. Vielleicht, um es Dad irgendwie heimzuzahlen. Vielleicht, um den fliehenden Geistern ihrer Gedichte beizukommen. Einmal hat sie mir erzählt, sie habe in der Kabbala gelesen, das Leben sei das Mittel, mit dem das Universum versuche, sich selbst zu verstehen, und dass es dem mit der Menschheit bis jetzt vielleicht am nächsten gekommen sei. Die Vorstellung gefiel mir.

»Lou?« Dad steht hinter mir und hält das Scheunentor mit seinem Stock auf. »Wer war denn dran?«

»Eva«, lüge ich.

»Alles in Ordnung?« Seine Augen leuchten.

»Sie hat gesagt, es war schön, mit dir zu reden.«

»Hm ... fand ich auch.«

Zum Glück taucht in dem Moment Richard der Dritte mit zwei Gläsern in der Hand auf.

»Bitte schön, die Herren«, sagt er.

»Moment, ich würde mich gern da drüben auf die Bank setzen«, sagt Dad.

Ich helfe ihm zur Bank, während Richard der Dritte etwas unbeholfen danebensteht. Ich glaube, er hat so eine Ahnung, dass mich nicht wirklich jemand angerufen hat. Dadurch steigt er in meiner Achtung noch etwas mehr.

»Taugt er denn was?«, fragt Dad.

»Nicht trocken genug für meinen Geschmack«, antwortet Richard der Dritte. »Ich mag meinen Champagner trocken. Und Sie?«

»Nass«, sage ich.

Richards Mund zuckt kurz in Andeutung eines Lächelns, vieler Lächeln. Er reicht uns die Gläser. »Ich bringe Ihnen den nächsten, sobald er ausgeschenkt wird.«

Dad und ich halten den Champagner gegen den mächtigen Himmel und betrachten ihn, als könnten wir in den aufsteigenden Blasen die Zukunft lesen. Es gibt nur weniges, das meinen Vater glücklicher macht als eine Weinprobe. Ich habe wieder das Gefühl, dass ich etwas richtig gemacht habe. Ich habe ihn schon so oft dabei beobachtet, wie er Wein kostet, das ganze Ritual, ein Witz, ein Spiel, aber gleichzeitig auch wieder nicht. Und plötzlich bin ich glücklich, weil er glücklich ist. Wir beide hier draußen im Abendlicht eines unbekannten Planeten, eingehüllt in das gesamte Universum.

Wir trinken den ersten Schluck. Dad steckt sofort wieder die Nase in die Champagnerflöte.

»Stroh, Lou, ganz eindeutig. Und dann ...«

»Kekse«, sage ich.

»Kekse, ja, aber auch irgendwas Säuerliches. Hm, der ist wirklich gut.«

»Diese Äpfel, die man zum Backen nimmt?«, schlage ich vor.

»Apfel-Streuselkuchen.«

»Mandeln.«

»Komplexer.« Dad überlegt. »Apfelkerne?«

»Blausäure.«

Er nimmt einen weiteren Schluck. »Moment mal, es hat auch was Mineralisches. Durch die Nase.«

»Sag ich doch. Blausäure und Blech.«

»Rauchiger«, sagt er.

Wir trinken jetzt beide nach Herzenslust.

»Also, das ist wirklich ein ernsthafter Wein«, sagt Dad nachdrücklich.

»Geräucherte Muscheln«, schlage ich vor. »Nein, warte mal ... geräucherte Muscheln aus der Dose.«

»Die jemand offen stehen gelassen hat.«

Ich nicke. »Geräucherte Muscheln aus der Dose, die jemand offen stehen gelassen hat.«

»Oh, warte, Lou, da kommt noch mal ganz deutlich Obst im Abgang.«

»Irgendwas ist da jedenfalls.«

»Eine blumige Note.«

»Ein Hauch Gewürz.«

»Basilikum«, sagt er, als hätte er es endlich.

»Nein, Bergamotte«, gebe ich zurück.

»Löwenzahn.«

»Kräftiger, Dad: Sirup.«

»Backpflaumen?«

»Zwetschgen.«

»Leichter, Lou: Holunder.«

»Weintrauben«, sage ich. »Weintrauben.«

Ich rede im Kopf mit Twigge. Keine Ahnung, warum. (Aus dem gleichen Grund, aus dem andere Menschen beten, nehme ich an.) So was ist genau das, worüber man mal mit einem Therapeuten sprechen sollte. Aber so was ist natürlich auch genau das, worüber man nicht mit einem Therapeuten sprechen will. Zumindest nicht mit einem, bei dem man erst ein paar Mal war. Mein Vater kannte ihn durch einen Freund. Sie hatten vor Jahren beim Cheltenham-Kunstfestival »einen gemeinsamen Vortrag gehalten« – warum, weiß bis heute niemand. Wir haben einen Termin bei ihm gemacht, weil Dad meinte, es sei »gut für uns« (womit er mich meinte), und weil er wollte, dass wir mit »jemand Intelligentem« sprechen, »der sich auf seinem Fachgebiet wirklich auskennt«.

Ich war nur einmal allein bei Twigge. Ich wollte ihn unbedingt fragen: Ist es normal, dass einem die Vorstellung von einem Menschen besser gefällt als die eigentliche Person? Das ist mir nämlich aufgefallen: Wenn Leute über ihre Kinder oder ihre Eltern reden, dann ist das immer viel emotionaler, wenn die Kinder oder Eltern, um die es geht, nicht anwesend sind. Sobald sie miteinander im selben Raum sind, können sie sich nicht ausstehen. Was hat das zu bedeuten?

Twigge ging nicht wirklich darauf ein, das Einzige, was er zum Thema »Meine Lebensumstände« sagte (während er zum Bücherregal sah), war: Egal, wer oder was aus einem werde, man bleibe immer das Kind seiner Mutter und seines Vaters. Wenn man das Glück habe, seine Eltern zu kennen, dann sei das die grundlegendste Beziehung, die man während seines Lebens hat, die, die einen am meisten prägt und die immer einzigartig bleiben wird. Und es sei wahrscheinlich (fuhr er mit Blick zum Fenster fort), dass man sowohl emotional als auch auf andere

Art in ihren Tod involviert sein wird. (»Man« war seine Wortwahl.) Dieses Involviertsein sei eine der Pflichten, die man als Kind hat, oft sogar die wichtigste von allen. (Zu diesem Schluss sei er gekommen.)

Es gebe natürlich Ausnahmen. Millionen von Menschen wollten nichts mit ihren Eltern zu tun haben. »Wie hat Auden doch gleich gesagt?«, fragte er. »Ihr Vater hat mir erzählt, dass Sie ein angehender Dichter sind.«

Ich hasse das Wort »angehend«. »Larkin«, sage ich. »*They fuck you up, your mum and dad.*«

Und wahrscheinlich, weil er den Dichter verwechselt hatte, musste Twigge dann noch mehr reden, trotz der Tatsache, dass ihm jegliches Sprechen offensichtlich höchst unangenehm war. Er fing an, von den »Teichen« zu erzählen, aus denen die Menschen kämen. (Wieder seine Wortwahl, nicht meine.) Er meinte, in manchen Teichen würden die Unschuldigen angelogen, weshalb sie selbst wiederum nur Lügen quaken. Da sagte er also endlich mal was Interessantes.

Ich hätte ihn gern noch mehr dazu gefragt, aber er sprach schon weiter, davon, dass wir eine »Wahl« hätten, und von der »Architektur« dieser Wahlmöglichkeiten. Er meinte, er teile C. G. Jungs Ansicht, dass man immer eine Wahl hätte. Klar, sagte ich. Aber es gibt keine richtige Wahl. Und erklären Sie mir doch bitte mal: Woher soll man wissen, was das Richtige ist, wenn man in einer Welt lebt, in der man nichts richtig machen kann?

Damit war dann jegliche Unterhaltung beendet. Wir waren in einer Sackgasse gelandet.

Ich habe aber trotzdem drei Dinge aus dieser Einzelsitzung mitgenommen. Und ich habe nichts davon gesagt. Erstens: Der Tod macht die Liebe stärker. Das Unterbewusstsein (das weiß, dass es nicht ewig leben wird) nährt das Bewusstsein (das weiß, dass es im Moment noch am Leben ist). Zweitens: Im Leben geht es darum, seinen Frieden mit der beständig wachsenden Liste der erlittenen Verluste zu machen. Drittens: Intellektuelles Verständnis hat praktisch keinen Einfluss auf die Gefühle, die dabei mit im Spiel sind.

Dank für die Ablösung

Die Terrassentür hinter dem Tisch, an dem das Abendessen serviert wird, steht offen und gibt den Blick frei auf einen langen Pfad, der von knöchelhohen Solarlampen erleuchtet wird und dadurch aussieht wie eine Landebahn für nachtaktives Geflügel. Der Raum ist so wunderschön, wie man es sich von einem Speisesaal in einem alten französischen Château erhofft – hohe Decken, eine blassblaue Bordüre ringsum an den Wänden, elegante Möbel aus dunklem Tropenholz, in dem noch das Licht exotischer Sonnen schimmert. Hohe Kerzen stehen auf dem elfenbeinfarbenen Tischtuch, das aussieht, als stammte es noch aus der Zeit vor der Französischen Revolution und wäre seitdem nicht ergraut.

Ein etwa fünfzehnjähriges Mädchen trägt Sachen rein und raus und wirkt dabei eher angestrengt als interessiert. Sie ist groß, hat Sommersprossen und ein knappes, geschäftsmäßiges Lächeln auf den Lippen, weshalb ich am liebsten auf eine Zigarette mit ihr nach draußen gegangen wäre, um ihre Probleme zu ergründen.

Wir setzen uns, und niemand wagt es, die eisgekühlte Flasche anzurühren, da es sich falsch anfühlt, einfach so weiter Champagner zu trinken.

Babyfon-Vater Neil redet, als hätte er sich irgendeinen tollen Ruf für seine Scharfsinnigkeit erarbeitet und müsste ihn ununterbrochen verteidigen: »Gerüchten zufolge gibt es heute Seeteufel«, sagt er. »Das wär ja mal was. Ich liebe Seeteufelbäckchen.«

Doch sofort bricht ein Kleinkrieg aus. Leah hat nämlich keine Lust darauf, und auch nicht auf ihn oder sonst irgendwas: »Hoffentlich ist das kein Zuchtfisch.«

Was Beth-Marie aktiviert: »Kann man Seeteufel überhaupt züchten? Sind die nicht eher so wie Haie?«

Weshalb Neils Smartphone zum Vorschein kommt.

Dad und ich sitzen einander gegenüber. Ich denke, dass ich womöglich der einzige Mensch auf der Welt bin, dem Champagner nicht schmeckt.

»Was hat denn Twitter so dazu zu sagen?«, fragt Richard der Dritte. Eigentlich heißt er Christopher Turnkey, und das sagt er immer mit einer Art Flüstern wie ein Sportkommentator in einem spannenden Moment.

»Moment«, sagt Neil. »Ich bin grad auf Wikipedia.«

»Und?«, fragt Christopher. Er zieht den Champagner aus dem Kübel und bietet ihn der Runde an.

Neil liest vor: »Der Seeteufel – *Lophius piscatorius* – auch Anglerfisch oder Lotte genannt, ist ein Fisch aus der Ordnung der Armflosser. Er lebt im nordöstlichen Atlantik von der Küste Marokkos bis nach Norwegen und der Südküste Islands und hält sich in Tiefen von 20 bis 1000 Metern auf.«

»Dachte ich's mir doch«, ruft Beth-Marie. »Armflosser sind nämlich Knochenfische, genau wie Haie. Also sind sie zumindest entfernt verwandt.«

»Steht da auch irgendwas über Zucht?«, fragt Leah.
»Ich seh zumindest grad nichts.«
»Vielleicht werden ja nur die Bäckchen gezüchtet«, sage ich.

Das Mädchen kommt mit einem gemischten Brotkorb zurück. Beth-Marie versucht sich wieder als die Ausgeglichenste in unserer Gruppe zu profilieren, indem sie erklärt, es sei ihr egal, welches Brot sie bekomme. Aus irgendeinem Grund liegt ihr viel daran, unbekümmert zu erscheinen, was in direktem Gegensatz zu ihrem tatsächlichen Kummer steht. Leah isst überhaupt kein Brot. Neil hat eine Brotmaschine. Christopher ist Mitglied des britischen Lebensmittelrats, der dem Parlament kürzlich empfohlen hat, in Sachen Brotetikettierung stärker durchzugreifen.

»Was habt ihr morgen so vor?«, fragt Leah.

Und da reicht es mir.

»Wir bringen uns um«, antworte ich.

»Lou«, sagt Dad.

»Tut mir leid«, sage ich. »Erst mal nur Dad. Ich warte noch ein paar Monate.«

Als wir fest zusammen waren, um mal diese absurde Phrase zu bemühen, wurde Eva zum Anker meiner auf den Kopf gestellten Welt. Wir hielten uns hauptsächlich in ihrer Wohnung auf, da es dort viel schöner war und sie keine Mitbewohner hatte, saßen zusammen auf ihren Kissen und tranken scheußliche Spontancocktails, die wir aus Alkoholresten zusammenkippten – Frangelico, Bénédictine. Wir erzählten einander von unseren Vergangenheiten, die uns rückblickend nur zu diesem Punkt hinzuführen schienen. Und das Poster über der Kerze in ihrem Kamin wurde zu einer Art Totem, einem Portal in eine andere, größere, aufregendere Welt, der das bange Großbritannien völlig unbekannt war. Wir sprachen über unsere Arbeit und unsere Zukunftsträume. Ich ermutigte sie, ins eritreische Asmara zu reisen, wo ihre Großmutter geboren wurde, und dort eine Kanzlei zu eröffnen. Sie ermutigte mich bei meinen Schreibversuchen. Ich sagte, wenn sie dorthin ziehen würde, würde ich mitkommen. Dem Datenbankmanagement den Rücken kehren. Ich sagte, wir sollten zusammen verreisen. Flüge buchen. Hinterher.

Und das führte uns wieder zu Dad.

Sie legte ihr iPad zur Seite und sagte, sie habe gelesen, dass »die Auswirkungen« auf den »pflegenden Angehörigen« massiv seien. Der oder diejenige mache sich ständig Sorgen, erklärte sie. Und niemand kann sich besser um den Patienten kümmern als er oder sie, weil ihn niemand so gut kennt. Und genau da liegt das Problem. Ab einem bestimmten Punkt fällt alles auf diesen einzelnen Menschen zurück, da der Patient mit sich verschlechterndem Zustand immer mehr auf die Vertrautheit einer lebenslänglichen Beziehung angewiesen ist. Jemanden, der weiß, was mit dem Blinzeln wirklich gemeint ist. Wenn man einen Angehörigen zu Hause pflegt, schaut man ihm beim Schwächerwerden zu und wird nach und nach immer mehr in die Rolle desjenigen gedrängt, der die Entscheidungen zu treffen hat. Währenddessen dreht man selbst fast durch, weil man nichts an der Krankheit ändern kann. Und irgendwann wird man von seinem schlechten Gewissen aufgefressen … weil man ja im Grunde nur noch auf den Tod wartet.

Da erzählte ich ihr, dass die Dignitas uns gerade ein Datum mitgeteilt hatte.

»Das steht also fest?«, fragte sie.

»Wenn er es durchziehen will, dann ja. Allerdings führt er sich ein bisschen seltsam auf.«

»Inwiefern?«

»Na ja, als er es mir erzählt hat, meinte er ›Dank für die Ablösung‹. Ich glaube, das ist von Shakespeare. Ich weiß auch nicht. Er behauptet jedenfalls, es wäre toll und er hätte den ›Hauptgewinn‹ gezogen.«

Sie schaute mich skeptisch an.

»Er meint, diese Alternative gibt ihm Sicherheit und Hoffnung. Als hätte er wieder die Kontrolle. Aber gleichzeitig … gleichzeitig benimmt er sich komisch. Ich weiß auch nicht. Vielleicht hat es was mit meinen Brüdern zu tun.«

»Wie, mit deinen Brüdern?«

Ich wand mich bei dem Gedanken. »Wenn die das spitzkriegen, wollen sie ihn garantiert umbringen.«

»Du meinst, sie werden *sauer*?«

»Ja.«

»Wie bitte? Das kapier ich jetzt nicht.«

»Na, du weißt doch – Dads schlechte Seite?« Ich legte mein Handy weg und drehte mich zu ihr. »Ich glaube, als er noch jünger war, hat er eine Menge egoistische Scheiße gebaut, die meinen Brüdern zu schaffen gemacht hat. Und er hat definitiv ein paar Dinger gedreht, die ihre

Mutter in den Wahnsinn getrieben haben ... im wahrsten Sinne des Wortes.«

»Haben sie dir davon erzählt?«

»Ein bisschen. Aber das war alles irgendwie tabu. Wegen meiner Mutter.«

»Verstehe.«

»Und mit mir war er ja auch anders. Neue Ehe. Mehr Geld. Und er war einfach, na ja, älter. Ich hatte also praktisch eine andere Mutter *und* einen anderen Vater, und meine Brüder wollten mir das anscheinend nicht kaputt machen. Deswegen bin ich heute auch immer für sie da.«

»Merkt man.«

»Inzwischen sind sie drüber weg ... aber eigentlich auch wieder nicht. Wer kommt schon je über irgendwas weg?«

Sie lächelte schief.

»Ich weiß nicht, wie sie darauf reagieren werden, dass er jetzt einen Termin bei der Dignitas hat. Das trifft sie bestimmt hart, klar. Aber irgendwie ... sie sind nicht gerade ... ich weiß auch nicht ... die haben noch nie über das geredet, was da früher schiefgelaufen ist, zumindest nicht ernsthaft. Und auf einmal gibt es eine Deadline.«

»Und dadurch werden sie gezwungen, sich mit dem ganzen Kram auseinanderzusetzen, oder wie?«

»Genau. Und wieder mal zu Dads Bedingungen.« Ich sah sie kurz mit den Augen eines Fremden, der von oben auf sie herabschaute: wie anwesend sie war, wie viel Anteil sie nahm. »Aber egal, was sie sagen oder machen – die Krankheit ist echt. Und dem müssen sie sich stellen.«

»Und du?« Sie streichelte meine Wange. »Wie geht es dir damit, dass er jetzt einen Termin hat?«

»Mir gehts gut ... weil ich bei dir bin.«

Sie gab mir einen sanften Kuss.

»Ich hab immer gehofft, dass sich mein Frosch in einen Datenbankmanager verwandelt«, sagte sie.

»Wenn wir hiermit durch sind, können wir uns die nächsten zehn Jahre deinen Problemen widmen.«

»Wenn das mal reicht.«

Der Abend wird zur Nacht, und das Licht der Kerzen schwimmt und schimmert durch den Raum. Mein Vater steuert unseren bunt gemischten Haufen aus unruhigen, flachen Konversationsfetzen, in denen wir umhergeschaukelt werden und miteinander zusammenstoßen, hinaus in tiefere Gewässer, wo die Welt interessanter ist, wir meilenweit in die Ferne blicken und anhand der Gestirne navigieren können. Das macht er für mich – weil er glaubt, dass mir bald die Hutschnur platzt oder ich von der Fahrerei erschöpft bin, aber auch, weil er in Gesellschaft aufblüht. Als ich noch klein war, ging es während des ersten Teils des Abends immer um Mum und während des zweiten um Dad. Ab einem bestimmten Pegel verblassen seine Genervtheit, sein Frust und seine Unzufriedenheit, und es ist, als könnte sich seine Intelligenz endlich aufrichten, durchatmen und sich strecken. Und jetzt denke ich, wie viel wir dadurch lernen, geliebte Menschen durch fremder Leute Augen zu betrachten – als könnte man sich noch einmal aufs Neue in jemanden verlieben, wenn er sich mit jemand anderem unterhält.

Also will niemand ins Bett gehen. Wir wollen mehr Wein. Denn dieser Moment ist jetzt, und jetzt sind wir hier, und jetzt sind wir alle ohne Ablenkung am Leben. Wir wollen mehr und mehr. Länger. Länger. Wir wollen nicht, dass es vorbeigeht.

Ich stehe draußen im Dunkeln. Ich bin erschöpft. Ich rauche. Der stumme Mond starrt mit offenem Mund auf die Erde. Kein Wind geht, kein Seufzen, kein Flüstern; Felder, in tiefe Schatten getaucht, und die dunklen Silhouetten der Baumwipfel; nichts regt sich.

Und plötzlich weiß ich, dass ich es nicht machen kann. Eine Eingebung. Etwas Spirituelles. Ich *weiß* einfach, dass ich es nicht machen kann: Ich kann meinen Vater nicht in den Tod fahren.

Man gibt nicht einfach so auf.

Das ist gut, denke ich. Ich weiß es. Ich weiß es. Endlich weiß ich es.

Ich werde Dad sagen: Wir fahren wieder nach Hause.

Er wird mich fragen, ob ich mir sicher bin. Und ich werde bejahen. Weil ich mir wirklich sicher bin. Und dann wird er sagen – na gut. Damit wäre das beschlossen. Und wir drehen um und fahren wieder nach Hause. Und er wird das Beste draus machen. Das weiß ich. Denn das ist das Einzige zwischen uns, an dem sich nicht rütteln lässt. Dass er tut, worum ich ihn bitte. Dass er weiterlebt.

Ich rauche erfrischt mit durstiger Lunge. Wir schaffen es bis Weihnachten. Zusammen. Egal, wie schlimm es wird.

Ich muss wieder da reingehen und ihm sagen, dass wir nach Hause fahren.

Nein ... ich sage es ihm morgen. Morgen früh. Dann hat er noch die Nacht. Kann den Tisch in seinem Bann halten. Das ist netter. Ja, ich sage es ihm morgen früh. Aber mein Entschluss steht fest. Wir ziehen das nicht durch. Ich spüre eine Riesenerleichterung und kann wieder atmen, kann meine Seele im gnädigen Licht der uralten Sterne baden.

Dad fordert uns alle auf, einen Schwank aus unserem Leben zu erzählen. Und währenddessen gibt er uns das Gefühl, wir würden über mehr reden als das, was wir sagen; dass unsere fadenscheinigen, schlecht erzählten Geschichtchen über sich selbst hinausweisen, dass wir, wenn wir über uns reden, eigentlich über Begehren und Liebe und die menschliche Natur reden, die interessantesten Dinge der Welt. Die Kerzen sind zu drei Vierteln heruntergebrannt, als wir von ihm fordern, dass er uns eine Geschichte erzählt. Und seine mitternächtliche Stimme erinnert mich daran, wir er mir als kleinem Jungen Gute-Nacht-Geschichten vorlas; eine Stimme, aus der sich Zauberkraft und Träume auf mein Kissen ergossen.

ZWEITER TEIL

Zwei Reiter kamen näher

Der Befreier vom See

Ich warte darauf, Dad endlich sagen zu können, dass ich es mir anders überlegt habe. Unterdessen quälen wir uns erst mal durch die lustvolle Pein eines Pensionsfrühstücks: gedämpfter Anstand, sinnlose Gier, Servietten und übertriebene Dekoration.

Nur Dad ist bestens gelaunt. Er hat sich für sein zweites Croissant drei verschiedene Sorten hausgemachte Marmelade auf den Teller gelöffelt und ausnahmsweise Kaffee statt Tee bestellt. Er schenkt sich noch eine Tasse ein, was bedeutet, dass ich jetzt keinen mehr abkriege.

»Nur die Franzosen machen richtig guten Kaffee, Lou.«

»Von den Italienern mal abgesehen.«

»Von den Italienern mal abgesehen, klar.«

»Und von ganz Südeuropa.«

Er bestreicht die hohle Stelle im Croissant, wo er abgebissen hat, mit der dunkelsten Marmelade. Ich kann mich nicht daran erinnern, dass wir je schon mal gemeinsam einen Kater gehabt hätten, und mir gefällt dieses Gefühl geteilten Leids und die Ablenkung von der Realität, die es mit sich bringt; eine tröstliche Sonnenfinsternis, die uns alle einhüllt.

Die Tische stehen jetzt anders als beim Abendessen; statt an einer langen Tafel sitzen wir an vier getrennten Tischen in einem losen Halbkreis vor der Terrassentür. Dad und ich an einem Ende, Beth-Marie und Neil am anderen, letzterer knipst ein Foto nach dem anderen von Erstgenannter, während diese herausfordernd ihr Baby stillt.

Christopher und Leah sitzen in der Mitte nebeneinander, damit beide dieselbe Menge Sonne abbekommen. Im Zentrum unseres Halbkreises steht ein weiterer Tisch, auf dem das Frühstücksbuffet angerichtet ist. Eine Champagnerflasche steckt in einem präzise berechneten Winkel in einem Kühler, und ich weiß nicht, ob sie als Deko gedacht ist, als Herausforderung oder als stummer Vorwurf. Keiner weiß so richtig etwas damit anzufangen. Ich überlege immer wieder, einfach aufzustehen, den Korken knallen zu lassen, dann ein paar tiefe Schlucke direkt aus der Flasche zu nehmen und den Rest in die Menge zu spritzen, als hätte ich gerade ein Autorennen gewonnen. Es herrscht eine seltsame Atmosphäre im Raum, als hätten wir gestern Abend alle viel zu viel von uns preisgegeben, als wäre etwas Traumatisches passiert, und jetzt will jeder dem anderen zu verstehen geben, dass wir eigentlich keine Freunde sind.

Ralph meint, Engländer seien die einzigen Menschen der Welt, die sich wieder zurückziehen, nachdem sie sich jemandem gegenüber schon einmal geöffnet haben.

»Wo sind wir heute Abend, Lou?«

»Ich habs aufgeschrieben.«

»Auf Papier?«

»In meinem Handy.«

Er zögert kurz, als würde das nicht als aufgeschrieben gelten. Ich scrolle durch meine Notizen.

»Wollen wir heute Abend campen?«

Ich sehe hoch. »Mit dem Bus auf einem Campingplatz?«

Sein Blick ist deutlich: Wo denn sonst? »So wie früher«, sagt er. Aber die Vergangenheit ist ja unser Feind. »So wie immer, meine ich.«

Draußen, ein ganzes Stück weit entfernt, läuft ein unglaublich großer Mann die Allee hinunter auf uns zu. Er hat die Morgensonne im Rücken. Ich höre Leah nach fettarmem Joghurt und gefiltertem Wasser fragen. Christopher redet über Kohlenhydrate. Neil und Beth-Marie sprechen über »ihren Ältesten«, der sich vor ein paar Minuten mit seinem Tretroller aufgemacht hat, er ist eben einfach ein kleiner Abenteurer, so intelligent, und wahrscheinlich wird er mal was ganz Großes.

»Na, was meinst du?«, fragt Dad.

Ich stecke das Handy wieder ein und lege die Hände flach auf den Tisch.

Leise hakt er nach: »Alles in Ordnung, Lou?«

Anscheinend denkt er wirklich, die Änderung unseres Reiseplans würde mir etwas ausmachen. Ich muss es sagen, aber stattdessen zitiere ich völlig grundlos drei seiner Lieblingsphrasen. »Der Sieg des Trivialen, Dad. Die Stunde des Scharlatans. Die lauthals angekündigte Wiederkehr des Drittklassigen.«

Ein Lächeln breitet sich auf seinem Gesicht aus, er hält sich mit einer Hand an der Tischplatte fest und reckt mit der anderen sein Croissant in die Luft, als wäre es ein Freiheitssymbol. Mir fällt auf, dass Leah und Christopher verstummt sind. Nach gestern Abend halten uns hier aber eh alle für völlig bekloppt, und Dad ist es sowieso egal. Er lässt den Tisch los und tut etwas, das er seit fünfzehn Jahren nicht mehr getan hat. Er beugt sich ein Stück zu mir vor, legt mir die Hand auf den Kopf und wuschelt mir durch die Haare.

»Wenn so dein Champagnerkater aussieht, will ich ja lieber keinen Whisky mit dir trinken, Lou.«

Ich merke, dass ihn diese Geste anstrengt. Und dass er wackelig und unkoordiniert ist, körperlich, emotional, kognitiv. Labil.

In London habe ich einmal am helllichten Tag einen Fuchs gesehen, er kam mir auf der Straße entgegen, lief nicht weg, suchte kein Versteck, und ich wusste nicht, was los war, ich dachte, vielleicht ist der aggressiv oder so eine Art neue Spezies, ein urbaner tagaktiver Fuchs, aber als ich näher kam, sah ich, dass er ganz schwach und krank war und kaum noch laufen konnte, dass er dem Tod ziemlich nah war, ängstlich, verwirrt und orientierungslos, dass ihm aber durchaus klar war, dass er nicht hier sein sollte, und trotzdem war er nun hier, trottete mit einem leichten Rechtsdrall vor sich hin. Und als er an mir vorbeilief, sah ich ihn lächeln, ehrlich, ein irres Lächeln, ganz angespannt vor Furcht, und ich trat einen großen Schritt zur Seite, weil er mir wahnsinnig Angst machte, obwohl ich sehen konnte, dass er nur noch wenige Stunden zu leben hatte, in seinem Gesicht lag schon deutlich der Tod.

Dad zieht seine Hand zurück, und wir stehen plötzlich

direkt am Rande des Abgrunds. Wenn wir jetzt fallen, gibt es kein Zurück mehr.

Vielleicht funktioniert in seinem Kopf aber doch noch alles, wie es soll, denn er lehnt sich wieder zurück, und das Freiheitssymbol verwandelt sich wieder in ein Croissant.

»Also, diese Croissants sind wirklich unglaublich, Lou. Kann mich nicht erinnern, schon mal bessere gegessen zu haben.«

»Du hast ja auch Alzheimer, Dad.«

»Iss doch auch mal eins. Und wenn nachher noch welche übrig sind, nehmen wir die mit.«

»Ich storniere dann mal die Übernachtung für heute Abend, ja?«

»Müssen wir dann Stornogebühr zahlen?«

»Ist doch egal, oder?«

Er blinzelt kurz, dann schenkt er mir sein schiefes, etwas feuchtes Grinsen, und wir betrachten einander aus dem Inneren der zerschossenen Ruinen unserer Köpfe heraus, zwei Rebellenkämpfer, inmitten des Kriegsgeschehens von einem Witz vereint.

»Ich kenne da einen prima Campingplatz«, sagt er. »Im Wald, in der Nähe von Belfort. Etwa achtzig Kilometer von Basel und der Grenze entfernt. Wir waren schon mal da. Da gibts auch einen Fluss, und es liegt mehr oder weniger auf dem Weg. Wir können die genaue Adresse ja auf deinem Handy nachschauen und dann das Navi programmieren.«

Mein Vater legt das Croissant auf den Teller, greift nach seiner Serviette und fängt an zu nicken, langsam, aber mit dem ganzen Oberkörper. Und ich denke, am Ende muss ich vor lauter Kater auch noch weinen, und vielleicht sollte ich mir eine Tasse Kaffee besorgen und es einfach aussprechen. Sags einfach, Lou: Ich kann das nicht mehr. Sag einfach: Wir fahren jetzt wieder nach Hause.

»Dad ...«

Aber plötzlich öffnet sich die Terrassentür, und der große Mann steht da, mit der Sonne im Rücken. Er ist gar nicht wirklich zwei Meter fünfzig groß, er hat bloß ein Kind auf den Schultern und hält einen Tretroller in der Hand. Seine Sachen sind tropfnass, seine Stiefel und die helle Hose schlammverschmiert. Er ist dünn und drahtig, hat volles, rotbraunes Haar und wirkt wie ein Kampfflieger, der über einem Sumpfgebiet abgeschossen wurde, dem der Fußweg nach Hause aber trotzdem Spaß gemacht hat.

Er bleibt draußen vor der Tür stehen und verkündet: »Meine Damen und Herren, ich präsentiere Ihnen den kleinen Felix! Er fuhr auf seinem Roller mit bewundernswertem Selbstbewusstsein durchs Leben, wurde aber leider Opfer eines unerwarteten Vorfalls. Zeuge dessen: sein Knie.«

Mit der freien Hand hebt er das baumelnde Bein des Kindes ein Stück an. Das weiße T-Shirt des Mannes unter der leichten Sommerjacke (schlammbespritzt) hat einen dunklen, feuchten Fleck: Blut von der Verletzung des Jungen. Aber der Junge selbst, der ebenfalls komplett durchnässt ist, ruckelt trotzdem fröhlich lächelnd auf den Schultern des Verrückten auf und ab.

Beth-Marie erhebt sich, der empörte Säugling hängt ihr immer noch an der prallen Brust.

Der Mann dreht sich kurz ein Stück nach links, dann ein Stück nach rechts. »Von einem aufgeschlagenen Knie und ein paar Schrammen an der linken Hand abgesehen, scheint Felix keine weiteren Verletzungen erlitten zu haben, jedoch bat er mich bekannt zu geben, dass er nun etwas Zeit in der Gesellschaft seiner Frau Mama zu verbringen wünscht ... das sind Sie, Madame, nehme ich an.«

»O Gott ... Felix!«

Der Mann stellt den Roller ab, hebt das lächelnde Kind von seinen Schultern und setzt es vorsichtig ab. Dann bietet er ihm die Faust dar. Das Kind stupst mit seiner eigenen leicht dagegen. Ein heimliches, liebevolles Einvernehmen zwischen den beiden darüber, was in der Welt wirklich witzig ist. Dann schiebt der Mann das Kind sanft zur blassen Beth-Marie hinüber, die mittlerweile in die Hocke gegangen ist, um den Jungen zu begrüßen. Der Säugling nuckelt noch immer an ihr, etwas heftiger vielleicht, um mittels dieser Gegenoffensive wieder ihre Aufmerksamkeit zu erlangen.

»Felix!«, schimpft die Mutter. »Du darfst doch alleine nicht so weit weg gehen!«

Der Mann erhebt sich wieder und bricht damit den Zauber, der ihn umgeben hat. »Grüß dich, Lou, hallo, Dad. Gut seht ihr aus, also den Umständen entsprechend, sag ich mal. Mir gehts auch gut, danke der Nachfrage. Obwohl mein Gepäck leider in Oschersleben festhängt. Unvorhergesehene Trennung der Zugteile. Ganz schön nervig, vor allem seit meiner Schlamm- und Kinderblutdusche. Schön habt ihr's hier. Wieso hat denn noch keiner den Champagner aufgemacht?«

Beth-Marie trennt den Säugling nun von ihrer Brust und reicht ihn Neil, der schnell sein Handy wegsteckt. Die Brust wird wieder eingepackt und Felix an ebenjenen Busen gedrückt, den sein jüngerer Bruder gerade freigegeben hat.

Sofort fängt das Baby an zu jammern. Neil hat keine Ahnung, was er machen soll, zieht sich langsam Richtung Tür zurück und bedeutet den Anwesenden dabei stumm, dass es erfahrungsgemäß besser sei, sich in einem solchen Fall von der Gruppe zu entfernen.

»Haben Sie denn gesehen, wie es passiert ist?«, fragt Beth-Marie, während sie Felix streichelt.

Ralph verbeugt sich. »Ich war Zeuge des gesamten Vorfalls, Madame. Ich kam gerade vom Bahnhof.«

Sie tunkt eine Serviette in ein Wasserglas und wischt an Felix' Knie herum, macht damit Ralphs Vorarbeit jedoch wieder zunichte, und der Junge bricht in Tränen aus. Im Raum herrscht unsicheres Schweigen. Ich fühle mit Felix.

»Wo ist er denn hingefallen?«

»In den See.« Ralph deutet mit dem Daumen über die Schulter auf den kleinen Weg, der vom Haus wegführt. Er ist jedoch schon nicht mehr richtig bei der Sache, sondern verrenkt sich fast den Hals, um das Etikett auf der Champagnerflasche zu entziffern.

»*Demi-sec*«, murmelt er vor sich hin, ohne sich von der Stelle zu rühren, und fängt nun an, sich recht halbherzig die Klamotten abzuklopfen.

»Hier gibts einen See?«

Ralph erkennt seinen Fehler eine Sekunde zu spät.

»Wieso hat mir keiner gesagt, dass es hier einen See gibt?«

Allgemeine Unsicherheit. Felix' Geheul schwillt an, um der Empörung seiner Mutter Nachdruck zu verleihen.

»Der See ist hinter dem kleinen Hügel da hinten«, sagt mein Vater sanft. »Nicht sehr groß.«

Leah sagt: »Den kann man vom ersten Stock aus sehen, wenn man eins von den großen Zimmern hat.«

»Ich glaube, der ist künstlich angelegt«, fügt Christopher hinzu, um die Aussage seiner Frau gleichzeitig abzumildern und zu bestärken.

»Und was ist nun genau passiert?«, will Beth-Marie wissen.

»Am Ende von dem Pfad gibts eine Stufe, direkt vor dem … kleinen Teich.« Ralph versucht, den Blick des Jungen einzufangen und dessen Laune zu heben. »Unser abenteuerlustiger Held muss wohl auf dem Kiesweg gestolpert und dann ins Wasser gefallen sein. Aber …«

»Ach du meine Güte!«

»Aber ich war ja gleich da«, wiegelt Ralph ab. »Ich bin ihm nachgesprungen. Ich wurde erst zum Seepferd und dann zum Landpferd. Er ist bis hierher auf mir geritten. Wie Sie sehen, ist nichts passiert.«

Beth-Marie muss lauter sprechen, um über das Weinen ihres Babys und das Schluchzen ihres Sohnes hinweg gehört zu werden. »Er ist in den See gefallen?«

»Er war nur bis zur Hüfte drin, Madame. Bis zur Hüfte. Für mich war es bis zu den Knien, für ihn bis zur Hüfte.« Ralph muss auch lauter sprechen. »Höchstens ein betrunkener Kleinwüchsiger, der den Schwimmkurs geschwänzt hat, wäre dabei in Gefahr gewesen.«

Beth-Marie hört ihm gar nicht zu. »O Gott, Felix! Du musst doch aufpassen! O Gott. O Gott. Neil. Neil! Das können wir nicht einfach so hinnehmen.«

Der Junge ist mittlerweile richtig verzweifelt, heult und windet sich. Neil schaut ihn böse aus seiner Ecke heraus an, wo er mit dem Baby ringt, als wäre er mit einem tollwütigen Frettchen in einer Waschmaschine eingesperrt.

Beth-Marie ruft ihm über den Lärm hinweg zu: »Gehst du bitte mal den Manager holen!«

»Schon dabei!«, schreit Neil zurück. »Schon dabei.«

Nun geschieht jedoch etwas Magisches, das Neil davon abhält, den Raum zu verlassen ... Der Verrückte vom See tappt patschnass und verdreckt in den Raum und greift nach einem blauen Plüschpferd, etwa so groß wie ein kleiner Hund, das neben Beth-Marie auf einem Stuhl liegt. Er tritt hinter den Tisch in der Mitte zurück, sodass er wieder von der Terrassentür eingerahmt wird, und räuspert sich laut. Dann steht er still. Unheimlich still. Und fängt dann irgendwie an, allmählich zu ... verschwinden.

Das Weinen lässt nach.

Wir starren alle das Plüschpferd an, das plötzlich zum Leben erwacht. Wir sehen ihm zu, wie es sich langsam umschaut.

Das Weinen verstummt.

Das Pferd betrachtet neugierig Croissants und Besteck, sieht sich das Obst und die Töpfe näher an, die große Platte mit dem Omelett, bleibt stehen, nickt uns zu, scheint zu lächeln und sich über sein neu erworbenes Bewusstsein zu freuen.

Der Puppenspieler ist verschwunden, wir nehmen nur noch das Pferd wahr. Es tänzelt und springt. Eine leise Melodie wird gesummt. Und jetzt buhlt dieses Pferd um unsere Aufmerksamkeit; mit jedem Moment, echt, lebendig, als hätte es sein ganzes Dasein lang nur auf diesen Auftritt gewartet, darauf, sich bemerkbar zu machen, sich uns vorzustellen. Haben wir etwa nicht gewusst, dass es uns eine Geschichte zu erzählen hat?

Und so tritt das Pferd vor, als wäre es das Normalste der Welt, und fängt an, in einem wunderschönen Tenor zu singen:

»Ein kleines Pferdchen bin ich wohl
und sprang heut' in den See,
denn mein Freund Felix lag darin,
und er schrie Ach und Weh.«

Das hat Ralph früher immer für mich gemacht, als ich noch klein war, solche fantastischen kleinen Shows aufgeführt und dazu schauderhafte, aber eigentlich doch ganz unglaubliche Lieder gesungen, die er sich in dem Moment spontan ausdachte. Das Pferd macht eine kleine Pause und sieht in die Runde – Leid, will es uns sagen, Leid und Gefahr, aber auch Hoffnung.

»Die kleine Hand tat ihm so weh,
das Knie war ganz zerschrammt,
doch tapfer ritt er auf mir fort,
vom Wasser gings an Land.«

Er nimmt nun die gesamte Bühne ein. Das hier ist sein Moment. Das Pferd hebt ein Vorderbein.

»Uns auf den Fersen war jedoch
ein schrecklich dicker Troll ...«

Er singt über Schwierigkeiten, Schicksal und Überwindung der Schwierigkeiten.

»... und dann noch tausend Stinkemonster,
die rochen wirklich oll!
Auch Hexen waren da, Madame,
und Drachen mittenmang,
doch unser'm kleinen Felix hier
war überhaupt nicht bang!«

Hin und her, hin und her, ein Löffel wird zur Lanze, ein Toastständer zur Tilt.

»Von Kopf bis Fuß war Felix nass,
doch wars ihm einerlei,
er kämpfte gegen Ungeheuer
und machte sie zu Brei.
Die Hexen, Trolle, Drachen, Sir,
die hatten keine Chance,
denn tapf'rer als Freund Felix hier,
ist wohl kein Mensch in *France*!«

Das Pferd bäumt sich auf, verbeugt sich und springt dann auf Felix zu, der es fängt. Und in diesem Moment, wie von Zauberhand, ist Ralph wieder da.

Leah und Christopher klatschen. Mein Vater und ich sehen einander an. Alle lächeln. Felix drückt das Pferd an sich, er strahlt vor Glück, wie es nur Kinder können. Das hat Ralph auch mir geschenkt.

»Meine Güte«, sagt Beth-Marie noch mal. Und dann, als würde sie Ralph gerade zum ersten Mal sehen: »Sie sind ja völlig durchnässt!«

»Madame, der See war nass.«

»Haben Sie Wechselsachen?«

Ralph verzieht das Gesicht. »Oschersleben.«

»Wollen Sie sich vielleicht was von meinem Mann leihen?«

»Das wäre sehr freundlich von Ihnen.«

»Neil, hast du mal ein Hemd und eine Hose?«

»Kein Stress, Neil, kein Stress«, sagt Ralph. »Ich werde erst mal frühstücken, glaube ich. Meine Anreise hatte es ebenfalls in sich. Liegewagen. Taxis. Keine ausreichenden Zahlungsmittel.«

Neil findet endlich die Sprache wieder. »Können Sie das noch mal machen? Ich würde es gern filmen.«

»Nein, Neil, das kann ich leider nie wieder machen.«

Ralph nimmt die Champagnerflasche aus dem Kühler. Wasser tropft herunter. Er holt eine Zigarette aus der Innentasche seines ramponierten Jacketts.

»Lou, Dad – ich glaube, mein *petit-déjeuner* esse ich lieber da draußen, ich bin ja von oben bis unten eingesaut. Erst mal eine Runde in der Sonne trocknen. Lou, kann ich dein Croissant haben? Und bring mir mal ein Glas oder so, ich will den *Demi-sec* ein bisschen näher kennenlernen.«

Mir geht es sehr viel besser.

»Das ist mein Bruder«, sage ich.

Ich weiß nicht, ob Tolstoi wirklich recht hatte. Hinter der Fassade jeder Familie, egal, ob sie glücklich oder unglücklich ist, verbirgt sich eine Menge dunkler Materie, mehr, als die Physik oder die Chemie bisher erforscht haben, eine Art dunkler Energie, die die einzelnen Mitglieder zusammenhält oder auseinandertreibt, etwas Unsichtbares, Unbekanntes, das aber mit berücksichtigt werden muss, wenn man verstehen will, was wir über einander erfahren und füreinander empfinden. Wer weiß, woraus diese dunkle Materie besteht und wie sie so viel dunkle Energie erzeugt? Es hat wahrscheinlich was mit dem engen Zusammenleben zu tun: Das gemeinsame Aufstehen jeden Tag, das gemeinsame Zubettgehen, das Bad, sich die Zähne mit der falschen Zahnbürste zu putzen, sich überraschend nackt auf der Treppe gegenüberzustehen, das Geräusch laufenden Wassers, das immer anders klingt, je nachdem, durch welches Rohr es rauscht, schnelles Frühstücken, langwieriges Abendessen, was jeder Einzelne gern isst oder nicht ausstehen kann, die Tatsache, dass die Ofentür immer wieder aufgeht und die Kühlschranktür klemmt, der Karton im Flur, der anscheinend keinem gehört, das schlecht gelaunte Schweigen, die heimlichen Verhandlungen, die Stresssituationen, die regelmäßig wieder auftauchen, die vielen Dinge, die man gemeinsam ausdiskutiert hat, die vielen Dinge, die immer noch im Raum stehen, das Ignorieren, das Nerven, die ewigen Geldsorgen, die Erfolge und Misserfolge, die Sommernächte, in denen es länger hell bleibt, als man sich hätte vorstellen können, die dunkle Kälte im Januar, wenn alles irgendwie zusammengedrängt und zurückgezogen wirkt, die Streite, die Wut, die Fehden, alles, was gesagt wurde, alles, was nicht gesagt wurde, alles, was man einfach nicht aussprechen kann; das stille, liebevolle Einvernehmen.

Ich wüsste gern, wie man als Familie am besten miteinander umgeht. Die dunkle Materie ans Licht zerren? Ehrlich sein? Ich finde, das Wort »ehrlich«, das ist irgendwie schwammig, es verändert sich, verwandelt sich. Unbewusst schwingt darin immer auch ein gewisser Egoismus mit, der sich irgendwo unter der Wasseroberfläche verbirgt. Oder vielleicht entgleitet uns das Wort auch, verschwindet im Nebel wie eine alte Geschichte aus einem vergangenen Jahrhundert. Und widerspricht es nicht sowieso dem Prinzip von Liebe? Muss man nicht ohnehin seinen Verstand zumindest zum Teil ausschalten, wenn man liebt? Und würde nicht nur ein absolut herzloser Mensch einem Kind die Wahrheit über die Welt erzählen?

Péage

»Also«, sagt Ralph, als würde er die Gesamtheit allen bisherigen Seins zusammenfassen wollen. »Das Gute an diesem Trip ist ja, dass sich niemand beschweren kann, wenn ich rauche. Ich meine, du stirbst sowieso jeden Moment, Dad. Du brauchst dir also keine Sorgen ums Passivrauchen zu machen. Und du rauchst eh heimlich, Lou. Ich nehme mal an, du hast Dad nichts davon erzählt, weil das in deinem Fall besonders taktlos wäre.«

Ich werfe Dad einen Blick zu. Er stützt sich auf sein Kissen, die Straßenkarte auf der brandneuen gummibandfarbenen Sommerurlaubshose, die er bedenkenlos mit seinem himmelblauen Fleecepullover kombiniert hat. Er ist glücklich – anders kann man das nicht sagen –, doch er verzieht reumütig das Gesicht und schüttelt langsam den Kopf, als wollte er sagen, jetzt müssen wir uns doch wieder auf Hitradio Ralph einstellen. Im Rückspiegel sehe ich, wie mein Bruder aufsteht, stolpert und hektisch am Campingkocher herumfummelt.

»Hat Lou das erwähnt?«, fragt Ralph laut.

»Der erzählt mir doch gar nichts.«

»Lou raucht jetzt jedenfalls ein halbes Päckchen am Tag. Stolziert die meiste Zeit halb besoffen und mit der

Hose auf halb acht durchs Büro und pustet den Arschlöchern, auf die er da steht, wahllos Rauch ins Gesicht. Wobei, davon gibts garantiert nicht so viele, oder, Lou? Zumindest nicht im Datenbankmanagement.« Darauf folgt das lang gezogene Ratschen von Ralphs Streichholz. Er hat die extralangen Streichhölzer gefunden. »Keine Angst, ich mach ja das Fenster auf.« Er schafft es, die Verriegelung zu lösen, und setzt sich dann auf den Mittelplatz, sodass er zwischen mir und Dad durch die Windschutzscheibe schauen kann.

Ich kurbele mein Fenster ein Stück herunter, um die umherschwirrenden Bremsen rauszulassen. Später wollen wir Baguettes und Weichkäse kaufen, reife Tomaten und Wein, den wir früher nicht einmal anzuschauen gewagt hätten. Wir werden campen, so wie früher, und auf diesen Châteauscheiß pfeifen. Vielleicht hat Frankreich uns in seinen Bann geschlagen – das schöne Wetter, die regelmäßigen Reben an den Hängen, die blassgelben Häuser eines Örtchens mit blauen Fensterläden in der Ferne, der weiße Wegweiser mit der Aufschrift *Toutes Directions*, als hätte man tatsächlich keine Wahl. Und Ralph: die Tatsache, dass er hier ist, die Überraschung, die Freude, der frische Wind. Dad sagt immer, die größte Freude bestünde darin, nach langer Trennung einen geliebten Menschen wiederzusehen, und da bin ich ganz seiner Meinung.

»Kannst du dich nicht ans Fenster setzen?«, frage ich. »Wenn ich jedes Mal im Rückspiegel dein Gesicht sehen muss, werde ich noch depressiv.«

»Nee. Ich bleibe hier sitzen und genieße meinen Urlaub. Jeden einzelnen Kilometer.« Ralph trägt seine Stiefel und seine Jacke, den Rest hat er sich von Neil geliehen: eine hellgraue Jogginghose und ein widerlich grünes T-Shirt mit dem Aufdruck »Der Kindergarten-Daddy«. Er hält eine kleine Untertasse in der Hand, die er garantiert im Château hat mitgehen lassen, und ascht sorgsam hinein. »Bequemlichkeit ist der Feind, Lou. Stimmt doch, oder, Dad? Oder wars der Tod, der der Feind ist? Weiß ich nicht mehr genau. Von wem stammt das noch gleich?«

Ralph würde meinem Vater gegenüber nie Zugeständnisse machen, erwartet aber von ihm, dass er alles weiß. Gleichzeitig nutzt er Dads Allgemeinwissen als weiteres Beweismittel gegen ihn. Falls er nicht auf Dads schlechten Zustand gefasst gewesen sein sollte, lässt er sich davon jedoch nichts anmerken, oder vielleicht bringt er so auch sein Entgegenkommen zum Ausdruck. Ich mustere kurz seinen Blick im Rückspiegel – er wirkt unentschlossen, nachdenklich, ganz anders, als sein scherzhafter Tonfall glauben machen will.

»Das stammt aus dem Korintherbrief.« Dad kurbelt wie wild am halb kaputten Fensterheber. Manchmal dreht er sich ohne jeglichen Effekt, manchmal geht das Fenster tatsächlich runter. ›Der letzte Feind, der vernichtet wird, ist der Tod.‹«

»Paulus. Das hätte ich mir ja denken können.« Ralph bläst Rauch aus. »Der unbeliebteste Briefschreiber aller Zeiten.«

»Und das hat John Donne dann für sein großes übernommen«, fährt Dad fort.

»Sein großes was?«

»Heiliges Sonett.«

Ich hatte schon vergessen, wie es ist, mit den beiden zusammen zu sein. Es muss schon Jahre her sein, dass wir das letzte Mal zu dritt unterwegs waren.

»Wisst ihr«, setzt Ralph an, als würde er meine Gedanken in Echtzeit lesen. »Wisst ihr, es ist echt schön, euch endlich mal wiederzusehen.«

Dad hat sein Fenster komplett heruntergekurbelt. Die Landstraße endet. Ich kenne den Weg zwar, frage aber trotzdem, damit er sich an der Antwort erfreuen kann. »Welche Richtung jetzt, Dad?«

»Nach Süden.« Ralph beugt sich vor. »Erst Richtung Süden und dann ein Stück nach Osten.«

»Das Navi sagt links. Willst du das auf der Karte kurz überprüfen, Dad?«

»Hab ich schon.« Dad saugt die frische Luft ein, als würde seine Lunge sie verkosten, wie sein Mund Wein verkostet. Er deutet auf das Schild. »Nach links. Sommepy-Tahure, Suippes und dann Richtung Bouzy. Halte dich Richtung Bouzy.«

Ich fahre langsam auf die Hauptstraße. Das Fahren gefällt mir. Es gefällt mir, dass meine Familie mir als Jüngstem diese Ehre überlassen hat – obwohl einer von beiden nicht in der Lage und der andere schon jenseits des gesetzlichen Promillelimits ist.

»Erzähl, Lou, wie gehts dir?«

»Gut.«

»Hast du eine Freundin?«

»Was soll denn die Scheißfrage?«

Ralph lächelt.

Dad seufzt. »Behalt doch mal deine Schimpfwörter für dich.«

»Bitte sag mir, dass du eine Freundin hast. Wenn die Leute um mich rum es nicht alle wie wild miteinander treiben, werd ich nervös. Als ob die dunkle Seite dann gewinnen könnte.«

»Mir gehts gut«, erwidere ich.

»Dir gehts gut?«

»Dad, ist die E50 das Gleiche wie die A4?«

»Ja. Bouzy. Halte dich Richtung Bouzy.«

»Bouzy.«

»Komm schon, Lou.« Ralph beugt sich vor und tätschelt mir den Arm. »Wie gehts dir? Lass uns mal Tacheles reden. Ich will wissen, was es bei dir Neues gibt. Wie läuft alles? Die Tugendnummer kannst du für dich behalten. Sprich mit mir. Von mir hab ich komplett die Schnauze voll.«

Ich werfe ihm einen Blick zu. »Du meinst, hiervon mal abgesehen?«

»Ja, hiervon mal abgesehen.« Er zwinkert mir zu. »Oder auch nicht, wenn du magst.«

»Mir gehts gut.«

»Dir gehts gut? Mehr nicht?« Er zündet ein neues Streichholz an.

»Alles gut.«

»Das sieht mir aber nicht danach aus.«

»Ralph, ernsthaft. Du kannst mich mal.«

»Oho, sind wir jetzt schon beim Du-kannst-mich-mal angekommen?« Ich weiß ohne hinzusehen, dass er lächelt.

»Unglaublich«, sagt er. »Seit sechs Monaten höre ich nichts von dir außer: ›Bitte flieg nach London, bitte flieg nach Paris, bitte flieg nach Frankfurt, bitte flieg nach Zürich.‹ Die ganze Zeit ›Blablabla, Dad dies, ich das, Jack jenes. Du musst hier sein, Ralph. Du musst da sein, Ralph. Wir werden alle sterben, Ralph, wir wollen nicht sterben, oder doch, wir wollen sterben. Bitte ruf an, bitte skype mir, bitte teleportier dich her. Bitte komm. Bitte bleib. Bitte geh.‹ Und jetzt, jetzt wo ich meine Proben abgebrochen habe und im Nachtzug quer durch Europa gegondelt bin, jetzt fällt dir nichts ein außer ›Du kannst mich mal‹?«

»Du kannst mich mal.«

»Jetzt seid doch bitte mal nicht so vulgär, ihr beiden«, schaltet sich Dad ein.

»Geht leider nicht.« Ralph leert seine Untertasse in die Plastiktüte, die uns als Mülleimer dient, und schüttelt sie grundlos. »Aber wir kommen vom Thema ab. Hast du eine Freundin?«

»Du tust mir echt leid.«

Die Sonne scheint heute höher zu klettern, und in den Feldern bücken sich Arbeiter, als wäre die Erde tatsächlich zum Wohle der Menschheit geschaffen.

»Eva«, erklärt Dad treulos und wechselt damit die Seiten.

»Eva.« Ralph spricht ihren Namen fast so langsam aus, wie er seine Streichhölzer anzündet. »Wie alt ist sie? Hoffentlich noch keine zwanzig. Worauf hast du's abgesehen, Lou, Aussehen oder Charakter?«

»Um Himmels willen. Ich habs auf gar nichts ›abgesehen‹.«

»Auf irgendwas musst du es doch abgesehen haben. Haben wir doch alle.«

»Auf einen Menschen.«

»Ach komm, ich bitte dich. Wir fahren zur Dignitas, nicht zu irgendeinem Hipsterfestival für Superflachwichser, die aussehen wollen wie D. H. Lawrence. Du solltest mich mal in Berlin besuchen. Da gibt es beides in einem: intelligente, charismatische, scharfsinnige Frauen, die auch im Bett wissen, wie der Hase läuft. Ich meins ernst. Echte Expertinnen. Nicht so wie die Bügelbretter in den Home Counties. Muss an den Vätern liegen, oder, Dad? Lehrer. Das sollten Väter doch sein: Lehrer.«

Aus Gründen, die ich nicht gänzlich begreife, kann nur Jack es mit Ralph aufnehmen. Beziehungsweise *erfolgreich* mit ihm aufnehmen. Ich werfe meinem Vater einen Blick zu, von wegen, der ist ganz schön bekloppt, hm? Doch er schaut Ralph an, nach dem Motto, *ihr* seid ganz schön bekloppt. Niemand wird wirklich von irgendjemanden verstanden; womöglich ein unüberwindbares Hindernis für die Menschheit.

Die Straße wird breiter, und ich wechsle auf die Überholspur.

»Ich wünschte, ich hätte eine Schwester«, sage ich.

»Ich wünschte, ich hätte anderes Beinkleid und die Aussicht auf ein Hackpastetchen«, sagt Ralph.

Ich schaue in den Spiegel. »Was ist mit dir?«, frage ich. »Mit wem bist du zusammen?«

»Mit jedem. Mit allem. Mit niemandem.«

»Wie fühlt sich das an?«

»In geschlechtlicher Hinsicht sehr befriedigend. In intellektueller Hinsicht erfüllend. In spiritueller Hinsicht einsam.«

»Vielleicht bist du einfach ein frustrierter Monogamist.«

»Das hab ich auch schon ausprobiert. Fühlt sich an wie Sterben, bloß ohne die Gnade.« Er atmet Rauch aus. »Nicht, dass ich wüsste, wie sich das Sterben anfühlt. Dad, wie fühlt sich das Sterben an?«

Dad blinzelt. »Glaubst du, in Troyes gibt es Austern?«

»Ist nicht gerade küstennah«, erwidere ich.

»Natürlich gibts da Austern«, erklärt Ralph zuversichtlich. Seine Rauchringe wabern unerklärlicherweise nach vorne, obwohl der Wind durch mein Fenster nach hinten bläst. »Und garantiert gibts da auch Hackpastetchen. Hat einer von euch Paracetamol oder Aspirin oder Ibuprofen einstecken? Irgendwas, das meinen endlosen Schmerz lindert?«

»In der alten Eisschachtel unter deinem Sitz«, sage ich.

»Natürlich. Die magische Schoko-Minz-Schachtel.« Ralph steht auf und fuhrwerkt wieder im Fond herum, wobei er uns zuruft: »Haben Schmerztabletten eigentlich ein Ablaufdatum? Und danach können sie dem Schmerz nichts mehr anhaben? Oder gibt es immer eine Lösung? Was meint ihr? Dad? Wo ist eigentlich Jack? Versklavt der in Jakarta etwa die nächste Generation mit Versicherungen?« Er lacht über seinen schlechten Witz.

»Er kommt noch«, sage ich betont beiläufig.

»Er *kommt* noch?« Ralph steckt den Kopf mit frisch erwachtem Interesse zwischen den Sitzen nach vorne, die

Zigarette im Mundwinkel. »Ich dachte, er ist komplett dagegen. Schotten dicht. Die Fickt-euch-Flagge gehisst.«

»War er auch«, sagt Dad.

»Ist er auch«, korrigiere ich.

»Wissen wir auch, warum?«

»Siobhan«, sagt Dad.

»Das stimmt doch gar nicht, Dad.«

Dad hebt eine Schulter und schaut aus dem Fenster.

Ein paar Kühe trotten gelassen über die Autobahnbrücke. Wenn ich Bauer wäre, würde ich Tabak anbauen.

»Ich meinte, wissen wir, warum er auf einmal doch kommt?« Ralph lehnt sich mit der Eisschachtel zurück. »Kann man davon ausgehen, dass er uns endlich ernst nimmt?«

»Er findet gerade keine Flüge«, sage ich.

»Er kommt zu spät zum Sterben. Was es nicht alles gibt.«

»Wartet er in Zürich auf uns?«

»Ich weiß es nicht, Dad. Kommt drauf an, was für einen Flug er bekommt. Er will nicht, dass wir nach Zürich fahren.«

»Fahren wir denn nach Zürich?«

»Ich weiß nicht ...«

»Bouzy!« Dad greift mir ins Steuer. »Bouzy, Lou!«

Ich schwenke quer über die Straße und erwische die Ausfahrt gerade noch so. Hinter uns blökt eine Hupe.

Es stimmt ja: Meine Brüder wurden von einem anderen, jüngeren Mann großgezogen, einem Propheten der neuen Literaturtheorie, dessen Überheblichkeit damals ihren Höhepunkt erreicht hatte und der sich und seine Leute draußen in der Wüste lautstark bestrafte und sich auch gerne als König bezeichnete. Er, von dem sie wussten, dass er keine falschen Götzen erlauben würde und stattdessen auf Anbetung des einzig wahren Marx bestand. Aufgeblasen, eitel, arrogant. Deswegen verhält sich Ralph gegenüber Dad mit einem gleichgültigen Humor, der sonst betrunkenen Pennern in der U-Bahn vorbehalten ist, die mit ihren Sprüchen bettelnd von Wagen zu Wagen ziehen. Jack hingegen begegnet ihm mit der unterschwelligen Abneigung, die man sonst für diese fetten Weißen aufhebt, die Amerikas moralische Autorität in den Wüsten des Irak einäschern.

Das tiefer liegende emotionale Kalkül funktioniert derweil in etwa folgendermaßen. Für Ralph: »Hör zu, Dad, ich halte dich für derart atemberaubend heuchlerisch, dass mir angesichts deiner öffentlichen Auftritte als Verteidiger des X und Hüter des Y keine andere Wahl bleibt, als einer jeden deiner Entscheidungen, Taten und Äußerungen mit amüsierter Gleichgültigkeit oder Missbilligung zu begegnen.« Bei Jack geht es in die andere Richtung, etwa so: »Hör zu, Dad, in Anbetracht dessen, was du meiner Mutter angetan hast und was ich deinetwegen durchmachen musste, bleibt mir gar nichts anderes übrig, als mein Leben als Vorwurf an dich und alles, wofür du stehst, zu leben; andernfalls könnte man meine Interaktionen mit dir als Vergebung missdeuten, was nicht infrage kommt.«

Das ist vielleicht ein bisschen übertrieben, aber der springende Punkt besteht darin, dass die Voreinstellung von Ralphs Festplatte die Verweigerung von Anteilnahme ist, während Jacks auf die Verweigerung von Zustimmung programmiert ist. Ralph glaubt, wenn er sich auf Dad einlässt, bedeutet das, er würde ihn ernst nehmen. Jack glaubt, wenn er Dad in einer Sache beipflichtet, würde das auch für alles andere gelten. Dad sagte früher oft, wenn die beiden zum Angriff übergingen, sei es, als würde man gleichzeitig mit Nixon und Kennedy konfrontiert, bloß wisse man nicht, wer wer sei. Manchmal finde ich sie einfach nur grausam. Aber von wem haben sie das wohl?

Ralph erzählte mir einmal, mein Vater habe mit ihnen einen Ausflug nach Keswick im Lake District unternommen, als sie etwa neun waren, damit sie »ihren ersten Berg besteigen« würden. Carol fand keinen Spaß daran, im Sumpf herumzuwaten, also war es eine Art Vater-Sohn-Wochenende. Ein Initiationsritus; so verkaufte es zumindest mein Vater.

Ralph weiß noch, dass Dad in den Wochen vorher einen Riesenaufstand um die Ausrüstung machte, die sie brauchen würden – er kaufte gebrauchte Wanderstiefel für ihn und Jack, Skimützen, wasserfeste Hosen sowie Karten des Landesvermessungsamts und brachte ihnen am Frühstückstisch wichtigtuerisch bei, wie man einen Kompass auszurichten hatte.

Den Freitag nahm er sich ausnahmsweise frei. Sie luden die Camping- und Wanderausrüstung in den alten Bus und brachen – in nicht aller, so doch halber Herrgottsfrühe – zu der sechsstündigen Fahrt Richtung Norden auf. Ralph weiß auch noch, dass die Sonne strahlte und er und Jack während der Fahrt glücklich waren; sie erlebten eine seltene »Kameradschaft« zwischen Vater und Söhnen – Ralphs Worte. Unterwegs legten sie eine Pause ein und wärmten den Lagerfeuereintopf, den Carol für sie vorbereitet hatte, auf der kleinen Kochplatte auf. Hinter Manchester wurde der Verkehr dünner, und am Nachmittag fuhren sie durch die schattigen Täler von Englands einzigen echten Bergen.

Als sie jedoch Keswick erreichten, erfuhren die Jungs zu ihrer Überraschung, dass sie keineswegs auf dem Zeltplatz übernachten würden. Stattdessen hatte Dad ein Zimmer in einem ausladenden Lakeland-Hotel aus grauem Stein reserviert, wo Pfauen durch den Garten stolzierten und man einen Blick auf Skiddaw hatte – den Berg, den sie am nächsten Morgen bezwingen wollten. Da das Geld knapp war, wie Dad damals nicht müde wurde zu betonen, hatten meine Brüder noch nie an so einem Ort übernachtet. Aber da nun für den nächsten Tag Regen vorhergesagt war, erklärte Dad, sie bräuchten nach der Wanderung ein Dach über dem Kopf. Ralph erinnert sich insbesondere daran, wie sehr ihn das verwunderte, widersprach es doch Dads oft erwähnter Liebe zum Campen, komme, was da wolle (und für gewöhnlich kam es oft dicke), egal, wo sie in Großbritannien unterwegs waren. Warum kniff er also diesmal?

Als der Bus dann jedenfalls im Garten parkte, der ringsum von Mauern umgeben war, wurden Ralph und Jack von einer frischen, fiebrigen Erregung gepackt – sie taten so, als wären sie viel älter, als sie eigentlich waren, fanden jedoch an allem eine kindliche Begeisterung. Der

Speisesaal war mit weißen Tischdecken eingedeckt, an einem Pult konnte man die Speisekarte studieren, im Billardzimmer stand ein riesiger Tisch mit Kugeln, die man mit Karacho in die Löcher schießen konnte, über der Rezeption hing ein Hirschkopf, das Geländer der breiten, polierten Holztreppe bettelte förmlich darum, hinabgerutscht zu werden, es gab Flure, die erkundet werden wollten, Gärten und Dachböden und Schälchen mit Gratisnüssen auf den Tischen in der Bar. Wo sie im Übrigen zu Abend essen würden, erklärte Dad ebenfalls überraschend, und zwar sofort.

Also setzten sich meine Brüder in den Erker wie zwei Zwillingsprinzen bei einem Staatsbesuch – Ralphs Worte –, während Dad ihnen Sandwiches, Chips und unglaublicherweise auch Coca-Cola bestellte. Fünfhundert Kilometer weiter nördlich, und sie hatten einen neuen Mann vor sich. Großzügig, entspannt, gutmütig. Ralph weiß noch, dass er sie nicht mal dazu zwang, die Salatgarnitur zu essen. Doch es sei wichtig, dass sie früh zu Bett gingen, beharrte er. Die Wanderung würde lang und anstrengend. Und das Wetter …

Die vielleicht größte Überraschung bestand darin, dass Dad ihnen ein separates Zimmer gebucht hatte – am anderen Ende des Flurs mit den knarrenden Dielen. Meine Brüder waren begeistert. Ein eigener Wasserkocher. Ein eigener Fernseher. Ein Bad auf dem Gang mit Dusche und verpackten Miniseifen. Es gab einfach alles.

Dad saß bei ihnen im Zimmer, während sie sich bettfertig machten, und sprach darüber, wie sie sich im Falle eines »Whiteouts« verhalten und ihre Skimützen in den

Rucksäcken »aufbewahren« sollten, damit sie noch etwas zum Drüberziehen hätten, falls es »ernst« werden sollte. Er las ihnen etwas über den Skiddaw vor. Und als er ihnen Gute Nacht sagte, erlaubte er ihnen noch zu lesen, sofern sie ihm versprachen, um neun zu schlafen, wenn er nach ihnen sehen würde.

Als sie dann das dritte Mal bei Dad anklopften, es war mittlerweile fast zehn, packte ihn die nackte Wut.

Ralph weiß noch, wie Dad ihnen den Eintritt versperrte und die Tür mit einem bloßen Fuß aufhielt, während er nach draußen kam; mit der Rechten hielt er die weiße Kordel seiner offenen Schlafanzughose fest. Ralph trat einen Schritt zurück, erschrocken über das bisher unbekannte Ausmaß väterlichen Zorns, und kämpfte mit den Worten, brabbelte etwas davon, das Bild sei »einfach so« von der Wand gefallen, und der Rahmen sei kaputtgegangen und hätte auf dem Weg nach unten das Wasserglas auf ihrem Nachttisch mitgerissen ...

Doch es war zu spät: Sie hatten Dad einmal zu oft gestört, und jetzt befand er sich in der reißenden Strömung eines Tobsuchtsanfalls, der sich Bahn zu brechen suchte. Er ließ die Tür hinter sich ins Schloss fallen und jagte Ralph den Flur hinab, während er wütend auf ihn einredete und dabei immer lauter wurde.

Ralph sagt, er habe Jack in der Tür ihres Zimmers gesehen und wisse noch, wie verängstigt, aber gleichzeitig entschlossen er gewirkt habe, als er mit ihrem halb nackten, wutentbrannten Vater im Schlepptau den Flur hinabkam – damals noch Mitte dreißig und auf der Höhe seiner Männlichkeit.

Ralph rannte an Jack vorbei und sprang in das hintere Bett, um sich zum Schutz in die Bettdecke zu hüllen.

Jack dagegen begriff nicht, wie weit Dads Wutanfall bereits vorgeschritten war. Er ging davon aus, dass Ralph ihm die Schuld in die Schuhe geschoben hatte, und wollte die Dinge unbedingt richtigstellen. Das Bild war lediglich ein billiger Druck, aber mit seinem neunjährigen Hirn befürchtete Jack wahrscheinlich, es wäre so wertvoll wie die Bilder, die er in Galerien gesehen hatte. Deswegen stand Jack immer noch da, als Dad fluchend die Tür erreichte, und verteidigte sich mit zitternder Stimme, erklärte, es sei nicht seine Schuld, sie seien beide auf den Betten herumgesprungen, als es von der Wand fiel und der Rahmen kaputtging und das Wasserglas umkippte.

Laut Ralph bestand Jacks Fehler darin, dass er nicht von der Stelle wich. Dad hielt in seiner Raserei nicht inne und packte ihn, marschierte weiter ins Zimmer hinein und warf ihn auf das erste Bett – alles in einer einzigen Bewegung und mit einer solchen Kraft, dass Jack vom Bett abprallte und sich die Nase am Nachttisch stieß, bevor er in die Lücke zwischen den Betten fiel.

Ralph weiß noch, wie sein Bruder schrie und dann dumpf aufschlug, und wie er sich dann umdrehte und sah, wie sein Vater halb nackt und zitternd den Schlüssel aus ihrer Tür nahm. Jack weinte los, Dad drehte sich noch einmal um, kam mit erhobenen Armen auf sie zu und brüllte, sie sollten gefälligst die Klappe halten; Ralph strampelte sich frei und kniete sich neben seinen Bruder, weil er plötzlich mit kindlicher Klarheit – unschuldig und gleichzeitig erfahren – wusste, dass Dad sie da unten schlecht gleichzeitig schlagen konnte. Unser Vater beugte sich über das Bett und zischte mit wutverzerrtem Gesicht und erhobenem Finger: »*Ich will keinen Mucks mehr hören!*«

Sie hörten, wie er aus dem Zimmer ging. Sie hörten, wie er hinter sich abschloss.

Sie rührten sich eine gefühlte Ewigkeit lang nicht.

Als sie es endlich wagten, weinte Jack zwar nicht, doch er krümmte sich unter etwas, das über Tränen hinausging, und hielt sich die Hand vor die Nase.

Und Ralph weiß auch noch, wie er entsetzt seinen Bruder anschaute, sein eigenes Gesicht in ihm sah, und die rote Linie entdeckte, die von Jacks Nase zu seinem Mund führte und die er abwechselnd einsaugte und wegwischte, während sie sich mit den Tränen auf seiner Wange vermischte.

Ich stelle mir die beiden vor. Die schwindende Sommerdämmerung vor ihrem Dachfenster. Das Hoteltablett und der Wasserkocher mit dem zu kurzen Kabel. Zuckerpäckchen und Instantkaffee. Der alte Fernseher. Die Betten zerwühlt. Das heruntergefallene Bild – immer noch kaputt auf dem Boden neben dem Wasserglas. Die Kissen nass vom Wasserunfall. Die Stille im Zimmer. Die beiden nebeneinander auf dem Bett. Jack weint. Ralph – jetzt ein Mini-Erwachsener – macht und sagt alles, was er je bei einem Erwachsenen in einer Verletzungssituation beobachtet hat. Sein Gesicht ernst, tröstend und mitfühlend. Die glatte Knabenstirn verzogen. Die schmalen Schultern gebeugt. Wie er versucht, seinem Bruder allein kraft seiner Gedanken die Schmerzen zu nehmen, die Taschentücher vom Nachttisch in der Hand. Jacks Blut, das eines nach dem anderen rot-braun verfärbt. Den Kopf in den Nacken. Den Kopf nach vorne. Immer noch Blut. Dann versucht Ralph es an der Tür. Hat Angst, dagegenzuhämmern und nach seinem Vater zu rufen – nach irgendwem zu rufen. Was würden sie sagen? Ralph zieht den Stuhl ans Fenster. Wenn es schlimmer wird, erklärt er Jack, werde er die Scheibe einschlagen und um Hilfe rufen.

Die beiden.

Die Furcht, dass Jack sterben könnte. Niemand da in ihrer Welt. Und niemand, der sie je retten würde.

Ralph weiß noch, dass er sich neben Jack legte, als dieser endlich mit verkrusteten Taschentüchern in der Nase eingeschlafen war, weil sein Bett noch nass war und er zu viel Angst hatte, um allein zu schlafen.

Und als sie im hellen Morgenlicht erwachten, waren Jacks Kissen und sein Laken blutverschmiert. Der Boden war mit Taschentüchern übersät. Sie hatten beide Blutflecken an den Schlafanzügen. Jacks Nase war angeschwollen, genau wie seine Oberlippe. Sie hatten keine Ahnung, wie viel Uhr es war, und warteten verängstigt, entstellt und davon überzeugt, dass sie für die Sauerei noch mehr Ärger bekommen würden, darauf, dass ihr unbegreiflicher Vater die Tür aufschließen und sie den Berg hinaufführen würde.

Die Sonne schien so hell und unerschütterlich wie am Vortag. Und der Pfau schrie.

»Was machst du da, Dad?« Ralph beugt sich vor wie ein Zeichentrickeinbrecher, der den Kopf durch ein offenes Fenster steckt.

»Ich suche nach Euros«, erwidert mein Vater, während er mit seinen Wurstfingern den Geldbeutel durchwühlt.

»Ja, aber wieso?«

»Ich muss hier doch gleich die Mautgebühr zahlen.«

»Die Mautgebühr?«

»Genau.«

»Wenn sich doch nur alles mit ein paar Euro begleichen ließe.«

»Wo ist denn bloß das ganze Kleingeld hin?«, fragt Dad.

Es ist noch nicht mal Mittag, und wir haben bereits getankt und ein paar »Besorgungen« erledigt, wie Ralph es formulierte. Wir sind achtzig Kilometer vor Troyes. Ich weiß auch nicht, warum, aber ich habe ordentlich Gas gegeben, und wir haben etwas Zeit gutgemacht, was erstens eine dumme Idee und zweitens eine dumme Redensart ist, da uns ja genau das unmöglich ist. Ralph trinkt aus einem Plastikbecher. Er behauptet, es sei ein »isotonisches« Vitamingetränk, das ihm sein »Leibarzt« nahegelegt habe.

»Hier ist kein Kleingeld drin«, sagt Dad. »Es ist weg. Hast du Geld dabei, Louis?«

»Natürlich nicht. Schau ihn dir doch mal an.«

»Ralph?«

»Ist alles auf meinem Schwarzgeldkonto.«

»Ich weiß doch genau, dass ich hier Kleingeld reingetan habe. Mindestens zwanzig Euro.«

Ein riesiges blaues Schild umrahmt die Straße, streckt sich über sämtliche vier Spuren und verkündet »Péage Péage Péage Péage«. Diese Schilder begleiten uns zwar schon seit der Küste, aber das Wort wird mit jedem Mal hässlicher.

»Sag mal, Dad«, meint Ralph. »Wäre jetzt nicht ein guter Zeitpunkt, um die Kreditkarte mal so richtig zum Glühen zu bringen?«

Ich werfe einen Blick in den Rückspiegel.

»Ich meine, sollten wir nicht eigentlich in die Schweiz *fliegen*?«, fährt er fort. »Im Privatflieger, mit schönen Frauen und Designerdrogen? Am besten kaufst du dir auch eine Knarre, damit du auf dreißigtausend Fuß einer serbischen Nutte in den Arsch schießen kannst, weil sie deine Streitschrift über W. B. Yeats verrissen hat. Es noch mal richtig krachen lassen, bevor du den Löffel abgibst.«

»Du bist vielleicht bekloppt«, sage ich. Ich muss rausfinden, ob Jack mittlerweile einen Flug gebucht hat. Wenn man Zeit mit Ralph verbringt, braucht man Jack. Wenn man Zeit mit Jack verbringt, braucht man Ralph.

»Hau alles raus, Dad«, sagt Ralph. »Hau raus, was du noch übrig hast. Jetzt ist der Zeitpunkt dafür. Na los! Was willst du wirklich essen? Was willst du wirklich trinken? Ziehen? Rauchen? Spritzen? Mit wem willst du wirklich ins Bett gehen? Das hier ist deine einzige Gelegenheit auf ein konsequenzfreies Leben. Jetzt gibt es keine Kollateralschäden mehr. Ein paar Tage, in denen du so richtig die Sau rauslassen kannst. Wenn du eh bald stirbst, kannst du wenigstens noch mal richtig leben.« Er nimmt einen Schluck aus seinem Plastikbecher und führt dem Getränk Luft zu, so wie Dad bei der Weinverkostung.

Ich schaue zu meinem Vater. Er fummelt an der Tür herum.

»Ich glaube, Ralph meint, wir könnten die Maut einfach mit deiner Kreditkarte bezahlen.«

»O ja, genau das meine ich! Die ganzen sieben Euro.«

Dad bezeichnet Kreditkarten immer als »das Niemals-Nie«. Für ihn sind sie der Inbegriff von allem, was mit dem Kapitalismus und der westlichen Welt nicht stimmt. Transaktionen setzen Dad selbst an guten Tagen zu, egal ob Mautgebühren, Tickets oder Rechnungen. In Amerika wagt er sich kaum ins Restaurant, weil er mit dem Trinkgeld nicht klarkommt – der Gedanke an sich und »die Falschheit«, die es in der Gesellschaft »hervorruft«. Vielleicht liegt es daran, dass er nie ausreichend Geld hatte, oder vielleicht hat es mit den Entbehrungen der Nachkriegszeit oder den »Notbehelfen« zu tun, wie er es ausdrückt? Ich konzentriere mich auf den Verkehr und schalte einen Gang runter. Péage. Péage. Péage. Péage.

»Pillen! Das wärs doch«, sagt Ralph. »Die könnten wir auch mit deiner Karte bezahlen, Dad. MDMA und irgendwelche krassen Perversionen.«

Dad tastet suchend auf dem Armaturenbrett herum. Ich muss mich für eine Spur entscheiden.

»Ich kann auch einfach durch die Schranke brettern«, schlage ich vor.

Ralph schüttelt den Kopf. »Geht leider nicht, Baby

Lou. Dann hast du gleich fünfhundert notgeile französische Bullen an der Backe, die auf dich losballern. Oder sie machen den Supermarkt deines Cousins aus der Luft platt.«

»Asymmetrisch«, murmelt Dad.

»Ich meinte bloß ...«

»Und wenn sie dich nicht abknallen«, fährt Ralph fort, »kommst du bestimmt nicht mit Camus, Sartre und Co. durch. ›Monsieur, ich will hier nicht gegen das Gesetz verstoßen, sondern gegen die Existenz.‹ Nein, dann endest du als Terrorist, Lou.«

»Ich hab gar keine Cousins«, sage ich.

Dad hat seine Kleingeldsuche aufgegeben und rackert sich jetzt ab wie jemand, der in einer Zwangsjacke steckt, aber so tut, als hätte er gar keine an – nur um sein Portemonnaie hervorzuholen. Ich spüre, wie Ralph Dads Zustand in einem anderen Zuständigkeitsbereich seines Verstandes prüft. Ich reihe mich in die Kreditkartenschlange ein, weil die am kürzesten ist. Als hätten wir es eilig. »Wer erbt eigentlich Kreditschulden?«, frage ich.

»Wer erbt was. Gute Frage«, meint Ralph. »Schulden lassen sich nicht übertragen. Nicht, wenn es den Karteninhaber nicht mehr gibt.«

»Du willst mich doch verarschen, oder?«

»Können wir bitte ein bisschen auf unsere Ausdrucksweise achten?«, fragt Dad. Er hat das Portemonnaie in der Hand – eine beachtliche Leistung.

»Jack weiß da bestimmt besser Bescheid.« Ralph lehnt sich wieder zurück. »Er ist doch jetzt Finanzexperte. Hat ihn übrigens schon jemand wegen der Lebensversicherung gefragt? Wie *sollen* wir denn deiner Meinung nach reden, Dad? Wärs dir lieber ...«

»Können wir Jack nicht mal in Ruhe lassen?«, unterbreche ich ihn.

Der Bus kommt am Ende der Schlange zum Stehen.

Dad schaut mich an. »Und du bist dir sicher, dass du hier kein Geld rausgenommen hast?«

»Nein. Frag doch mal Ralph.«

»Ralph?«

Ralph schlägt sich jedoch die freie Hand an die Stirn, als wäre ihm gerade aufgegangen, das Higgs-Boson sei womöglich doch nicht der Weisheit letzter Schluss. »Mal ehrlich, Lou, glaubst du, dass Siobhan Jacks Gedanken kontrolliert?«

»Nein.«

»Hat der Papst Einzug gehalten?«

»Nein.«

»Erzählt er Geschichten, von wegen: ›Oh, ich habe einen Penner in der U-Bahn gesehen, und der hat mich an unseren auferstandenen Herrn erinnert‹?«

»Nein.«

»Wie ist er jetzt so? Verdächtig plattitüdenhaft?«

»Er ist distanziert«, sagt Dad. »Teilnahmslos.«

»Ist er gar nicht. Das stimmt doch überhaupt nicht. Können wir nicht einfach mal bei der Wahrheit bleiben? Okay, gib mir die Karte.«

»Wir bezahlen das nicht mit Karte«, sagt mein Vater.

»Wir müssen aber.«

»Wir bezahlen das nicht mit Karte. Ich hab Bargeld, hier.«

»Wir müssen aber. Wir sind in der Schlange für Kartenzahlung.«

»Verdammt noch mal, wieso sind wir denn jetzt in der Schlange für Kartenzahlung?«

Ralph beugt sich erneut vor und lächelt in gespielter Verwirrung. »Genau, warum sind wir noch gleich in der Schlange für Kartenzahlung, Lou?«

»Dad. Die Karte. Na los. Wir halten den ganzen Verkehr auf.«

Dad gibt mir seine Kreditkarte. Er ist gereizt, doch in Kombination mit der Erschlaffung seiner Gesichtsmuskulatur sieht er kurz einfach nur entstellt aus. Ich komme mir vor, als wäre ich sieben Jahre alt und hätte gerade meinen teuren O-Saft im Restaurant umgestoßen.

Ich schiebe die Karte in den Schlitz vor meinem Fenster. Im Häuschen sitzt ein Mann, dessen Aufgabe darin besteht ... nichts zu tun, da er kein Geld entgegennehmen muss. Er schaut mich an. Seine Augen sind grau und flach, aber aus bestimmten Winkeln glitzern sie böse – so wie Teer. Er trägt Kopfhörer, wackelt mit dem Kopf hin und her und singt so selbstverloren mit, als wäre er in der Band, hätte den Song selbst geschrieben und würde ihn gerade so richtig spüren. Kurz denke ich, dass ich alles über ihn weiß und wir irgendwie ein und dieselbe Person sind. Ich will, dass er die Kopfhörer abnimmt, damit ich ihm »Ich auch« zuflüstern und die Solidarität in meinem Blick zeigen kann. Ich will Eva anrufen. Wenn ich in einem abgelebten alten Zimmer mit hohen Decken, großen Fenstern und Blick auf einen italienischen See wohnen und Gedichte für Eva schreiben könnte, wäre ich glücklich. Ist das zu viel verlangt?

Ich schalte in den ersten Gang und gebe Gas, bis das Brummen des Motor zu einem hohen Klagelaut wird. Ich warte einen Augenblick zu lang, bevor ich hochschalte – einfach nur, um Dad damit zu nerven. Keine Ahnung, wieso.

»Zurück zu Jack«, sagt Ralph. »Ist ihm irgendwas zugestoßen?«

»Na ja, er hat geheiratet, drei Kinder bekommen und ein Haus gekauft. Und ich glaube, er will als gewöhnlicher Bürger unter den Oligarchen und Ölscheichs und den Fonds-Managern, die ihnen dienen, in London wohnen. Er braucht ...«

»*Das* ist doch mal ein Thema«, unterbricht mich Dad und leitet seinen Ärger über die Karte und das Geld in einen anderen Flussarm um. »Wieso, *wieso*, wieso hält die britische Regierung es für nötig, für Leute, die auf die moralisch verwerflichste Art und Weise an ihren Reichtum gekommen sind, die Beine breitzumachen?«

»Macht sie das denn?« Ich beschleunige schneller als nötig – dritter Gang, vierter Gang.

»Und wie, verdammt! Die Nachricht, die wir damit senden, ist doch klar wie Kloßbrühe. Sobald Sie die Ressourcen Ihres Landes gestohlen oder den Planeten sonst wie verschandelt haben, Sir, melden Sie sich bei uns, dann suchen wir Ihnen ein großes Haus, damit Sie unser Rechtssystem und unsere besten Schulen nutzen und sich von unserer Polizei beschützen lassen können. Keine Angst, wir verlangen dafür auch keine Steuern von Ihnen. Hätten Sie vielleicht gerne eine Zeitung oder einen Fußballverein? Oder einfach nur ein paar Immobilien? *Das* ist das wahre Einwandererproblem, da müssen wir uns gar nichts …«

»Jack ist nichts zugestoßen?«, unterbricht ihn Ralph. »Er ist also ganz der Alte. Dad, worüber beschwerst du dich dann eigentlich?«

»Na, irgendwas wird schon passiert sein«, erwidert Dad so sarkastisch, dass es selbst den abgebrühtesten Schurken aus den Socken hauen würde. »Früher war er mal ein ernst zu nehmender Politikjournalist. Jetzt vertreibt er irgendwelche betrügerischen Versicherungspolicen an die Dritte Welt und lädt Pfarrer Patrick zu Karottenkuchen und Kindergefummel zu sich nach Hause ein.«

»Damaskus«, sagt Ralph.

»Er muss die Jungs eben zur Schule schicken«, sage ich. »Und bei den Katholiken kostet es nichts.«

»Ja, damit redet er sich raus«, erwidert Dad mit wachsender Heftigkeit. »Aber das muss er doch gar nicht. Mit seinem Versicherungsschwindel macht er ein Heidengeld. Warum muss er da vor irgendwelchen Geistlichen buckeln? Wieso muss er seinen eigenen Kindern die Seele verderben?«

»Vielleicht liegt es ja genau daran, was mit den beiden passiert ist«, sage ich.

Die Zwillinge waren im Mutterleib nur knapp einer Katastrophe entgangen. Wenn sie nicht zufällig ums Eck der einzigen Spezialistin gewesen wären, die die Operation durchführen konnte, wären beide tot: kein Billy, kein Jim.

»Das heißt also, weil seine Kinder von Wissenschaft und Medizin profitiert haben, unterwirft man sich der verrücktesten, ja widerlichsten Machtstruktur der Welt?«

»So schlimm sind sie nun auch wieder nicht, Dad. Ich meine ...«

»Ganz weit oben, Lou. Ganz weit oben. Morgens bedankt man sich bei den Ärzten, die die wahre Arbeit geleistet haben, und nachmittags kniet man vor den Priestern, die keinen Finger krumm gemacht haben. Dann redet man seinen Kindern ein, sie wären voller Erbsünde zur Welt gekommen, was auch immer das sein soll, und nur der Mann in der schwarzen Kutte da vorne könne sie retten – solange man sich von ihm an die Eier fassen lässt, wenn man sich in der Schule umzieht, die er freundlicherweise eröffnet hat, um sich dort in Ruhe seine Opfer ranzuziehen. Die der Staat dann wiederum mitfinanziert. Mal abgesehen von der Frauenfeindlichkeit und der Pädophilie und den imaginären Freunden, hättest du da kein schlechtes Gewissen?«

Ralph zündet ein Streichholz an. Er weiß von mir, dass Dad aus irgendeinem Grund – vielleicht die Medikamente oder die Krankheit selbst – dieser Tage öfter in solche Tiraden verfällt. (»Und damit spiegelt er die Moderne wider, die er angeblich nicht ausstehen kann«, meint Ralph.) Aber das Interessante daran ist: Je mehr Dad sich aufregt, desto entspannter scheint Ralph zu werden. Er bläst einen Rauchring in die Luft. »Du hast es schon immer gesagt, Dad. Die Aufklärung ist anscheinend an einer ganzen Menge Leute spurlos vorübergezogen.«

»Da muss sich was ändern, Lou. So kann es zumindest nicht weitergehen, lass dir das gesagt sein.«

Ich habe keine Ahnung, was Dad meint oder wieso. Wo muss sich was ändern?

»Vielleicht hat Jack auch nur ein Faible für Ideologien«, mutmaßt Ralph. »So wie Millionen anderer Menschen. Ist er nicht der gleiche Jack, der damals den *Socialist Worker* angepriesen hat?« Ralph ist Jacks tödlichster Feind und sein treuester Verteidiger; seine Attacken sind so präzise, so grausam, dass sie gleichzeitig einen perversen Beweis für seine Liebe darstellen, die ihre eigene Untergrabung selbst untergräbt. »Viele religiöse Menschen stehen auf Regeln und Bestrafung. Die finden das tröstlich. Die *wollen* diese imaginären Einschränkungen. Es gefällt ihnen, dass sie einen privaten Gott haben, der ihre Ängste lindert und sie mit einer Machtstruktur verbindet, die heimlich über alle anderen herrscht. Stimmts, Dad?«

»Jack ist anders«, schnappt Dad. »Und das weißt du auch. Ich weiß das.«

Troyes: vierzig Kilometer. Ich rase.

»Wie ist Jack denn dann? Mensch, ich hab echt Lust auf Hackpastetchen.«

»Vielleicht hat das auch gar nichts damit zu tun.« Ich bemühe mich, meine Stimme ruhig zu halten. »Vielleicht will er einfach nicht, dass du das hier machst.«

»Und wieso sagt er das dann nicht?«

Ich werfe Dad einen Blick zu. »Genau das macht er doch. Genau das sagt er.«

»Was hat es dann damit auf sich, dass er mir den Umgang mit Billy und Jim und Percy verbietet? Das ist doch reine Manipulation.«

»Manipulation«, echot Ralph, um ihn weiter anzustacheln. »Manipulation und ... Kontrolle! Dad, ich glaube, du bist da auf einer ganz heißen Spur. Aber warum? Warum bloß?«

Ich sage: »Vielleicht will er ja nicht, dass seine Kinder ihren Großvater kennenlernen, nur damit der dann direkt stirbt.«

Dad schaut mich an. »Alle Großväter sterben«, erwidert er ruhig.

»Wer war eigentlich der Großvater von Jesus?«, fragt Ralph. »Ist der auch gestorben? Da fragen wir besser mal Jack.«

Ein Vogelschwarm gleitet durch die Luft wie der Umhang eines Monsignore.

»Wieso willst du eigentlich in Troyes anhalten, Dad?«, frage ich.

»Austern«, antwortet Ralph. »Hackpastetchen.«

»Ich will mir die Kathedrale noch einmal anschauen.«

»Herr im Himmel.« Ich schaue zu ihm hinüber. Dads Blick ist noch kurz wutgetrübt, aber als er es merkt, hellt er sich auf, und er sieht mich wieder. Ich schüttele den Kopf. Ralph lacht. Dad lacht. Wir lassen die Heuchelei und die Widersprüche kurz sacken. Dann beugt sich Ralph vor.

»Moment mal«, sagt er ernst.

»Was?«, frage ich.

»Was?«, fragt Dad.

»Warum haben wir eigentlich keine Musik an?«

»Geht nicht«, erwidere ich traurig.

»Warum?«

»Darum.«

»Weil es uns zu viel bedeutet«, sagt Dad.

»Drauf geschissen«, sagt Ralph. »Hast du dein Handykabel dabei?«

»Ja.«

»Gib mal her.«

»Was hast du denn vor?«

»Mal ein bisschen Schwung in die Sache bringen.«

»Und was willst du anmachen?«, frage ich.

Ralph holt tief Luft und macht eine bedeutsame Pause.

»›Tombstone Blues.‹«

Die zweite Kassette beginnt mit etwa zwanzig Minuten unverständlichem Gerede. Dann bricht es ab, und als es weitergeht, hört man die Stimmen klar und deutlich. Entweder wurde das Aufnahmegerät woanders hingestellt, oder die Leute haben sich bewegt. Die erste Stimme klingt scharf und monoton, aber auch missmutig – sie zählt wütend Konsequenzen und Absichten und Drohungen auf. Die zweite Stimme erklingt nur selten, aber dann in gefasstem Ton. Betont gefasst. Nach und nach lässt sich die erste Stimme provozieren. Die zweite Stimme stellt tonlos Fragen. Warum willst du das machen? Und du glaubst, das ist eine gute Idee? Was willst du damit erreichen? Die Antworten werden mit jeder Frage leidenschaftlicher. Man kann es nicht genau an etwas festmachen, aber die Beharrlichkeit der zweiten Stimme scheint falsch – als würde sie gar nicht darüber nachdenken, was gesagt wird oder was passiert, sondern einen anderen Plan verfolgen, den die erste Stimme im Überschwang der Emotionen nicht bemerkt. Die Aufnahme bricht erneut ab, als die erste Stimme in Tränen ausbricht – die verzweifelten, leeren, abgehackten Schluchzer werden rücksichtslos per Knopfdruck abgeschnitten.

Das leuchtende Ende der Welt

Die Luft in der Kathedrale ist genauso kühl wie die abgetretenen Bodenplatten. Es riecht nach Stein und Holz, in dem sich der Weihrauchgeruch aus tausend Jahren festgesetzt hat. Wir gehen langsam den Mittelgang hinab. Unsere Schritte hallen wider. Geflüsterte Worte jagen einander durch die Schatten und die hohen Mauern hinauf und sind plötzlich an anderen Orten zu hören. Wir bleiben stehen.

Rechts von mir mein Vater, links von mir mein Bruder. Über uns fällt die Sonne durch die riesigen Buntglasfenster. Das Deckengewölbe scheint absurd hoch und wirkt mit seinem Farbenspiel aus Lapislazuli, Smaragd, Bernstein und Burgunder fast lebendig. Hier und da fallen breite Lichtstrahlen auf die winzig kleinen Stühle in Menschengröße, auf die hohen, bleichen Säulen, die links und rechts von uns aufragen, auf die Heiligenstatuen und die Stationen des Kreuzwegs.

Ich weiß, dass er nur auf meine Frage wartet, also tue ich ihm den Gefallen. »Wie alt, Dad?«

Er antwortet leise: »Eine Kapelle steht hier schon seit dem vierten Jahrhundert. Im Jahr elfhundertachtundachtzig ist die Kirche komplett abgebrannt, und um zwölfhundert haben sie angefangen, sie so wiederaufzubauen, wie wir sie heute hier sehen. Es hat fünf Jahrhunderte gedauert, und sie ist immer noch nicht fertig.«

Ich stelle mir vor, wie die Männer damals die Steine auf wackeligen Holzleitern gen Himmel gezerrt haben, im Winter mit tauben Fingern. Ich stelle mir ihren »Glauben an die Idee« vor, eine von Dads Formulierungen, die er gern verwendet, um mich oder meine »Generation« offen zu kritisieren, weil er meint, wir würden an nichts mehr glauben. Vielleicht tun wir das wirklich nicht. Vielleicht waren die Ideen bis jetzt einfach alle so unglaublich schlecht.

Dad stützt sich schwer auf meine Schulter. Wir gehen ein Stück weiter.

»Vierzehnhundertzwanzig ist Heinrich der Fünfte hier gewesen, um sich um die Sache mit Burgund und der Frau von Karl dem Sechsten von Frankreich zu kümmern, Karl dem Wahnsinnigen und Vielgeliebten. Er wollte sichergehen, dass *er* nach Karls Tod auf dem französischen Thron sitzen würde, nicht der Dauphin.«

»Ich liebe das Wort ›Dauphin‹«, sagt Ralph.

»Karl der Wahnsinnige und Vielgeliebte?«, frage ich.

»Ja, beides gleichzeitig«, erwidert Dad. »Das sagt was aus.«

»Obwohl«, fährt Ralph fort, »›*dauphinoise*‹ finde ich eigentlich noch besser. Echt schade, dass die Briten das nur im Zusammenhang mit Kartoffelgratin benutzen. Das sagt auch was aus.«

Wir bleiben vor dem Altar stehen. Diese Kathedrale steht für die größtmögliche menschliche Anstrengung,

Ewigkeit zu vermitteln, etwas Grandioses, Monumentales, etwas, das Ehrfurcht gebietet, und basiert doch gleichzeitig auf einer völlig falschen Interpretation der Welt. Außerdem steckt hier ebenfalls das andere Wort für Ewigkeit drin: Tod. In den Grabstätten, den Statuen, dem Flackern der Kerzen, in dem sterbenden, blutüberströmten Körper, der fast nackt und in Todesqualen an dem großen Kruzifix direkt vor uns hängt.

Dad dreht sich auf seinen Stock gestützt herum und gestikuliert, plötzlich sehr lebendig, voller Energie, verausgabt sich dabei wahrscheinlich. »Am berühmtesten ist Troyes aber für die Anzahl der Buntglasfenster und deren Alter.« Er spricht »Troyes« ganz selbstverständlich mit französischem »r« aus. »Die ältesten, die man sehen kann, stammen aus dem dreizehnten Jahrhundert, da oben im Chor. Mein Lieblingsfenster ist das da, ›Die klugen und die törichten Jungfrauen‹. Zum Teil wegen des Namens, aber auch, weil ein Bild davon dem Teufel gewidmet ist. Könnt ihr das sehen? Da drüben?«

Wir schauen in die Richtung, in die er zeigt. Man sieht eine gedrungene rote Gestalt in einer Rüstung. Sie hat das Visier ihres Helms heruntergeklappt, doch man sieht Schnabel, Hörner und Sporen.

»Interessanterweise ist der Teufel hier überall zu finden.« Dad deutet wieder auf die Fenster. »Da oben wird er gerade von Raphael an einen Berg gekettet. Und da drüben wird er in ein Kloster gebeten. Und da wird er von der Heiligen Jungfrau Maria vertrieben. Guckt bloß mal, wie lebendig die Künstler ihn dargestellt haben. Als wäre nicht Christus, sondern *er* der Geist, der allem Leben einhaucht.«

Ralph und ich drehen uns immer weiter um uns selbst, um den Ausführungen unseres Vaters zu folgen. Mir wird schwindlig, während ich immer wieder hochsehe und darüber nachdenke, wie viel mein Vater weiß, wie viel Wissen er die ganze Zeit mit sich herumträgt, nicht nur über die Kathedrale selbst, ihre Geschichte und die Fenster, sondern auch die Geschichten, die sich dahinter verbergen, wie eine Sache sich auf die andere bezieht, die Architektur von Ideen und Gedanken. Sein Wissen ist so real und stets präsent. Als ob er selbst Teil der Geschichte wird, weil er sie kennt.

Einmal hat jemand im Krankenhaus in seinem Beisein das Wort »outsourcen« verwendet, und er hat zu mir gesagt: »Pass bloß auf, dass du nie dein Gedächtnis outsourcst, Lou.«

»Helft mir mal kurz, Jungs. Ich würde mich gern da vorn hinsetzen.«

Dad stützt sich auf mich. Wir setzen uns in eine Kirchenbank. Ich sitze auf einer, Ralph auf Dads anderer Seite. Wir starren eine Weile auf das Kreuz.

Dad ruht sich aus. Die Zeit vergeht immer langsamer. Dann räuspert sich Ralph.

»Schönen guten Tag auch, Herr Jesu«, sagt er mit übertriebenem Sigmund-Freud-Akzent. »Na, wie war Ihre Woche so? Wir hatten zuletzt über Ihre Mutter geredet, kann das sein? Ja? Die Jungfrau? Erzählen Sie doch mal. Wenn Ihre Mutter Jungfrau war, haben Sie sie als liebevoll in Erinnerung, oder eher als kühl und abweisend?«

»Ralph ...«

»Ich selbst bezeichne sie ja nicht als Jungfrau, Herr Freud, das machen nur die Menschen, die mir folgen.«

»Die Menschen, die Ihnen folgen? Auf Instagram, oder was? Moment, ich schau mal kurz in meine Notizen ... ah ja, die Leute, die Sie Ihre Schäfchen nennen, ja? Die Sie anbeten, korrekt?«

»Ralph ...«

»Genau, meine Herde.«

»Aber Herr Jesu, wie betet so eine Herde denn? Wie muss man sich das vorstellen?«

»Na ja, meistens knien sie vor ...«

»Die Schafe knien sich hin?«

»Die Bezeichnung ›Schafe‹ ist ja nur metaphorisch gemeint, nicht wortwörtlich.«

»Ach so. Und ›Jungfrau‹, das ist dann sicher auch eine Metapher?«

»Nein.«

»Aha. Entschuldigen Sie, ich habe Sie unterbrochen. Sie wollten gerade erzählen, wie die Schafe sich hinknien.«

»Meine Schäfchen knien vor einer Statue von mir am Kreuz nieder.«

»Ach ja, daran erinnere ich mich, darüber hatten wir letzte Woche gesprochen. Das ist doch die mit den Dornen und den Spuren von den Peitschenhieben, nicht?«

»Ralph ...«

»Ich weiß schon, was Sie jetzt gleich sagen, Herr Freud: Narzissmus.«

»Ganz sicher Narzissmus, Herr Jesu. Aber ich denke,

wir müssen außerdem auch Sadomasochismus in Betracht ziehen.«

»Danach essen meine Anhänger dann übrigens meinen Körper.«

»Metaphorisch?«

»Nein, das muss ich an dieser Stelle mal ganz deutlich sagen: im wahrsten Sinne des Wortes.«

»Aha. Kannibalismus also.«

»Und ich biete ihnen auch an, von meinem Blut zu trinken.«

»Es gibt also auch noch ein Vampirismuselement dabei?«

»Weil ich doch das Lamm Gottes bin.«

»Sie sind also auch ein Schaf, Herr Jesu? Aha. Höchst bemerkenswert.«

»Ralph.« Mein Vater hebt die Hand, damit Ralph endlich aufhört, aber er ist nicht sauer, er hat nur Sorge, dass uns jemand hören könnte. Und er lächelt. Zwischen den beiden herrscht zwar im Moment Kalter Krieg, aber ich hatte die Hintertürchenallianzen und diplomatischen Verständigungstaktiken der beiden vergessen. Ich hatte auch vergessen, wie sehr mein Vater Ralph verehrt.

Wir schlendern die Stationen des Kreuzwegs entlang. Dad sagt zu mir: »Du warst übrigens schon mal hier, da warst du aber noch ganz klein. Das war der erste Familienurlaub nach deiner Geburt.«

»Hab ich komplett vergessen«, sage ich.

»Ich auch«, sagt Ralph.

»Du und Jack, ihr habt euch die ganze Zeit gestritten«, sagt Dad zu Ralph. »Und Julia fand es auch ganz schlimm, sie hat kaum geschlafen, und dann hast du auch noch die ganze Zeit geschrien, Lou.«

»Ich hatte Verlassensängste.«

»Sie litt wahrscheinlich an postnataler Depression«, sagt Dad. »Ich auch.«

»Wir alle«, fügt Ralph hinzu.

Wir bleiben vor dem Bild mit der Nummer acht in römischen Ziffern darüber stehen.

»Ich dachte damals noch, dass ich mich vielleicht tatsächlich vor Gericht mit Carol um das Sorgerecht streiten muss«, meint Dad. »Und Julia hat mich immer gefragt, wieso ich so um dich und Jack kämpfe, wenn ihr euch eh die ganze Zeit so schrecklich aufführt.« Er verzieht unglücklich das Gesicht. »Wir waren alle die ganze Zeit so angespannt und schlecht gelaunt.«

Ich mag es nicht, wenn mein Vater den Namen meiner Mutter im selben Atemzug mit Carol erwähnt. Ich mag es überhaupt nicht, wenn er von Carol spricht.

»Keine Ahnung, warum«, fährt Dad fort, »aber ich wusste irgendwie genau, dass ich das Richtige tue. Ich war mir absolut sicher, was die Scheidung anging.«

»Dad, hör auf«, sagt Ralph.

»Auch wenn hinten im Auto Geschrei war und Julia die ganze Zeit aus dem Fenster gestarrt hat, damit ich nicht merke, dass sie weint.«

In einer Nische steht ein niedriges Regal voller Kerzen, ihre Flammen tanzen, die Geister der Toten. Zum ersten Mal, seit Ralph zu uns gestoßen ist, fühle ich wieder diese Welle der Gefühle in mir aufsteigen, aber tiefer, dunkler irgendwie, ein seltsames Gemisch voller Bitterkeit.

»Ich weiß noch, wie wir hierher gefahren sind«, erzählt Dad weiter. »Denselben Weg wie heute. Von Reims aus. Im Regen. Ich weiß noch genau, dass ich hinterher am liebsten nicht zum Campingplatz zurückgefahren wäre. Trotzdem wusste ich, dass es das Richtige ist. Ich wusste, dass ich die richtige Entscheidung getroffen hatte, auch wenn gerade alle Menschen, die ich liebte, geweint oder mich angeschrien haben.«

Ich spüre Teufelsröte in meinem Gesicht.

»Und die Sache ist ...« Dad wendet sich von mir ab und dreht sich zu Ralph um. »Jetzt empfinde ich diese Sicherheit nicht. Nicht so wie damals.«

Ralph steht stocksteif da. Eine weiße Statue mit gemeißelten Zügen.

Und da verstehe ich, was er meint. Dad ist sich nicht sicher. Alles – die letzten anderthalb Jahre, die Therapeuten- und Arztbesuche, die Gespräche, diese Reise hier – das habe ich alles nur mitgemacht, weil ich dachte, mein Vater wäre überzeugt von dem, was er tut. Aber das war gelogen. Er hat nur so getan. Er hat mir was vorgemacht. Meine Brüder haben recht. Und plötzlich kann ich es nicht mehr ertragen, dabei zu sein. Ich muss hier weg. Jetzt, wo Ralph sich endlich zum Auftauchen bequemt hat, soll er doch den Mistkerl zum Altar führen.

Draußen auf dem Vorplatz tummeln sich Frauen und Männer, die ich nie kennenlernen werde, sie essen, trinken, haben keine Ahnung, was hier gerade passiert, reden über Belangloses, atmen ein, atmen aus. In den mittelalterlichen Fachwerkhäusern mit den ausladenden

Dächern, die die kleinen Gassen säumen, sind überall Restaurants untergebracht, vor denen Tafeln mit *prix fixe* werben.

Eine Nachricht von Jack. Er hat noch keinen Flug, fährt aber zum Flughafen und wartet da auf den nächsten freien Platz. Ein weißer Citroën wird mit braunen Kartons beladen. Das Mädchen in der Boulangerie dreht das Schild an der Tür auf »Geschlossen«, und eine Sonne, die ich nicht sehen kann, blitzt kurz in der Scheibe auf.

Ich rufe Eva an.

»Alles okay? Wo bist du gerade?«

»Ich stehe auf dem Platz vor der Kathedrale von Troyes.«

»Ist was passiert? Soll ich kommen?«

»Dad hat Ralph gerade gesagt, dass er sich nicht sicher ist.«

»Was die Sache mit Dignitas angeht?«

»Ganz genau.«

»Und was hat Ralph dazu gesagt?«

»Keine Ahnung, ist mir auch egal.«

»Aber ... das ist doch eigentlich was Gutes, oder?«

»Wieso erzählt er Ralph, dass er sich unsicher ist? Er hatte sich doch schon entschieden. Vor über einem Jahr. Das hat doch nichts mit Ralph zu tun.«

»Das ist ...«

»Es war also alles Schwachsinn. Das ganze letzte Jahr. Alles, worüber wir geredet haben.«

»Nein. Nein, das stimmt nicht, Lou. Denk doch mal daran, wie ...«

»Er ist sich nicht sicher.«

»Lou, man kann halt nicht einfach ...«

»Er ist sich nicht mehr sicher. Jetzt, wo Ralph da ist.«

»Er will nur mit allen seinen Söhnen darüber sprechen, das ist doch normal.«

»Ja, jetzt auf einmal. Er hat diese Reise nur als Erpressung benutzt, damit die beiden herkommen. Darum ging es ihm die ganze Zeit.«

Unser Schweigen wird zu den Satelliten irgendwo über unserer traurigen blauen Kugel hochgeschickt und wieder zurückgeworfen. Ich kann nicht sprechen.

»Lou?«

»Ich hasse diesen ganzen Scheiß. Ich hasse, was das alles mit mir macht.«

»Soll ich kommen?«

»Lohnt sich ja nicht, ich bin morgen Abend bestimmt eh wieder zu Hause.«

»Meinst du?«

»Er hat seine Meinung geändert, und ich weiß nicht mal, warum mich das überhaupt so wütend macht. Gestern Abend ... ach Mensch, ich bin einfach komplett im Arsch.«

»Nimm dir ein bisschen Zeit nur für dich. Sei eine Weile allein. Setz dich irgendwo hin, schreib was. Schreib was für mich. Nimm dir eine Auszeit von den beiden, bloß eine Stunde oder so. Finde wieder zu dir.«

Ich habe dreißigtausend Pfund Schulden. Da machen ein paar Hundert extra den Kohl auch nicht mehr fett. Also scheiß drauf, scheiß auf das alles hier. Ich könnte in den nächsten Zug nach Paris steigen und mir ein Hotelzimmer mit Blick auf die Seine nehmen. Mich da auf den Balkon setzen und rauchen und was trinken und auf Eva warten. Und wenn sie ins Zimmer kommt, werden wir nicht reden, wir werden einfach mitten im Raum stehen, direkt voreinander, zwischen dem Fenster und dem Bett, wir werden einander ganz genau betrachten, und ich werde ihr in die dunklen Augen schauen, als würde ich in einem Traum über den Anfang von Mann und Frau versinken, ich werde ihre Form, ihren Körper spüren, die Stellen, an denen er sich mir entgegenwölbt, und die, an denen er zurückweicht. Und dann werden wir langsam die Hände heben und einander mit den Fingerspitzen berühren, fühlen, wie unsere individuellen Muster ineinanderpassen, und wir werden einen Schritt aufeinander zumachen, aber nur einen ganz winzigen, kaum sichtbaren, sodass die Zeit um uns herum immer langsamer langsamer langsamer wird ... bis endlich der Moment da ist, wo wir uns küssen, küssen, und dann führen wir den verrückten Tanz auf, der daraus besteht, dass wir uns ausziehen (der erste Ton von jedem Takt ein weiterer Kuss), und ich werde sie ganz erkennen, nicht nur mit den Augen, sondern auch mit meinen Händen und meiner Seele, und sie wird mich erkennen, und wir fallen aufs Bett, sprechen aber immer noch nicht, weil wir einander alles sind, was wir je sagen könnten, wir werden sein, was wir meinen, und wir werden zu dem werden, was die Schöpfung ursprünglich meinte, als sie sich selbst ins Leben flüsterte aus dem bitteren, bitteren Nichts vor Milliarden von Jahren. Genau das will ich.

Danach trinken wir gekühlten Wein, während wir gemeinsam in der Badewanne sitzen, umgeben von hellen Spiegeln und dunklem Marmor. Wir werden einander wieder anziehen, und ich werde ihren Duft einatmen, Parfüm und badewasserwarme Haut. Und dann gehen wir zu irgendeiner Bar im Souterrain, zu der eine steile Kellertreppe hinunterführt, und trinken und reden und trinken und reden, darüber, wie die Menschen wirklich sind. Über die Masken. Und dass sich hinter den Masken noch mehr Masken verbergen, und dann noch mehr und noch mehr ... Und dann, wenn wir beide völlig betrunken sind, werden wir auf dem glatten Pariser Kopfsteinpflaster, das sich im Regen vor uns ausbreitet, nach Hause torkeln. Und dann werden wir uns noch einmal lieben, bis es zu sehr wehtut und wir nicht mehr kommen oder weinen oder uns über irgendetwas Gedanken machen können. Und dann öffnen wir das Fenster, wickeln die Bettdecke um uns beide, setzen uns mit einer Flasche mit etwas, das nicht im Hals brennt, raus auf den Balkon und sehen der Nacht dabei zu, wie sie über den steilen französischen Dächern von Saphir- zu Indigoblau wird, bis die Morgendämmerung im Osten hervorkriecht und die Luft riecht, als hätte es vor Kurzem geregnet, und in uns wird sich das Gefühl ausbreiten, neugeboren zu sein, ein neuer Mann und eine neue Frau, die dort leben, wo die Sonne am leuchtenden Ende der Welt aufgeht.

»Sprechen Sie Englisch?«
»Ich komme aus Kanada, Sir.«
»Ist das hier ein franko-kanadisches Restaurant?«

»Der Besitzer ist Franko-Kanadier.«

»Interessant. Okay, wir hätten gern die Austern, die draußen auf der Tafel stehen, und den besten Champagner, den Ihr Keller hergibt. Bitte weder Kosten noch Mühe scheuen. Mein Bruder ist eingeschnappt, und wir befürchten, er könnte sich umbringen. Liegt in der Familie, wissen Sie.«

»Möchten Sie eine Sommelier-Beratung?«

»Wenn Sie meinen, dass der uns helfen kann?«

»Unser Sommelier ist weiblich.«

»Na, dann auf jeden Fall!«

Das Licht bricht sich im Bleiglasfenster des Dachbodens eines alten Fachwerkhauses auf der gegenüberliegenden Seite des Platzes.

Der Kellner sieht mich an. »Und was darf es für Sie sein?«

Ich will antworten, aber mir ist der Appetit absolut vergangen. Essen fühlt sich plötzlich wie etwas an, das ich gutheißen sollte, hinter dem ich aber nicht hundert Prozent stehe.

»Auch Austern«, sagt Ralph. »Und frisches Brot.«

»Noch mal sechs Stück?«

»Ja ... und die Paella.«

»Tut mir leid, Sir, wir haben keine Paella.«

»Wir essen aber nur Paella und Austern.«

Der Kellner ist verwirrt. »Steht Paella auf der Karte, Sir?«

»Woher soll ich das denn wissen? Sagen Sie's mir!«

»Ich glaube nicht.« Der Kellner schaut auf die Speisekarte, die geschlossen vor meinem Bruder liegt.

»Haben Sie dann wenigstens irgendwas mit Hack?«, fragt Ralph.
»Ah! Ah, ja! Wir haben Tourtière, Sir.«
»Ist das mit Hack?«
»Mit gehacktem Schweinefleisch, Sir.«
»Na bitte.«
Der Kellner ist sichtlich stolz. »Aus Québec.«
»*Québécois!* Herrlich! Auch so ein wunderschönes Wort. Das nehmen wir dann einmal.«
»Sehr wohl.«
»Steht das denn auf der Karte?«
»Nein.«
»Verstehen Sie jetzt, was das Problem mit Ihrer Karte ist?«
»*Je voudrais le carré d'agneau, s'il vous plaît*«, sagt mein Vater.
»Sehr wohl.« Der Kellner schaut uns an. »Und das wäre dann alles?«
Die Augen meines Vaters leuchten, die meines Bruders gleichen einem Totentanz, meine sind nach wie vor zinkblau, und alles gleitet von ihnen ab wie von diesen steilen Pariser Dächern.
»Für meinen Bruder noch einen grünen Salat. Und fallen Sie bitte nicht auf seine Masche rein. Er bestraft sich gern selbst, um damit andere zu bestrafen. Um sein Leid auf die ganze Welt zu projizieren. Hat er von seinem Vater geerbt.«
»Ich verstehe. Also …« Der Kellner zögert und kommt dann wohl zu dem Schluss, dass er am besten einfach noch mal die Bestellung wiederholt. »Und das wäre alles?«

»Wir bräuchten dann nur noch den Sommelier.«

»Da ist sie schon.«

»Mademoiselle.«

»*Bonjour.*«

»Sind Sie verheiratet?«

»*Excusez-moi?*«

»Sprechen Sie Englisch?«

»Ja.«

»Sind Sie verheiratet?«

»Ja.«

»Also Madame, nicht Mademoiselle. Entschuldigen Sie. War nicht böse gemeint.«

Ein Lächeln.

»Wir müssen meinen Bruder retten«, erklärt Ralph. »Was ist Ihr bester Champagner?«

»*C'est une bonne question.*«

»*La plus bonne*«, gibt Ralph zurück und wechselt wieder zu Englisch. »Entschuldigen Sie bitte, mein Französisch ist nicht besonders gut.«

»Das kommt darauf an ... das kommt auf mehrere Dinge an.« Die Frau schiebt die Unterlippe vor. »Ist wirklich schwer zu sagen.«

»Wie so vieles im Leben. Und dennoch geben wir nicht auf.«

Noch ein Lächeln. »Also, wir hätten einen Sechsundneunziger Gosset, aus dem ältesten *maison* der Welt.«

»Und? Ich höre da noch ein ›und‹ raus.«

»Und dann ...« Sie spricht den Namen wie ein Gebet: »Dann noch einen Neunzehnneunziger Philipponnat Clos des Goisses.«

»Welchen davon würden Sie uns denn empfehlen?«

Sie seufzt tief. »Vor sechsundneunzig war ich mir sicher, dass der Neunzehnneunziger der beste des letzten Jahrhunderts ist. Aber jetzt ...« Sie zuckt mit den Schultern, wie es nur Französinnen können. »Jetzt bin ich mir da nicht mehr so sicher. Aber ...«

»Aber?«

»Das sind sehr besondere Champagner, Monsieur. Sehr, sehr berühmt.«

»Geld spielt keine Rolle. Ziehen Sie bitte keine falschen Schlüsse aus meiner Hose, die gehört dem Mann einer Bekannten. Jetzt gerade gibt es nichts Wichtigeres für uns, als dass wir glücklich sind. Wir haben nicht mehr viel Zeit. Mein Vater hat noch ein paar Tage, mein Bruder vielleicht nur noch wenige Stunden.«

»Eine sehr schwere Wahl, Monsieur.«

»Vielleicht sogar unmöglich?«

»Ja.«

»Das ist so oft der Fall ... aber vielleicht denken wir das auch nur, weil uns der Mut fehlt.«

»Mut.«

»Also würde ich sagen ...«

»Ja?«

»Ich würde sagen, wir nehmen zuerst den Sechsundneunziger. Und den Neunzehnneunziger dann hinterher.«

Das schwierige Problem

»Meint ihr, das hier ist eine Einbahnstraße?«, fragt Ralph. »Habt ihr irgendwelche Schilder gesehen? Und der Weinladen, den du meintest, Lou, der war auch wirklich hier unten?«

»Ja, glaub schon.«

»Diese Wichser wollen anscheinend nicht, dass ich gegen den Strom schwimme. Da muss ich wohl ein bisschen aggressiver auftreten. Haltet euch fest.«

Er schaltet den Warnblinker ein. Das hier ist ein Notfall. Ein kampflustiger Van kommt uns entgegen. Ein Mercedes. Der Fahrer fuchtelt wild hinter dem Lenkrad herum, als wäre er der Hüter der Gerechtigkeit. Aber da kennt er meinen Bruder schlecht.

Ralph fährt halb auf den Gehweg. »Scheißbordsteine.«

Der Mercedes legt den Rückwärtsgang ein.

Dad atmet langsam ein. »Die *Canterbury Tales*. Solltet ihr mal lesen. Die Pilgerreise des Lebens. Da steht alles drin – dreizehnzweiundneunzig. Wie man in Anbetracht von diesem leben, im Anbetracht von jenem lieben soll.«

»Dad, das will doch jetzt echt gerade keiner wissen«, sagt Ralph. »Und es hat bestimmt auch schon damals kein Schwein interessiert, wieso …«

»Fahrrad! Pass auf!«

»Der hat mich doch gesehen.«

»Toll. Aber jetzt fahr mal wieder vom Gehweg runter«, sage ich.

»Geht nicht. Nicht, wenn wir ans Ziel kommen wollen.«

»Da«, sage ich. »*Aux Crieurs de Vin.*«

»Die Weinschreier«, übersetzt Ralph. »Da sind wir bestimmt richtig. Na los, Lou, dann wollen wir uns mal einen guten Tropfen besorgen.« Ralph zieht die Handbremse an, stellt den Motor aber nicht ab. »Dad, du bleibst sitzen. Wenn sich jemand beschwert, sag einfach, du bist betrunken und liegst im Sterben, und er soll sich vertrauensvoll an deine Söhne wenden. Lou, schnapp dir die Kreditkarte. Zeit für ein gepflegtes Gelage.«

Manche Dinge an ihrem Job gefallen Eva nicht besonders. Aber sie glaubt daran. Sie glaubt an Gerechtigkeit. Dafür bewundere ich sie. Ich könnte nicht behaupten, dass Datenbankmanagement mir ein ähnliches Gefühl gäbe. Womöglich liegt darin die Zukunft, das glaubt zumindest mein Arbeitgeber, aber die einzigen Leute, die dort wirklich zählen, sind die Algorithmendesigner. Sie gelten als Götter oder Orakel oder sonst was. Sie blicken in die Zukunft. Sie gestalten die Zukunft. Sie beschwören die Zukunft sogar herauf. Das Problem liegt darin, dass ich gern Dichter geworden wäre. Oder wenigstens Schriftsteller. Aber sofern das überhaupt jemals machbar gewesen sein sollte, ist der Zug jetzt abgefahren. Mit »machbar« meine ich finanziell machbar. Ich glaube, wenn Leute wissen wollen, ob irgendwas machbar sei, meinen sie damit für gewöhnlich: Ist das finanziell machbar?

In meiner Familie wird das freundlicherweise nicht allzu oft thematisiert. Aber ich weiß, was sie alle denken, denn auch wenn sie nur selten miteinander sprechen, sprechen sie doch alle mit mir. Als wäre ich der Konversationskatalysator. Als wäre ich der Einzige, der überhaupt zuhört. Als wäre ich ein Stellvertreter für alle anderen, mit denen nicht gesprochen wird. Als würden sie mir alle Ratschläge geben wollen. Oder ihr Leben durch mich korrigieren wollen.

Aber das Leben lässt sich nicht korrigieren.

Also halte ich alles schriftlich fest.

Dad meint zum Beispiel, die Welt sei vom ungebremsten Aufstieg des Kapitalismus und »des großen Meta-Dranges zum Kaufen« atomisiert worden und brauche dringend neue Visionen.

Jack sagt, schaut euch doch mal die positiven Seiten des Kapitalismus an.

Ralph sagt, er habe kein Problem mit dem Status quo, aber man dürfe nicht so tun, als würden mehr als fünfzehn Prozent der Weltbevölkerung davon profitieren.

Dad sagt, die Nachkriegszeit habe erst vor Kurzem geendet – irgendwann zwischen dem 11. September und dem Börsencrash 2008.

Jack sagt, das stimme nicht ganz – die Nachkriegszeit ende, wenn die letzten Kriegskinder stürben, und damit meint er Dad, aber er gibt es nicht zu. Jack glaubt, all die Erinnerungen ans Empire und die Kolonien und die Luftschlacht um England würden das Land nur aufhalten;

er meint, man könne als Nation nicht aufblühen wollen und sich gleichzeitig gegen Moderne und Globalisierung stemmen.

Ralph sagt, die Geschichtsschreibung werde seine Generation als die des digitalen Wandels bezeichnen; die Welt davor und danach, einen größeren Unterschied gebe es nicht.

Dad findet, »es« gehe um Visionen.

Ralph findet, »es« gehe um Energie.

Jack findet, »es« gehe um die Wirtschaft.

Sie meinen das ernst, aber gleichzeitig auch wieder nicht.

Ralph sagt, jeder sei für seinen eigenen Orgasmus verantwortlich.

Jack sagt, von allem, was in bezahlten Veröffentlichungen behauptet würde, träfe wahrscheinlich das Gegenteil zu.

Dad nennt die Ständer der Zeitschriftenhändler »Klagemauern«.

Ralph sagt, Reue schiebe sich an die Stelle von Träumen.

Jack sagt, es sei unmöglich, heutzutage als normaler Mensch in London zu leben.

Dad sagt, die Welt enthalte alles – die Geburt jeder Möglichkeit, den Tod jedes Traums, jede nur vorstellbare Grausamkeit, jede nur vorstellbare Güte – in nur einem Augenblick.

Und ich höre zu. Ich höre so zu, wie es, glaube ich, niemand anders tut. Und ich halte alles schriftlich fest. Weil ich es irgendwie einfangen will, versiegeln will, an die Wand nageln will. Ich will auf etwas zeigen und sagen können: »Das war ich, das waren wir, das war damals, das haben wir gemacht, und diese Menschen waren wir.«

Meine Mutter sagt, dass sei der Wunsch des Schriftstellers.

Vor ihrem Tod gewann ich einen Gedichtwettbewerb. Er fand im Sommer statt, und der Tag war wunderschön – nicht nur für mich. Doch seitdem kämpfe ich damit, irgendetwas Stichhaltiges oder Wertvolles zu schreiben; es liegt an mangelnden Ideen, steigenden Heizkosten, der schlechten Wirtschaftslage. Und das Seltsamste daran: Ich muss aufpassen, dass ich nicht wütend auf Eva werde, wenn sie mich zum Schreiben ermutigt. Warum?

Meine Mutter ist nie mit dem VW-Bus gefahren. Sie hatte einen klapprigen Kleinwagen. Und ich weiß noch, als ihr alter CD-Spieler den Geist aufgab und plötzlich Stille herrschte und wir noch ein ganzes Stück vor uns hatten, da erzählte sie mir, sie hätte am liebsten nicht nur Gedichte, sondern auch ein Buch geschrieben: eine Liebesgeschichte für Erwachsene. Nicht in der traditionellen Art und Weise, sondern zwischen einem Sohn und seinem Vater.

Wir fahren. Wir reden. Dad schläft hinter uns. Nach dem Weinkauf hatten wir die Rückbank umgeklappt und das Bett gemacht – es kam uns vernünftiger und bequemer vor. Außerdem scheint das jetzt, da Ralph hier ist, in Ordnung zu gehen. Dad und ich hätten das Bett tagsüber nie selbst gemacht, da es sich zu dekadent angefühlt hätte oder irgendwie moralisch inakzeptabel, ein Hinweis auf eine umfassendere Kapitulation, »heikel, Lou, ganz heikel«. Mit Ralph können wir einfach machen, was wir wollen, ohne dass uns solche Gedanken kommen, woher auch immer – wir sind frei. Es grenzt schon fast an ein Wunder: Mein Bruder ist eine Art umgekehrter Erlöser.

»Deine Wut ist nur natürlich«, sagt Ralph gerade.

»Meinst du?«, frage ich. »Wirklich?«

»Ja. Aber alles, worüber du dich bei anderen Leuten ärgerst, sollte eigentlich zu einem besseren Verständnis deiner selbst führen. Denk da mal einen Moment drüber nach.«

Das mache ich. Ich bin immer noch betrunken. Bei Ralph ist es umgekehrt: Der Wein scheint ihn ausgenüchtert zu haben. Er sitzt am Steuer – verantwortungsbewusst, respektvoll, hundert Promille über dem Limit. Auf der rechten Spur. Hält sich an sämtliche Regeln. Spiegelblick, Blinker setzen, Schulterblick, Überholvorgang durchführen. Vielleicht ziehen wir das hier ja tatsächlich durch. Vielleicht erlaubt Ralph unserem Vater wirklich zu sterben, unauffällig, ohne großes Trara, aber mit derselben Konsequenz, als würde er ihn persönlich umbringen.

»Im Grunde braucht jeder Mensch einen Sinn im Leben. Es suchen bloß alle an den falschen Stellen und merken es erst, wenn es zu spät ist.«

»Womit wir beim Puppenspiel wären.«

Er schaut mich an, und sein Gesicht wirkt sanfter, seine Augen lächeln. »Lou, es gibt tausend Gründe, die gegen ein Puppentheater sprechen, klar. Oder dagegen, ein

Buch zu schreiben. Oder ein Lied zu singen. Oder den Himmel anzumalen. Aber darum geht es gar nicht.«

»Worum denn dann?«

»Es geht darum ... kann man diese tausend Gründe, die gegen etwas sprechen, aus reiner Willenskraft überwinden und es trotzdem machen? Die meisten schaffen das nicht. Denk da mal drüber nach.«

Ich denke darüber nach. Ich denke über alles nach.

Plötzlich sieht Ralph mich stirnrunzelnd an. »Moment mal, Lou. Halten wir uns an das Navi?«

»Peinlich genau, ja.«

»Dir ist schon klar, dass das Arschloch uns nach *Lure* locken will?«

»Gehorche«, erwidere ich. »Und hinterfrage nicht ...«

Wir fahren. Unser Vater schläft. Am Straßenrand neigen silbrig glänzende Bäume ihre Äste greisenhaft der Erde zu, als würden wir ein Königreich der Alten und Weisen durchqueren – Männer und Frauen, die vor langer Zeit besiegt wurden und sonst kein Vermächtnis hinterlassen konnten.

Das Gespräch widmet sich Eltern im Allgemeinen. Ich beobachte heimlich Ralph am Steuer. Genau wie Dad wirkt er am glücklichsten, wenn er über Ideen spricht, aber seine Körpersprache ist eine ganze andere. Er betätigt den Blinker so gesittet, wenn er die Spur wechselt, dass es schon fast absurd ist. Eine elegante Geste wie von einem Pianisten, der ein außergewöhnlich schönes Stück vorstellt. Aber er tut das nicht für mich, sondern für sich.

Er sagt, die menschliche Beziehung zwischen Kind und Eltern ist die wichtigste von allen, die persönlichste.

»Was meinst du mit persönlich?«, frage ich.

»Ich meine, der Tod eines Elternteils ist die persönlichste Erfahrung, die wir je machen werden«, sagt er. »Weil die Beziehung bis in die früheste Kindheit reicht. Deine Erinnerungen daran.«

»Ja.«

»Und diese Kindheitserinnerungen sind unheimlich privat. All die Momente – nur du und dein Vater, oder nur du und deine Mutter. Die teilt niemand. Die Gedanken gehen immer wieder dahin zurück. Meine jedenfalls. Im Vergleich zu deiner Kindheit fühlt sich alles andere konstruiert an.«

»Ach ja?«

»Die anderen Arten von Liebe ... Bei deiner Frau hast du eine Wahl, aber bei deinen Eltern nicht. Es liegt in der Natur. Es liegt in der Erziehung. Manchmal denke ich, dass wir uns unser ganzes Leben lang auf den Tod eines Elternteils vorbereiten.«

»Man kann sie trotzdem hassen.«

»Hass ist dasselbe wie Liebe. Lies Freud. Lies Jung. Lies Melanie Klein. Ich glaube, das Navi führt uns wieder auf die N19.«

»Das Teil überlegt es sich ständig anders.«

»Oder es steht auf Umwege.«

»Oder kann Ziele nicht ausstehen.«

Die D4 wird ohne Vorwarnung zur D12. Wir schweigen eine Weile. Aber ich muss meinen Bruder drängen. Er soll diesen Moment mit mir teilen. Die dunkle Seite seiner Würde ist seine Distanziertheit. Aber ich muss unbedingt wissen, was wirklich in seinem Kopf vorgeht.

Die meisten Menschen machen es sich in der Grauzone gemütlich.

Als ich ungefähr zehn war, haben Mum und ich uns einmal ein menschliches Gehirn angeschaut. Damals fand so eine Ausstellung in London statt. Irgendein verrückter Professor hatte eine Leiche gehäutet, sodass man das Innenleben sehen konnte – Muskeln, Organe, Knochen, Bänder. Gott weiß, wie er daraus ein Spektakel gemacht hat. Jedenfalls hatte er das, und die Besucher strömten zu Hunderttausenden in die Ausstellung.

Eines der Organe hatte er in einer speziellen Vitrine ausgestellt: das Gehirn. Ein Hirn. Irgendeinem armen Trottel aus dem Schädel gepflückt.

Was mich bis heute verfolgt, ist die graue Farbe.

Meine Mutter fehlt mir so sehr.

Da sie nach eigener Aussage mit ihrer Lyrik »scheiterte«, ließ sie sich zur Psychotherapeutin ausbilden. Anfangs studierte sie noch zögerlich – als könnte sie sich nicht eingestehen, dass sie nicht mehr schrieb –, aber nach und nach gab sie sich der Materie hin. Sie wurde als Therapeutin zugelassen, doch sie wollte es zur ausgewachsenen Psychoanalytikerin bringen. Sie meldete sich für Prüfungen an und besuchte gierig Vorlesungen. Sie baute sich eine kleine Praxis auf. Damals war mir das zwar nicht klar, doch für sie war es eine Art Wiedergeburt.

Ein paar Monate vor der Diagnose hatte sie sich für

einen Kurs der Lektüre über »das schwierige Problem« gewidmet. Ich weiß noch, wie ich sie am Tag der Ausstellung danach fragte. Wir gingen gerade an einem gepellten Gesicht vorbei, hinter dem ein weiteres Hirn hervorlugte: keine Ohren, kein Schädel. Und ich weiß noch, dass ich ihr zuhörte, aber mir gleichzeitig unheimlich ihres Geistes, ihrer Ausstrahlung bewusst war. Eines Geistes, der sich auf dem aufsteigenden Ast befand. Wie ist es möglich, dass die physikalischen Prozesse, die hinter der Verbindung verschiedener Atome im menschlichen Gehirn stecken, zu einem Bewusstsein führen? Während dieselben Atome in einer anderen Anordnung das nicht tun? Oder doch? Wie entsteht Selbstwahrnehmung aus Molekülen und Materie? Und was ist das, was wir als Erfahrung bezeichnen? Schon komisch, oder, wie der menschliche Faktor vollkommen fehlt, trotz der vielen Körperteile? Ich war zu alt dafür, aber ich wollte meinen Kopf an ihre Hüfte lehnen, um eine Verbindung mit ihr herzustellen. Ich wollte die Eindrücke der dämlichen Ausstellung mit ihrer Hilfe abwehren.

Ich glaube, meine Mutter hätte ihr angebliches Scheitern vollständig überwinden und Dad überholen oder überflügeln können – wenn ihr denn die Zeit gegeben worden wäre.

Das Motorengeräusch unseres Busses hat einen hypnotischen Effekt. Wir unterhalten uns noch ein bisschen, und dann rücke ich mit der Sprache raus. »Ich meins ernst, Ralph.«

»Ich meins auch ernst.«

Das ist das Wort, das Wort, dem wir alle nicht entkommen, dem wir uns irgendwann alle stellen müssen.

»Weil, nein, lass mich ausreden, weil Dad auf dich hört.«

»Hier geht es um ihn, nicht um mich.«

»Aber was meinst *du* dazu?«

»Ich meine, dass wir das sind, wofür wir uns entschieden haben.«

»Falsch. Er hat sich die Krankheit nicht ausgesucht.«

»Nein, aber er sucht sich aus, wie er damit umgehen will.«

»Also, was denkst du? Gibs zu, du bist schockiert, wie schlecht es um ihn steht.«

»Ich glaube, es wäre am besten, wenn wir unsere Schatten nicht auf andere projizieren würden. Ich bin hier, um ihn zu begleiten, nicht um zu diskutieren.«

Wir fahren in einen Wald, als wären wir auf einmal in einem Märchen. Die herabsinkende Finsternis zwischen den Ästen. Kiefern und Stille. Ein kurzer Blick auf etwas: Rehe, ein Wildschwein, Kobolde, nichts.

Irgendwann bezeichnet Ralph unseren Vater erneut als »manipulativ« – und das manipuliert mich. In mir regt sich Widerstand, und ich kann nichts dagegen tun.

»Was meinst du damit?«

»Ich meine seinen Selbstdarstellungsdrang.«

»Wie bitte?!«

»Denk doch mal nach, Lou.«

»Du ...«

»Nein, warte. Denk doch wirklich mal darüber nach, wie sich das hier abspielt.«

»Wie kannst du so was sagen, Ralph? Wie sich das ›abspielt‹? Wie kannst du hier aufkreuzen und solche Dinger vom Stapel lassen?«

»Sein ganzes Leben lang …«

»Was weißt du schon über sein ganzes Leben?«

»Oh-oh, da wallt die Wut mal wieder auf. Ich meinte … okay, okay … unterbrich mich …«

»Ich unterbreche dich doch gar nicht. Ich will doch bloß, dass du, dass du …«

»Dass ich was?«

»Dass du ein bisschen Anteil nimmst.«

Puppen & Propheten

Wir sind locker. Wir sind cool. Wir campen.

Die orange-weiße Schranke an der Einfahrt zum Campingplatz hebt sich wie alle Campingplatzschranken dieser Welt – ruckelnd. Das erinnert mich an den Limbus. Nicht an Limbo, den Tanz, sondern an den Limbus, die Vorhölle, die für all jene reserviert ist, die vor der Wiederkunft Jesu gestorben sind. Irgendwie haben wir drei uns stillschweigend darauf geeinigt: Heute passiert hier nicht mehr viel.

»Erkennst du den Ort wieder?«, fragt Dad, zu mir nach hinten gewandt.

Ich habe geschlafen. Das hat mir gutgetan. Wir hatten angehalten, um zu tanken, und Dad war aufgewacht – also haben wir ihn nach vorne gesetzt, denn es erschien ihm entwürdigend, hinten zu liegen, während er wach war. Wir wollten aber nicht wieder umbauen, also hatte ich mich auf das Bett gelegt und schwebte eine Weile zwischen Bewusstsein und Traum, während ich Dad dabei zuhörte, wie er die Kilometer totschlug, indem er Ralph über die deutsche Politiklandschaft ausfragte.

»Ich habe nur traumatische Erinnerungen«, antworte ich.

»Du sagst es«, tönt Ralph am Steuer.

»Ihr habt aber ziemlich glücklich gewirkt, als wir das letzte Mal hier waren. Fünf Tage sind wir hier geblieben. Ihr und Jack – ihr habt euch immer in der Bar rumgetrieben, habt Kicker gespielt und versucht, die übrig gebliebenen Getränke abzugreifen. Und dachtet, ich würde eure Fahne nicht riechen.«

»Vielleicht ist deshalb so ein Penner aus dir geworden, Ralph«, werfe ich ein.

»Und du bist immer mit deinem Fahrrad herumgefahren, Lou, bis es dunkel wurde. Und dann hab ich dich mit diesem holländischen Jungen in einem Busch gefunden – Jan hieß der, glaube ich. Ihr habt Einsatzkommando gespielt.«

»Es ist noch nicht zu spät, Lou«, stichelt Ralph. »Outet euch beide. Große Hochzeit in Brighton.«

Die Schranke ist in der Vertikalen angekommen, aber vibriert nun bedrohlich, als würde sie unsere Durchfahrt zu einer Mutprobe machen wollen.

»Mal schauen, ob sie dort drüben noch was freihaben«, sagt Dad und zeigt nach links. »Wir wollen auf jeden Fall an den Fluss, weg vom Lärm.« Er arbeitet sich an der Kurbel ab, um das Fenster zu öffnen.

»Seht euch das mal an«, sagt Ralph und deutet durch die Windschutzscheibe.

Wir befinden uns auf einer leichten Anhöhe. Der Campingplatz liegt im Tal darunter. Über den Bäumen hängen schwere lila Wolken, die ein Gewitter versprechen, doch im Westen steht die Sonne so tief, dass ein Viertel des Himmels in Purpur und Gold getaucht ist, als hätte jemand vorzeitig die Seite eines unsagbar schönen kommenden Tages aufgeschlagen.

»Wenn das da losgeht, werden wir verdammt froh sein, dass wir im Bus liegen und nicht im Zelt«, bemerkt Ralph.

»Und wie«, stimmt Dad zu.

»Und jetzt stellt euch bloß mal vor, wie Ferien in einem richtigen Haus sein müssen«, sage ich. »Da ist das Wetter ja fast schon egal.«

Ich habe in meinem Leben bestimmt schon dreihundert verschiedene Campingplätze gesehen. Sie unterscheiden sich alle mehr oder weniger voneinander – in der Gestaltung, in der Klientel, in der Atmosphäre. Eines haben sie jedoch alle gemeinsam: den Willen der Menschen, das Beste daraus zu machen. Warum das so ist? Wenn ich gemein sein wollte, würde ich sagen, weil niemand wirklich dort sein will. Wenn man mal ehrlich ist. Natürlich geben sich manche viel Mühe, so zu tun, als ob – mit ihren Fahrrädern, Grillabenden und Badminton-Spielen – aber würden sie nicht viel lieber mit einer heißen spanischen *señorita* in einer von Blüten umrankten Villa mit dem säuselnden Meer vor dem Schlafzimmerfenster rumhängen und bei Sonnenuntergang dann ein paar Cocktails mit den Kumpels am Strand zischen? Na klar. Aber sie müssen den Gedanken verdrängen, dass wohlhabendere Menschen genau so Urlaub machen, müssen ihn tief vergraben und an ihrer Liebe zum Camping festhalten.

Es gibt Ausnahmen: meinen Vater zum Beispiel. Er entscheidet sich bewusst fürs Campen. Er liebt es. In seinen späteren Jahren hätte er das Geld für etwas anderes gehabt, aber o nein, lieber tuckert er mit dem Wohnwagen an der Vendée entlang – in seinem eigenen Tempo, eine mittelalterliche Kirche hier, eine neolithische Höhle dort, und bei jeder Gelegenheit auf einem Weingut einkehren. Ich habe ihn nie entspannter erlebt als bei Sonnenuntergang am Rande irgendeines Feldes in seinem großen Stuhl, mit einem anspruchsvollen Buch, einem Stück Baguette, einem Glas Wein, inmitten des abendlichen Ausatmens der wohlwollenden warmen Erde.

»Hier hat sich nichts verändert«, sagt Dad, als wäre es das höchste Lob, das er zu vergeben hat.

Um uns herum Zelte in allen möglichen Formen und Farben – kleine graue Wurfzelte und große rote, fest montierte Pavillons mit quadratischen Sichtfenstern. Zwischen den Bäumen sind Leinen mit bunten Kleidungsstücken gespannt. Man sieht geparkte Autos und allerhand motorisierte Häuser. Männer in praktischen Camping-Clogs tragen Spülschüsseln voller Pfannen und Geschirr zu einer der sandfarbenen Spülstationen. Frauen unterhalten sich über die niedrigen Hecken hinweg, die die Parzellen voneinander trennen. Jungen und Mädchen rasen zu unsichtbaren Verabredungen und zurück. Ältere Paare sitzen nebeneinander und beobachten, wie wir den Wagen über die Bodenschwellen manövrieren.

Wir halten vor der Rezeption mit dem vertrauten Schild *l'acceuil*. Dahinter spielen ein paar Familien Boule. Oder vielleicht auch Pétanque, ich habe nie wirklich den Unterschied verstanden. Rufe und Gelächter schallen zu uns herüber. In der Bar läuft schlechter französischer Pop. Zwei übergewichtige Männer mittleren

Alters laufen an uns vorbei, vermutlich auf dem Weg zum Pool; beide tragen enge, schwarze Badehosen mit türkisfarbener Naht.

Ralph zieht die Handbremse mit einer melodramatischen Geste an.

»Welch ein idyllischer Anblick«, sagt er und stellt den Motor ab.

»Seht mal«, ruft Dad und zeigt auf eine Tafel. Er ist aufgeregt wie ein kleines Kind. »Da gibts immer noch Würstchen und Pommes. Meint ihr, wir dürfen unseren eigenen Wein mitbringen?«

»Ich glaube, du kannst ruhig ein bisschen rebellischer sein, jetzt, wo du nur noch drei Tage oder so hast«, erwidert Ralph. »Wenn du etwas tun willst ... dann tu es einfach. Wie man so schön sagt.«

»Wer sagt das denn?«

»Ach, vergiss es.« Ralph schüttelt eine Zigarette aus der Schachtel.

»Warum funktioniert denn das verflixte Fenster nicht?«, fragt Dad verärgert.

»Das ist doch schon seit Ewigkeiten kaputt«, antworte ich.

Ralph reicht mir eine Zigarette und die Küchenstreichhölzer. »Sag doch einfach Scheißfenster, Dad. ›Warum funktioniert das Scheißfenster nicht?‹«

Dad sieht Ralph an, als hätte er einen Kommentar parat, verkneift ihn sich aber.

»Guter Ratschlag, Dad. Heutzutage sagt echt keiner mehr ›verflixt‹.« Ich schiebe die Seitentür des Wagens auf und lasse die Abendluft herein, um die Krebsgefahr zu verjagen. An der Rezeption erscheint eine Frau. »Soll ich mal rübergehen und fragen, ob was frei ist?«

»Aber nicht da in der Mitte«, mahnt Dad. »Unten am Fluss.«

»Gib mir die Kreditkarte«, sage ich zu Ralph, der alles an sich genommen hat.

Bevor mein Vater widersprechen kann, meint er: »Hau rein, Lou. Nimm alle Extras mit. Ich will auch solche engen Badehosen wie diese beiden Typen eben. Die Speedos im Pädo-Style.«

Dad sieht mich an. Seine Augen strahlen. Er sieht fast wieder jung aus. Das hier ist wie eine Heimkehr für ihn.

Ich schaue auf mein Handy. Das Scheißteil hat schon wieder fast keinen Strom mehr. Ich schreibe Jack, wo wir sind.

Dann schreibe ich Eva: »Mir gehts besser.«

Letzten Mai sind Eva und ich mal mit ein paar Freunden Gokart fahren gewesen. (Sie hat mich im Rennen geschlagen, aber ich hatte die schnellere Rundenzeit.) Hinterher im Pub mussten wir uns einen winzigen Tisch in einer Nische teilen, weil der Laden so voll war und die anderen vor uns hereingekommen waren. Da gab es Fenster im Pseudotudorstil, und wir bekamen als »hausgemacht« deklarierte Pommes, die garantiert aus der Tiefkühltruhe stammten, Scampi und dazu noch diese Päckchen mit gestrecktem Ketchup, die man nur mit den Zähnen aufbekommt und die dann immer spritzen – obwohl da nie so viel Ketchup drin ist, dass man eine solche Explosion erwarten würde.

Da erzählte sie mir von der Scheidung ihrer Eltern und dass sie vermutlich deswegen so schüchtern und unbeholfen gegenüber den meisten Leuten sei, außer wenn sie jemanden sehr gut kenne. Dass sie sich am College oft unwohl gefühlt habe und dies so rüberkam, als sei sie vielleicht nicht unbedingt ungehobelt, aber irgendwie unfreundlich und kurz angebunden, was nie ihre Absicht gewesen sei. Aber dadurch habe sie bei einigen Mädels den Ruf gewonnen, »sich nichts gefallen zu lassen«, und den Ruf habe sie beibehalten, denn alle liebten sie dafür und hielten es fälschlicherweise für Stärke, und diese Fassade aufrechtzuerhalten fiel ihr leichter, als sich zu erklären. Und dass diese harsche Fassade zu ihrem »Charakter« geworden, aber eigentlich ganz und gar nicht ihre Art sei. Und sei es nicht bemerkenswert, dass sie sich mir gegenüber niemals gezwungen sehe, diese Spirale von Angriff, Verteidigung und Schlichtung durchzumachen, dass sie einfach sie selbst sein könne?

Das brachte uns darauf, wie schwer es war, Herr seiner eigenen Lage zu werden, und wie komisch es war, dass andere Leute – sogar Fremde – manchmal alles erkennen, was man nicht sieht oder nicht sehen will. Damals habe ich nicht darüber nachgedacht ... aber vielleicht ist das Liebe. Man fühlt sich verstanden. Als würde man verstanden, und als wäre einem alles verziehen. Dieses Gefühl hat meine Mutter meinem Vater gegeben, begreife ich jetzt. Carol jedoch nicht. Und dann war meine Mutter plötzlich fort und mit ihr das Gefühl, ihm wäre verziehen. Deshalb sucht er nun nach einer Möglichkeit, um Buße zu tun.

Der Regen prasselt auf das Dach. Die Scheiben sind beschlagen, bis auf eine Stelle, die ich freigewischt habe, um hinaus auf die Bäume und den Fluss zu schauen. Aber ich erkenne kaum etwas – es ist, als hätte sich eine Art Umhang über uns gelegt –, und jetzt ist auch noch mein Ärmel nass. Als Gegenmaßnahme haben wir den Heizlüfter voll aufgedreht. Er surrt fleißig vor sich hin, hat aber kaum eine Auswirkung auf die Feuchtigkeit. Nur in einem alten Campingbus an einem verregneten Tag in Europa kann einem gleichzeitig zu heiß und zu kalt sein.

Ralph und ich sitzen auf den beiden Vordersitzen, die wir umgedreht haben. Dad liegt seitlings im Bett auf seinen Kissen, sieht aber nicht gut gebettet aus. Mir fällt ein, dass wir bald eine wichtige Frage klären müssen: Entweder wir schlafen alle in einem Bett, oder wir müssen das Bett im Dach ausklappen, was wir schon lange nicht mehr gemacht haben und was vielleicht (obwohl es niemand aussprechen mag) undichte Stellen verursachen könnte. In der Kabine brennt nur eine Lampe, und wir haben eine Laterne mit einer brennenden Kerze bestückt, wie eine Schmugglerbande.

Fachmännisch verkosten wir eine Flasche aus der Kiste, die wir in Troyes gekauft haben und von der Ralph und Dad schwärmen, als wäre sie der zweite Messias. Wenn man den beiden glauben kann, müsste mir dabei einer abgehen, aber für mich schmeckt das Zeug, als würde ich Marmelade von einer alten Kirchenbank lecken. Ich fühle mich jedoch ein bisschen betrunken, und das ist gut – die Ratten in meinem Bauch haben aufgehört zu nagen und zu scharren. Aber vom Thema Schaumwein habe ich einstweilen genug. Als die beiden kurz den Mund halten, nutze ich deshalb rasch die Gelegenheit. Ich bin ein wahrer Meister in Sachen Themenwechsel; noch so eine meiner Stärken.

»Worum gehts eigentlich in deinem neuen Stück, Ralph?«

Er schlürft den Champagner durch die Zähne und lässt ihn noch einmal am Zahnfleisch vorbeilaufen. »Worum es geht, Lou? Oder worum es *wirklich* geht?«

»Beides«, antworte ich, damit wir uns nur ja vom prickelnden Gesprächsgegenstand entfernen.

»Es geht um Moses, eine Bunraku-Puppe, die auf einem Tisch lebt.«

»Ah ja.«

»Bunraku?«, fragt Dad mit der angestrengten Miene eines hochkonzentrierten Weinexperten.

»Kommt aus Japan«, erwidert Ralph. »Wird von drei Personen gesteuert. Aus Pappe.«

»Und worum geht es wirklich?«, frage ich.

»Um Gott und die Menschheit«, antwortet Ralph in sachlichem, aber bedeutungsvollem Tonfall. »Das Theater der Religion. Das Theater der Existenz.«

»Ah ja«, antworte ich. »Cool.«

Dad stellt sein Glas sorgsam ab.

»Warum Moses?«, will ich wissen.

»Weil er das Angesicht Gottes gesehen hat.«

Dad kleckert Champagner aufs Bettlaken. Er stöhnt genervt und winkt dann mit der anderen Hand ab, als wäre ihm noch nie etwas egaler gewesen. Ich sehe ihm jedoch an, dass er sich über die Verschwendung ärgert.

Er kann nicht anders, als an die Kosten zu denken. Er hat schon die ganze Zeit geflissentlich nach halb vollen Gläsern gefragt, angeblich um nicht zu viel Alkohol zu trinken; in Wahrheit hat er aber Angst, dass er das Glas nicht gerade halten kann.

»Und wie sieht Gott aus?«, frage ich.

»In diesem Fall«, Ralph neigt den Kopf, »so wie ich.«

»Klar.«

Dad rappelt sich ein wenig hoch und wirft ein: »Moses hat es wahrscheinlich nie gegeben.«

»Genau«, sagt Ralph. »Genau das ist eben der springende Punkt.«

Ich nippe an der sauren Bank-Marmelade. »Was ist der springende Punkt?«

»Moses ist eine Erfindung seines Autors«, erklärt Dad. »Die Menschen vergessen oft, dass die Bibel – so wie jedes andere heilige Buch – von Menschen geschrieben wurde. Und eines wissen wir über Autoren ganz genau: Sie denken sich einfach jeden Scheiß aus, auf den sie gerade Lust haben, wie du sagen würdest, Lou.«

»So was sage ich nicht.«

»Deshalb«, fährt Ralph fort und gurgelt kurz mit dem Champagner, »ist Moses perfekter Marionetten-Stoff.«

»Erzähl weiter«, bittet Dad.

»Weil mein Moses nur existiert, wenn ich als Puppenspieler ihn zum Leben erwecke. Und selbst dann existiert er ja auch nur in den Köpfen der Zuschauer.«

»Erzähl weiter«, wiederholt Dad.

Ich tue so, als würde ich einen langen, genüsslichen Schluck nehmen. Beim Runterschlucken fällt es mir plötzlich wie Schuppen von den Augen – Dad hat schon immer ein enormes Interesse an Ralph gezeigt, anders als an mir; er fragt immerzu, was Ralph denkt und fühlt, und dann, was er wirklich denkt und fühlt. Er will seinen Sohn verstehen, aber es gelingt ihm einfach nicht. Und jetzt fragt er sich am Ende seines Lebens – wie kann das sein? Wie konnte das nur passieren?

»Du hast recht, Dad«, sagt Ralph. »Der Moses aus der Bibel hat wahrscheinlich nie existiert. Und trotzdem ist seine ganze Geschichte so wahnsinnig ...«

»Belanglos?«, schlage ich vor.

»Bedeutsam«, korrigiert Dad.

»... genau, bedeutsam. Moses schreibt in *Stein*, verdammt noch mal. Er versengt sich die Augenbrauen am brennenden Busch. Bestimmt hat er einen Riesenschwanz.«

»Er ist der Herr der Plagen«, fügt Dad hinzu. »Und ein grausamer Frauen- und Kindsmörder.«

»Ganze Stämme hat der umgebracht.« Ralph beugt sich ein Stück vor. »Er tötet und trinkt und frisst und fickt. Er ist eingebildet und selbstgefällig. Er führt einen Krieg nach dem anderen.«

»Und er wagt sich auf den Berg hinauf, um Gott Vorhaltungen zu machen«, ergänzt Dad.

»Würden wir nicht alle gerne ein bisschen Zeit mit Mr. Drecksau höchstpersönlich verbringen?«, frage ich.

»Louis!«

»Gott ist aber auch wütend auf Moses«, fährt Ralph fort.

»Natürlich.« Dad setzt sein schiefes Grinsen auf. »Ob

der jüdische Gott gut oder böse ist, sei den Kommentarspalten dieser Welt überlassen. Aber eines kann niemand leugnen, nämlich dass er mächtig ist – unglaublich mächtig.«

Sie erzählen die Geschichte mir zuliebe, wird mir klar. Ich muss lediglich weiter Fragen stellen: »Okay. Aber warum regt sich der Allmächtige überhaupt so über Moses auf?«

»Weil Gott Moses befiehlt, zu einem Felsen zu sprechen, damit daraus Wasser fließt«, erwidert Ralph. »Aber Moses ist ...«

»Er wird von einer existenziellen Weißglut verschlungen«, fällt Dad ihm ins Wort. »Er ist so verdammt wütend ... darüber, dass der sinnlose Wahnsinn des Lebens so leichtfertig von der absoluten Auslöschung im Tode verspottet wird.«

»Also denkt sich Moses, scheiß drauf«, fährt Ralph fort. »Und hält sich nicht genau an Gottes Anweisungen. Er versammelt sein Volk um sich, stellt sich in den Mittelpunkt und schlägt dann mit seinem Stab auf den Felsen.«

»Und widersetzt sich damit direkt Gottes Befehl«, fügt Dad hinzu.

»Als hätte er nicht geglaubt«, erklärt Ralph, »dass das bloße Wort Gottes ausreichen würde, um Wasser hervorzubringen. Als wäre er selbst Gott.«

»Hybris«, sagt Dad langsam nickend. »Hybris. Immer und immer wieder.«

»Ah ja.«

»Also.« Ralph nagt kurz an seiner Lippe. »Gott sagt dann zu Moses: ›Okay, mein Lieber, du kannst das Gelobte Land zwar schon sehen, aber du wirst niemals selbst dorthin kommen. Sieh es dir noch mal gut an, hol tief Luft, und mach dich dann bereit zu sterben. Und glaub bloß nicht ...‹«

»Aber, aber ...«

Seit wir losgefahren sind, habe ich Dad noch nicht so gebannt erlebt. Ralph haucht meinem Vater Leben ein wie niemand sonst.

»Gott sagt auch: Ich selbst werde dich begraben.«

»Genau so ist es. So sieht der Deal aus, Lou. Gott begräbt Moses selbst, höchstpersönlich, in einem namenlosen Grab.« Ralph greift nach seinen Zigaretten, zögert, überlegt es sich anders. Wir alle blicken schweigend in die Weite dessen, was sich hinter unseren Augen befindet. Die Windböen lassen den Regen wie Tarantelarmeen erklingen, die in Wogen gegen den Wagen prasseln. Ich habe das Gefühl, dass wir auf etwas Wichtiges gestoßen sind, aber ich habe keine Ahnung, worauf.

»Also schön ...«, beginne ich langsam. »Und worum geht es nun wirklich in dem Stück?«

Dad und Ralph schauen einander an und schütteln gemeinsam die Köpfe, so wie es altverschworene Veteranen auf der ganzen Welt tun.

»Tut mir leid«, sage ich. »Mir muss man immer alles dreimal erklären.«

»Lou«, wendet sich Ralph mir zu. »Denk doch mal drüber nach.«

»Mach ich ja.«

»Moses existiert und gleichzeitig auch nicht. Wie eine Marionette.«

»Ach, stimmt.«

»Er ist aus dem Nichts entstanden. Ein bisschen Pappe, Holz und Kleber. Aber im Theater wird er lebendig. Er erwacht zu vollem Leben. Man glaubt einfach, dass es die Puppe wirklich gibt. Aber gleichzeitig weiß man auch mit Sicherheit, dass es sie eben nicht wirklich gibt.«

»Schau bloß mal, wie die Metaphern zunehmen«, murmelt Dad.

»Ah ja.«

»Im Theater muss man zwei unterschiedliche und widersprüchliche Dinge verstehen und glauben«, fährt Ralph fort. »Was man sieht, ist nicht echt und gleichzeitig doch.«

»Wie die Religion«, sagt Dad. »Wenn sie bloß den Teil mit dem Nicht-echt-Sein einmal zugeben würden.«

»Und da Moses nicht wirklich lebendig ist, kann er auch nicht sterben«, sagt Ralph.

Ich möchte am liebsten gar nicht mehr aufhören, Fragen zu stellen, damit die beiden immer weiterreden.

»Habt ihr Untertitel oder jemanden am Bühnenrand, der das dem Publikum erklärt?«

Ralph schüttelt genervt den Kopf. »Alles ist gleichzeitig echt und unecht, Lou, wahr und unwahr, existent und nicht existent. Das Publikum ist das Volk. Die Puppe ist der Prophet. Ich bin Gott.«

»Das hab ich schon kapiert.«

»Aber der Prophet existiert nicht ohne Gott, und umgekehrt«, fährt Ralph fort. »Und doch möchte das Publikum im Theater nicht allein gelassen werden. Dafür haben sie nicht bezahlt. O nein. Das wäre absolut inakzeptabel. Es gäbe einen Aufstand. Sie fordern, dass die Puppe und ich uns auf der Bühne an die Arbeit machen. Sie mit unserer Arbeit unterhalten.«

»Sie ablenken«, wirft Dad ein.

»Und genau das ist es, was wir tun ... bis wir schließlich eine weitere Wand durchbrechen – eine weitere Illusion.«

»Und die wäre?«, frage ich.

»Tja, mitten im Stück wendet sich Moses mit einer Reihe von Forderungen an mich – den Puppenspieler.«

»Er will Antworten«, erklärt Dad, als wäre das Stück ebenso seine eigene Kreation wie die seines Sohnes.

»Genau. Und plötzlich sieht mich das Publikum. Ihnen wird klar, dass ich schon die ganze Zeit da war und die Fäden in der Hand hatte. Sie hatten es gewusst, aber sie hatten es nicht begriffen. Jetzt begreifen sie. Und ich werde zu einem Darsteller des Stücks.«

Dad flüstert ehrfürchtig: »Gott wird also erst real, wenn die Puppe – der Prophet – sich gegen ihn wendet.«

»Du hättest Kritiker werden sollen, Dad.« Ralph schenkt Dad zum ersten Mal seit seiner Ankunft ein richtiges Lächeln. »Aber wie soll mein Moses ohne meine Hände leben? Ohne meine Stimme? Das kann er nicht. Ich habe ihn erschaffen. Ich bewege ihn. Ich bin der Einzige, der ihn bewegt. Er lebt nicht selbst. Er existiert nicht.«

Dad fragt mit erhobenem Zeigefinger: »Wie können es die Propheten wagen, ihren Gott infrage zu stellen?«

»Ja!«, rufe ich. »Wie können diese Scheißkerle es wagen?«

»Louis.«

»Und doch«, fährt Ralph fort, »sehen wir jeden Abend, wie das Publikum Moses dazu anhält, sich aufzulehnen. Wenn ich mich zu erkennen gebe, sind sie auf seiner Seite und gegen mich.«

»Aber diesen Aufstand hast du selbst erschaffen«, sagt Dad.

»Ja.« Ralph grinst nun sogar. »Ja, das habe ich.«

»Und wie geht es aus?«, will mein Vater wissen.

»Schritt für Schritt ziehe ich mich zurück«, erwidert Ralph. »Hinter den Berg. Ich lasse die Puppe kommen.«

»Aber wie geht es aus?« Dads Augen sprühen Funken.

Ralph hebt seine Puppenspielerhände, seine Finger zeigen nach unten, lang und angespannt. »Ich lasse Moses mir nachlaufen. Er kommt auf mich zu … auf mich zu … auf mich zu. Den Berg hoch.«

»Und dann?«, fragt Dad.

»Ich verspreche ihm ein Leben ohne mich. Ich zeige ihm das Gelobte Land.«

»Und dann?«

Ralph hält kurz inne. Dann lässt er die Hände sinken und spreizt die Finger. »Dann gebe ich das Signal, und wir lassen den Mistkerl fallen, da, wo wir gerade stehen, mitten auf der Bühne, im Scheinwerferlicht. Und wir gehen ab. Auf einmal ist er nur noch Pappe und Kleber. Sonst nichts.«

»Das ist perfekt«, flüstert Dad.

»Und wisst ihr, was das Beste ist? Dass das Publikum applaudiert. Die applaudieren wie verrückt. Jeden Abend. Was bejubeln die eigentlich, frage ich mich.«

»Und was bejubeln sie nun?«, hake ich nach.

»Den plötzlichen Tod ihres Propheten durch die Hand eines mächtigen und verächtlichen Gottes. Wieder und wieder. Jeden verdammten Abend.«

»Wahnsinn«, sage ich.

»Es gibt noch eine andere Ebene«, meint Ralph. »Denn nun erfahren sie, beziehungsweise erinnern sich daran, während ich mich verbeuge, dass ich eigentlich ein Mensch bin.«

»Im Ernst?«

»Ein Puppenspieler – ja. Aber auch einer von ihnen. Ein menschliches Wesen. Also applaudieren sie auch, weil sie erleichtert und froh und tief beeindruckt davon sind, dass ich mir das Ganze ausgedacht habe. Ein Schauspiel. Eine Geschichte. Über Götter und Propheten. Kunst. Magie. Religion. Alles von einem menschlichen Wesen, wie sie eins sind, erfunden.«

Ich habe kurz den Eindruck, dass sich Ralph gleich verbeugen wird, und möchte selbst gerne applaudieren.

»Ich wünschte ...«, Dad lehnt sich in seine Kissen zurück. »Ich wünschte, ich hätte das gesehen, Ralph.«

Der Regen hat zugenommen. Durch den Dunst scheint es, als wären wir von der Außenwelt abgeschnitten. Aber die Luft verliert langsam an Feuchtigkeit, und mein Ärmel trocknet. Die Flamme in der Laterne brennt hell.

»Ich mache noch eine Flasche Wein auf.« Ralph kramt unter dem Tisch herum, wo wir die Kiste hingestellt haben.

»Für mich nicht«, sagt Dad. Er lehnt an der Seite des

Wagens, wo er seine Kissen arrangiert hat. Sein Gesicht ist erschlafft. Plötzlich wirkt er müde. Er hat in dem Gespräch zu schnell seine Energie verbraucht. Er fragt: »Was hast du als Nächstes vor?«

Ralph hat eine Flasche herausgeholt und bewundert das Etikett, als wäre es ein Originalmanuskript von Tolstoi. »Das Leben Abrahams«, antwortet er.

»Wie lange …«, setzt Dad an. »Wie lange dauert es, bis du ein neues Stück fertig hast?«

»Sechs Monate … mindestens.«

Dad schweigt.

»Was hat Abraham denn so gemacht?«, frage ich.

»Gott hat ihm aufgetragen, seinen Sohn zu töten.«

»Und was hat er dazu gesagt?«

Ralphs Augen flackern auf, als er den Korkenzieher in die Flasche dreht. »Er hat Okay gesagt.«

»Ach du Scheiße«, flüstere ich.

»Er hat seinen einzigen Sohn Isaak eines Morgens mit hoch auf den Berg genommen, einen Altar aus Feuerholz gebaut, seinen Jungen daran gefesselt, hat sich sein schärfstes Campingmesser geschnappt und war drauf und dran, es dem kleinen Jungen ins Herz zu bohren. In dem Moment hat Gott plötzlich verkündet, dass es ja ›bloß Spaß‹ war.«

»Und *das* ist der Vater aller großen Religionen?«, frage ich.

»Ganz genau.«

»Und was hat der Sohn, also Isaak, darüber gedacht? Über seinen Vater und über Gott, nachdem er dann wieder frei war?«

»Darüber steht nichts in der Bibel. Da wird nur das Dorf erwähnt, in dem sie danach übernachtet haben.«

»Meine Güte.«

»Ganz genau. Und wir dürfen nicht vergessen, dass Jesus auch Gottes eigener Sohn gewesen sein soll.« Dad lallt nun ein bisschen. »Er liebte die Welt so sehr, dass er seinen eigenen Sohn hergab. Er hat die anderen Propheten übertrumpft, indem er seinen einzigen Sohn auf die Erde geschickt hat, nur um ihn dort zu töten. In aller Öffentlichkeit natürlich.«

Der Korken ploppt. Ralph schnuppert daran. »Welche Schlussfolgerung können wir sonst daraus ziehen, Lou, als dass in allen großen abrahamitischen Religionen Liebe durch Tod bewiesen wird? Am besten durch die Ermordung deiner eigenen Kinder, so öffentlich wie möglich. Das bringt den ersten Platz. Wobei der Märtyrertod es auf einen guten zweiten schafft.«

»Lass ihn erst mal atmen, Ralph«, murmelt Dad.

»Totenkulte«, fährt Ralph unbeirrt fort. »Ich ziehe den Epikureismus vor. Reich mir mal dein Glas, Lou.«

»Du sollst den Wein atmen lassen, Ralph.« Dad legt sich hin. Er wirkt sehr müde. »Lass ihn atmen.«

»Keine Zeit«, erwidert Ralph. »Keine Zeit für so was.«

Ralph schenkt den Wein ein. Seine blassblauen Augen sind voller Intelligenz und Leben. Ich frage mich, ob er jemals aufhören wird zu trinken und zu rauchen und wie er wohl ohne diese Betäubungsmittel wäre. Plötzlich kommt mir der Gedanke, dass auch er sich umbringt. Nur langsamer. Er sieht den Wein an wie Doktor Faust die Uhr.

»Man könnte auch sagen«, beginnt er erneut, »dass

Jesus Selbstmord begangen hat. Da er ja ganz genau wusste, was er tat, als er auf dem Rücken dieses armen Esels nach Jerusalem geritten ist. Das sollen wir jedenfalls glauben …«

Dad legt den Kopf ab. Ihm fallen die Augen zu. Ralph und ich trinken schweigend. Als ich Dad beim Einschlafen beobachte, packt mich plötzlich eine schreckliche Vorahnung im Zeitraffer. Und ich überlege, ob Ralph und ich nicht draußen im Regen noch eine letzte Zigarette rauchen sollen. Allerdings ist es noch stürmischer geworden.

Ralph ist wieder in sich zusammengesackt. »Merkst du eigentlich nicht, was er da macht?«, flüstert er.

»Hm?«

»Komm schon, Lou.« Ralph hebt sein Glas. »Was glaubst du denn, was er hier tut?«

Ich versuche, leise zu sprechen. »Er stirbt langsam an einer furchtbaren, Kräfte zehrenden Krankheit, die … die …«

»Ja. Aber!«

»Aber was, Ralph?«, zische ich.

Mein Bruder sieht mir in die Augen. »Er lädt alles auf dir ab.«

Unser lebendiger Vater liegt neben uns. Sein Atem bahnt sich geräuschvoll den Weg in ihn hinein und wieder heraus.

»Wie meinst du das?«

»Er lädt einfach alles auf dir ab, Lou.«

Die Ratten werden wieder lebendig und schwimmen im Wein herum.

»Was meinst du denn damit?«

»Jetzt reg dich nicht gleich auf.«

Ich versuche, nicht laut zu werden. »Du kannst mich mal.«

»Ich meine, er lädt alles auf dir ab. Er sagt doch ständig, dass du jederzeit aussteigen kannst, oder? Und dass es für ihn okay wäre. Als wäre es deine Entscheidung.«

Ich sehe Ralph an. Er hält meinem Blick beharrlich stand.

»Es ist, als wärst *du* krank, Lou. Als müsstest *du* dich entscheiden. Er entzieht sich seiner Verantwortung und halst sie dir auf. Guck nicht so. Deshalb warst du doch in Troyes so fertig. Und deshalb bist du jetzt so wütend.«

»Nein, ich bin wütend auf dich.«

»Denk doch mal kurz drüber nach. Er sagt quasi, dass du entscheiden sollst. Ist sein Leben noch lebenswert? Wirst du daran etwas ändern? Gibt es für ihn irgendeinen Grund, weiterzumachen?« Ralph spricht in verschwörerischem Flüsterton. »Er hat sich nämlich noch gar nicht entschieden. Stattdessen überlässt er dir die Wahl, sein Folterer zu sein, indem du sagst: ›Nein – bleib bis zum Schluss in London.‹ Oder sein Henker, wenn du sagst: ›Ja – auf in die Schweiz.‹ Und was dabei wirklich passiert, ist, dass es *dich* umbringt. Seinen Sohn. Das alles macht dich doch völlig fertig.«

»Nein«, schnappe ich zurück, weil es mir nun reicht. »Du kannst hier nicht einfach so antanzen und … und so einen Scheiß erzählen, als hättest du von irgendwas eine Ahnung. Du hast ihn seit drei Monaten nicht gesehen! Während du mit deinen Scheißpuppen beschäftigt warst, musste ich mich um ihn kümmern.« Ich werde lauter, aber kann nichts dagegen tun. »Du warst nicht da. Du hast nichts davon miterlebt. Wir waren bei Therapeuten und Ärzten und anderen Leuten, die diese Krankheit …«

»Du bist bloß wütend, weil ich recht habe.«

Ich schreie nun fast. »Du warst nicht da! Weißt du, was einer von diesen armen Leuten im Pflegeheim zu uns gesagt hat?«

»Das spielt doch keine Rolle.«

»Holt mich aus dieser Kiste raus. Das hat er gesagt, Ralph. Er lag im Bett, die Scheiße lief ihm aus dem Arsch, er konnte nicht mehr …« Der Regen prasselt nun noch heftiger auf den Wagen. »Er konnte nicht mal mehr selbst essen. Und ich werde derjenige sein, der sich um ihn kümmert. Ich. Ich werde verdammt noch mal jeden Tag in diesem verdammten Pflegeheim sein bis zum verdammten Ende. Nicht du. Nicht Jack. Ich. Und ich werde nicht …«

Plötzlich ruft Dad: »Ich glaube, da draußen ist wer.« Er versucht, sich aufzurichten. »Da draußen ist jemand.« Einen Moment lang wirkt er erschrocken, ängstlich. »Es hat geklopft.«

Ich schaue Ralph direkt in die Augen, und er hält meinem Blick stand, als würde er nie wieder wegsehen.

»Du hast recht, Dad«, sagt er mit leiser, fester Stimme und lässt mich dabei nicht aus den Augen. »Hier läuft ein Verrückter frei rum.«

Wütend drehe ich mich um und ziehe am Türgriff, um die Seitentür aufzuschieben. Die Nacht stürzt herein, als würden wir hier nie wieder fortkommen. Dort im Regen, mit nichts als Handgepäck, steht Jack.

Meinem Vater laufen die Tränen übers Gesicht – ob wegen der Krankheit oder wegen der Gefühle, keine Ahnung. Er ist betrunken und müde und sagt nur: »Jack, mein Jack, mein kleiner Jack.«

Jack, mein Bruder, beugt sich in den stickigen Raum hinein, in dem unsere Familie versammelt ist, seine Jacke ist nass, sein kastanienbraunes Haar hängt in feuchten Strähnen herunter. Er blinzelt den Regen weg und schaut uns einen nach dem anderen an. Auf seinem Gesicht zeichnet sich ein breites Grinsen ab.

»Mein Jack. Du hast es geschafft. Mein kleiner Jack. Du hast es geschafft. Wir sind alle hier.«

Jack lehnt sich vor, um die Umarmung meines Vaters zu erwidern, und die Bäume hinter ihm schaukeln im Wind, furchterregend und gewaltig, während der Himmel unablässig Wassersalven herabschickt.

»Wir sind alle hier«, sagt Dad. »Wir sind alle hier.«

»Manche Partys darf man eben nicht verpassen«, erwidert Jack. »Komme, was wolle.« Er richtet sich auf, schiebt seine lächerlich kleine Tasche unter den Tisch, weil es sonst nirgendwo Platz dafür gibt, zieht seine dreckigen Schuhe aus, versucht, auch sie zu verstauen – alles gleichzeitig – und klettert dann zu Dad ins Bett, weil es eben sonst nirgendwo Platz gibt. Ich schiebe die Tür mit einem Wumms wieder zu.

»Hallo, Dad«, sagt Jack. Er wirkt feierlich und warmherzig und witzig und ernst, wie nur er es kann. »Toller

Ort. Tolles Wetter. Wundert mich, dass hier nicht mehr los ist.«

»Achte nicht auf mich.« Dad meint seine Tränen. »Das ist die verflixte Krankheit.« Er schüttelt den Kopf. »Das – und weil ich so verdammt froh bin, dich zu sehen.«

»Wow. Wie sprichst du denn? Was ist denn hier los?«

»Keine Sorge«, meint Ralph. »Die Ladys sind noch nicht hier. Wir erwarten ziemlich viele. Und wir haben dir einen ganzen Eimer Koks übrig gelassen. Lou hat ein paar Häppchen vorbereitet. Wir haben Handschellen, Kerzen, Augenbinden, alles. Wir fangen gerade erst an. Das wird super.«

»Hey, Kumpel.« Jack lächelt Ralph an, wie man nur jemanden anlächeln kann, mit dem man sich einst eine Plazenta geteilt hat. Er lehnt sich über den ganzen Tisch und zieht Ralph zu sich, Stirn an Stirn verweilen sie kurz in ihrer Umarmung. Mir kommt der Gedanke, dass niemand sonst auf der ganzen Welt das mit Stacheldraht eingezäunte Niemandsland betreten kann, das Ralph umgibt.

»Lou. Ich habs geschafft.« Jack wendet sich mir zu. »Du, mein Bruder, bist der Beste von allen.« Er packt mich an den Schultern und küsst mich auf die Nase. Ich spüre den Regen an seinen Bartstoppeln, wo sein Kinn meinen Mund berührt. »Tut mir leid, dass ich zu spät bin. Ich weiß nicht, was ich mir dabei gedacht habe. Aber jetzt bin ich hier.«

»Und wir sind echt alle scheißdankbar dafür«, sage ich.

Jack hebt die Augenbrauen. »Im Ernst, wie redet denn diese Familie auf einmal?«

»Wir sind alle hier«, sagt Dad. »Das ist die Hauptsache.«

»Wir haben uns dem Teufel angeschlossen, Bruderherz«, erklärt Ralph. »Wir sind jetzt auf der anderen Seite. Wir haben genug von Gott. Wir haben entschieden, dass er ein kindischer Bürokrat ist, der weder unsere Zeit noch unsere Aufmerksamkeit verdient.«

Dad wischt sich mit der Bettdecke die Tränen weg. »Wir haben Wein«, sagt er. »Château Pichon-Longueville-Comtesse de Lalande.«

»Ich hab auch Champagner«, sagt Ralph. »Den könnten wir aufmachen. Thierry Rodez. Was nur die wenigsten wissen: Das ist die erste Wahl vieler erster Häuser am Platz. Ein großartiger Tropfen.«

»Jungs, wenn Alkohol drin ist, bin ich dabei«, erwidert Jack. »Mann, bin ich müde. So müde. Ich könnte neun Tage am Stück schlafen.«

Er zieht seine Jacke aus, die vom Regen ganz formlos geworden ist, und Ralph nimmt sie ihm ab. »Gib her, ich häng sie über meinen Stuhl, die ist bestimmt gleich trocken. Wir haben ja die Heizung an.«

Jack wischt sich mit dem Handrücken den Regen von der Stirn. Sein nasses Hemd klebt in dunklen Flecken an seinem Oberkörper. Er kommt direkt von der Arbeit.

»Also, Dad, was machen wir hier?«, fragt er.

Dad schüttelt den Kopf. »Morgen, morgen. Lass uns morgen darüber reden. Hier, nimm mein Glas.«

»Und was ist mit dir?«

»Ich hatte schon reichlich.«

Ralph schenkt Jack Wein ein.

»Keine Kinder.« Jack grinst und hebt sein Glas. »Das ist die Hauptsache. Keine Kinder morgen früh.« Er nimmt einen großen Schluck und nickt. »Ich würde auch auf einer albanischen Raststätte schlafen, wenn es dort morgens ein paar Stunden lang kinderfrei bleibt.«

»Der Abgang. Warte auf den Abgang«, sagt Ralph.

»Wir sind alle hier«, wiederholt Dad. Seine Augen strahlen, und er hat sich aufgesetzt.

»Schmeckt nach Wein«, meint Jack. »Nach gutem Wein«, fügt er dann noch hinzu, aber eher an Dad als an Ralph gewandt. »So was liebe ich.« Dann grinst er wieder breit.

Auf dem Gesicht meines Vaters mischen sich Freude, völlige Erschöpfung und frische Kraft. »Ich weiß noch, als ihr beide zwei oder drei wart – ihr habt jeden Morgen gewettet, wer als Erster fertig ist mit Anziehen, und der Gewinner kam um sechs Uhr morgens in mein Zimmer gestürmt und rief ›Auf ihn! Auf ihn mit Gebrüll!‹. Ich brauchte immer eine halbe Stunde, um euch Zankhähne wieder auseinanderzubringen. Und das jeden verdammten Morgen.«

»Mein Gott«, sagt Jack. »Ich weiß echt nicht, ob ich mich daran gewöhnen kann, dass du wieder fluchst.«

Dad hält kurz inne und streckt dann die Faust in die Luft wie zum Kampf oder zur Revolution. »Existenzielle Empörung«, sagt er. »Existenzielle Weißglut.«

Wir sind ausgelassen, reden noch eine Stunde lang weiter. Der Regen wird schwächer, leiser, wie Fledermäuse, die in einem Sarg gefangen sind.

»Was ist denn nun der Plan?«, fragt Jack noch einmal.

»In die Schweiz und zurück«, antwortet Ralph. »Das ist die geplante Route. Aber wir sind offen für Vorschläge.«

»Meine Güte«, sage ich.

»Daraus wird nichts«, erwidert Jack, selbstsicher, ruhig, cool, bestimmt.

Wir trinken alle. Dad streckt die Hand aus. Ich reiche ihm mein Glas. Er trinkt auch. Wahrscheinlich sind wir ebenso sehr Alkoholiker wie Heuchler, Lügner und wer weiß, was sonst noch.

In der Stille holt Jack Luft. Sein Blick wandert von Dad zu Ralph und ruht schließlich auf mir. »Ich meinte«, sagt er leise, »was ist der Plan für unsere Schlafsituation? Wo sollen wir schlafen?«

»Ach so. Schlafen«, meint Ralph. »Na, Dad schläft im Bett, du und ich unter dem Dach. Lou schläft unter dem Wagen, steht morgen ganz früh auf und macht uns Frühstück. Er hat uns Jakobsmuscheln im Speckmantel versprochen. Gleich geht er los, um zu muscheln.«

»Muscheln ist kein Verb«, murmelt Dad.

»Eigentlich wollte ich mir noch ein Hotel suchen«, sage ich. »Und morgen fliege ich nach San Francisco, wo ich mit einer Frau zusammenleben werde, die mich wirklich versteht. Und dann male ich vielleicht Porträts von Männern im Meatpacking District, die aussehen wie die Propheten aus dem Alten Testament.«

»Was ist eigentlich mit deinen Haaren passiert, Lou?«, fragt Jack.

»Du kannst mich mal.«

»Der Meatpacking District ist in New York, Lou«, belehrt mich Ralph. »Du meinst das Tenderloin. Das ist in San Francisco.«

»Und du kannst mich auch mal.«

»Ich fürchte, Unzucht ist für heute vom Tisch, Jungs«, sagt Dad.

»Diese Erkenntnis«, Ralph leert sein Glas in einem Zug, »ist immer der traurigste Moment jeder Party.«

»Wir werden einfach alle hier schlafen«, sagt Dad. »Wir werden genau hier schlafen, hier in diesem Campingbus, alle zusammen.«

»Ich möchte so lange schlafen, dass ich in einer anderen Jahreszeit aufwache«, sagt Jack.

»Nur damit ihr es wisst, werte Brüder«, sagt Ralph. »Ich möchte meine letzten Nächte auf Erden genau so verbringen: in einem alten Wohnwagen, vergraben in Schlamm, mit der unausgesprochenen Verheißung von Inzest in der Luft.«

»Keine Sorge«, sage ich. »Ich habe Kondome dabei.«

»Gut«, erwidert Jack. »Denn ich will auf keinen Fall jemanden schwängern. Die Folgen … ihr macht euch ja keine Vorstellung, was eine Schwangerschaft so für Folgen haben kann.«

»Ach, du, ich schon«, sagt Ralph.

»Na kommt, legen wir mal los«, schlage ich vor.

Ich stelle mich mit meinen Brüdern in die Mitte des engen Innenraumes, um die Verschlüsse zu lösen, die das Dach oben halten.

»Zum Öffnen gegen den Uhrzeigersinn«, weist Dad uns an.

DRITTER TEIL

Porträt seiner Söhne

Ungeheuer aus der Tiefe

Das Gras unter meinen Füßen ist nass, das Echo des Regens hallt schwerfällig von den Bäumen, und die Morgenluft ist frisch und schmeckt nach einer niedrigen Wolke, die durch die Wälder und Täler sämtlicher Märchenkönigreiche Mitteleuropas gezogen ist. Ich schlüpfe in meine Flip-Flops und schaue hinab zum Fluss, wo der Nebel sich immer noch zart durch die Bäume webt. Nach dem Unwetter besitzt die morgendliche Stille eine fast mystische Intensität.

Hinter mir öffnet sich geräuschvoll die Schiebetür. Jack, in blass gestreiftem Schlafanzug und braunen Halbschuhen, steigt umständlich aus dem Bus. Über seiner Schulter hängt ein Handtuch sowie ein Beutel mit frischen Klamotten. An der Art, wie er sich umsieht, erkenne ich, dass unsere kleine Lichtung ihn ebenfalls beeindruckt. Im hohen Gras an der Hecke, das die Campingplätze voneinander trennt, liegt ein türkisfarbenes Frisbee. Ich hebe es grundlos auf.

»Wenn wir uns irgendwann selbst vernichten«, sage ich, »werden sie später so einen Scheiß hier von uns finden. So wie wir Dinosaurierknochen. Sofern es danach überhaupt noch Leben gibt.«

»Das Universum ist zu groß, als dass wir die Einzigen sein könnten, Baby Lou.« Jack zieht die Augenbrauen hoch, und einen Augenblick lang stehen wir da, als wären wir nur zu zweit. Vögel flattern auf niedriger Höhe von Baum zu Baum, als würde der heruntergefallene Himmel sie verwirren.

»Haben die Jungs ein Frisbee?«

»Nein.« Er massiert sich den Haaransatz mit den Fingerspitzen.

»Dann pack ich das hier für die beiden ein.« Ich lehne die Scheibe an den Hinterreifen. Irgendwas fühlt sich anders an. Dann merke ich, dass das mein erster Gedanke an die Zukunft war, seit ich London verlassen habe. Jack hat eine neue Energie mitgebracht, als könnte es gar nicht sein, dass wir unterwegs nach Zürich sind.

Ich gehe hinüber zu den Bäumen, wo er steht. »Wenn du willst, dass er es sich anders überlegt, musst du den ganzen Religionskram außen vor lassen.«

»Das klingt ja, als würdest du es für möglich halten, dass er es sich noch mal anders überlegt.«

Ich kann nichts gegen den trotzigen Tonfall meiner Stimme tun. »Ich weiß es doch auch nicht. Ralph ...«

»Ralph hat es ihm ausgeredet?«

»Dad redet mit Ralph, als hätte er sich noch gar nicht entschieden. Ralph weigert sich, darauf einzugehen. Ich weiß es doch auch nicht.«

»Du musst es auch gar nicht wissen, Baby Lou.« Jack lächelt. »Einer für alle, und alle für einen. Wir drei. Weißt du noch, wie wir das früher immer gesagt haben? Wir kriegen das schon hin.«

Ein roter Schmetterling schwebt unentschlossen über einem elfenbeinfarbenen Blütenmeer, das jemand im Spätsommer angelegt haben muss, da es erst jetzt im September in voller Blüte steht.

»Was hast du vor?«

»Mit ihm reden.«

Wieder geht die Schiebetür auf. Ich frage mich, ob Ralph da drinnen Dad hilft.

»Er glaubt, du bist jetzt zu den Katholiken übergelaufen.«

»Bin ich nicht. Ich bin heimlich Druide. Aber dieses ganze Drama ...«

»Das ist nicht bloß Drama, Jack. Er stirbt.«

»Guten Morgen, Kameraden!« Ralph steht gebeugt im Türrahmen, dem er schon lange entwachsen ist. Er springt aus dem Bus, als wäre der knappe halbe Meter ein Fallschirmsprung, landet auf den Füßen und steht in seinen Stiefeln, der geliehenen Jogginghose und Dads uraltem, uns allen bestens bekannten langen Hemd vor uns, das ihm über den Hosenbund hängt und seine Hände wegen der fehlenden Manschettenknöpfe bis auf die Fingerspitzen verbirgt.

»Heute geht der lange Marsch los«, ruft er uns zu.

»Der lange Marsch war ein Rückzugsmanöver«, ruft Jack zurück.

»Ganz genau.« Ralph kommt zu uns, atmet die Welt ein und lächelt wie ein Spion, der sich an der Unschuld der Zivilisten erfreut. »Aber was bleibt uns denn anderes übrig, Genossen? Sind wir nicht hoffnungslos unterlegen?«

»Schickes Hemd«, sagt Jack.

»Schicker Schlafanzug«, gibt Ralph zurück. »Morgen, Lou. Lust auf Stripclub und eine Runde LSD? Den Tag mal anders angehen?«

Ich schüttele langsam den Kopf und gehe zurück zum Bus. Dad sitzt auf der Bettkante und betrachtet die Bäume. Ohne meine Hilfe schafft er es nicht aus dem Bett. Ich suche unsere Waschutensilien zusammen, reiche ihm seinen Stock und warte, während er sich erst auf das Trittbrett setzt und dann mühsam aufrichtet.

»Das ist hier wie am Anfang der Welt«, sagt er.

Die anderen kommen zurück. Ich ziehe die Schiebetür etwas zu aggressiv zu. Wasser sprüht in einem kurzen Bogen herab. Meine Familie schaut mich an, als wäre ich genau die Art Idiot, der sie ihr Leben lang aus dem Weg gegangen waren.

Ralph schüttelt eine Zigarette aus dem Päckchen. »Ich glaube, Lou will uns irgendwas sagen. Dir ist der Campingbus egal – ist es das?«

»Haben die in Berlin mittlerweile Persönlichkeitstransplantationen?«

»Die haben da alles.«

»Mach dir einen Termin. Sag, du willst das Gegenteil von dem, was du jetzt hast.«

»Ich mein ja bloß, ohne die Tür könnte Dad rausstürzen und sterben.«

»Hör auf mit deinem bloßen Gemeine.«

»Ist ja nicht so, als würden wir auch nur in die Nähe der Dignitas kommen.« Jack lächelt. »Oder, Leute?«

Schweigen im Walde.

»Darüber können wir uns danach unterhalten.« Dad zieht eine Grimasse.

»Wonach?«, fragt Ralph.

»Meine Güte«, sage ich.

»Nachdem wir uns gewaschen, angezogen und gefrühstückt haben. Im Laden gibts Croissants, wenn ich mich recht entsinne. Der *boulanger* kommt jeden Morgen. Wie sieht es an der Marmeladenfront aus, Lou?«

»Alles im grünen Bereich.« Ich biete Dad meine Schulter an. »Ich hab noch Kirsche in Reserve.«

Ralph horcht auf. »Keine Zwetschge?«

Dad hebt beruhigend die Hand. »Die Zwetschgenmarmelade ist schon offen.«

Ralph entspannt sich wieder. »Was für einen Tee trinken wir derzeit?«

»Darjeeling«, antworte ich. »Jungpana. First Flush.«

»Der hat Lou und mich auf Trab gehalten«, sagt Dad. »*Pain aux raisins* haben sie auch.«

»Was ist mit *pain aux raison d'être*?«, fragt Ralph. »Ich glaube, das hätten wir dringender nötig.«

Jack schaut entgeistert zwischen uns hin und her, als könnte er nicht fassen, von was für verblendeten Arschlöchern er umgeben ist. »Nur damit das klar ist«, sagt er. »Wir werden sehr wohl darüber reden, und zwar vernünftig. Ich hab doch nicht meinen Arbeitgeber angelogen und der Lufthansa drei Millionen Pfund in den Rachen geworfen, damit ich euch dabei zugucken kann, wie ihr eure Mikrogenitalien unter der lauwarmen Dusche befummelt und euch dann mit Croissants vollstopft.«

»Sollen wir?«, fragt Dad. »Je früher wir da sind, desto besser stehen die Chancen, dass noch warmes Wasser übrig ist.«

»Wäre jedenfalls im Sinne unserer Genitalien«, sagt Ralph.

Dad stützt sich auf mich, und wir machen uns mühsam auf.

»Ich hab Münzen für die Dusche«, sage ich. »Damit ist *garantiert*, dass man warmes Wasser bekommt.«

»Genitaldelirium.« Ralph seufzt.

»Guter Bandname«, sage ich.

Jack schüttelt den Kopf und atmet geräuschvoll aus.

Wir verfallen in einen langsamen, unregelmäßigen Gang, Ralph rechts von uns, Jack links. In wenigen Wochen wird Dad überhaupt nicht mehr laufen können. Vielleicht geht es noch schneller. Ich habe den Eindruck, der Krankheitsverlauf hätte sich beschleunigt. (Stoßweise, so nannte das die Ärztin.) Womöglich kommt es mir auch nur so vor, weil dieser Teil so deutlich sichtbar ist. Jedenfalls ist der Weg zu den Duschen für Dad ziemlich lang und wird ihm einiges abverlangen.

Ich verlangsame meine Schritte und mühe mich etwas mehr ab als nötig, als wollte ich damit sagen, dass Jack sich jetzt, wo er da ist, gefälligst verdammt noch mal damit auseinanderzusetzen hat. Außerdem habe ich das leise Gefühl, dass Dad sich ähnlich verhält, aber vielleicht bilde ich mir das auch nur ein. Ich merke jedenfalls, dass die ALS langsam bei meinen Brüdern ankommt und sie sich ein bisschen zurück- oder generell etwas Abstand nehmen. Sie können die Krankheit jetzt nicht mehr ignorieren, egal, wie sie zu allem anderen stehen.

Währenddessen geben sich die Camper ringsum munter plappernd ihren morgendlichen Zeltplatzaufgaben hin. Ein kleiner Junge und ein Mädchen rasen mit ihren Rädern über die Bodenschwellen und reißen die Vorderräder hoch, wobei das Rad des Jungen sich wild im Wind dreht, als er es in einer lässigen Demonstration seines Könnens über den Asphalt hebt. Ich habe Angst, dass Dad ihm nicht ausweichen kann, falls er die Kontrolle verlieren sollte. Also bleiben wir stehen und lassen ihn vorbei. So viel Bewegung und Energie und übermütiges, sorgloses Risiko.

Wir mühen uns weiter.

Auf Dads Anweisung hin haben wir unser Camp im hintersten Eck aufgeschlagen. Dad liebt zwar die Gesellschaft anderer Leute, aber er will sich auch so weit wie möglich von ihnen fernhalten, am Rand. Natürlich will er seine Mitmänner jeden Morgen in der Schlange an der Backtheke begrüßen, und natürlich will er sich abends fröhlich an die Tische in der Campingplatzbar gesellen, aber erst, nachdem er dafür aus der am weitesten entfernten Ecke hervorgekommen ist, wo er schlafen, arbeiten, ruhen, sein will. Jetzt ist es allerdings der reine Wahnsinn, so weit draußen zu campen.

Nahe der Waschhütte sitzt ein älteres Paar auf einer frisch gebeizten Terrasse unter einer straff gespannten Markise und verleibt sich genüsslich ein aufwendiges Frühstück ein. Sie starren uns unverhohlen an, als wir vorbeigehen. Dad bleibt stehen, dankbar für die Pause, winkt mit seinem Stock und fragt, ob der Bäcker heute »vor Ort« sei, als wäre das der Höhepunkt des Tages und wir alle zusammen im Urlaub, doch sie scheinen seinen scherzhaften Tonfall nicht zu bemerken. Ralph fragt sie auf Deutsch, ob sie wüssten, wo er Kaviar für seine Blinis bekommen könne. Jack versucht es mit Französisch. Aber entweder sind sie komplett taub für sämtliche Sprachen außer einer, die wir nicht beherrschen, oder sie sind einfach nicht mehr in der Lage, sich mit der Außenwelt zu befassen.

Wir steigen gerade die Stufen zur Hütte hinauf, als wir die Taube sehen.

Sie liegt einfach da auf der Seite, die Schwanzfedern in verschiedenen Graustufen aufgefächert, weißer Rücken, gefleckte, angelegte Flügel, schwarzer Hals, den Kopf seitlich auf dem Beton, sodass ihr leicht geöffneter Schnabel seltsam lächelt, während die gelb geränderten Augen schwarz und leer auf unsere Füße starren; tot.

Wir sind alle stehen geblieben. Ich spüre den Drang, sie wegzukicken. Ich weiß, dass Dad sie auch anschaut. Sie ist anscheinend unverletzt – einfach nur tot umgekippt. Und je weniger sie sich bewegt, desto mehr denken wir darüber nach, wie sie sich in jeder Sekunde ihres Lebens bewegt haben muss – rucken, picken, fliegen, flattern, zanken, hüpfen.

Aber jetzt nicht mehr.

Jetzt ist sie sehr, sehr tot, und nichts regt sich, bis auf die Federn, in denen sich der Wind verfängt, und ein Regentropfen, der ihr als groteske Parodie einer Träne über das Gesicht rinnt. Ich bilde mir ein, den Tod auf meiner Zunge zu schmecken, als müsste ich das faulige Tier essen; ich schmecke das schleimige, kalte, verdorbene, mit dreckigen Federn durchsetzte Fleisch. Mir wird übel.

»Komm, ich helf dir mit der Treppe, Dad«, sagt Jack leise. »Nach einer heißen Dusche gehts uns bestimmt allen besser, und dann können wir im Bus eine anständige Tasse Tee trinken.«

Ich lasse die drei stehen, renne zur letzten Kabine, stoße die Tür auf und würge. Doch nichts kommt.

»Ich würde sagen ...« Ralph knöpft sich das Hemd auf. »Ich würde sagen, die Entscheidung steht schon fest.« Er deutet auf den Raum, die Anwesenden. »Ich glaube, Zürich kann sich auf uns gefasst machen.«

Ich habe Dad die Crocs ausgezogen und halte seine Beine hoch, damit seine Socken nicht nass werden. Ich wehre mich gegen den Drang, wegzuschauen. Seine Füße riechen stark nach vierundzwanzig langen Stunden. Wir sind in der Gemeinschaftsdusche. Jeweils drei altmodische Duschköpfe ragen zu beiden Seiten aus der Wand, am Ende stehen mehrere Plastikstühle. Die hellen Bodenfliesen mit den kleinen, quadratischen Schwellen erinnern mich an das Schwimmbad, wo mir Dad an einem dunklen, trostlosen englischen Wintertag, an dem der Wind hart und schneidend blies, nach der Schule das Schwimmen beibrachte.

»Ich glaube nicht, dass bereits eine *ernsthafte* Entscheidung getroffen wurde«, sagt Jack.

Ich muss mich immer wieder bewusst dazu zwingen,

meinen Kiefer zu entspannen. Beim Wörtchen »ernsthaft« kommt mir gute Lust, gemeinsam mit Ralph zu meutern oder mich querzustellen oder was auch immer er da macht. Ich bin wütend auf Jack, genauso wie zuvor auf Ralph, weil er hier einfach so mit seiner vorgefertigten Meinung aufkreuzt. Aber jetzt fällt mir auf, dass ich noch etwas anderes spüre: eine Mischung aus Angst und *Fremdschämen*. Denn in gewisser Weise ist Jack schlimmer als Ralph. Er lenkt nicht ein, keinen Fußbreit. Oder er ist das Gegenteil von Ralph: Wenn er sich erst mal auf etwas einlässt, ist kein Platz mehr für verdeckte Anspielungen und Subtilität. Für Ralph ist die Welt ein Witz, für Jack ist sie eine Prüfung. Hier liegt das Problem: Wenn wir mit einer Sache anfangen, dann fangen wir auch gleich immer mit tausend anderen Sachen an, und dann fallen wir immer weiter und können uns nicht halten – den ganzen Weg nach unten bis zu der Frage, warum Jack ist, wie er ist, und warum Ralph ist, wie er ist, und ihre Mutter und meine Mutter und Dad und die ganze elendige Scheiße.

»Ich glaube, wir sind uns nicht wirklich im Klaren darüber, was das bedeutet«, erklärt Jack ruhig. »Die Implikationen, die es für uns alle mit sich bringt. Aber wie gesagt, wir können uns gleich im Bus unterhalten. Und das werden wir auch, Dad, sonst bist du auf dich allein gestellt.«

Und da platzt es aus Dad heraus, laut und fauchend, als wäre er nicht nur sauer auf uns, sonst auf alles, was sich seit dem Fall der Berliner Mauer in der Welt abgespielt hat. »Ich unterhalte mich gerne mit euch, Jack. Ich will mich mit euch unterhalten, glaub mir. Aber eins kann ich dir sagen: Wir fahren nach Zürich. Ich habe morgen um zwei einen Termin, ein Beratungsgespräch. Der Arzt wird mit mir sprechen, seine Einschätzung abgeben, und dann bekomme ich das Rezept. Und falls ...«

»Dad«, unterbricht ihn Jack.

»Verflixt noch mal, Jack, ich will dir jetzt genauso wenig zur Last fallen wie in London. Aber ich ...«

»Dad ...«

»Last!«, ruft Dad. »Last! Last! Last! Was für ein Scheißklischeewort!«

»Du fällst uns nicht ...«

»*Last!*«, brüllt er so laut, dass das Wort von den Fliesen widerhallt und durch den Raum echot.

Ich weiß nicht, wo ich hinschauen soll. Ich habe seine Wut – zumindest diese laute, offene Form – seit achtzehn Monaten nicht mehr erlebt. Bringt Jack das jetzt in ihm hervor? Niemand sagt ein Wort. Ich spüre, wie in meinen Brüdern Ärger mit Vernunft ringt.

Dad schaltet einen Gang runter. »Aber ich bin zu feige für einen Amateurselbstmord, deswegen ...«

»Dad«, unterbricht Jack erneut.

»Und da die Gesetzeslage nun mal so bescheuert ist, wie sie ist, muss ich einen von euch dabeihaben.«

»Ich will doch gar nicht ...«

»Es muss ein Verwandter sein, Jack.« Dad durchschneidet die Luft mit der Hand. »Anders geht es nicht.« Wieder die Anstrengung, die Kontrolle über sich zu behalten; sein Gesicht wechselt von schlaff zu angespannt und wieder zurück, ein einziger Kampf. »Sonst macht der Pfleger sich strafbar. Verflixtes Scheißgesetz. Natürlich hätte ich einfach nur Lou fragen können, aber das kam mir auch nicht richtig vor. Wenn ich einen mitnehme, muss ich euch alle mitnehmen.« Seine Stimme trieft vor Sarkasmus. »Oder zumindest diejenigen, die mitkommen *wollen*.«

»Dad ...«

»Ich sterbe, verdammt noch mal.« Das Echo wird zu Gitterstäben, die uns einsperren. »Ich sterbe, verdammt noch mal!«

»Dad ...«

»Ich sterbe, verdammt noch mal. Und eins kann ich euch sagen, Jungs: Echter und beschissener wird es nicht mehr.«

»Es behauptet doch niemand ...«

»Mir ist schon klar, dass ich nicht der Erste bin und bestimmt auch nicht der Letzte.« Dad versucht sich an einem Lächeln, doch es kommt nur ein anzügliches Grinsen dabei heraus. »Ist ja nicht so, als *wollte* ich sterben. Natürlich nicht. Aber so funktioniert der Tod nun mal nicht.« Die billigen Plastikstuhlbeine schürfen über den Boden, als er sein Gewicht verlagert. »Hauptsache ist doch, dass ich keine Schmerzen habe. Und das ist toll, das könnt ihr mir glauben. Toll. Morgen sind wir dann in ...«

»Aber ...«, versucht Jack es erneut.

Dad lässt ihn nicht zu Wort kommen. »Ich will doch nur, dass wir zusammenbleiben, so wie jetzt, und einfach über das reden, was uns so einfällt. Albern, ernst – völlig egal.« Speichel tropft ihm von den Lippen. »Wenn man ... wenn man so krank ist wie ich, wird einem klar, dass das Menschsein etwas Körperliches ist. Alles andere ist Bonus oder Nebensache. Ihr seid meine verflixten Söhne. Was jetzt wichtig ist, ist, dass ihr da seid. Dass wir zusammen sind. Lasst uns zusammen ein paar Sachen unternehmen. Zusammen. Wir sind alle hier. Aber lasst euch eins gesagt sein: Wir fahren nach Zürich, komme, was da wolle.«

Er schaut zwischen uns hin und her, und sein Blick lässt keinen Raum für Zweifel.

Niemand kann sprechen oder sich rühren.

Ich denke, dass Jack bestimmt gleich rausgeht und wir ihn nicht mehr zu Gesicht bekommen, da steckt ein junger Halbchinese den Kopf durch die Schwingtüren und sieht einen alten (halb nackten) Mann auf einem Plastikthron, vor dem ein junger (halb nackter) Mann kniet, während zwei (halb nackte) Männer mittleren Alters von links und rechts zuschauen – alle vier haben Gänsehaut, jedoch augenscheinlich nicht vor, demnächst irgendetwas an der Situation zu ändern. Der Junge mustert uns kurz, überlegt es sich dann anders und verschwindet in Richtung einer anderen Zukunft, wo keiner von uns je eine Rolle spielen wird. Am liebsten würde ich ihm folgen.

Jack hängt sein Handtuch auf und platziert seinen Waschbeutel oben auf dem Haken. Dann fragt er: »Kannst du zum Duschen aufstehen, Dad?«

Ich habe das Gefühl, für ihn eintreten zu müssen. »Wenn er sich festhält, ja. Eines der Hauptrisiken bei ALS ist die Sturzgefahr, besonders in der Übergangsphase, in der wir uns jetzt befinden.«

»Übergangsphase?«, fragt Jack.

Mir kommen richtig kranke Gedanken: Ja, ich will

wieder mit Dad allein sein. So wie vorher, auf der Fähre oder bei der Champagnerprobe. In mir ist alles verdreht und verätzt. Trotzdem schaue ich gelassen, aber ernst in die Runde, als wäre ich der Krankenpfleger des Jahres, und erkläre: »Viele Betroffene teilen die Zeit, die ihnen noch bleibt, in drei Phasen ein: zu Fuß, im Rollstuhl, im Bett. Die Übergangsphasen sind jeweils dazwischen. Dad steht kurz vor Phase zwei.«

»Ich kann immer noch stehen«, fügt Dad hinzu. »Solange ich mich irgendwo festhalte.«

»Münzen, Louis, Münzen«, sagt Ralph. »Oder willst du, dass deiner ganzen Familie die Eier abfrieren?«

Ich greife in die Tasche meiner Shorts, die ich auf einen Haken gehängt habe, und als ich die kleinen, gerillten Bronzemünzen hervorhole, rutscht mir eine davon durch die Finger, fällt auf den Boden und rollt leise klimpernd und in Zeitlupe Richtung Abfluss.

Ich knie vor dem Gitter, komme jedoch nicht an die Münze, die mir aus der engen, grauen Dunkelheit entgegenglitzert.

»Du kannst mit mir duschen«, bietet Dad an.

»Oder mit mir«, sagt Ralph.

»Vielleicht krieg ich sie ja noch raus«, erwidere ich über die Schulter hinweg.

»Mach dir keinen Kopf, Lou«, sagt Jack. »Ich hol dir eine neue.«

Meine Knie tun von den Bodenrillen weh. Mir ist kalt, ich bin nackt und zittere, und ich spüre, wie mir die Tränen in die Augen steigen und mir genau zwei Atemzüge bleiben, um sie aufzuhalten.

»Ich komm nicht dran«, sage ich. »Ich komm nicht dran.«

»Gib mir mal meinen Waschbeutel«, fordert Dad mich sanft auf.

Er gibt mir etwas zu tun, lenkt mich ab, wie man es mit einem Kind tun würde. Ich stehe auf und drehe mich zu ihm.

»Schau mal rein.«

»Wieso?«

Jetzt lächelt er, als wäre alles geklärt, als ginge es uns allen bestens, und er ist ein Ausbund an Güte, keine Spur von Knorrigkeit und Zorn.

»Da unten sind noch ein paar Münzen drin.«

»Im Ernst?«

»Ja.«

Ich wühle mich durch den Mist in seinem uralten schwarzen Kulturbeutel. Ralph und Jack schauen mir zu, als fände hier gerade ein von langer Hand geplanter Zaubertrick statt.

»Ich weiß nicht, ob sie von genau diesem Zeltplatz hier stammen«, sagt Dad. »Aber möglich wärs. Die haben eigentlich überall das gleiche System. Die warten schon seit zwanzig Jahren auf ihren großen Auftritt.«

Ich spüre die kleinen Scheibchen ganz unten in einer Ecken zwischen vertrockneter Zahnpasta und namenlosen Tabletten, die aus vergessenen Blisterpackungen gefallen sind. Ich halte sie hoch wie Minigoldmedaillen.

»Aha! Zwei Stück.«

Dad schaut zwischen uns hin und her und zwinkert übertrieben. »Denn ihr wisst weder Tag noch Stunde.«

Für ihn ist das ein Riesentriumph. Und Gott weiß, warum, aber wir grinsen alle breit. Weil das hier irgendwie alles übertrumpft. Als wären diese Münzen ein Zeichen unserer gemeinsamen Geschichte, die Dad bis heute aufbewahrt, vor dem Vergessen bewahrt hat.

Ich gebe jedem eine, Ralph wirft seine ein und drückt den Knopf, und sofort stürzt ein heißer Schwall auf ihn nieder. Er legt den Kopf in den Nacken.

Ich helfe Dad auf die Beine und habe das Gefühl, dass sich alles in mir wieder geordnet hat wie um ein neu entstandenes Magnetfeld, und dieses Feld hat mit der Tapferkeit meines Vaters zu tun, mit seinem Mut und damit, dass er sich kein einziges Mal dem Selbstmitleid hingegeben hat.

»Dann mal Hosen runter, Dad«, sage ich.

Dad hält sich an meinen Schultern fest und steigt aus seiner Paisleyunterhose.

»Ich mach das schon«, sage ich zu Jack. »Geh ruhig duschen. Dad kann sich an der Stange festhalten oder an mir.«

Jack nickt, als würde er anerkennen, dass ich derjenige bin, der sich um Dad kümmert. Er stellt sich neben Ralph, wirft seine Münze ein, und ein zweiter Geysir speit heißes Wasser.

Und plötzlich ist die kalte Echokammer wie vom Erdboden verschluckt, und der Raum füllt sich mit aufsteigendem Dampf und herabfallendem Wasser, wird lebendig, wie in einem dieser alten neoklassizistischen Badehäuser, in denen wir früher manchmal in Deutschland waren. Es fühlt sich gleich wohliger an: Warme Nebelschwaden kringeln sich durch die langen, schmalen Fenster, und das ist tröstlich und köstlich und wie vorherbestimmt. Und noch eins: Die Wut verebbt, da Dad klargemacht hat, dass wir nach Zürich fahren, wodurch ich mich besser fühle, *glücklicher.*

Aber ich unterschätze Jack.

Oder ich verstehe nicht, was Güte ist.

Oder ich habe vergessen, dass er der Sohn meines Vaters ist.

Oder vielleicht sind wir getauft und wiedergeboren worden.

Denn inmitten der Wärme und der Seife und des Wassernebels legt Jack auf einmal los, und seine Stimme ist so laut und deutlich, dass sie das Prasseln und Rauschen übertönt.

»Dad, ich weiß, dass du denkst, ich hätte mich wegen der Schule, der Jungs und dem ganzen religiösen Kram verändert«, erklärt er unter der Dusche hervor. »Aber das stimmt nicht. Ich ... ich sehe die ganze Sache jetzt bloß in einem anderen Licht.«

»Erzähl«, sagt Dad. Anscheinend hat er jetzt seinen Dampf abgelassen, und jeder kann sagen, was er will, und wir sind die vernünftigste und aufgeschlossenste Familie aller Zeiten.

Jack kippt sich etwas von dem Minz-Shampoo in Reisegröße in die Hand.

»Weißt du noch, als die Jungs Zwillings-Syndrom hatten?«

»Ja«, erwidert Dad. »Natürlich.« Er umklammert meine Schulter etwas fester, und ich merke, dass er jetzt so sehr nach Jack giert wie zuvor nach Ralph – als hätte er plötzlich gemerkt, dass er Jack auch nicht versteht und ihm jetzt unbedingt zuhören will.

»Wir waren in der zwanzigsten Woche zur Kontrolle im St. Thomas, und da meinte die Ärztin, wir sollten sofort ins King's Hospital fahren, da die Föten womöglich in der Gebärmutter sterben würden. Und wir sind vor lauter Panik mit dem Taxi direkt zum falschen Krankenhaus gefahren.«

»Ja, daran kann ich mich noch erinnern«, sagt Dad.

Ich werfe Ralph einen Blick zu. Er lässt den Kopf von links nach rechts kreisen, als würde er Musik hören, die außer ihm niemand wahrnehmen kann, ohne dabei jedoch Jack aus den Augen zu lassen.

»Drei Stunden später waren wir dann im richtigen Krankenhaus, und da führt uns die Oberärztin in so ein winziges Zimmer und meint: ›Mr. und Mrs. Lasker, wir haben es hier mit einer hochkomplizierten Schwangerschaft zu tun. Ihre Zwillinge leiden an fetofetalem Transfusionssyndrom. Das kommt häufig vor, wenn die Plazenta geteilt wird. In jedem Fall werden die beiden höchstwahrscheinlich in den nächsten zwei, drei Tagen sterben.‹«

Jack massiert sich die Kopfhaut. Während er spricht, hat er die meiste Zeit die Augen geschlossen.

»Und dann meinte sie, sie sei die Einzige im Land, die sie mit einer OP retten könnte. Sie hätte die Methode selbst entwickelt, aber die Chancen, dass beide überleben, stünden bei dreißig Prozent, und sie würden garantiert zu früh zur Welt kommen. Wir hatten also die Wahl, der Natur ihren Lauf zu lassen, sodass vielleicht – nur vielleicht – einer von beiden überleben würde. Oder wir konnten abtreiben. Oder sie könnte mit einem Laser in die Gebärmutter vordringen und das Verbindungsgewebe abschmelzen, das für das Syndrom verantwortlich war. Die Chancen, dass beide sterben würden, standen bei dreißig Prozent, die Chancen, dass einer sterben würde, auch, und die Chancen, dass beide überleben würden, waren ebenfalls ein Drittel.«

Jack balanciert auf einem Bein, um sich den Fuß zu waschen. »Und dann meinte sie, so eine OP *in utero* wäre außerdem mit zusätzlichen Risiken verbunden, für Mutter und Kind. Sie konnte uns nicht sagen, ob schon Schäden entstanden waren.« Jack wechselt das Bein. »Sie hat gesagt, es wäre absolut nachvollziehbar, wenn uns das Risiko zu groß ist und wir die Schwangerschaft lieber beenden wollen. Aber wenn wir uns dafür entscheiden würden, wäre die OP am nächsten Tag. Wir sollten es uns überlegen, während sie draußen gewartet hat.«

Ralphs Duschzeit ist abgelaufen. Jack lässt sich vom Wasser das Duschgel abwaschen. Sein Bauch ist nach außen gewölbt, Ralphs nach innen.

»Und dann … dann haben wir ihr gesagt, dass wir es riskieren wollen. Wir mussten uns entscheiden, und wir haben uns für die Chance auf Leben entschieden, für beide. Und wieso?«

Jacks Dusche geht ebenfalls aus. Ralph ist immer noch voller Seife. Dad und ich stehen nebeneinander. Unsere Dusche geht so abrupt aus, wie sie angegangen war. Jetzt stehen wir vier erneut in der widerhallenden Stille.

»Wieso?«, wiederholt Jack. Seine Stimme ist auf einmal leise und vertraulich.

»Erzähl weiter«, sagt Ralph.

»Weil … weil das Leben ein Wunder ist. Ein komplett unerklärliches Wunder. Nicht im religiösen Sinne, nein. Aber wie ist der ganze Scheiß überhaupt losgegangen? In der Gebärmutter. Auf der Erde. Vielleicht ist das im ganzen Universum nirgendwo anders passiert. Wir wissen es nicht, und wir verstehen es nicht. Ich muss euch das bestimmt nicht erklären, aber … aber vielleicht ist das Leben sogar das einzige Wunder, das größte aller Rätsel. Und deswegen … wisst ihr was? Selbst wenn man nur noch zehn Atemzüge hat, dann sollte man jeden einzelnen davon auskosten. Alles andere wäre eine Beleidigung, eine Beleidigung des Lebens an sich. Das größte Privileg von allen. Dieses Wunder. Das … das Einzige, was wir haben.«

»Erzähl weiter«, sagt Ralph erneut.

»Und was du jetzt vorhast, Dad … damit wendest du dich gegen die Schöpfung. Und so jemand bist du nicht. So bist du einfach nicht. Wir sind eine Familie von Optimisten. Wir sind neugierig, wir lassen uns auf Dinge ein. Wir entscheiden uns für das Leben. Oder etwa nicht?«

Jack sieht zwischen uns hin und her.

Meine gesamte Feindseligkeit ist wie weggespült, und ich bin unter diesen Leuten verloren.

»Wir brauchen mehr Münzen«, sagt Ralph leise.

Das Gesicht eines Gespensts

Das Unwetter tropft immer noch von den gebrochenen Bögen der Äste. Jack hilft Dad zurück zum Bus. Auf beiden Seiten des Wegs planen die Organisierten und Entschlussfreudigen ihren Tag. Ich muss ständig mein Tempo verringern und warten. Mir war nicht klar gewesen, wie langsam es sich anfühlt, wenn ich nicht unter der Schulter meines Vaters stecke. Ralph geht voraus, dreht sich um, raucht, schaut in den Himmel, beobachtet uns, passt seine Geschwindigkeit wieder an. Ich stehe wartend am Wegesrand. Als ich kurz Jacks Blick einfange, schaut er sofort weg, als könnte er sich jetzt gerade nicht mit mir auseinandersetzen. Plötzlich komme ich mir vor, als hätte ich Dad die ganze Zeit über zu seinem Tod hingeholfen, im praktischen Sinne, und Jack ist eingeschritten, um ihn in die entgegengesetzte Richtung zu führen. Ich habe das Gefühl, ich wäre im Unrecht, und schlimmer noch, mein Bruder, mein hartnäckiger, vornehmer, unerschütterlicher Bruder wäre im Recht, und seine Standhaftigkeit wäre ein Segen für uns alle.

»Früher hast du immer gesagt ...«, setzt Jack sachte an und bricht dann ab, als sie eine Bodenschwelle überwinden müssen. Sie können nicht direkt miteinander sprechen, da sie Seite an Seite gehen, und Jack muss sich stattdessen an die Straße richten. Mir fällt auf, dass Jack unseren Vater zum Laufen zwingt, so wie ich auf der Fähre, und dass Dad ihm gehorcht – so wie er es für mich gemacht hat.

»Früher hast du immer gesagt«, fährt Jack fort, »dass unsere Beziehungen einen großen Teil von uns ausmachen. Mehr als die Hälfte. Dass wir aus der Liebe bestehen, die wir geben, bekommen, verwehren und wagen.«

»Das sage ich auch immer noch. Natürlich.«

Dad ist wieder genervt – gegen seinen Willen. Die Müdigkeit, der Alkohol, die Nacht.

Aber Jack gibt sich geduldig. »Wahrscheinlich möchte ich bloß, dass du mal über deine Beziehungen nachdenkst. Welche Auswirkungen deine Entscheidung auf sie hat. Nicht nur auf uns, sondern …«

»Jack, ich bitte dich.« Mein Vater hebt den Kopf. »Erpress mich jetzt bloß nicht mit meinen Enkeln.«

»Lass ihn doch ausreden, Dad«, schaltet Ralph sich abrupt ein. Er steht ein Stück weiter weg und schaut zu uns. »Na los, Jack.«

»Ich meine doch bloß, dass wir ohne dich …« Jacks Stimme klingt dumpf wie ein gregorianischer Choral. »Ohne dich fehlt uns die Mitte.«

Dad bleibt stehen. Außer seinem Bademantel trägt er nicht viel. Wären wir nicht gerade auf einem Zeltplatz, würde er garantiert auf die Polizeiwache oder in die nächste Obdachlosenunterkunft verfrachtet werden.

»Jack, ich fahre dahin.« Er lehnt sich auf seinen Stock. »Wir fahren alle dahin. Auch du.«

Sie gehen weiter. Ich will meinem Vater zur Seite eilen, aber es kommt mir falsch vor – als würde ich sie unterbrechen, ablenken, die Last zurückstehlen. Die Last. Ich kann kaum zusehen. Fühlt Jack sich auch so, wenn ich Dad stütze? Ausgeschlossen? Ausgesperrt?

Eine Familie belädt gerade einen Minivan – Windeln, Klappstühle, eine Sporttasche mit der Aufschrift »Schwimmsachen«.

»Siobhan … Siobhan und ich … wir dachten beide …« Jack drückt sich die freie Hand auf die Brust. »Wir dachten beide, wir würden nicht wollen, dass die Jungs und Percy dich kennenlernen, eben deswegen … wegen der ALS. Aber das war möglicherweise der falsche Gedanke. Ich weiß nicht. Siobhan war so überzeugt davon. Und ich wollte mir die Diskussion sparen. Aber jetzt …« Er bricht ab.

Und wieder meldet sich Ralph zu Wort. »Erzähl weiter, Jack.«

»Jetzt ist mir klar, dass man wissen muss, woher man kommt. Die Jungs und Percy … sie wollen wissen, wer sie sind. Und das bedeutet, dass sie dich kennen müssen.«

Wieder bleibt Dad stehen. »Was haben wir gemeinsam, Jack? Ich meine, du und ich im Besonderen.«

Wir halten alle inne.

»Was verbindet uns?«, beharrt Dad.

Bis zum Bus hinter der nächsten Ecke sind es immer noch sechshundert Meter. Dads Augen tränen.

»Wie meinst du das?«

»Ich sags dir.« Dad dreht sich leicht zur Seite. »Wir sind beide Väter.«

Jetzt zögert Jack.

»Und wenn du todkrank wärst, was würdest du dir von deinen Jungs wünschen? Von Billy und Jim? Von Klein Percy? Ich meine, wenn sie ein bisschen älter sind. Was würdest du dir erhoffen?«

Jack schweigt.

»Ich sags dir: Du würdest auf Verständnis hoffen.«

Bevor ich Eva kennenlernte, zog ich eines Abends halbbetrunken und allein eine Taschenbuchausgabe der Gedichte meiner Mutter aus dem Regal – die einzige Sammlung, die sie je veröffentlichte und von der ich wusste, dass mein Vater sie mit Anmerkungen versehen hatte. Ich wollte ein paar der Gedichte lesen, aber auch die Bleistiftschrift meines Vaters auf den Rändern. Ich setzte mich hin und blätterte die Seiten um. Und es nahm mich ziemlich mit, zerriss mir im Grunde das Herz, wie ich die beiden da sah – die Aufmerksamkeit, die er ihr schenkte, die Konzentration, die Hingabe, wie ernst er sie nahm ... ich kam nicht damit klar und wollte irgendwem davon erzählen – schau nur, schau nur, schau dir das an. Aber wohin soll man gehen, und wem soll man es erzählen?

Wir wollen im Freien frühstücken und rollen die Markise aus, weil der Wind immer noch Regentropfen von den Bäumen pustet. Ich stehe auf der kleinen Trittleiter, damit ich ans Dach komme. Hinter mir hält Jack die eine Stange, Ralph die andere; sie hetzen mich schweigend, indem sie sich absichtlich nicht bewegen. Sie sehen aus wie die Leibwache eines altersschwachen Earls. Dad sitzt im Bademantel in einem Campingstuhl und beobachtet mich. Er ist völlig erschöpft. Er kann keinen Schritt mehr gehen. Das ist die Wahrheit. Nicht die kleinste Entfernung. Wir sind am Ende seiner fußläufigen Tage angelangt. Selbst zweihundert Meter machen ihn fertig. Er ist verkatert und eingeschnappt, würde das aber nie zugeben. Er hat sich noch nicht angezogen, da seine Klamotten in den Fächern unter den Sitzen liegen, aus denen das Bett besteht. Er strahlt jedoch eine reizbare Energie aus, und er will, dass wir zu Potte kommen. Damit meint er, dass wir das Bett wieder auseinanderbauen, die restlichen Stühle rausholen, den Klapptisch aufbauen, den »verflixten Tee« aufsetzen und Croissants beim Bäcker holen. Wären wir besser mal geflogen. Flughafen, Hotels, zwei saubere, zivilisierte Tage in Zürich. Ein sauberes, zivilisiertes Ende.

»Na los, Lou«, sagt Dad. »Wir brauchen Tee.«

»Ich mach ja schon.«

Vor zwanzig Jahren hat Dad die kleine Standardmarkise erweitert, die zur Ausstattung gehörte. Er schnitt eine Leinwand zurecht und nähte sie irgendwie an, damit wir bei Regen alle bequem zu fünft am Tisch sitzen konnten. Vollständig geschützt, Lou, so kann jeder essen, trinken, Karten spielen, reden. Aber diese Markise ist dicker und steckt fest und lässt sich nur schwer aus dem VW-Gehäuse befreien, da Dad das Material praktisch verdoppelt hat und man das Drecksding jetzt zu dritt aufbauen muss.

»Demnächst muss ich mit den Kids auch mal zelten gehen«, meint Jack.

»Ich fass es nicht, dass ihr das nicht schon längst gemacht habt«, erwidert Dad aggressiv. »Das ist doch das einzig … Ich verstehe diese Idioten einfach nicht, die unbedingt am Strand liegen wollen.«

Die Markise klemmt. Aber das behalte ich lieber für mich, da es eine Kritik an Dads Qualitätsarbeit und damit auch an Dad bedeutet hätte. Ich muss die Trittleiter verschieben, damit ich an die andere Seite komme. Es riecht nach nassen Blättern und Kiefern, so wie früher, als es noch keine Menschen gab. Wir müssen frühstücken. Wir müssen etwas essen.

»Ich hab ihnen von unserem Bus erzählt«, sagt Jack, und es klingt verdächtig nach Erpressung. »Sie wollen auch mal damit in den Campingurlaub fahren.«

»Das würde Siobhan doch niemals erlauben«, schnaubt Dad.

Und zum ersten Mal schnaubt Jack zurück. »Sie will doch bloß nicht, dass sie eine Bindung aufbauen, die garantiert in Tränen endet.«

»Jeder stirbt irgendwann, Jack. Kapierst du das nicht?«

»Nicht an einem vorher festgelegten Tag und zu einer festgesetzten Uhrzeit.«

Ich bekomme die Markise endlich befreit.

»Aha, das Datum ist also das Problem.« Dad gibt sich absichtlich verächtlich. »Stell es dir einfach vor wie das Gegenteil eines Kaiserschnitts.«

»Was ist eigentlich …«

Ich muss sie aufhalten und greife ein. »Wenn man sich relativ früh entscheidet …« Ich halte es nicht aus, wenn Dad die beiden bedrängt. Als wollte er sich an ihrem

Zorn laben. Aber ich habe keine Ahnung, was passiert oder was wir machen sollen, wenn sie sich gegen ihn wenden.

»Wenn man sich relativ früh entscheidet«, fahre ich fort, »ist es wohl für alle schwieriger, damit zurechtzukommen. Psychologen nennen das vorauseilende Trauer.« Ich rolle die Markise über Dad aus wie ein Grabtuch, spreche aber laut weiter wie ein Fremdenführer. »Man trauert also praktisch um die Person, während sie noch am Leben ist, und zwar in denselben fünf Stufen: Nichtwahrhabenwollen, Wut, Verhandeln, Depression und Akzeptanz. Einen ungesünderen emotionalen Zustand gibt es nicht.«

»Das kommt hin, Lou«, sagt Ralph. »Du bist immer noch wütend. Ich bin depressiv. Jack feilscht. Dad hat es akzeptiert. Vielleicht sollten wir einfach alle aufs Nichtwahrhabenwollen zurückfallen.«

Er lehnt seine Stange in meine Richtung, und ich lege die Öse über die Spitze. Ich merke, dass Ralph mir helfen will. So wie er Jack beim Reden geholfen hat. So wie er uns allen geholfen hat. Auf seine eigene Art und Weise. Ich gehe hinüber, um Jacks Stange einzuhaken, sodass Dad allein unter der Markise sitzt und wir einander darüber hinweg anschauen. Ralph hält eine Hand hoch, um Jack von einer Antwort abzuhalten.

Dads Stimme dringt von unten zu uns. »Wisst ihr, ich wäre ja lieber in England gestorben«, sagt er. »Aber ich erkenne mein eigenes Land nicht wieder, was spielt es also für eine Rolle?«

Ich grabe den Pflock in die nasse Erde ein, damit ich

genug Spannung auf das Seil bekomme, um die Stange aufzurichten und die Markise straff zu ziehen. Ich befestige erst Ralphs Abspannseil, dann Jacks. Ich ziehe beide fest, und die Markise hebt und streckt sich, quadratisch und wahrhaftig.

Als Dads Gesicht wieder zum Vorschein kommt, ist es weiß und leer und hohl, das Gesicht eines Gespensts.

Mein Vater hatte eine E-Mail auf dem Computer, von der er nicht wusste, dass ich sie gesehen hatte. Ein Entwurf, ungefähr zwei Wochen nach der Diagnose. An Doug. Ich weiß nicht, ob er sie je abgeschickt hat; jedenfalls habe ich den Text kopiert, an mich selbst geschickt und die Mail dann aus dem Gesendet-Ordner gelöscht. Er schrieb:

Mein Vater hatte am Ende eine Heidenangst. Er weinte und flehte mich an. Bedachte die Pflegerinnen im Hospiz, das ich für ihn gefunden hatte, mit rassistischen Beschimpfungen. Obwohl er es besser wusste. Eins kann ich dir sagen, Doug, seine schlechtesten Charakterzüge – trotz seines relativen Wohlstands war er engstirnig und garstig, voller Rachsucht, Vorurteile und Wut – kamen an die Oberfläche und ergossen sich aus seinem Mund. Fanatismus, Frauenhass und Rassismus brachen sich Bahn. Der ganze Müll und Dreck trieb auf der Flut mit, ohne jegliche Anmut und Würde. Was auch immer er je gelernt hatte, war vergessen. Ein Geist wie ein überfütterter Esel, der zu lange allein im Stall geschrien hat.

Er versuchte sich an Versöhnungsgesten – wir beide zusam-

*men im selben Boot, endlich unterhalten wir uns mal –,
und das konnte ich nicht ertragen. Konnte ihm nicht in die
Augen schauen. Wenn ich ankam, wollte ich sofort wieder
verschwinden. Jede Sekunde kämpfte ich damit, mir meinen
Fluchtinstinkt nicht anmerken zu lassen. Mein Vater und ich
in einem kleinen Zimmer am Rand von Bradford.
Er ... er wollte, dass wir Freunde sind. Freunde! Nach den
unzähligen Jahren, die von seinen Wutanfällen bestimmt waren. Er nannte London immer noch »dieses« London. Wenn
er nicht mein Vater gewesen wäre, hätte ich vielleicht darüber
gelacht. Ein neunundsiebzigjähriges Kind. Ein Baby.
Aber das geht natürlich nicht, Doug. So wie du es erzählt
hast. Man kann nicht einfach mit den Fingern schnipsen und
die sechzig Jahre ungeschehen machen, die man zwischen
sich und seine Kinder gebracht hat. Zu spät, alter Mann,
zu spät. Die Mauern wurden vor langer Zeit errichtet und
befestigt – und das nur allzu gut, nur allzu gut.
Und doch hätte er sich besser anstellen sollen. Natürlich ist
es Angst einflößend. Natürlich ist es schrecklich. Natürlich
tut es weh und ist bestialisch und einsam, und die ganze
Welt fällt einfach weg – nicht mehr an dir interessiert, nicht
mal mehr vorgeblich. Und die Geschwindigkeit. Man verliert seine Freunde, man geht in Rente, und was dann?
Niemanden interessiert es auch nur einen Deut. Die Geschwindigkeit. Man wird fünfundvierzig und merkt, dass
alle entweder mit den falschen Dingen beschäftigt oder am
Sterben sind – und dabei gehört man zu den glücklichen
zehn Prozent der Weltbevölkerung, für die Gesundheitsvorsorge und Krankenhäuser verfügbar sind! Jeden Moment
könnte man Krebs bekommen oder einen Herzinfarkt, jeden*

Moment könnte einen ein Busfahrer umbügeln, der einen auf dem nagelneuen Fahrrad nicht gesehen hat. Alles ist düster und unsicher und ständig am Rande der Katastrophe, oder noch schlimmer: der Sinnlosigkeit – die Jahre drehen sich schneller als die Zähler von diesen Lira-Tankstellen in Italien (kennst du die noch?).
Also muss man spielen. Wie du schon gesagt hast. Wenn man seinen Kindern nicht nah sein kann, dann muss man ihnen eben was vorspielen. So tun, als ob. Eine Show aufführen. Ihnen etwas geben, woran sie glauben können. Für die Kamera lächeln. Zeig dich und gib dir den Anschein, du wüsstest wenigstens ein bisschen was über Weisheit. Ich glaube, deswegen schreibe ich dir, Doug. Weil ich ihnen nicht schreiben kann. Nicht hierüber. Ich beneide dich um deine Töchter, du Glücklicher.
Danke übrigens für die Informationen über Happisburgh. Beruhigt einen doch, dass unsere Vorfahren die unwirtlichen Umstände vor 850 000 Jahren gemeistert haben, um sich in Norwich niederzulassen. In Norwich! Wusste gar nicht, dass dort damals die Themse mündete. Ich wette, sie haben sich von Muscheln ernährt. (Die Wasseraffen-Theorie – da glaube ich ja persönlich fest dran.) Lass uns mal wieder was unternehmen. Ich hab noch ein paar gute Monate vor mir. Ich will meinen eigenen Feuerstein entdecken. Nur einen einzigen. Ich würde so gerne einen Schatz finden. Ich will etwas machen, das

Aber da brach er ab. Was will er machen? Ich weiß es nicht. Ich werde es nie erfahren. Und ich kann ihn nicht fragen, weil mich seine Privat-E-Mails überhaupt nichts

angehen. Was für eine traurige Beziehung, in der Verständnis durch Schnüffelei erzielt wird.
Kein Blut für Öl. Nicht in meinem Namen. Samstag, 15. Februar 2003. Der Londoner Himmel seehundbauchgrau. Die Kälte kriecht einem bis ins Mark. Atemwolken hängen in der Luft. Und den ganzen Tag marschierten wir. Ich und Dad. Hand in Hand. Es war ein großartiger, gewaltiger Tag voller kalter Hände und heißem Tee und Verbundenheit mit den Leuten, denen wir begegneten, und der tiefen Solidarität von Millionen von Menschen, die auf der ganzen Welt das Gleiche taten. Die Welt gehört den Menschen. Bestimmt. Bestimmt. Bestimmt. »Stoppt den Krieg.«

Ich weiß noch, dass ich ein Banner trug — »*Tony Blair will keiner mehr*«. Und es fühlte sich wichtig an, bedeutend. Und Dad kannte alle wichtigen und bedeutenden Leute. Und am Hyde Park sagte er: »Halt dich fest, Lou. Wollen wir doch mal sehen, ob wir in den Backstagebereich kommen.« Also umklammerte ich seine Hand, und wir quetschten uns durch die Menschenmenge, als würden wir die vollste Tanzfläche der Welt überqueren. Und über die Lautsprecher erklärte irgendein Politiker: »Freunde, wir haben uns heute hier versammelt … um eine neue Bewegung zu gründen … Das hier ist die größte Demo aller Zeiten in Großbritannien, und unser Anliegen ist es, einen Krieg mit dem Irak zu verhindern.« Und Dad nickte jemandem zu, hob die Faust in jemandes Richtung, und wir gingen immer weiter, bis wir rechts vor der Bühne standen. Und der Politiker sagte, die Welt würde vom Militär beherrscht, von den Medien und den

Multikonzernen. Und dann kam Harold Pinter an uns vorbei, und Dad begrüßte ihn, und ich hatte natürlich keine Ahnung, wer zum Teufel Pinter war, aber Pinter erwiderte: »Hallo, Professor, schön, Sie zu sehen. Und wen haben wir hier?« Und mein Dad, der überhaupt kein Professor ist, erwiderte: »Das ist Lou. Er ist einer von uns. Stimmt doch, oder, Lou?« Und ich nickte, und Pinter nickte ebenfalls. Dad meinte: »Lass uns mal hier abwarten, ob wir nicht den Bürgermeister erwischen.« Und er schaute sich nach anderen Bekannten um.

Und drei Stunden später gingen wir zu Fuß über die Themse nach Hause, weil, ich weiß auch nicht, wir weiterlaufen, auf der Straße bleiben wollten und von dem Tag ganz berauscht waren. High. In Hochstimmung. Als hätte das, was wir getan hatten, wirklich eine Rolle gespielt. Und dann legten wir einen Teestopp in Jacks alter Wohnung in der Nähe des Kricketstadions ein.

Damals hatte er Siobhan gerade erst kennengelernt – sie war im Schlafzimmer oder so, und er hatte gerade einen Artikel über die Demo geschrieben und war immer noch gestresst von der Deadline, so wie jeden Samstag. Und da, mitten in der Küche, ging Dad plötzlich auf Jack los, weil er nicht mitgelaufen war. Wie konnte er über etwas schreiben, an dem er gar nicht teilgenommen hatte? Jack erwiderte, er sei den ganzen Morgen über dabei gewesen. Und Dad gab zurück, es sei doch erst am Nachmittag so richtig losgegangen – die Reden und so weiter. Jack antwortete, er habe das im Fernsehen mitverfolgt, weil er am Schreibtisch sitzen musste, da der Artikel um sechs fällig gewesen sei. Dad schnaubte verächtlich.

Und das ging Jack nahe, und er wollte von Dad wissen, ob er die Pro-Palästina-Gruppen gesehen habe. Ob er immer noch mit der Hamas und der Hisbollah befreundet sei, und was sei eigentlich mit der IRA? Und warum wirst du nicht endlich erwachsen, Dad, und hörst mit diesem Getue auf? Ich wusste, dass Jack das eigentlich gar nicht so meinte, aber Dad hatte ihn dazu angestachelt. Also erwiderte Dad, sieh mal an, wer jetzt ein anderes Lied singt, da er ein anderes Brot isst – und hielt Jack es wirklich für eine gute Idee, im Irak einzufallen? Hatte Jack überhaupt irgendeine Vorstellung davon, was für ein Chaos so ein Krieg entfesseln würde, und er hoffte, in Jacks Artikel sei auch von den Konsequenzen die Rede. Und Jack erwiderte, ja und? Du bist also für Saddam, du denkst, er ist in diesem Szenario der Gute? Du glaubst, die Amerikaner, die ihre Leute wählen lassen und das Rechtsstaatsprinzip und die Meinungsfreiheit hochhalten und niemanden foltern oder Hunger leiden lassen, sind die Bösen? Dad reagierte ungläubig – was meinst du damit, niemand wird gefoltert? Was ist mit denen, die hingerichtet werden? Was ist mit der verdammten Todesstrafe? Und Jack erwiderte, jetzt mach mal halblang – warst du nicht vor einem halben Jahr mit Blair beim Abendessen? Und hast du uns nicht davon vorgeschwärmt, wie beeindruckend er war und wie furchtbar kompetent er gewirkt hat? Woraufhin Dad meinte, bei dem Essen seien fünfzig Leute gewesen, und natürlich war er dort – es müsse einem schon verdammt an Neugier fehlen, um eine Einladung des Premierministers auszuschlagen, aber das bedeute noch lange nicht, dass er ihn oder diesen idiotischen Krieg unterstütze. Und Jack fragte, warum warst du dann im Radio? Warum warst du im Radio und hast dem ganzen Land erklärt, wie furchtbar die Veranstaltung war, weil du die ganze Zeit über nur an die armen Familien im Irak denken musstest?

Keiner der beiden meinte, was er da sagte – aber sie sagten es trotzdem, weil irgendetwas am jeweils anderen, das nichts mit dem Nahen Osten oder den Regierungschefs oder der Hisbollah oder Tony Blair zu tun hatte, sie unglaublich wütend machte. Was ihnen natürlich auch klar war. Aber das konnten sie nicht zugeben. Das hatte irgendwas mit Ehrlichkeit und Täuschung zu tun, mit der Notwendigkeit des Betrugs, den sie durchschauten und verachteten und der sie derart aufregte und von dem sie trotzdem nicht lassen konnten. Es hatte mit Ehrlichkeit und Täuschung zu tun und saß so tief, dass man es unmöglich vor sich selbst zugeben konnte. Weswegen es um die Hamas und Bush und Blair und den Irak ging – ihr ganz persönlicher Stellvertreterkrieg.

Und da verkündete Dad, wir hätten Evelyn im Backstagebereich gesehen, die habe ihre Prinzipien übrigens nicht über den Haufen geworfen. Und Jack erwiderte, wenn Lou jetzt nicht hier wäre, würde ich dich hochkant aus der Scheißwohnung schmeißen. Und ich fragte, wer ist Evelyn? Weil ich einfach nur dastand und irgendwas sagen musste. Und da kam Siobhan in die Küche, und Dad erklärte lautstark, Evelyn sei eine Ex-Freundin von Jack aus seiner Zeit beim *Socialist Worker*, ach, grüß dich, Siobhan, schön, dich zu sehen, wir unterhalten uns gerade über den Irak.

Einer Sache war ich mir allerdings sicher: Wer auch immer Evelyn sein mochte, wir hatten sie garantiert nicht gesehen. Aber das konnte ich Jack nicht sagen. Oder Siobhan. Oder Dad. Wem sollte ich es also erzählen?

Alle für einen

So jemanden wie meine Brüder, das behauptete Dad immer, hätte man auf Pilgerreisen Anno Tobak gerne dabeigehabt, und damit hatte er recht. Bei den beiden ist so viel los, dass man genug Gesprächsstoff bis Canterbury hätte – oder bis Jerusalem, Babylon, Gomorrah oder zur Himmlischen Stadt oder wohin auch sonst wir unterwegs waren. Sie wollen ihre Gesprächspartner zum Reden bringen, nicht ihnen den Mund verbieten. Und im Laden auf dem Campingplatz, ohne Dad an meiner Seite, überkommt mich aufs Neue dieses Gefühl – dass die Welt sonniger ist, wiederhergestellt, und das Ende noch nicht feststeht. Und ich bin plötzlich froh, dass wir wieder hier sind, ganz ohne jeden Zweifel und frei von widersprüchlichen Gefühlen.

»Vier von allen Croissants, die Sie haben«, bestellt Jack auf Französisch.

»Auf keinen Fall die mit Mandeln vergessen«, fügt Ralph auf Englisch hinzu.

Die Verkäuferin trägt eine kurzärmelige, blau gepunktete Bluse, und ihr Lächeln strahlt in der Gewissheit, jeden Morgen frisches französisches Brot in einer Welt um sich zu wissen, der niemand etwas anhaben kann.

»Okay, ja. Sechzehn insgesamt«, sagt Jack auf Französisch. »Danke.«

»Danke«, fügt Ralph auf Englisch hinzu.

Wir beobachten ihren wippenden, karamellblonden Pferdeschwanz wie drei schockstarre Aliens, während sie fröhlich die Croissants eintütet. Der Geruch von frischem Brot vermischt sich mit dem schwachen Duft von gezuckertem Obst. Die klassische Musik im Radio erinnert an einen Bachlauf, der nach dem ersten Tau im Frühjahr über glatt polierte Kiesel plätschert. Wenn wir hier nie wieder rauskämen, wäre das gar nicht mal so schlimm.

»Wir müssen das vertiefen, Jack. Das Problem ist doch …« Ralph bricht ab.

Er setzt damit das Gespräch fort, das wir auf dem Weg hierher hatten. Wir hatten es zwar nicht so geplant oder laut ausgesprochen, aber wir wollten zusammen zum Laden gehen. Ohne Dad können wir atmen, reden, sein. Wir haben ihn auf seinem Stuhl unter der Markise gelassen, wo er sich ausruht.

»Vielleicht liegt das Problem darin, dass du den Unterschied zwischen Unterstützung und Einverständnis nicht siehst«, sagt Ralph.

Die Verkäuferin wirbelt eine Papiertüte nach der anderen durch die Luft und dreht die Ecken ein, um sie zu verschließen. Sie ist etwa zweiunddreißig, und ihre Arme sind von der verführerischen französischen Sonne leicht gebräunt.

»Man kann mit einer Entscheidung nicht einverstanden sein, aber sie trotzdem unterstützen.«

»Meinst du wirklich?«, fragt Jack.

»Machen wir doch ständig.«

»Ach ja?«

»Hochzeiten. Scheidungen.«

»Am besten wir kaufen noch ein bisschen Brot, bevor keins mehr da ist«, sage ich. »Dann können wir uns belegte Baguettes machen.« Draußen scheuchen ein paar aufgekratzte Kinder einen Haufen weiße Enten unter dem Zaun am Teich hindurch. »Und ein paar von den Apfeltartes, die Dad so gerne mag«, füge ich hinzu. »Und drauf geschissen, auf ein paar Puddingteilchen mehr oder weniger kommts dann auch nicht mehr an.«

»*Millefeuille*«, sagt Ralph langsam.

Die Verkäuferin hält in ihrer Verpackungsroutine inne. Ich glaube, meine vulgäre Ausdrucksweise missfällt ihr, und es ist mir sofort peinlich. Aber sie wartet lediglich auf eine Bestätigung, und die muss anscheinend von Jack kommen. Darin ähnelt er Dad – egal, wo wir hingehen, egal, was wir machen, alle gehen davon aus, dass Jack die Autoritätsfigur ist. Womöglich ist er das auch. Er wiederholt unsere Bestellung auf Französisch. Leider ist mir jetzt schon klar, dass Jack unseren Vater ignorieren und wieder von vorne anfangen wird, sobald wir zurück sind. Was auch immer der lateinische Begriff aus der Rhetorik für die Kraft kumulativer Argumente ist, darin besteht jedenfalls Jacks Plan. Fast befürchte ich, dass uns Handgreiflichkeiten bevorstehen – einige von uns kämpfen dafür, Dad den Weg in die Selbstmordkammer freizumachen, andere wollen ihm einen Ausweg bieten, und keiner weiß, auf welcher Seite er steht oder warum.

»Man kann etwas unterstützen, ohne es zu befürworten«, meint Ralph.

»Wir stehen hier also auf einem Campingplatz in Frankreich«, erwidert Jack, »und du willst mir sagen, dass ich meinen Vater beim Selbstmord unterstützen kann, nein, soll, aber ...«

»Bei der Sterbehilfe«, korrigiere ich leise.

»... aber nicht damit einverstanden sein muss? Meinst du das wirklich ernst?«

Ralph gibt sich gelassen. »Ich meine bloß, dass zwischen Unterstützung und Einverständnis ein Unterschied besteht.«

»Und ich meine, dass ihr beide damit viel zu spät ankommt.«

Je länger wir von Dad getrennt sind, desto leichter fällt es uns, die Theorie zu diskutieren, aber mir ist noch etwas anderes aufgefallen: Die Theorie lässt sich viel einfacher diskutieren als die Praxis. Die Tür klingelt wie eine Altarglocke. Hinter uns kommt eine Familie herein.

Ralph geht nicht auf meinen Kommentar ein. »Vielleicht liegt das Problem auch darin, dass Dad nicht nur dein Einverständnis will, sondern deine Zustimmung.«

Die Verkäuferin tippt die Beträge in die Kasse, gleichmütig wie die Glückseligkeit selbst.

Ralph nimmt die Papiertüten von der Theke und stapelt sie sich übertrieben übermütig vor die Brust. »Kannst du bitte bei der netten Dame bezahlen? Ich komm gerade nicht an meinen Geldbeutel.«

Jack zahlt mit einem Fünfzig-Euro-Schein, der aussieht wie frisch gebügelt. Ich nehme die Schachtel mit dem Süßgebäck. Jack klemmt sich die Baguettes unter den Arm. Ralph bedeutet uns mit dem Kopf, wir sollen vorgehen. Der Vater und die kleinen Kinder sehen aus, als wäre das hier der beste Urlaub aller Zeiten. Und mir kommt der unschöne Gedanke, dass unsere Familie dezimiert wird, dass das hier das Ende ist, egal, was passiert, dass wir außerhalb der schmalen Begrenzung dieser einzelnen Konversation nicht mehr existieren. Möglicherweise will Dad deswegen, dass wir über ... über uns reden, über unsere Arbeit, über unsere Beziehungen. Ihm ist das klar. Natürlich ist es das. (Vielleicht ist ihm alles klar.) Über alles, nur nicht über ihn und seine Krankheit. Und irgendwo ist es doch auch unsere Pflicht, ihm diese Tage so angenehm wie möglich zu machen, oder? Verstehen meine Brüder das? Die Kinder haben die fetten französischen Enten inzwischen ins Wasser gejagt, wo diese offenbar so gar nicht sein wollen.

»Denk doch mal drüber nach, Jack«, fährt Ralph fort. »Dad hat nur drei Möglichkeiten. Erstens: Er zieht es durch, egal, was wir davon halten. Zweitens: Er zieht es durch und weiß dich auf seiner Seite. Drittens: Er zieht es nicht durch, und es geht immer weiter bergab mit ihm, und du darfst dabei zugucken – als Helfer und Helfershelfer.«

Jack dreht sich leicht zur Seite. »Und du?«

»Ich bin hier«, sagt Ralph.

»Und das heißt?«

»Nur das.«

»Du bist dafür? Oder du bist dafür *und* einverstanden?«

Hohn klingt in Jacks Tonfall mit. »Du unterstützt es? Oder du unterstützt es *und* stimmst allem zu?«

Ralph geht nicht auf den Angriff ein. »Das heißt, dass Dad das selbst entscheiden muss.« Er hält inne. »Das heißt, dass er sich schon entschieden hat. Oder zumindest behauptet er das. Das heißt, dass mir nur zwei Möglichkeiten bleiben: hier sein, oder nicht hier sein. Und da ich keine moralischen Einwände habe, was für mich übrigens die einzige Frage ist, bin ich eben hier.«

Ralph spricht »moralisch« aus wie ein Codewort für »primitiv«. Ich muss die Gebäckschachtel vor mir hertragen wie eine Reliquie, weil ich die Millefeuilles nicht zerquetschen will.

»Aber trotzdem ...«, sagt Jack. »Trotzdem lädt er uns ein, eine Meinung dazu zu haben. Dich, mich, Lou. Und das nicht erst seit gestern.«

»Herrje«, sage ich.

»*Wir* müssen doch mit den Konsequenzen leben«, sagt Jack. »Auf gewisse Weise betrifft diese Entscheidung nur uns. Und das weiß er auch. Und deswegen will er heimlich unsere Meinung rausfinden.«

»Trotzdem können wir uns da nicht mit reinziehen lassen«, sagt Ralph. »Sonst stecken wir für den Rest unseres Leben da drin fest. Eigentlich hat das alles nichts mit uns zu tun, das ist allein seine Entscheidung, außer, man lässt sich von dem manipulativen Drecksack mit reinziehen. Genau das meine ich. Und das weiß er auch.«

»Mein Gott«, sage ich. »Dad hat doch sonst niemanden, mit dem er reden kann. Wen soll er denn sonst fragen?«

»Vielleicht müssen wir tiefer graben.« Wieder geht Ralph nicht auf mich ein. »Vielleicht müssen wir rausfinden, wo das Mitgefühl liegt.«

»Viel zu spät«, murmele ich. »Viel zu spät, verdammte Scheiße.«

»Ich halte das für falsch«, mein Jack. »Aus den genannten Gründen.«

»Aber womöglich hat sich deine ausgeprägte Abneigung zu einer Haltung ohne guten Grund verfestigt«, entgegnet Ralph. »Lass mich …«

»Ich habe doch gar keine ausgeprägte …«

»Und dann ist da noch dein schlechtes Gewissen, deine Frau, deine Kinder, was sich noch schwieriger vernünftig erfassen lässt, aber vielleicht ist deine Reaktion in Wahrheit einfach Angst. Angst.«

»Warum …«

»Ich will dich gar nicht angreifen, Jack. Vielleicht willst du ihn auch einfach nicht verlieren. Und vielleicht kannst du ihm das ja sagen.«

»Ich will ihn nicht verlieren.«

»Sag ihm das.«

»Sag ihm das«, murmele ich.

»Das sag ich doch schon seit einem Scheißjahr.«

»Du hast drum herumgeredet«, erwidert Ralph.

»Während du überhaupt nichts gesagt hast? Und überhaupt nichts empfindest? Weil es dir nichts ausmacht, oh, großer Puppenspieler?«

»Natürlich nicht. Aber … für mich ist das eben Dads Entscheidung. Ich mache bei allem mit, bloß nicht bei der Selbstdarstellung – mehr nicht.«

»Das sagst du andauernd. Aber vielleicht versteckst du dich ja hinter deiner Gleichgültigkeit. Vielleicht ...«
»Ich ...«
»Ich will dich gar nicht angreifen, Ralph. Ich meine ja bloß ...«
»Hör auf mit deinem bloßen Gemeine«, sage ich.
»... dass Dad womöglich unbedingt deine Meinung hören will. Aber du willst dich nicht ... verletzlich machen. Das ist es. Ja, das ist es. Du willst nicht emotional verletzlich sein und lässt ihn deswegen lieber im Dunkeln. Warum?«
»Weil ich mir das Unmögliche wünsche«, antwortet Ralph. »Ich will, dass es Dad wieder gut geht.«
»Aber jetzt stecken wir nun mal mittendrin«, sagt Jack. »Wir müssen damit klarkommen. Jetzt. Du kannst dich nicht von allem fernhalten.«
»Ich unterstütze Dad in seiner Entscheidung, wie auch immer die aussieht«, erklärt Ralph mit deutlicher Stimme. »Ich habs nicht so damit, andere zu ihrem Glück zu zwingen. Ich meine ja bloß, dass ...«
»Scheiße, hört auf mit eurem bloßen Gemeine.«
»... dass du eine Meinung dazu hast, eine sehr feste, aber das Beste wäre wahrscheinlich, wenn du ihm einfach sagst, dass du Angst hast und ihn nicht verlieren willst.«
»Natürlich will ich ihn nicht verlieren. Ich habe kein Problem damit, ihm das zu sagen.«
»Aber du wirst ihn verlieren, Jack«, sage ich. »Er stirbt nämlich. Und weißt du was? Er will überhaupt nicht mehr darüber reden. Er will, dass wir ihm aus unse-

rem Leben erzählen. Er will, dass wir ihn ablenken. Das wünscht er sich.«

»Mann, diese ganze Scheiße hat doch echt ...« Jack bricht mit einem Seufzer ab.

»Wir müssen tiefer graben«, sagt Ralph erneut. »Einer für alle, und alle für einen. Mitgefühl ist keine angeborene Eigenschaft, so wie rote Haare. Dafür kann man sich entscheiden, und genau das müssen wir üben: Mitgefühl.«

»Vielleicht will er ja, dass wir es ihm ausreden«, fällt Jack ihm ins Wort. »Vielleicht ist das seine beschissene Art, richtig beschissen, wie immer. Vielleicht müssen wir ihm das einfach durchgehen lassen. Vielleicht will er, dass wir es ihm ausreden, Lou.«

»Vielleicht sollten wir unser Mitgefühl dadurch ausdrücken, dass wir ...« Ralph bricht ab. »Ach du Scheiße! Was ist denn da los?«

Da vorne auf unserem Platz rutscht ein Auto durch das nasse Gras, vier Meter von unserem Bus entfernt. Der Motor heult im Leerlauf auf, das Auto rutscht ein Stück weiter, bleibt fünf Zentimeter weiter vorne stehen, gräbt sich tiefer ein und bildet Spuren im Matsch. Die grauenhaften Geräusche hallen in den Bäumen wider. Aber was uns erst richtig zusammenfahren lässt, als wären wir alle plötzlich von einem unsichtbaren Messer getroffen worden, ist Dads Anblick, wie er ohne seinen Stock am Bus entlangtaumelt. Er läuft auf diese seltsame, wankende, einknickende Weise und winkt dem Fahrer zu, der ihn offensichtlich nicht hören kann, obwohl er ziemlich laut schreit. Er trägt immer noch den wehenden Bademantel. Als der Motorenlärm kurz abnimmt, können wir ihn hören.

»Nein. Nein! Von der anderen Seite. Von der anderen Seite, verdammt noch mal!« Er hält zwei lange Kabel mit Krokodilklemmen in der Hand. »Hier lang! Andere Seite! Sonst komm ich doch nicht dran!« Er fuchtelt wild in Richtung Auto, als wollte er irgendeinen unbeliebten Nachbarshund verjagen, und dann winkt er den Fahrer mit übertriebenen Gesten heran, damit er von der anderen Seite an den Bus heranfährt, wo wir die Markise aufgespannt haben. »Setzen Sie zurück und fangen Sie noch mal neu an. Zurück und noch mal von vorne. Zurück. Zurück! Von der anderen Seite!«

Das Motorengeheul ist in unserem flachen, bewaldeten Tal gefangen, eine ohrenbetäubende Beleidigung der Natur.

»Starthilfekabel«, sagt Jack.

»Batterie leer«, ergänzt Ralph.

»Die Heizung«, meint Jack. »Ich wette, er hatte gestern Nacht stundenlang die Heizung an.«

»Scheiße«, sagt Ralph.

Der Fahrer hat den Rückwärtsgang eingelegt, aber seine Räder drehen immer noch durch. Das Auto rollt vor und zurück, in die matschigen Wagenspuren und wieder hinaus, doch es ist darin gefangen und gräbt sich mit jedem neuen Versuch tiefer ein. Wir rennen los. Doch bevor uns irgendwer sieht oder hört und wir etwas unternehmen können, stemmt Dad die Hände auf die Motorhaube und lehnt sich dagegen, als wäre er fünfundzwanzig, und an seiner Körperhaltung erkenne ich, dass ihn die nackte Wut gepackt hat und er denkt: Warum muss man eigentlich immer alles selbst machen, verdammt noch mal?

Ralph und Jack haben die braunen Bäckertüten fallen lassen, und wir rennen so schnell wir können und rufen Dad Anweisungen zu. Aber der Motor heult, und die Räder drehen sich schneller, und Dad kann uns nicht hören. Und wie in Zeitlupe sehen wir, wie er versucht, das Auto wieder auf den asphaltierten Weg zu schieben. »Na los! Na los!«, ruft er. Und dann knicken seine Beine unter ihm weg, und er stürzt vor das Auto, sodass der Matsch jetzt auf ihn spritzt, und der Fahrer geht vom Gas, weil er gesehen hat, was passiert ist, und dadurch rutscht das Auto wieder nach vorne in die Wagenspuren, und ich denke, jetzt fährt er über Dads Beine, weil er direkt vor der Stoßstange liegt, die Füße verdreht, als wären sie gebrochen, und gleich werden sie unter dem Auto verschwinden, gleich werden sie verschwinden.

Aber da packt ihn Ralph und schleift ihn zur Seite.

Und dann Jack.

Und ich bin der Letzte, weil ich immer noch die Gebäckschachtel vor mir hertrage und sie nicht fallen lassen oder schief halten will.

Und wir wissen nicht, wie wir uns verhalten oder damit leben sollen, was uns gerade passiert, und Dad liegt auf dem Boden, und sein Bademantel steht offen, und er hat Schlamm im Gesicht, und er weint.

In der Bibliothek meines Vaters habe ich außerdem einen Essay von Seneca gefunden. Er heißt »Von der Kürze des

Lebens« und ist an Senecas Freund Paulinus gerichtet. Da steht eine Menge drin. Und man kann sehen, was meinen Vater angesprochen hat. Ich suchte mir ein paar Stellen raus, die er unterstrichen hatte.

Über die Zeit:

Nein, nicht gering ist die Zeit, die uns zu Gebote steht; wir lassen nur viel davon verloren gehen.

Über das Lesen:

[Diejenigen, die lesen,] sind doch nicht nur gewissenhafte Hüter ihrer eigenen Lebenszeit, sondern fügen auch den gesamten Zeitverlauf ihrem Leben hinzu; alles Schaffen vorvergangener Jahre ist ein Erwerb auch für sie ... Kein Zeitalter ist uns verschlossen, zu allen haben wir Zutritt ... Warum sollten wir uns nicht von dieser beschränkten und hinfälligen Vergänglichkeit mit ganzer Seele zu dem erheben, was unendlich, was ewig ist, was wir mit edleren Wesen gemein haben?

Über das Leben:

Das größte Hemmnis des Lebens ist die Erwartung, die sich an das Morgen hängt und das Heute verloren gibt. Was in der Hand des Schicksals liegt, darüber verfügst du; was in der deinen liegt, das lässt du fahren. Wohin blickst du? Wonach streckst du die Arme aus? Alles, was da kommen soll, liegt im Ungewissen. Jetzt, auf der Stelle, erfasse das Leben!

Wir helfen meinem Vater wieder auf die Beine und manövrieren ihn auf den Beifahrersitz. Er weigert sich aufzuschauen und hält die Hände vors Gesicht. Er murmelt vor sich hin. Wir stehen an der Tür herum, als würden wir auf jemanden warten. Seine Wangen sind nass – von

Tränen, Spucke, dem Tau der Welt. Schlamm durchzieht seinen Bart.

Ich spüre, dass Jack ihm seine Ruhe lassen will – er denkt wohl, Dad müsse seine Würde erst mal zurückgewinnen. Aber ich weiß nicht, vielleicht ist das auch bloß ein Vorwand, um nicht dabeistehen zu müssen. Und ich spüre auch, dass Ralph zum ersten Mal von unverhohlener Wut gepackt wird. Und am allermeisten spüre ich, dass mein Vater einfach nur sterben will. Mehr nicht. Und deswegen bin ich mir auf einmal sicher, dass ich irgendetwas tun muss, egal was, um uns hieraus zu befreien, bevor wir alle zerquetscht werden; es fühlt sich an, als wäre die Zeit ein riesiges Dreieck im Himmel, dessen gesamtes Gewicht sich in der Spitze konzentriert, die hier und jetzt auf uns lastet. Ich entdecke ein paar Feuchttücher in Jacks Reisetasche, gehe an meinen Brüdern vorbei zur Schiebetür und hole sie raus, ohne Jack vorher um Erlaubnis zu fragen – als würde ich jetzt Dad sauber machen, als wäre das der nächste Schritt, als gäbe es immer einen nächsten Schritt.

Das funktioniert, denn jetzt geht Ralph zu dem anderen Auto und überredet den Fahrer, ihn das Teil in die richtige Position fahren zu lassen. Jack eilt ihm zu Hilfe, und zusammen schieben sie und lassen den Motor aufheulen und rufen einander Anweisungen zu. Ich weiß derweil nicht, ob ich Dad anfassen soll, und stehe einfach nur da, bereit, doch nicht bereit, die Feuchttücher in der Hand. Und ich höre das aufgeregte Vogelgezwitscher in den Bäumen.

Dad hält das Gesicht immer noch in den Händen verborgen, so habe ich ihn noch nie gesehen. Wir werden zerquetscht.

Und da kommt Jack mit den Starthilfekabeln zurück, ganz plötzlich die Kompetenz in Person. Er öffnet die Fahrertür, schiebt den Sitz vor und dreht ihn rum, um an die Batterie zu kommen. Ralph fährt währenddessen das andere Auto näher heran, damit Jack mit den Kabeln drankommt. Weswegen Dad übrigens so gebrüllt hatte. Und ich stehe immer noch unter der Markise, lehne neben Dad an der Tür und überlege fieberhaft, was ich sagen könnte, egal was. Die Welt dreht sich weiter.

»Gibts hier irgendwo einen negativen Anschluss?«, will Jack wissen.

Niemand antwortet ihm.

»Ich klemm es einfach direkt ans Anlassergehäuse«, ruft er Ralph zu, als bräuchte der diese Information.

Und Ralph ruft zurück: »Bist du so weit?«

Woraufhin Jack ruft: »Ja, bin so weit. Ich hab sie dran. Gib mal ein bisschen Gummi.«

Und Ralph lässt den Motor irgendeines Fremden aufheulen. Ich denke, dass das hier in Dads Zuständigkeitsbereich fällt. Dass er diesen Kram liebt. Dass er Anweisungen ausgeben und die Lage beaufsichtigen sollte. Doch er rührt sich nicht.

Jack steigt gegenüber von Dad auf den Fahrersitz. Er beachtet uns nicht. Beachtet Dad nicht. Beachtet mich nicht. Als wäre das die naheliegende Aufgabe, und um Dad kümmern wir uns dann noch. Und ich stehe immer noch mit den Feuchttüchern da und versuche, die Sekunden durchzustehen, die vergehen, während Jack versucht, den Bus anzulassen. Doch der Motor schafft es nicht.

»Dad?«, frage ich, so sachte ich kann. »Alles in Ordnung?«

Aber Dad schweigt und nimmt auch nicht die Hände vom Gesicht. Ich weiß nicht, ob er weint oder sich schämt oder Schmerzen hat oder was auch immer.

»Dad?«

Es hat jedoch keinen Sinn, über den Lärm hinwegzubrüllen, den Ralph mit dem anderen Auto veranstaltet, und vielleicht haben wir die Batterie einfach komplett aufgebraucht, sodass der Motor nie wieder starten wird, weil er einfach hinüber ist.

Der Lärmpegel ist viel zu hoch für die Lichtung, und alles riecht nach Benzin. Ich habe keine Lust auf die Erinnerung, die sich in meinem Kopf bildet. Ich will das hier weder sehen noch hören noch riechen noch spüren. Ich habe keine Ahnung, was wir als Nächstes machen sollen. Plötzlich steht mir ein glasklarer Gedanke vor Augen: Ich kann nicht in dieses Zimmer gehen und meinem Vater beim Sterben zusehen, weil ich dann wissen werde, dass ich dabei war – und zwar für immer.

»Gib ihm mal eine Pause. Der braucht eine Minute«, sagt Dad leise. »Und sag Ralph, er braucht gar nicht so viel Gas zu geben.«

Seneca schrieb außerdem: *Aber leben zu lernen, dazu gehört das ganze Leben, und, was du vielleicht noch wunderbarer finden wirst: sein Leben lang muss man sterben lernen.* Er nahm sich selbst das Leben. Tacitus berichtet davon. Nero, der fälschlicherweise davon ausging, Seneca plane ein Attentat auf ihn, befahl ihm, sich umzubringen. Also schnitt sich Seneca gehorsam ein paar Venen auf. Doch der Blutverlust ging nur langsam vonstatten, und die Schmerzen waren unerträglich. Also trank er Gift. Doch das half auch nichts. Also diktierte er stattdessen seine letzten Worte, und im Kreise seiner Freunde wurde er in ein heißes Bad gelegt, in der Hoffnung, so den Blutverlust zu beschleunigen. Er starb im Dampf.

Der Fluss hinter den Bäumen hat die Farbe von leeren Weinflaschen. Der Motor läuft, aber wir fahren nirgendwohin. Wir wollen ihn lieber nicht abstellen, weil er dann womöglich nicht mehr anspringt. Wir sitzen unter der improvisierten Markise, Dad auf seinem Stuhl, das Gesicht halbherzig von Tränen und Schlamm befreit. Ralph sitzt ihm gegenüber und raucht. Seine Jogginghose ist ebenfalls matschbespritzt. Jack hockt auf dem Trittbrett. Wir trinken Tee. Aber keiner von uns weiß weiter. Das Frühstück ist unberührt, dreckige Tüten stapeln sich auf dem Tisch wie eine Parodie der Zukunft. Niemand kann sprechen, und das fühlt sich an wie das Ende. Denn wir sprechen immer. Wir finden immer einen Weg, über Sachen zu sprechen. Wir finden immer die richtigen Worte. Das machen wir. Wir reden weiter. Wir fragen nach und erklären und hören zu. Wir teilen unsere Seelen, so gut wir können. Und wenn nicht?

Ich weiß noch, wie ich einmal nachts auf einem Hof stand, hinter mir ein altes Haus, wahrscheinlich sechshundert Jahre alt, in der Nähe türmte sich eine Scheune auf, und irgendwo schrie eine Eule, die dunklen Umrisse der knarzenden Bäume, die Äste wie Hexenfinger aus einem meiner Bilderbücher. Ich weiß noch, wie ich mit meinem Vater in den Himmel schaute. Ich weiß noch, wie mein Vater meine Hand hielt und dass so viele Sterne am Himmel standen, dass die blasseren zwischen den helleren nicht zu stehen schienen, sondern dorthin geschmiert wirkten. So ist das auf dem Land, sagt mein Vater. Da kriegt man mal einen anständigen Blick. Das Problem in der Stadt ist das viele Licht, da sieht man gar nichts so richtig.

Ich weiß noch, dass es kalt war und der Wind in den Bäumen raunte. Die Hoffnung auf Schnee. Die aufgeregten Gespräche mit meiner Mutter, wir könnten eingeschneit werden. Ich hatte mir eine Jacke über den Schlafanzug gezogen und war in meine neuen Gummistiefel geschlüpft, die sich zu klein anfühlten. Ich weiß noch, dass ich die Hand meines Vaters nicht loslassen wollte. Mein Vater verstand das irgendwie, beugte sich hinab und zeigte mit der anderen Hand zu den Sternen, damit wir uns nicht trennen mussten, obwohl es so unbequem war.

»Also, das da ist die Venus«, erklärte mein Vater. »Und das ist der Jupiter.«

»Die da?«

»Die hellen, da unten.«

Ich wusste nicht mal, was ein Planet überhaupt ist. Ich hatte keine Ahnung, was sie von den Sternen unterschied. Aber mein Vater sollte merken, dass ich ihm aufmerksam lauschte. Und vor allen Dingen wollte ich gut im Lernen sein, im Erinnern, weil ich wusste, dass ihm das gefiel.

»Ist das da der Mars?«

»Ich glaube, der Mars ist das da oben.«

»Dann haben wir ja alle drei.« Selbst mit vier Jahren wusste ich, dass mein Vater es mochte, eine Aufgabe abzuschließen.

»Nein, heute kann man doch vier sehen. Hast du den Saturn etwa vergessen?«

»Ach ja, stimmt.«

»Erzähl mir, was du über den Saturn weißt, Lou.«

Ich wusste die Antwort und war glücklich, sie meinem Vater mitteilen zu können. »Er hat Ringe.«

»Ganz genau«, erwiderte er. Und ich wollte wissen, ob man die Ringe auch sehen kann, und er meinte, nicht von hier unten, dazu müssten wir ins Weltall fliegen. Und ich fragte ihn, wie wir dahin kommen würden. Und er sagte, dass bereits Menschen dort gewesen wären. Und ich fragte: »Sind wir jetzt gerade auch Menschen?« Und er antwortete: »Ja, Lou, das sind wir.«

Ich weiß noch, wie mein Vater mich hochhob und sein Bart beim Küssen kratzte, aber ich legte ihm trotzdem die Arme um den Nacken und presste meine Wange an seine.

Aus dem Küchenfenster schien Licht.

Ich saß auf den Schultern meines Vaters, während wir den Hof überquerten, und ich war größer als alle anderen und näher an den Sternen und den Planeten und dem Mond, der so viel größer war als je zuvor. Und ich weiß noch, dass ich den Kopf einziehen musste, um ihn mir nicht am Türrahmen anzustoßen, und als wir das Haus betraten, ruhte er ganz nah an seinem.

Mein Vater ist derjenige, der uns erlöst. Trotz allem kann er sich mit den Fingern immer noch an der Felskante halten, und er ist bereit, seine Söhne ein letztes Mal zurück hinauf auf die Klippe zu befördern.

Er nimmt sich ein Croissant und hält es in die Höhe. »Ich wollte mir da noch was anschauen, Jungs«, sagt er. »Liegt auf dem Weg. Ich will … ich will einfach nur weiterfahren und …«

»Ja, Dad«, sage ich. »Fahren wir weiter.«

»Meine Beine bringen mich noch um«, seufzt er. »Ich brauche einen ganzen Kanister Schmerztabletten. Meine Füße auch.« Er schaut in die Runde. »Na los, Jungs, dann wollen wir mal zusammenpacken und verschwinden.«

Nichtwahrhabenwollen

Wir werfen alles in den Bus und fahren zum Waschhaus. Dieses Mal tragen wir ihn zu dritt die Treppe hoch. Die Taube ist verschwunden. Wir setzen Dad auf dem Stuhl in der Dusche ab. Er wirkt eifrig bei der Sache und plappert vor sich hin. Er will uns was über das Jungpaläolithikum erzählen. Sein ganzes Leben lang wollte er angeblich schon irgendeine bestimmte prähistorische Höhle besichtigen, und jetzt nimmt er uns eben alle drei mit.

Ralph holt die Kreditkarte hervor, um unsere Rechnung zu begleichen und zu »sehen, was sie sonst noch da haben«. Jack geht den Bus aufräumen – Bett abziehen, Geschirr spülen, zusammenpacken.

Ich helfe Dad, ziehe ihm saubere Klamotten an. Seine Knöchel sind von blauen Flecken übersät und sehen schrecklich aus. Er meint, das ließe sich mit einer Portion Ibuprofen beheben, er habe mehrere Hundert davon in seinem Kulturbeutel. Er sagt, er habe mit einer Menge Schmerzen gerechnet. Noch nie zuvor hat er mehr als eine auf einmal genommen. Egal wovon. Er schluckt noch zwei. Ich bin still.

Die anderen kommen zurück, und wir schleppen ihn zu dritt nach draußen und setzen ihn auf einer Bank ab.

Jack fegt den Bus sogar noch rasch aus und bearbeitet die Polster mit Babytüchern. Ralph hat Salami, Käse und Tomaten gekauft, die wir uns aufs Brot und die vier restlichen Croissants legen können. Ein Glas Artischocken. Billigkippen, sagt er, was Besseres hatten die nicht. Er setzt sich neben Dad, steckt sich eine Zigarette an und beobachtet Jack, wobei er fröhlich sarkastische Kommentare von sich gibt. Aber Jack hat etwas Undurchdringliches, Unerreichbares an sich – als wäre er überzeugt, das Geheimnis des menschlichen Glückes läge gemütlich zusammengerollt in einem Leben, das aus lauter kleinen Opfern besteht.

Ich schreibe Eva. Sie ist gerade am Handy und hat nichts zu tun, und wir schreiben eine Weile hin und her. Ich erzähle ihr, dass wir bald aufbrächen und das irgendwie gut sei.

Jack ist fertig. Wir steigen alle ein. Ralph setzt sich ans Steuer. Ich donnere die Schiebetür zu und helfe Dad, es sich bequem zu machen. Er ist froh, dass er sauber ist und in frischen Klamotten steckt. Er liegt mit den Füßen am Heck und dem Kopf nach vorne, damit er »mitmachen« kann. Sein Shampoo riecht nach Äpfeln, als wären wir gerade einem sanft wogenden Obsthain in der Normandie entstiegen. Ich soll ihm die Kissen übereinanderstapeln, damit er nach vorne schauen kann. Ich setze mich neben ihn und stütze mich vorne auf Jacks Sitz ab. Der Motor springt an, doch die Instrumententafel piepst und klackert, als gäbe es ein ernsthaftes Problem. Mehrere.

»Tank leer?«, fragt Jack gespielt hilfsbereit. »Scheinwerfer? Öldruck? Aids?«

Ich stecke den Kopf zwischen meinen Brüdern nach vorne. »Hast du die die Warnblinker an?«

»Nein, Louis«, erwidert Ralph. »Danke für den Tipp. Die Warnblinker sind aus.«

»Verdammte Scheiße.« Dad schüttelt den Kopf und scheint sich gleichzeitig an dem Mysterium zu erfreuen. »Keine Ahnung, was da los ist. Hat bestimmt was mit den Starthilfekabeln zu tun. Oder mit den Sicherungen. Aber das ergibt keinen Sinn, wie sollen die Starthilfekabel denn die Leiterplatte kaputt machen?«

»Der Bus dreht durch«, sage ich.

Dad und ich beugen uns jetzt beide in die Fahrerkabine, als wollten wir alle vorne sitzen, als wollten wir auf einmal alle selbst fahren.

Das Klicken hört nicht auf. Ralph hebt resigniert die Hände.

»Ich glaube, du musst dich anschnallen, Jack«, sage ich.

»Irgendwie sind die ganzen kaputten Alarmsignale wieder angesprungen.« Dad schüttelt erneut den Kopf. »Früher hat es immer gepiepst, wenn sich vorne jemand nicht angeschnallt hatte. Aber ich verstehe wirklich nicht, wie ...«

»Nein.« Jack schnallt sich an. »Hier dreht niemand durch. Der Bus erwacht einfach nur wieder zum Leben.«

Das Klicken verstummt.

»Also doch der Scheißgurt.« Ralph bläst Rauch aus, als wäre er in einer neuen Welt erwacht. »Faszinierend.« Er tritt unnötigerweise im Leerlauf aufs Gas. »Okay. Alle bereit?«

Er würgt den Motor ab.

Stille.

»Dad, ich glaub einfach nicht, dass wir es noch rechtzeitig schaffen«, sage ich.

»Die Götter sind nicht auf unserer Seite«, sagt Ralph.

»Oder eben doch«, meint Jack.

»Das weiß man nie so genau.« Dad lässt sich mit einem Seufzer wieder in die Kissen sinken. »Ich habs dir doch gesagt, Louis.«

»Was? Was hast du mir gesagt? Warum meint jeder, er müsste mir ständig irgendwas sagen?«

»Dass man seinem Schicksal auf dem Weg begegnet, auf dem man ihm ausweichen wollte.«

Nach etwa einer Stunde wird die Straße schmaler und gefährlicher. Wir sind hier in den Bergen. Dad wacht auf und schaut gegen die Fahrtrichtung aus dem Fenster. Ich mache das Gleiche. Meine Brüder unterhalten sich vorne über Siobhans Montagabend-Yogakurs. Wir passieren eine tiefe Schlucht und schlängeln uns dann die steilen Hänge hinauf. Hier und da bohrt sich ein kurzer Tunnel durch den gelbbraunen, vorspringenden Fels. Unter uns fließt rasch ein Fluss dahin – trüb, undurchsichtig, bräunlich-beige. Ich habe ein Spiel erfunden. Ich stelle mir vor, die Welt durch die Augen meines Vaters zu sehen. Zuerst klappt es nicht – ich rede mir zwar ein, wie schön die Landschaft ist, erlebe es jedoch nicht. Ich bin mir zu sehr bewusst, was ich da mache. Aber dann werden die Gedanken, die die Gedanken bemerken, die ich mir über meine Gedanken mache, langsam leiser oder fallen ganz weg, und der Trick funktioniert … und nach und nach kommt mir tatsächlich alles wundersam und unerklärlich vor: die Tatsache, dass ich mit meinem Vater und meinen Brüdern hier bin, ausgerechnet heute, ausgerechnet auf diesem Planeten. Und dann kommt mir folgender Gedanke: Wenn es tatsächlich etwas Gutes an unserem Vorhaben, unserer Fahrt hier gibt – und vielleicht ist es das einzig Gute –, dann ist es das Gefühl, zusammen lebendig zu sein. Wahrhaft lebendig. Wahrhaft zusammen.

Ich atme den Wind ein, der zu Dads Fenster hereinweht. Ich schaue hinaus auf die Welt. Ich lausche meinen Brüdern. Ihre Gespräche trösten mich. Wir haben schon immer im Bus geredet. Dad und Mum und Ralph und Jack. Als ich noch klein war, döste ich immer hinten vor mich hin, hörte zu, wie meine Familie alles auseinandernahm und wieder zusammensetzte, und träumte dann von der Welt.

Jack sagt: »Ich will damit ja nur sagen, dass du vielleicht mal meditieren solltest. Probiers wenigstens mal aus. Viele Leute, denen es nicht gut geht, schwören drauf. Da lernt man Achtsamkeit.«

»Meinst du nicht eher Acht*losig*keit?«

»Nein, so heißt das nicht. Ich glaube …«

»Na, lernt man da nicht, über genau gar nichts nachzudenken? Das ist doch der Sinn von Meditation, oder?«

»Das gehört jedenfalls dazu.«

»Aber machen Vernunft und die Fähigkeit zum Denken nicht erst den Mensch zum Menschen?«

Ich werfe Dad einen Blick zu. Er dreht sich ein bisschen und schüttelt leicht den Kopf. Doch er hört auch zu. Er giert, giert, giert nach Ralphs und Jacks Worten, egal, worüber sie sich unterhalten, kann nichts dagegen tun, als wären sie zwei seiner Studenten, die einen gewissen Ruhm erlangt haben, deren Aufsätze er jedoch früher nie gelesen hat.

»Ich liebe meine Gedanken.« Ralph nimmt eine Hand vom Lenkrad. »Das ist doch das Einzige, das auch nur das geringste bisschen von Interesse ist. Stell dir nur mal vor, ich müsste mich auf deine verlassen.«

»Trotzdem bist du immer noch ein Geschöpf. Du hast einen Körper.«

»Und der ist in besserer Form als deiner. Dünn zum Beispiel.«

»Bekümmert.«

»Frei.«

»Nicht wirklich. Deine Seele ist ein Tyrann, Ralph.«

»Nicht wirklich. Das denkst du nur, weil du dich versklavt hast.«

»Ich nehme an, damit meinst du meine Ehe?«

»Das hast du gesagt.«

»Und was ist mit deinem Herz?«

»Mein Herz ist eine Blase.«

»Und das ist was Gutes?«

»Ich glaube an die Liebe. Ich glaube an den Tod. In Anbetracht des Letzteren will ich so viel wie möglich der Ersteren mitnehmen. Aber wir reden hier über dich. Woran glaubst du? An Lebensversicherungen?«

Je höher wir klettern, desto schneller und reißender fließt der Fluss. Die Felsen am Straßenrand sind sandfarben und erinnern an Illustrationen aus einem Kinderbuch über das Heilige Land.

»Ich glaube an Beständigkeit«, sagt Jack.

Ralph schnalzt mit der Zunge und schaut in den Rückspiegel. Er schüttelt langsam den Kopf, aber mit den Augen lächelt er mich an. »Ich glaube einfach nicht, dass du das wirklich ernst meinst: Ab jetzt keine Affären mehr«, spöttelt er. »Wie soll das denn gehen, Jack? Das hier ist meine letzte Erfahrung mit einer Frau. Bist du wirklich so drauf? Sollen wir dich irgendwo absetzen, wo es schön strapaziös und enthaltsam ist?« Er deutet auf die Landschaft. »Du könntest in einer Höhle wohnen und Steine essen. Vierzig Tage und Nächte lang mit dem Teufel kämpfen. Wobei der sich bestimmt schon nach einer Stunde mit dir zu Tode langweilen würde.«

»Die Ehe bedeutet nicht das Ende der Liebe«, sagt Jack. »Achtung, Ziege.«

Ralph bremst ab. Die Ziege springt nervös auf die Straße.

»Mag sein, aber sie ist das Ende aller anderen Formen der Liebe.«

»Und wieder liegst du falsch. Liebe wandelt sich.«

»Sie lässt nach.«

»Falsch. Für viele ist die Ehe erst der Anfang.«

»Aber du ...«

»In meinem Fall ... reden wir überhaupt über meinen Fall?«

»Ja.«

»Rate, was in meinem Fall passiert ist.« Die Ziege verharrt unsicher. »Obwohl ich ein dummes, unreifes Arschloch war, habe ich eine ganz gute Ehe hinbekommen. Ja, ich weiß, unfassbar. Wenn man mich mal anschaut, wenn man uns mal anschaut. Aber mit jedem Jahr bin ich meinem jüngeren Ich für seine Weisheit dankbarer. Mit jedem Jahr verliebe ich mich mehr in meine Frau.«

»Da bist du wahrscheinlich der Einzige auf der Welt. Und deine Ehe ist ein funkelndes Vorbild für den Rest der Menschheit. Kann man garantiert aus dem Weltall sehen.«

»Danke.«

»In diesem Moment weinen die Astronauten da oben lautlos hinter ihren beschlagenen Visieren.«

»Liebe ist nicht das, wofür du sie hältst. Mehr will ich damit gar nicht sagen.«

Die Ziege kraxelt über ein paar Felsbrocken hinauf zu ihren Artgenossen. Wir fahren weiter. Die Straße wird gerade, und Ralph schaltet einen Gang nach dem anderen hoch.

»Und wie manifestiert sich bitte diese überwältigende Liebe? In einem gemeinsamen Interesse an Fernsehserien? An angesagten Farbtönen? An frischen Kräutern?«

»Du unterschätzt deine Mitmenschen. Du unterschätzt alles. Außer dich selbst.«

»Nicht wirklich. Ich rangiere nach meiner eigenen Einschätzung ganz unten. Niemand kann mich geringer schätzen als ich. Ich verstecke das bloß, damit ich überzeugend und selbstbewusst rüberkomme. So wie alle anderen. Bloß in meinem Fall bin ich mir darüber im Klaren, was die Sache ein bisschen hinderlich macht. Und ehrlicher.«

»Vielleicht sind viele Ehepaare ja glücklich. Hast du da schon mal drüber nachgedacht?«

»Ich bitte dich. Schau dich doch nur mal um. Diese ganzen einfältigen Männer, die ›meiner Frau dies, meine Kinder das‹ erzählen. Die beste Umgehung der neuen Baustelle diskutieren. Neuerungen in der Businessclass. Börsenwerte von Taxiunternehmen. Für neunzig Prozent aller Frauen ist die Ehe das Gegenteil eines erfüllten Lebens.«

»Bist du jetzt zum Feministen geworden?«, frage ich.

»Nein, aber in Sachen verheiratete Frauen bin ich Experte.«

»Da können die sich ja glücklich schätzen.«

»Die meisten Ehefrauen sitzen einfach nur rum und lesen *Innenausstattung heute*, während sie selbst innerlich zerbröckeln. Jahrelang wird ihre Fantasie vernachlässigt, außer vielleicht, wenn sie über Sex mit anderen Männern fantasieren. Ich würde also vorschlagen, dass sich mindestens einer von uns in deine Frau verliebt, Freundchen, und dann sehen wir weiter. Was soll die Scheinheiligkeit? Was soll der ...«

»Anstand.«

»Unsere Affären machen uns zu dem, was wir sind.«

»Solange du keine Familie hast, wirst du das nicht verstehen«, erwidert Jack von oben herab. »Genauso wenig wie die wahre Beziehung zwischen Mann und Frau. Sieh nur mal zu, wie eine Frau ein paar von deinen Kindern zur Welt bringt. Eins kann ich dir versprechen: Das verändert alles. Ich fürchte, dieses Gerede von dem, was den Mensch zum Menschen macht spielt keine Rolle mehr, wenn man erst mal das Gegenteil von Sex erlebt hat.«

»Das Gegenteil von Sex«, wiederholt Ralph. »Das gefällt mir. Aber verrat mir eins. Wenn du stirbst, woran erinnerst du dich dann? Worauf blickst du zurück? Ich kann dir das beantworten: auf die warmen Nachmittage, an denen du neben einer Frau gelegen, mit ihr geschlafen, geredet, gegessen, geredet, geschlafen, getrunken, wieder geschlafen und über dieses und jenes und über sie und dich geredet hast, über alles Gute und Schlechte, alles Verlorene und Gefundene, bis die Welt keine Rolle mehr gespielt hat und die Abendsonne auf das Bett schien – wo ihr wieder miteinander geschlafen habt, diesmal noch inniger, um eure Gemeinschaft und den Einbruch der Dunkelheit zu besiegeln. Was kann da mithalten? Was zum Teufel kann da mithalten? Was soll es noch anderes geben?«

Jack dreht sich um. »Sind das so auch deine Gedanken, Dad?«

»Unter anderem«, sagt Dad in Richtung Decke.

»Was denn noch?«

»Deine Kinder. Was du dir da eingebrockt hast.«

Weiter vorne, über der Straße, spielt sich etwas Seltsames ab: Der Himmel reißt immer wieder auf, und das Grau gibt den Blick auf versteckte, weiße Fetzen frei, die wiederum geheime blaue Gewänder unter sich verbergen.

»Ich glaube, am Ende ist Liebe genau das Gegenteil von dem, was du da beschreibst.« Jack gibt sich unbeteiligter, als er eigentlich ist. »Im Grunde besteht die Liebe aus den Abläufen, aus der Pragmatik. Darauf achten, dass noch genug Milch für den anderen da ist. Glühbirnen wechseln. Die nassen Handtücher vom Boden aufheben und zum Trocknen aufhängen.«

»Um Gottes willen, wenn die Liebe sich darauf beschränkt, Handtücher aufzuhängen, muss man sich dann nicht mal fragen, in wen oder was man sich da eigentlich verliebt hat?«

»Ich meine damit, dass solche Sachen symbolisch für die Liebe stehen.«

»Und ich meine, das tun sie eben nicht.«

»Wenn der ganze Wahnsinn und das Melodrama erst mal nachlassen, bleibt einem nur noch das Leben selbst, Ralph. Die Wirklichkeit. Solltest du irgendwann mal ausprobieren.«

»Die Oberflächlichkeit.«

»Auf die Taten achten, nicht auf die Worte.«

»So wie aufgehobene Handtücher.«

»Denk mal über die unzähligen tatsächlichen Opfer und liebevollen Gesten nach. Taten statt Wörter. Wer hat dir dein Essen gekocht? Wer hat den Zinssatz der Hypothek geändert, damit du in den Urlaub fahren kannst? Wer hat den Klempner angerufen? Wer hat deinen Schlüsselbund gefunden?«

»Und warum sollte ich mit demjenigen ins Bett wollen? Weil er oder sie sich so hingebungsvoll den Handtüchern widmet oder in Sachen Hypotheken den Durchblick hat?«

»Daraus besteht das Leben nun mal.«

»Meins nicht.«

»Und deswegen bist du einsam.«

»Frei.«

»Traurig.«

»Wahrhaftig.«

Wie um seine Aussage zu unterstreichen, tritt Ralph aufs Gas und überholt einen altersschwachen Renault. Die Stelle ist dafür allerdings nicht sonderlich geeignet, und obwohl er vor der nächsten Haarnadelkurve ordentlich in die Bremsen steigt, legen wir uns zu schnell in die Kurve. Die Leitplanke, hinter der man auf Nimmerwiedersehen den Berg hinunterstürzt, ist eingedellt. Wir brauchen einen neuen Fahrer. Jemanden mit einem anderen Nachnamen. Dad ist auf mich gerollt, und ich helfe ihm zurück auf seine Kissen.

»Du bist nicht ehrlich zu dir selbst, Jack.«

»Wenn hier einer nicht ehrlich zu sich ist, dann du.«

»Startest du deinen Tag nicht mit dem sehnlichen Wunsch, deinem Gefängnis zu entkommen?«

»Das hast du gesagt.«

»Das hast du aber impliziert.«

»Natürlich.« Jack bläst die Wangen auf, gibt ein bisschen nach, ohne wirklich nachzugeben. »Ich sehe ständig Frauen und wünsche mir ... wünsche mir das, wohinter du her bist: ein intimes, erhellendes Gespräch, das dazu noch körperlich ist.«

»Na bitte. Genau das meinte ich.«

»Aber ich entscheide mich dagegen.«

»Und für die Gefangenschaft.«

»Weil es mir schaden würde. Ich entscheide mich ...«

Mein Vater fällt ihm mit seiner Dozentenstimme ins Wort. »›Nicht länger renn ich feig schmachtend dem nach, was mir nur Schaden bringt.‹«

»Von wem stammt das?«, frage ich.

»John Donne«, erwidert er. »›Abschied von der Liebe.‹«

»Donne hält Liebe für etwas, das ihm *schadet*?«

Dad schaut mich an, ohne den Kopf zu bewegen. »Willst du die lange Antwort oder die kurze?«

»Die kurze. Immer die kurze. Wir leben im einundzwanzigsten Jahrhundert, Dad. Wir leiden alle unter Aufmerksamkeitsdefizit.«

»Wenn man die Liebe als körperliches Begehren betrachtet …«

»Machen wir«, erklärt Ralph entschlossen der Landschaft. »Müssen wir. Können wir. Und machen wir. Ohne Begehren geht die Welt zugrunde.«

»Dann ja. In diesem Fall und von Dutzenden anderen Gedichten mal abgesehen, die einen anderen Begriff der Liebe verwenden, ist Liebe schädlich.«

Ralph schaut rasch in den Rückspiegel, und ich sehe das Leuchten in seinen Augen. Er hat heute noch nichts getrunken, denke ich. Hat noch nicht mal daran gedacht.

»Streitet euch nur weiter«, sage ich. »Da fühlen wir uns hier hinten gleich besser.«

»Und wie geht es dir mit den Entscheidungen, die du so getroffen hast, Jack?«, will Ralph wissen.

»Ich bin glücklicher als du.«

»Du träumst von einer Geliebten, der du vertrauen kannst.«

»Ich lebe mit einer Frau zusammen, der ich vertraue.«

»Und stirbst innerlich.«

»Ich lebe, und zwar nicht in irgendeiner Fantasiewelt.«

»Voller Einschränkungen und Kompromisse.«

»In gewisser Hinsicht, ja, aber nicht alles in einer Beziehung ist körperlich.«

Ralph bricht in schallendes Gelächter aus, als hätte Jack gerade mit einem einzigen desaströsen Schachzug alles verloren. »Verdammt noch mal!« Er nimmt eine Hand vom Steuer und deutet auf die Welt. »Sexuelle Chemie, sexuelle Ausstrahlung, darum geht es doch hier auf der Erde. Sieh dich nur mal um, Jack. Schau dir ein paar Naturdokus an. Jedes einzelne Gen in jeder einzelnen Lebensform gibt alles, um einen Partner anzuziehen, irgendwas, egal was, Hauptsache so viel Sex wie möglich. Um nicht allein zu sein, um sich fortzupflanzen ... Jedes Gen auf der Welt will einfach nur ficken, als gäbs kein Morgen. Und ich sag dir auch, warum. Weil es nämlich kein Morgen gibt. Sobald das Geficke aufhört, werden wir alle verrecken. Du, ich, Dad, der Planet. Sogar Louis.«

»Was soll ich dazu sagen?«, erwidert Jack. »Ich liebe meine Frau über alles und will nicht mehr ohne sie sein.«

»Wir könnten echt ein paar Schwestern gebrauchen«, schalte ich mich ein. »Alles mal aus einer anderen Perspektive betrachten.«

»Noch ist es nicht zu spät, Dad«, sagt Jack. »Vielleicht lernst du in der Höhle ja irgendeine scharfe Neandertalerin kennen. Eine prähistorische *señorita*, von der niemand die Finger lassen kann.«

»Ich wünschte, ich hätte eine Schwester«, sage ich. »Das wünsche ich mir wirklich.«

»Die Höhle hat nichts mit den Neandertalern zu tun«, sagt Dad. »Die Funde stammen aus dem Jungpaläolithikum. *Homo sapiens.*«

»Spaß ist nicht das Gleiche wie Glück«, sagt Jack. »Merk dir das besser, Ralph.«

»Zufriedenheit ist eine Form der Langeweile«, gibt Ralph zurück. »Merk du dir das besser.«

»Das hat mit Langeweile überhaupt nichts zu tun. Kinder sind das Gegenteil von langweilig.«

»Oho«, spottet Ralph. »Hier kommt die Verteidigungsstrategie Vaterschaft.«

»Das ist keine Verteidigungsstrategie.«

»Dann von mir aus eine Entschädigung.«

»Und wieder liegst du falsch. Vaterschaft ist eine einzigartige Erfahrung. Ich liebe meine Kinder auf eine Art und Weise, die rein gar nichts mit dem Eros-Wirrwarr zu tun hat, von dem du da redest. Und das ist eine Form der Freiheit, eine Form der Liebe, die man sonst nie erfahren würde. Ja, eine Erfahrung, die alle anderen übertrifft.« Jack atmet tief durch, als hätte er mit den Verlockungen der Bergwildnis schon vor langer Zeit abgeschlossen. »Man braucht eine eigene Familie, wenn man seine Familie verstehen will. Man braucht Kinder, um sich selbst zu verstehen und die Frau, mit der man zusammenlebt. Geburt. Mutterschaft. Töchter. Wenn du davon nichts mitbekommst, erlebst du nur die Hälfte, das kann ich dir versprechen. Du kannst mich ruhig dafür hassen. Das ändert allerdings nichts an der Wahrheit.«

»An welcher Wahrheit? Was ist denn mit den ganzen schwulen Künstlern seit Anbeginn der Menschheitsgeschichte? Von Vergil und Platon über Michelangelo und Marlowe hin zu ... zu Auden.«

»Von denen hatte keiner Ahnung von Frauen.«

»Henry James«, fährt Ralph fort. »Shakespeare. Flaubert wahrscheinlich auch. Schwul, schwul, alle schwul. Ich könnte endlos weitermachen. So ungefähr jeder, der in Sachen menschliches Verständnis irgendwas zu sagen hat, ist schwul.«

»Haben es die Neandertaler eigentlich mit *Homo sapiens* getrieben, Dad?«, frage ich. »Oder vielleicht nur die schwulen?«

»Louis, drück dich doch nicht so vulgär aus.«

»Haben die Frühmenschen einander über die Artengrenze hinweg geliebt?«

»Ja, das steht inzwischen fest.« Dad seufzt. »Nicht im großen Stil, aber wir tragen alle einen kleinen Anteil Neandertal-DNA in uns.«

»Da hast du's«, sagt Ralph.

»Da hab ich was?«, fragt Jack. »Das beweist doch überhaupt nichts. Scheiße.«

Die Unterwelt

Wir steigen aus dem Bus.

Die Sonne kommt hinter den Wolkenresten hervor und scheint jetzt hell und stark und entschlossen, und ich hole die schwarze Sonnenbrille aus der kleinen Tasche hinter dem Fahrersitz, ein Geschenk von Eva. Hier oben am Berg wurde die Straße erweitert und bietet etwa hundert Autos Platz zum Parken, doch wir sind die Einzigen weit und breit. Es fühlt sich an, als wären wir komplett allein auf der Welt: vor uns der Abgrund, hinter uns die Felswand. Ringsum liegen schartige Gesteinsbrocken, als wären sie erst kürzlich von irgendwelchen Riesenwüterichen dorthin befördert worden. Von hier aus ähnelt das Tal einer fiebrigen Vision der Hölle: die schlangenhaften Serpentinen, die senkrechten Abgründe, die schroffen Felsnasen, die unwirtlichen Steilhänge, die zerklüfteten Steinsäulen, die wie im Wahn hinab in die Kehle der Schlucht marschieren.

Meine Brüder umrunden das Auto, und wir helfen Dad hinaus. Ralph trägt Aviators, Jack hat Wayfarers auf, und Dad trägt so eine alte Klappbrille, sein einziger cooler Besitz. Er hat sie 1969 erstanden, und alle paar Jahre räumt er seinen Schreibtisch frei, um sie mit einem winzigen Schraubenzieher und einer altmodischen Juwelierlupe im Auge zu überholen.

Er schluckt noch ein paar Tabletten und legt dann den inzwischen so vertrauten Arm um mich. Doch wir schaffen nur einen Schritt über den staubigen Boden Richtung Eingang und bleiben dann stehen. Dad geht so schnell nirgendwo hin. Seine Beine sind geschwächt und die Knöchel trotz Schmerztabletten empfindlich. Jack stützt ihn von der anderen Seite. Ralph wartet. Wir bewegen uns weiter – humpelnd, unglaublich langsam und sachte. Wir bilden eine Reihe wie ein paar Mafiosi, die den Paten nach einer Schießerei in Sicherheit bringen; vielleicht wird er sterben, vielleicht auch nicht. Im Grunde tragen wir ihn. Niemals, denke ich, niemals schaffen wir es so auch nur bis zum Eingang.

Aber dann: Neben dem Schalter reihen sich mehrere hochmoderne Elektromobile aneinander – *fauteuils roulants électriques* – wie kurz vorm Start in Le Mans. Rollstühle. Beziehungsweise bessere Rollstühle.

Die Stätte ist so abgelegen, niemand interessiert sich noch für menschliche Geschichte, da grenzt es schon fast an ein Wunder, dass irgendwer Zeit und Geld in den Bau einer rollstuhlgerechten Rampe durch eine felsigdunkle Höhle investiert hat. Denn erst jetzt wird uns klar, dass Dad es niemals zu Fuß bis zu den Malereien geschafft hätte. Was haben wir uns eigentlich dabei gedacht? Wir bleiben stehen. Die Sonne schiebt sich erneut hinter einer Wolke hervor. Die Elektromobile glänzen. Sie sind in astreinem Zustand, praktisch unbenutzt, und erinnern an ein Gefährt, wie es die NASA womöglich für eine Protzlandung auf einem Neptunmond entworfen hätte.

»Der Sozialismus.« Dad wiegt schwer auf unseren Schultern.

»Genau«, sagt Jack. »Das muss man den Franzosen lassen. Ihre Wirtschaft bekommen sie zwar nicht in den Griff, aber in Sachen Zugang zu prähistorischen Höhlen liegen sie ganz weit vorne.«

»Das beste Essen. Respekt für Künstler. Weltbotschafter für Ehebruch und Champagner.« Ralph zündet sich eine Zigarette an. »Wer könnte da widerstehen?«

»Sind wir hier richtig, Dad?«, frage ich. »Ich meine, wo sind alle anderen?«

»Die machen hier so gut wie nie auf«, antwortet er.

»Wieso?«

»Nur an ein paar Tagen im Jahr. Wegen der ...« Er krümmt sich. »Wegen der Luft.«

»Wegen der *Luft*?«, wiederhole ich ungläubig.

»Wegen des Atems der Touristen. Der sorgt für Pilze und Schimmel. Auf den Höhlenmalereien.«

»Ein Glück, dass heute offen ist«, sage ich.

Dad stützt sich noch stärker auf mich.

»Was hat es dann mit den ganzen Annehmlichkeiten auf sich?«, fragt Jack.

»Sie mussten eben so tun, als wäre ganz Frankreich willkommen, obwohl das natürlich überhaupt nicht der Fall ist und auch gar nicht möglich wäre.«

»Der Sozialismus«, sagt Jack.

Ich halte mich nicht länger zurück. »Willst du nicht einfach so ein Elektroteil nehmen, Dad?«

Dad zögert keine Sekunde. »Wär ja schön blöd, wenn nicht.«

Rollstühle: Man hält sie für ein riesiges psychologisches Problem, für ein Ende, und dann entpuppen sie sich eines Tages als Lösung, als Neuanfang. Wir schlurfen weiter, während Ralph die wunderschönen Maschinen in Augenschein nimmt.

»Die haben sogar einen Weinhalter«, sagt er.

»Der ist für Kaffee«, meint Jack.

Ralph richtet sich auf. »Wie wärs, wenn wir den Thierry Rodez jetzt schon aufmachen und uns im Dunkeln einen hinter die Binde kippen? Hilft bestimmt mit den Kopfschmerzen, und die Neandertaler hätten sich das sicher auch für uns gewünscht.«

»Vielleicht verstecken sich noch ein paar von den Säcken da drin«, sagt Jack. »Die warten darauf, dass die Lage sich ein bisschen beruhigt. Haben die Neandertaler eigentlich auch getrunken, Dad?«

»Das hier waren keine Neandertaler«, erwidert Dad erschöpft. »Wie oft soll ich das noch sagen? *Homo sapiens.* Das hier ist eine Fundstätte aus dem Paläolithikum.«

»Wie alt?«, frage ich.

»Zwischen zweiunddreißig- und fünfunddreißigtausend Jahren. Stammt aus dem Aurignacien.«

Dad kann es nicht leiden, in der Sonne zu stehen; er *will* unter die Erde. Wir haben alle sehr helle Haut, aber Ralph und ich kommen mit der Sonne besser zurecht. Wir manövrieren Dad in den Schatten am Ticketschalter und setzen ihn auf einer Bank ab. Ralph geht zur Kasse und redet auf den Mann hinter der Glasscheibe ein – erst auf Englisch, dann auf Deutsch, dann auf Russisch, während Jack und ich die Elektromobile inspizieren.

Ein paar Sekunden später ruft er uns zu: »Der spricht nur Französisch«, als wäre das eine Überraschung. »Kannst du mit ihm reden, Jack?«

»Was soll ich ihm sagen?«

»Erklär ihm einfach unsere Mission.«

Jack und ich gehen zum Schalter.

»Welche Mission?«

Ralph tritt beiseite und winkt Jack zum Fenster. »Ich glaube, ich hab ihn verwirrt. Er denkt, wir wollen uns alle umbringen. Sag ihm, dass das nicht stimmt.«

»Wir wollen uns nicht alle umbringen«, sagt Jack auf Französisch.

»Erklär ihm das Konzept«, drängt Ralph.

Jack schaut über die Schulter zu uns. »Welches Konzept? Scheiße, wovon redest du denn?«

»Dass wir alles zusammen machen und deswegen gerne vier von den Stühlchen hätten. Aus Solidarität, sozusagen.«

Jack seufzt und gibt es an den Mann weiter, der inzwischen nach vorne gerückt ist, um uns genauer zu mustern. Er späht durch die Lücke, wo Geld und Tickets hin- und hergereicht werden und Aufkleber von anderen, attraktiveren Attraktionen künden.

»Sag ihm«, fährt Ralph fort, »dass wir einen Pakt geschlossen haben, alles zusammen zu machen. Bis sich unsere Wege trennen.« Er tritt seine Kippe aus. »An den betrüblichen Ufern des Flusses Styx.«

»Bis sich unsere Wege trennen«, wiederholt Jack auf Französisch.

Nichts passiert.

Wir haben einen toten Punkt erreicht. Wir stehen zu dritt in einem brüderlichen Hufeisen, während der Mann zu uns aufschaut wie eine Waschmaschine im Buntwaschgang.

»Vielleicht ist er ja taub«, sage ich leise. »Oder es liegt an der Höhenluft.«

»Sag ihm, wir geben ihm zweihundert Euro«, raunt Ralph. »Dann ist er uns im Handumdrehen los.«

Jack folgt der Anweisung. Und sofort verschwindet der Mann.

Wieder stehen wir sinnlos in der Landschaft rum.

»Wie läufts?«, ruft Dad uns nicht ganz unsarkastisch zu.

An der Seite öffnet sich eine Tür, und der alte Mann kommt zum Vorschein. Er eilt mit gebeugtem Rücken auf uns zu, einen Arm in die Hüfte gestützt, ergraut und abgelebt, dieser Höhleneingang sein Leben lang seine ganze Welt. Er schüttelt uns nacheinander die Hand und geht dann hinüber zur Bank, wo er Dad in den Arm nimmt – nicht stürmisch, sondern mit der Zartheit des Alters.

Sein Französisch ist so wettergegerbt und zerklüftet wie die Felsen, auf denen er steht. »Ich warte schon so lange darauf, meine eigene Wacht zu beenden, Monsieur. Aber ich bringe den Mut nicht auf. Sie sind ein Held, und ich ziehe meinen Hut vor Ihnen.«

Dad ist überrascht, lächelt jedoch. Er klappt seine Sonnenbrille hoch. »Das sind meine Söhne«, erwidert er auf Französisch. »Sie bringen mich hin.«

Der Mann ergreift seinen Ellbogen und gestikuliert fragend in unsere Richtung. »Ihre Söhne?«

»Ja.« Dad lächelt immer noch. »Als sie noch klein waren, dachte ich immer, dass sie mir irgendwann nicht mehr zur Last fallen. Aber mit jedem Jahr wird es schlimmer. Sein ganzes Leben denkt man, die eigenen Eltern wären ein Albtraum, bis man dann selbst Kinder hat und merkt, dass es die ganze Zeit über nur an ihnen gelegen hat.«

»Dürfen wir die Rollstühle nehmen?«, fragt Ralph.

»Armand Pujol«, stellt der Mann sich vor. Er richtet sich auf und greift sich an die Brust, als würde er sich gleich selbst wiederbeleben wollen, wüsste aber nicht genau, wo er zu drücken hätte. »Natürlich. *Les fauteuils roulants électriques.* Ja, kommen Sie, kommen Sie. Ich zeige Ihnen alles.«

Zwischen den Felswänden windet sich ein breiter Weg hinab zum Höhleneingang – als hätte man fest damit gerechnet, dass sämtliche Rollstuhlfahrer Europas eines Tages einen Marathon durch die Höhle veranstalten würden. Im Rahmen der Bestechung scheint Armand den Schalter für heute geschlossen zu haben. Er fährt vor und erklärt uns, die Elektromobile hätten bis zu zwanzig Sachen drauf. Aber er besteht streng darauf, dass keiner von uns ihn überholt. Also schlängeln wir uns hinter ihm her wie Rennfahrer hinter dem Safety Car und halten so Einzug in die Unterwelt.

In der Höhle riecht es nach nassem Stein, kühl und feucht und erdig, wie wahrscheinlich schon seit fünfunddreißigtausend Jahren. Der ursprüngliche Eingang, weiter oben in der Schlucht, wurde vor mehreren Tausend Jahren von einer Felslawine verschüttet, und deswegen begeben wir uns über denselben langen Weg hinein wie die Forscher, die damals zufällig die Malereien entdeckten. Manchmal können wir zu zweit oder zu dritt nebeneinanderher rollen, manchmal müssen wir im Gänsemarsch fahren. Mit einem Joystick können wir die Scheinwerfer einstellen, mit einem anderen Richtung und Geschwindigkeit. Zu beiden Seiten sind die Wände in unheimliches Licht getaucht: Gelb, Weiß, Rötlich, Blassblau. Die meisten Lampen sind versteckt und beleuchten die Felsen aus bestimmten Winkeln, sodass riesige imaginäre Formen und Silhouetten entstehen; ein Hinweis auf menschliche Absicht, Vorstellungskraft, Intuition. Ringsum tröpfelt Wasser von der Decke.

Armand hat einen Lautsprecher an seinem Mobil und erklärt uns, was wir hier sehen sollen. Seine Stimme klingt dadurch gespenstisch, erst gedämpft, dann vom Echo verstärkt, kommt auf uns zu, als würde sie aus dem Boden aufsteigen und über die Wände kriechen. Dad übersetzt alles in einem süffisanten Tonfall, von dem Armand nichts mitbekommt. »Das hier ist die Smaragdstadt, da oben links. Und das da ist die Teufelszunge, da unten zur Rechten. Wenn ihr euch umdreht, könnt ihr die Hexenfinger an der Decke sehen. Wenn wir gleich anhalten, müsst ihr über den Vorsprung schauen. Dort sehen wir die Orgel der Persephone, direkt am Ufer der Fälle des Styx.«

»Hat Armand das mit der Orgel gesagt?«, erkundigt Ralph sich von hinten. »Oder stammt das von dir, Dad?«

»Armand«, antwortet Jack.

Wir stehen nebeneinander in einem Wendehammer wie Autoscooter, die darauf warten, dass die nächste Runde losgeht.

»Aber die Orgel wurde doch erst ...« Ralph zögert. »Dad, wann wurde die Orgel erfunden?«

»So um dreizehnneunzig rum.«

»Vielleicht meinte er auch das Organ der Persephone, also ihr Geschlechtsorgan?«, schlage ich wenig hilfreich vor.

Ralph beugt sich über den Vorsprung. »Siehst du da unten irgendwelche göttlichen Weichteile?«

Zwei kleine Seen liegen dort unten in unheimlicher Stille, beleuchtet von einem kleinen Strahler. Der niedrigere wird von einem einzelnen Wasserstrom gespeist, der leise, regelmäßig und ohne Geprassel vom oberen herabfließt.

»Sieht aus, als könnte es Weichteile darstellen«, sage ich.

»Gelten die überhaupt als Organ?«, fragt Jack.

»War Persephone überhaupt eine Göttin?«, will Ralph wissen.

»Hier unten habt ihr keinen Empfang, das werdet ihr also nie rausfinden«, meint Dad, als wollte er uns (zusammen mit seinem neuen Freund Armand) eine verdiente Lektion erteilen.

»Wenn das der Styx ist«, sage ich zu meinem Vater,

»brauchen wir jedenfalls keinen Fährmann, der dich auf die andere Seite bringt.«

»Viel zu klein für den Styx, Baby Lou«, meint Jack.

»In der Unterwelt gab es fünf Flüsse«, sagt Dad.

»Styx, Acheron, Lethe ...«, zählt Ralph auf. »Und welche noch, Dad?«

»Phlegethon und Kokytus«, ergänzt Dad. »Die Flüsse des Hasses, des Leids, des Vergessens, der Flammen und des Wehklagens.«

»Das ist doch mal was«, meine ich. »Das klingt schon eher nach einem Urlaub nach meinem Geschmack.«

»Wir hätten uns Brote schmieren sollen«, sagt Jack. »Dann hätten wir picknicken können, wo die fünf Flüsse ineinanderfließen.«

Armand ruft aus der nächsten Kurve nach uns.

Wir fahren weiter. Unsere Elektromotoren summen leise. Wir rollen an ein paar Quallenfossilien von vor drei Milliarden Jahren vorbei, und dann gibt es eine ganze Weile lang keine »Sehenswürdigkeiten«, und Armand verstummt.

Der Weg ist von kleinen Reflektoren gesäumt. Hinter den Scheinwerfern an den beiden Seen ist die Dunkelheit absolut, pechschwarz, enthält gleichzeitig alles und nichts.

Meine Gedanken wandern. Das würde Dad sich wahrscheinlich am meisten wünschen, die Ewigkeit hier zu betreten. Und dann überlege ich, wieso es ihm solche Orte so angetan haben. Langsam wird mir klar, dass es mit der Zeit zu tun hat, und mit Perspektive. Das Leben in einem größeren Kontext; die Erleichterung und Linderung, die so ein Kontext mit sich bringt ...

Und es funktioniert. Jetzt denken wir nämlich alle in Jahrtausenden statt in Stunden, Tagen, Wochen. Wir sind nicht länger in der Gegenwart gefangen. Statt an mich selbst und an morgen denke ich nun an meine Vorfahren und meine Vergangenheiten, an all die Menschen, die ich niemals kennenlernen werde, den Vater des Vaters meines Vaters, und dann noch tausend Mal zurück, der mir vielleicht ein bisschen ähnlich sah und selbst jemandes Sohn war. Ich denke darüber nach, wie er wohl nachdachte und sich Fragen stellte, so wie ich nachdenke und mir Fragen stelle. Ein Geist, der meinem in Aufbau und Kapazität glich wie ein Ei dem anderen. Und wie er nach dem Essen an einem Feuer im Schutz der Höhle saß und auf die Schluchten hinausschaute und den Mond und die Sterne betrachtete und mit seinen Verwandten redete und redete und redete. In welcher Sprache? Und worüber haben sie gesprochen? Mein Vater war ein großes Vorbild für mich. Mein Vater war ein Riesenfeigling. Mein Vater war schwach. Mein Vater war tapfer. Und ich denke darüber nach, wie uralt die Welt ist. Und die Würde, die darin mitschwingt. Die Würde des Alters, wobei Würde nur ein menschliches Wort ist und es überhaupt nicht trifft. Und ich stelle mir vor, wie irgendein außerirdischer Gott einen Zwischenstopp auf unserem wunderschönen, blau leuchtenden Planeten einlegt und weniger als eine Sekunde lang – in seinem Zeitmessen, da er garantiert den Tod besiegt haben wird – dem Gewirr aus Millionen von Stimmen lauscht und sich über unsere Verwirrung wundert, darüber, wie wir uns großgetan und gesorgt und immer wieder nicht begriffen haben, was wirklich wichtig ist, Tausende Male wieder in der verschwindend geringen Zeitspanne unserer Leben, und über unser wiederholtes Versagen, den höheren Zweck unserer Spezies zu erkennen. Und dann würde er seufzend den Kopf schütteln und erklären: »Na, dann verbockt es eben, ihr *Sapiens*, aber dreht nicht komplett durch, Leute, bei aller Liebe, dreht bitte nicht komplett durch.« Und dann würde er sein Navi neu starten und sich auf den Weg in irgendein weit entferntes Sonnensystem machen, wo man schon vor langer Zeit rausgefunden hat, wie man ein gutes, intelligentes, ewiges Leben führt.

Armand verlangsamt das Tempo, und wir reihen uns wieder hintereinander ein. Wir fahren auf eine lange, breite Aussichtsplattform, weniger als einen Meter über dem Höhlenboden. Und da bleiben wir stehen. Er weist uns an, am Geländer zu parken und in die Dunkelheit zu spähen. Vorher sollen wir die Bremsen feststellen und das Licht ausmachen. Wir gehorchen. Er muss an einem Hauptschalter hinter uns gehalten haben, denn plötzlich erlischt die gesamte Beleuchtung.

Wir sehen nichts – rein gar nichts. Die Dunkelheit ist so vollkommen, dass ich schwören könnte, die Form der Wände zu hören, den Fels zu schmecken, das Wasser zu riechen, das von der Erdoberfläche nach hier unten gelangt ist.

»Jetzt«, sagt er. »Jetzt schaut mit euren Augen. Schaut nur, Freunde!«

Nach und nach schwillt ein Licht an. Wie eine Halluzination. Wie eine rote Form hinter unseren Augenlidern.

Damit wir glauben, dass wir verrückt werden. Oder noch einmal zur Welt kommen. Doch es breitet sich immer weiter aus, bis die Wand gegenüber Form annimmt, immer schärfer und heller wird, schärfer und heller. Wir sehen ockerfarbene Handabdrücke, menschliche Abdrücke. Wir sehen seltsame rote Muster und Punkte, menschliche Zeichen. Nach und nach sehen wir Umrisse – die wilden Tiere. Der menschliche Geist, die menschliche Vorstellungskraft, die menschliche Hinterlassenschaft. Und jetzt flutet das Licht die Wand, und wir sehen, wie die Tiere ringsum lauern und schleichen und kriechen, überall – Löwen, Hyänen, Panther, Höhlenbären. Das Licht wird heller. Eine verwischte, weiße Eule. Wir spüren den Finger, der an jenem Tag vor dreißigtausend Jahren über die Wand strich. Ein eingekerbtes, schwarzes Nashorn. Der Künstler hat sich bestimmte Stellen an der Wand ausgesucht, wo sein Werk am besten zur Geltung kommt. Wir sehen einen buckligen Bison in ausladenden, schwungvollen Linien. Wir spüren, wie der Mensch einen Schritt zurücktritt und sein Werk im Schein der Fackel begutachtet. Wir sehen das geschwungene Geweih eines Rentiers. Schwarz gezeichnete Pferde, Kopf an Kopf, Schulter an Schulter, eine Herde im Galopp, die schwarzen Augen immer noch lebendig.

Wir schweigen.

Dad staunt. »Das wollte ich schon mein ganzes Leben lang sehen.«

Mich überkommt ein Gefühl, als würde ich nach langer Krankheit gesunden und wieder zu Kräften kommen, das Gefühl, dass ich diese Malereien in mich aufnehme und ewig als Zier meiner Seele in mir herumtragen werde.

»Hier«, sagt Dad, »hier fing alles an.« Seine Stimme ist gedämpft, in ihr klingt die Erfüllung eines lang ersehnten Wunsches mit, als hätte er seit seiner Geburt versucht, hierher zu kommen. Als könnte er jetzt, da er den Anfang begreift, auch das Ende begreifen. »Das ist das klarste Beispiel, Jungs. Der Anbeginn eines spezifisch menschlichen Bewusstseins.«

Und dann wird mir noch etwas klar. Egal, was mit Dad passiert, das hier werden wir nie vergessen. Ja, wenn ich alt bin, werde ich daran zurückdenken ... an Ralph und Jack und mich und Dad auf unseren Gefährten. Falls das die Absicht meines Vaters war, ist der Plan jedenfalls aufgegangen. Denn diese Reise – Dads Reise – hat hiermit ihr Sakrament gefunden. Einen Moment, ein Denkmal in unserer Erinnerung, das außerhalb der Zeit steht.

Mein Vater spricht immer noch leise, doch er klingt gleichzeitig stark und unbeugsam. »Seht ihr, wie durch die Schatten die Illusion von Bewegung entsteht? Man merkt genau, dass der Künstler den Raum dramatisch genutzt hat. Fühlt ihr das auch? Dann verstehen wir, dass er es verstanden hat. Und dieses Verständnis verbindet uns mit ihm. Die menschliche Konversation, unbegrenzt durch Raum und Zeit.« Er redet so wie früher, als er uns Sachen beibrachte. »Ein Zeugnis des Innenlebens, Jungs. Der Gedanken und Gefühle, die uns zu dem machen, was wir sind. Was uns von den Tieren unterscheidet, die wir zeichnen.«

»Wusstest du, dass die Höhle heute offen ist?«, fragt Jack sanft.

»Ja. Ja, das wusste ich.«

»Du hast das geplant?«

»Die Idee kam mir, als mir mein Termin zugeteilt wurde. Dann hab ich im Internet nachgeschaut, und der Zufall wollte es wohl so. Eigentlich hatte ich mit Doug herkommen wollen, ihr wisst schon, weil ich nicht wusste, ob ihr Zeit haben würdet ...«

Der Ausdruck kommt mir jetzt unbegreiflich vor – »Zeit haben« –, aber so waren wir nun mal; so sehr in unsere Leben verstrickt, dass wir das Leben selbst nicht erkannten.

»Ich wusste nicht, ob ihr ...« Er zögert. »Ich wusste nicht, ob ihr mit von der Partie sein würdet.« Seine Stimme klingt belegt. »Aber das seid ihr. Ihr seid alle hier.«

Die Wand lebt. Wir sterben nicht. Oder wenn doch, dann alle zusammen – alle Menschen, die jemals gelebt haben.

»Ich bin so froh«, sagt Dad. »So glücklich, dass ihr es alle geschafft habt.«

»Du hättest uns jedenfalls nicht hierher bekommen, wenn du dich nicht umbringen wollen würdest«, sagt Ralph.

»Wohl wahr«, sage ich. »Das ist doch mal eine Erkenntnis.«

Mein Vater meint, die erstaunlichste Errungenschaft der Menschheit sei nicht der Gebrauch von Werkzeugen, sondern Kunst und Sprache. Denn Kunst und Sprache ermöglichen es uns, über Dinge nachzudenken und zu reden, die nicht existieren. Andere Tiere kommunizieren auch, sagt er. Doch sie sind an die greifbare Welt gebunden – wo das Essen ist, wo sich die Raubtiere aufhalten, die Winterkälte und die Rückkehr der Sonne. Nur wir schaffen Kunst und Fiktion. Nur wir grübeln über Sachen nach, die es nicht gibt: unsere Götter, unsere Nationen, unser Geld und unsere Gesetze. Nur wir entwerfen ein imaginäres Ideenkonstrukt und überzeugen uns dann gegenseitig von dessen Wahrhaftigkeit. Das haben Kunst und Sprache uns gegeben. Die Fähigkeit, diese großartigen Spielereien und Gebilde unserer Vorstellungskraft mitzuteilen und einander davon zu überzeugen, nach deren Richtlinien zu leben. Unsere Geschichten haben uns unfassbar erfolgreich gemacht. Das hier ist wahrhaftig ein Theater der Vorstellungskraft.

Der Zieleinlauf ähnelt den letzten drei Runden beim Großen Preis von Brasilien am Saisonende, wo sich die Meisterschaft entscheidet. Das (unfreiwillige) Safety Car von Armand schwenkt aus, und wir sind frei. Im Grunde geht es ein längeres Stück bergauf, raus aus der Höhle auf eine scharfe Linkskurve zu, dann einen kurzen Schlussspurt bergan in eine lang gezogene Rechtskurve und schließlich zum Ziel, dem Ticketschalter am Ende eines sanften Anstiegs.

Dad hat es auf die Innenkurve abgesehen, und Jack, der schneller reagiert hat als Ralph und ich, hält sich rechts. Ich klemme mich hinter Dad, Ralph schwenkt noch weiter aus als Jack, um ihn nach Möglichkeit hinter der Kurve ordentlich zu schneiden.

Dad fährt Ideallinie, bedrängt Jack, sodass der weiter rausmuss. Dadurch öffnet sich eine Lücke auf der Innenseite, und ich fackele nicht lange. Dieses Rennen wird in den Bremsfähigkeiten entschieden.

Dad riskiert seinen Vorsprung, weil er sich Jack vom Leib halten will, also tauche ich plötzlich innen in der Linkskurve auf und nehme sie so scharf wie möglich. Aber ich bin zu schnell und schon zu weit in der Kurve und kann mein Tempo nicht rechtzeitig verlangsamen. Ich ramme Dad in die Seite, der wiederum mit Jack zusammenstößt. Wir sind ineinander verhakt und haben keine Chance, den Anstieg in die Rechtskurve zu nehmen, und Ralph hat sich – unfassbar! – an *meiner* Innenseite vorbeigestohlen. Der Mistkerl hat wohl rechtzeitig gebremst, vor der Kurve weit ausgeholt und sie dann scharf genommen, um die Lücke zu nutzen.

»Wichtig ist nur, wie man aus der Kurve rauskommt!«, ruft er über die Schulter.

Er liegt in Führung, doch ich nehme die Verfolgung auf, bin nur eine Wagenlänge hinter ihm. Bis zur Rechtskurve sind es geschätzte fünfzig Meter, und wir geben beide Vollgas. Die Frage ist jetzt nur, wer vor der letzten Biegung die Nerven behält. Ich hole weit aus und beobachte Ralph, um seine Fahrlinie abzuschätzen. Er wird jetzt garantiert nicht schwächeln, dazu ist er viel zu bekloppt. Ich schaue zu, wie er auf die Ideallinie schwenkt, aber am Scheitelpunkt der Kurve wird deutlich, dass er es nicht schaffen wird. Ich verlangsame das Tempo, doch das reicht nicht. Ralph schabt an der Wand entlang und verengt die Zielkurve damit um eine Wagenbreite, weswegen ich sie noch schärfer nehmen muss, wofür es allerdings zu spät ist. Ich knalle ihm hinten rein, mein Kopf wird nach vorn geschleudert. Gleichzeitig werde ich von hinten gerammt. Jack ist das Gleiche passiert wie mir mit Ralph. Wir sind ineinander verkeilt, versuchen, wieder auf die Strecke zu kommen. Ralph versperrt mir absichtlich den Weg. Ich versperre Jack den Weg. Und da durchfährt Dad gemütlich die Kurve und tritt dann aufs Gas Richtung Schachbrettfahne, die vor seinem geistigen Auge geschwenkt wird.

Wir folgen ihm langsam. Jack und Ralph lachen. Dads blaue Augen glitzern vor kindlicher Freude. Keine Spur mehr von zerfurchter Stirn, hängenden Augenlidern und schmalen Lippen. Er strahlt, offensichtlich hocherfreut, dass er einer von den Jungs ist, einer von uns, und gleichzeitig auch der Sieger.

»Nach allen Regeln der Kunst, Lou«, erklärt er, als ich ihm aus dem Elektromobil helfen will. »Nach allen Regeln der Kunst.«

»Hamiltonesk«, antworte ich.

»Wie einst Schumi«, meint Ralph, als er in den *Parc fermé* rollt.

»Alain Prost«, sagt Jack.

»Lauda«, erwidert Dad. »Lauda.«

Er hat die Hände immer noch auf den Steuerknüppeln, und es wirkt, als wollte er nie wieder loslassen. Er glaubt, er würde am Ziel in Monaco stehen und den Jubel der schönsten Menschen der Welt genießen, während er den Helm abnimmt und sich durch das schweißnasse Haar fährt. Er kann sich nicht gegen seine Schadenfreude wehren.

Genau so, Leute, denke ich, genau so fühlt sich Glück an.

Der Rollstuhl

»Du kannst doch nicht sein Geld ausgeben, ohne ihn vorher zu fragen.« Jack mustert den Fünfzig-Euro-Schein, den Ralph geschickt zu einem Fächer gefaltet hat. »Hast du den einfach so genommen?«

»Wenn ich ihn fragen würde, dürften wir das eh nur für Scheißcroissants ausgeben. Und so viele Croissants gibt es überhaupt nicht auf der Welt.«

»Das Geld gehört dir nicht, Ralph.«

»Danke, Jack, das ist mir schon klar. Deswegen kaufe ich ja auch Sachen für ihn. Ich persönlich brauche nämlich keinen Rollstuhl. Noch nicht.« Er zündet ein Streichholz an. »Und wenn es mal so weit ist, dann fackelt bitte nicht lange.« Er schiebt sich die Zigarette immer so in den Mundwinkel, dass es aussieht, als könnte sie jeden Moment rausfallen. »Und es ist ja auch nicht nur ein Rollstuhl. Ich kaufe Dad Erfahrungen, Bequemlichkeit, Glück. Mehr noch: ganz neue Möglichkeiten.«

Jack schweigt, als wollte er diese zukunftsorientierte Geste womöglich lieber doch nicht unterbinden, und das entgeht Ralph nicht, der durch den Rauch blinzelt. Also nutzt er seinen Vorteil. »Freu dich doch einfach. Er ist nicht in der Lage, sich selbst was Gutes zu tun. Was sollen wir denn auch sonst mit dem Geld anstellen? Oder braucht er am Ende ein bisschen Bares für die Jungs in der Klinik?«

»Das ist keine Klinik«, sage ich.

»Geben die einem einen Rabatt, wenn man bar zahlt?« Ralph bläst den Rauch durch die Nase aus.

Doch Jack lässt nicht locker. »Das Geld gehört dir nicht, und du kannst es nicht einfach so ausgeben.«

»Bald schon. Was sagst du dazu? Ich gebe nur mein Drittel aus.«

»Na toll«, sage ich.

»Woher willst du wissen, dass wir alle ein Drittel bekommen?«, fragt Jack.

»Na toll«, sage ich.

»Ich lege es jedenfalls wieder zurück«, beharrt Jack. »Wie viel hast du schon genommen?«

»Zweihundert für unser Rennen. Und hundert hierfür.«

Jemand rüttelt an der Tür.

Ralph gibt sich versöhnlich. »Vielleicht hast du recht. Vielleicht kostet es mehr als eine Beerdigung, sein Leben zu verlängern. Ab wann überwiegen die Lebenskosten die Todeskosten? Das ist doch mal eine Frage für deine neuen Kumpels bei der Versicherung. Danke, Armand.«

Laut klappernd, ungeschickt und grimassierend hat Armand es endlich in den Raum geschafft. Er dreht sich zu uns und stellt den Rollstuhl ab, den er uns verkaufen wird. Auslaufmodell, sagt er, noch unbenutzt. Davon hat er fünfzig Stück aus Paris bekommen, noch bevor die Höhle überhaupt eröffnet war. Und dann kamen *les fau-*

teils roulants électriques. Er selbst war noch nie in Paris, aber offenbar hält er es für eine Art El Dorado, wo eine unglaublich verschwenderische Elite halb nackt rumhängt, das Volksvermögen verprasst und sich wohlig ihren Lastern hingibt. Den Rest will er auf eBay einstellen, sobald »die Dinge sich beruhigen«. Es wird nicht ganz klar, was genau und warum es sich beruhigen muss.

Mit Armen und Beinen räumt Armand einen Platz zwischen den Broschürestapeln auf Polnisch, Flämisch und Portugiesisch frei und demonstriert, wie man den Rollstuhl aufbaut und die Räder einrasten lässt. Ich hatte mit dem Modell »Irrenhaus, Erster Weltkrieg« gerechnet, aber das Teil ist elegant, cool und praktisch. Ralph raucht. Jack und ich folgen der Vorführung. Keine Werkzeuge nötig. Schnellspannreifen, hier, so. Antikippvorrichtung hier und da. Getränkehalter. Bremsen. Armand zeigt uns, wie man ihn wieder zusammenklappt. Ralph zählt das Geld in schlechtem Französisch vor. Armand zählt mit. Er ist der Inbegriff enthusiastischer Korruption; der Anblick von Bargeld, das ihm für den Diebstahl und Wiederverkauf von Nationaleigentum geboten wird, ist für ihn lediglich längst fällige Gerechtigkeit. Er nimmt die Scheine mit einem Nicken entgegen, das bedeutet: »Endlich werde ich entschädigt.«

Eine Glocke läutet.

»Ich glaube, da will sich noch jemand die Höhle ansehen«, sagt Jack auf Französisch. »Wir lassen Sie dann mal zurück an die Arbeit.«

»Nein, alles gut«, erwidert Armand. »Wir schließen heute um zwei.«

Draußen brennt die Sonne auf die rote Landschaft wie in einem Film über die erste Phase der Marsbesiedlung. Der Bus flimmert in der Hitze. Dad sitzt auf seiner Bank im Schatten und schaut hinaus auf die Schlucht.

»Pech gehabt«, sagt Ralph mitleidig zu den beiden studentisch aussehenden Typen, die mit ernsten Gesichtern vor dem Schalter mit Armands unglaubwürdigem *Fermé*-Schild stehen. »Das ist jetzt vielleicht ein schwacher Trost, aber diese Höhlenmenschen hier waren nicht sonderlich talentiert.« Er deutet mit dem Daumen über die Schulter. »Der Büffel sieht überhaupt nicht nach Büffel aus, und die Pferde – richtig kindisch. Im Grunde nur Kritzeleien.« Er winkt ab. »Keinerlei Auge-Hand-Koordination.«

Ein weiterer Unterschied zwischen Jack und Ralph besteht darin, dass sich Ralph keinen Deut darum kümmert, was in Dads Testament steht. Erst jetzt wird mir klar, dass es Jack da anders geht. Er befürchtet, Dad könnte irgendwas Dummes verfasst haben, das Zwietracht stiftet. Deswegen will er es wissen. Er will mit Dad darüber sprechen. Und vielleicht will er ihn unter anderem deswegen am Leben halten.

Dad sitzt immer noch auf der Bank, als wir den Rollstuhl zu ihm schieben. »Schaut euch nur mal den Ausblick an, Jungs«, sagt er. »Ist das nicht traumhaft?«

Meine Mutter hatte auch so eine Art, einen zu sich zu winken, aber nicht, um die Aussicht zu genießen, sondern für ein zutiefst vertrauliches Gespräch. Als ob man dicke miteinander befreundet wäre, einander alles anvertrauen könnte, und nur sie und man selbst könnten die Dinge so sehen und beurteilen, wie sie wirklich waren. Das machte sie mit jedem, egal ob Mann oder Frau, und wenn es ein Trick war, dann funktionierte er jedenfalls. An ihrer Seite fühlte man sich besonders, einfach nur, weil ihr Komm-setz-dich-zu-mir-ich-muss-unbedingt-und-ausschließlich-mit-dir-und-mit-keinem-sonst-reden einem etwas gab, das man nirgendwo sonst bekam. Sie saß gerne auf unserem abgenutzten lila Sofa und beobachtete die skeptischen Londoner Vögel in unserem winzigen Garten.

Sie sagte oft, »ihre Vorgängerin« habe »zwei Archetypen der Maskulinität zur Welt gebracht«. Sie verkaufte das als Witz. Aber wer ist glücklicher, Lou, fragte sie dann – und zwar nicht im rhetorischen Sinne. Und was ist überhaupt Glück? Besteht es aus Zufriedenheit, Behaglichkeit, Verlässlichkeit? Oder aus Euphorie, Freude, Jubel? Oder stellt sich am Ende heraus, dass die Zufriedenheit der Trostpreis für den Mangel an Euphorie ist? Und der Trostpreis für den Mangel an Zufriedenheit ist Euphorie? Kann sich das eine in das andere verwandeln? Solche Sachen wollte sie von mir wissen, und ich fühlte mich gleichzeitig erwachsen und befangen. Ich weiß auch nicht, wieso. Jedenfalls erzählte ich meinem Vater nach dem Tod meiner Mutter manches davon. Und seine Antwort werde ich nie vergessen. »Nimm das nicht alles für bare Münze, Lou. Es gehören immer zwei dazu.«

Bei einer anderen Gelegenheit meinte sie, das »Hauptproblem« der Jungs bestehe darin, dass sie sich von Dad nicht geliebt fühlten und glaubten, ihre Existenz falle ihm zur Last. Sie dachten, wenn es sie nicht gäbe, wären die Scheidung und das neue Leben friedlicher verlaufen, einfach alles leichter. Sie hielten sich für das Problem. Oder zumindest für den sichtbaren Teil davon. Und weil sie diesem Stress während ihrer Kindheit ausgesetzt waren, verinnerlichten sie ihn. Das machen Kinder so, sagte sie zu mir. Und wahrscheinlich hat dein Vater ihnen manchmal wirklich den Eindruck vermittelt, weil er seine Gefühle so schlecht unter Verschluss halten kann – und sich gleichzeitig so schwer damit tut, sie auszusprechen. Deswegen müssen wir jetzt dagegen anarbeiten. Wir müssen deinem Vater und deinen Brüdern helfen. Ralph und Jack müssen merken, dass dein Vater sie immer geliebt hat – ganz tief drinnen müssen sie das merken. Meine Mutter legte mir immer sanft die Hand aufs Herz, um ihre Aussagen zu unterstreichen. Als würde sie ein Geheimnis in mir verschließen. Als wüsste sie insgeheim, dass sie mich verlassen würde.

Eines der letzten Dinge, die sie zu mir sagte: Jetzt fließt der Große Fluss erst mal eine Zeit lang durch dich.

»Und jetzt?«, frage ich.

»Mittagessen«, sagt Ralph.

»Unterwegs oder im Restaurant?«, fragt Jack.

»Ich bin am Verhungern«, erwidere ich. »Hauptsache schnell.«

»Das ist der Kater, Lou«, meint Ralph.

»Wenn du nicht warten willst«, sagt Jack, »müssen wir im Auto essen. Wir sind hier ziemlich ab vom Schuss.«

»Wohin fahren wir überhaupt?«, will ich wissen.

»Wir müssen ja nicht heute Abend in Zürich ankommen«, meint Dad.

»Dad«, sage ich.

»Wir fahren nicht nach Zürich«, erklärt Jack.

»Jack«, mahnt Ralph.

»Verdammte Scheiße«, sage ich.

»Na dann ...« Ralph zuckt mit den Schultern. »Dann fahren wir eben einfach.«

»Du fährst«, sagt Jack.

»Ich bin schon hierher gefahren. Ich will jetzt trinken. Und du bist der Erste, der sich beschwert, wenn ich beides gleichzeitig mache.«

Dad holt tief Luft. »Dann machen wir eben den Champagner auf. Ich glaube, es ist Zeit für den Thierry. Schaut euch nur mal die Aussicht an, Jungs.«

Die Sonne versengt die Felsvorsprünge, entzündet die Schlucht, taucht uns in flüssiges Licht – als wäre die Welt lediglich eine schmale Gussform, in der ein mächtiges Schwert geschmiedet wird.

»Na gut«, sagt Jack. »Dann fahre ich eben. Aber damit eins klar ist, ich fahre nicht nach Zürich.«

»Jack, bitte«, sage ich. »Mach doch keinen ...«

»Mach ich doch gar nicht. Ich mein ja bloß ...«

»Hör auf mit deinem bloßen Gemeine.«

»... dass ich garantiert nicht auch nur in die Nähe der Schweiz fahre. Außerdem haben wir dir gerade einen hochmodernen Rollstuhl gekauft, Dad.«

»Der ist echt geil«, pflichte ich ihm bei.

Ralph schaudert. »Sag doch nicht geil.«

»Geil.«

»Gut«, sagt Jack. »Wo soll ich also hinfahren?«

»London«, schlage ich vor.

»Wie wärs mit einem Stripclub in Barcelona? Ich hab gehört, da unten gibts die besten. Oder war das Bukarest? Ich erfahr ja immer alles als Letzter. Weiß da jemand Genaueres?«

»Dad?«, fragt Jack.

»Ich würde gern schick essen gehen. Was mit Michelinsternen. Wisst ihr, worauf ich so richtig Lust habe? Trüffel. Geht das?«

Ralph nickt langsam. »Noch zwei Tage, und endlich, *endlich*, kommt mal was Vernünftiges aus deinem Mund.«

»Ein Konzert wäre auch toll«, fährt Dad fort. »Ein bisschen Musik hören. Bach. Mozart. Chopin.«

»Okay«, sagt Ralph. »Konzert, Trüffel, Armageddon. Das muss es doch irgendwo in Europa geben. Wir brauchen eine Stadt. Was ist hier die nächste Stadt? Wo sind wir?«

»Keine Ahnung«, sagt Jack. »Du bist doch gefahren.«

»Gib dir mal ein bisschen mehr Mühe«, erwidert Ralph. »Manchmal bist du echt ganz schön negativ.«

»Dad?«, fragt Jack.

»Ich hätte da eine Idee ...«

»Sprich mit uns, Baby Lou«, ermuntert mich Ralph. »Mir gefällt dein Gesichtsausdruck. Sprich mit uns.«

»Na ja, ich mein ja bloß: Erinnerst du dich noch an Malte und Dean, Dad? Dieses Debussy-und-Sonstwas-Festival. Das könnten wir uns doch anschauen. Wo war das noch gleich? Ich hab das letztens schon mal nachgeschaut, das müsste noch auf meinem Handy sein. Ich glaube, das ist auch gar nicht weit von hier. Und es ist ein Food-Festival.«

»Ich nehme alles zurück«, sagt Ralph. »Mir wird erst jetzt das ganze Ausmaß deines subtilen Genies klar.«

»Morgen Mittag muss ich in Zürich sein.«

»Dad, jetzt sei doch nicht so albern.«

Ralph hebt eine Hand. »Nein, nein, nein. Hör zu, Jack: Wenn wir uns darüber einig sind, dass das hier Dads letzte Nacht auf Erden ist, dann genießen wir völlige Narrenfreiheit. Wir können tun und lassen, was wir wollen. Wir können ...«

»Hier«, sage ich. »Denzlingen. Genau. Wir müssen einfach nur über den Rhein.«

»Wunderbar«, meint Ralph. »Und woher kennen wir diese Genossen?«

»Wir haben ihnen in der Nähe von Somme beim Reifenwechsel geholfen.«

»Ist das ein Euphemismus?«, fragt Jack.

»Du hattest schon wieder Parkplatzsex, stimmts, Lou? Ist ja auch in Ordnung. Wir urteilen hier nicht.« Ralph hebt beide Hände. »Ab und zu brauchen wir alle mal ein bisschen Entspannung.«

»Die beiden sind uns jedenfalls was schuldig.«

»Toll«, sagt Ralph. »Dann sollen die uns mal auf sämtliche Gästelisten setzen. Und sag ihnen, dass wir auch Interesse an sexuellen Gefälligkeiten hätten. Rheinjungfern, rollstuhlgerechte Zwerge, solches Zeug. Wir nehmen alles.«

Eine der Tatsachen, denen Dad die Schuld »daran« gibt, ist die jähe Beschleunigung des menschlichen »Fortschritts«. Denk mal darüber nach, meinte er früher immer, auffordernd und ruhig: »Vor ungefähr 7000 Jahren, im alten Mesopotamien, war die Geschwindigkeit menschlicher Kommunikation auf die eines Pferdes, einer Taube oder eines Segelschiffs beschränkt. In England um 1820 war es praktisch noch immer so: Pferde, Tauben, Schiffe. Na gut, dazu noch Rauch- und Winksignale. Da kommen wir auf 6800 Jahre (oder knappe dreihundert Generationen) unveränderter Geschwindigkeit. Nichts tat sich. (Von den hundertfünfundneunzigtausend Jahren präzivilisiertem *Homo sapiens* mal ganz zu schweigen.) Und dann (hier kam er immer in Schwung), mit einem Schlag von zweihundert Jahren, acht mickrigen Generationen, haben wir auf einmal das hier. Alles. Das moderne Leben. Und um 1989 rum ging es erst so richtig los. Ungefähr als du geboren wurdest, Lou. Unglaublich. Überwältigend. Plötzlich. Milliarden von Tentakeln. Stell dir mal auf einem Graphen vor, wo wir jetzt gerade stehen, zu diesem Zeitpunkt der Menschheitsgeschichte, und wie steil es auf einmal bergauf geht. Bis auf, sagen wir, ein paar Tausend Leute ist doch niemand in der Lage, die technische Revolution, die Funktionsweise von Computern überhaupt zu begreifen. Kein Wunder, dass unsere Psyche und unsere Weltanschauung keine Zeit hatten, sich daran anzupassen. Wir verändern unser Erbgut. Kein Wunder, dass es da zu Nebenwirkungen kommt. Da müssen wir gar nicht so überrascht tun, Lou. Im Grunde ist es ja schon wieder faszinierend, dass nicht das gesamte einundzwanzigste Jahrhundert eine Nebenwirkung ist. Oder vielleicht ist es das auch. Womöglich liegt darin das Problem. Womöglich ist das hier die erste Generation, die völlig von den Nebenwirkungen überrollt wird. Vielleicht hatte deine Mutter recht. Die Dinge fallen tatsächlich auseinander. Wir werden durch Ablenkung von der Ablenkung abgelenkt. Wir haben den Kopf voller Flausen und keinen Sinn im Leben. Alles besteht aus aufgedunsener, unkonzentrierter Apathie. Ich bin froh, dass ich mich darum nicht mehr scheren muss. Du bist dran, Lou. ›Die schlurfende Bestie ist jetzt im Zentrum Bethlehems‹, um es mit Yeats zu sagen.«

Dad nennt meine Brüder »Die Übergangsgeneration«. Er meint, mit ihm ist alles in Ordnung und mit mir auch, aber die technische Revolution hätte meine Brüder in den 1990ern mit der Heftigkeit eines Tsunamis getroffen, als sie zu alt und gleichzeitig zu jung waren. Er meint, sie würden deswegen zwischen der Alten und der Neuen Welt feststecken.

Stromschnellen

Dads Triumphstimmung bestimmt den Nachmittag wie ein Soundtrack, den wir alle lieben. Jack sitzt am Steuer, Ralph auf dem Beifahrersitz, Dad und ich auf der Rückbank. Dad ist mal wieder eingedöst, nachdem er sich noch eine Handvoll Ibuprofen eingeworfen hatte. Wir pfeifen auf das Gesetz und fahren mit aufgeklapptem Tisch; ich bin nicht mal angeschnallt. Stattdessen versuche ich, auf einem Plastikteller ein paar Baguettes mit Salami, Artischocken und Tomaten zu belegen. Dad verreist immer nur mit einem einzigen Küchenmesser, aber das stammt noch aus den Kriegen der Bronzezeit oder so und ist so scharf, dass man sich damit den Finger absäbeln könnte und es gar nicht merken würde. Außerdem steht mir ein Glas Senf aus dem Küchenschrank zur Verfügung sowie ein paar Salz- und Pfeffertütchen, die ich an einer Raststätte habe mitgehen lassen. Wir sind gerade links auf die E35 Richtung Norden abgebogen. Die Schilder kündigen Fessenheim, Bad Krozingen und Freiburg an. Wir haben den Rhein überquert.

Ich habe die Anrufe übernommen. Malte ist vor lauter Freude fast gestorben. Überlass mir das alles, meinte er, das wird alles ganz toll; er will mit den Sponsoren reden, seine Verbindungen spielen lassen, Berge versetzen – da ist dieses Schlossrestaurant mit Blick auf den Fluss, das wir unbedingt sehen müssen, da gäbe es das Feinschmecker-Hochgenuss-Menü. Ich fragte ihn, ob er auch den Rest unseres Lebens managen will. Er stimmte zu, mit Handkuss, und er würde auch auf seine zehn Prozent verzichten, wenn wir uns dafür um seinen Bus kümmern. Hier auf der Autobahn wird der Verkehr indes zäher, und wir sind anscheinend bei Ralph angekommen. Bei seinem Leben. Seiner Situation.

»Du hast *was*?«, fragt Jack.

»Ich hab gesagt, ich hab ihr angeboten, ihr Buch zu redigieren.«

Jack kann es nicht fassen; das hier ist nicht der Bruder, mit dem er zusammen im Mutterleib gespeist hat. »Du hast ihr angeboten, ihr Buch zu lesen?«

Ralph seufzt frei von jeder Ironie. »Jedes Wort, jede Zeile, mit einem Stift in der Hand, fast drei Wochen lang.«

»Großer Fehler«, sage ich. »Großer Fehler.«

»Hat es denn was getaugt?«, fragt Dad.

»Nein, es war schrecklich.«

»Wieso hast du es dann gemacht?«, fragt Jack.

»Funktioniert der Zigarettenanzünder immer noch nicht?«, fragt Ralph.

»Weil er mit ihr ins Bett wollte«, erkläre ich. »Das ist doch seine Motivation für alles.«

»Falsch. Da war ich schon längst mit ihr im Bett.«

»Dann liegt es wohl an deinen S/M-Neigungen.«

»Schon möglich, Lou. Die Menschheit giert nach

Schmerzen.« Ralph drückt auf den kaputten Zigarettenanzünder, als könnte er ihn mit ein wenig Geduld zurück ins Leben holen. »Stimmt doch, oder, Jack?«

»Nein.« Jack verlangsamt das Tempo, als weiter vorne eine Bremsleuchte nach der anderen angeht. »Außerdem sind wir mit mir schon durch, und wir sind uns alle einig: Ich bin der peinliche Verlierer, ein Ehemann aus der Bourgeoisie. Jetzt bist du dran. Lenk nicht ab.«

»Das macht er doch immer«, sage ich. »Sein ganzes Leben ist ein einziges Ablenkungsmanöver. Man kann sich ihm nur nähern, indem man die Winkel der Ableitungen studiert. Und dann merkt man, dass er ohne die ganzen Ablenkungen überhaupt nicht existieren würde.«

»Danke, Louis. Gibst du mir mal die Küchenstreichhölzer?«

Der Senfgeruch macht mir Lust auf ein altenglisches Picknick. Die Baguettes sind wunderbar, und wir trinken einen Champagner, von dem nur Champagnerbauern wissen, wie man ihn zu trinken hat.

Dad sagt: »Sei bloß vorsichtig mit dem Messer.«

»Pass auf, dass du niemanden erstichst, wenn wir mal bremsen müssen«, sagt Ralph.

»Das staut sich ganz schön hier.«

Ralph schnallt sich ab und dreht sich nach hinten. »Vielleicht hat ganz Europa beschlossen, sich das edle Feinschmecker-Hochgenuss-Menü reinzufahren und sich dann umzubringen. Könnte man ihnen auch keinen Vorwurf draus machen. Wir scheinen uns ja eh auf dem absteigenden Ast zu befinden. Ein neues finsteres Mittelalter steht uns bevor. Dann sind die geistig Armen nicht nur selig, sondern auch noch mächtig. Streichhölzer, Lou.«

Ich gebe sie ihm.

»Kann ich auch eine Zigarette haben?«, fragt Dad.

»Gib uns gleich zwei«, sage ich. »Meine sind alle.«

Ralph schüttelt zwei weitere Zigaretten aus dem Päckchen.

Ich stecke mir eine an. Furchtbar – wie die Abgase eines russischen Panzers. Dad übernimmt mein Streichholz. Wir kriechen jetzt nur langsam voran, vor uns staut es sich über mehrere Kilometer.

»Da hats bestimmt gekracht«, meint Jack. Er schaut nach hinten in unseren verräucherten Mief. »Um Gottes willen, pack doch wenigstens erst das Essen weg.«

»Bin schon dabei.«

»Nein. Nein!« Jack wirft uns einen wütenden Blick zu. »Jetzt leg doch nicht einfach die Zeitung drauf, mach das richtig. Dad, sag ihm, er soll das richtig machen. Was stimmt eigentlich nicht mit euch?«

Er kurbelt sein Fenster herunter, damit sich die deutschen Dieselabgase zum Geruch von Salamiaufschnitt und Zigarettenrauch gesellen können.

»Mach doch einfach mit, Jack«, schlägt Ralph vor. »Dann schmeckt dir dein Brot noch besser. Das gleicht sich aus.«

»Jack raucht lieber so, wie er aggressiv ist«, sage ich. »Passiv nämlich.«

»Louis«, sagt Ralph. »Jetzt sei doch nicht ständig so gemein zu deinen Brüdern. Sag doch auch mal was, Dad. Er ist echt fies zu uns.«

Ich verstaue die Brote in einer Plastiktüte und lege die Zeitung darauf. Ich habe den Eindruck, dass wir uns bei Ralph auf einem guten Weg befinden. Hin zu etwas Ehrlichem. Also bedränge ich ihn weiter: »Wieso hast du ihr Buch gelesen?«

Ralph ratscht sein Streichholz so langsam über die Reibfläche wie nur irgend möglich. »Ich hab es gelesen, weil ich dabei war, mich in sie zu verlieben.«

Wir rollen ein paar Zentimeter vor und bleiben dann wieder stehen. Jack schaut sich um. »Verzeihung, aber das Wort aus deinem Mund hat echten Seltenheitswert, Bruder Ralph.«

»Ich hab es gelesen, weil ich sie deswegen öfter zu Gesicht bekommen habe. Und außerdem ...« Ralph beugt sich vor und legt die Streichhölzer auf den Tisch. »Außerdem bin ich beim Lesen immer wieder solchen verlorenen, einsamen Passagen begegnet, voller Schönheit und Menschlichkeit.«

»Und du wolltest sie retten, oder was?«, fragt Jack misstrauisch.

»Oh-oh«, sage ich. »Das geht doch bestimmt nicht gut aus.«

»Ich hab gemerkt, dass hinter diesem ganzen aufgesetzten Getue ein echtes Talent steckt, eine seltene Vorstellungskraft, um die es sich zu kümmern lohnt. Ich weiß auch nicht. Ich wollte, dass sie meine ungeteilte Aufmerksamkeit hat. Ich wollte sie ermutigen. Will ich immer noch.«

»War das die Frau, die ... War das die letzte Frau, mit der es dir ernst war?«, fragt Dad, fast als ginge es um ihn.

»Das wusste ich gar nicht. Davon wusste ich überhaupt nichts.«

»Seine letzte Chance überhaupt auf eine Frau, mit der es ihm ernst ist«, sage ich.

»Du meinst, es hat gar nicht mit dem Buch angefangen?«, will Jack wissen.

»Nein. Wir haben uns bei einer Filmvorführung kennengelernt und miteinander unterhalten ... hauptsächlich über Musik. Dann haben wir zusammen Mittag gegessen und unsere Zukunft geplant. Und dann haben wir zu Abend gegessen.«

»Hat sie viel gegessen?«

»Ja, zufälligerweise schon, Lou.«

»Und du bist dir sicher, dass das Liebe war?«, fragt Jack.

»Ich ...«

»Wir konnten kaum fassen, dass wir uns noch nicht früher kennengelernt hatten. Innerhalb einer Woche kamen mir alle früheren Beziehungen kindisch vor, blutleer, armselig.«

Jack schaut seinem Zwillingsbruder direkt in die Augen. »Die kenne ich doch. Du hast mir nie erzählt, dass das was Ernstes war. Damals zumindest nicht.«

»O doch, und wie.«

»Wie war sie so?«, frage ich.

»Scheiße, Lou, was weiß ich. Selbst für dich ist das eine bescheuerte Frage. Wie *ist* überhaupt irgendjemand?«

»Keine Ahnung. Mann.«

»Was hat sie denn gegessen? Als sie so viel gegessen hat?«

»Obstkuchen hatte es ihr nicht so angetan. Sie mochte

ihren Frühstücksspeck halbgar. Sie hat eine Menge Knoblauch und Butter verdrückt. Auf dem Bahnsteig in Royal Oak hat sie gemeint, irgendwas sei ›zum Dahinschmelzen‹. Was soll ich noch dazu sagen?«

Bäume säumen die Fahrbahn. Dahinter schimmert der mächtige Fluss. Andere Autos. Andere Leben. Hauptsächlich einsame Fahrer, die fassungslos und wütend auf den Stau starren. Niemand redet. Niemand außer uns.

Jack rollt ein Stück weiter.

»Wie war sie so im Bett?«, frage ich.

»Louis«, rügt mich Dad.

Doch Ralph lässt sich nicht beirren. »Sie hat sich immer an den Bauch gefasst und gesagt: ›Ich will einfach alles haben.‹ Wollte sie auch. Will sie immer noch. Sie will immer alles mitnehmen, was geht. Ständig. Und dann war sie immer ganz außer sich, und ich war da mittendrin.«

»Erzähl uns, warum du sie geliebt hast«, sagt Dad sanft.

»Ich weiß es nicht, Dad. Ihre dunkelbraunen Augen. Ich habe ihr Gesicht geliebt, wenn sie etwas wissen wollte. Ihr Gesicht, wenn sie Angst hatte. Ihre Verwirrung. Ihre Schönheit. Ihre Wangenknochen. Wie sie immer in Eile war … sie wollte ständig den Fantasieversionen von sich entfliehen, die sie selbst erfunden hatte, die aber nie ganz zutrafen. Ich habe sogar ihre Verlogenheit geliebt. Gott, ich weiß es doch auch nicht. Ich steh einfach auf hübsche Mädchen mit Fantasie und Intellekt.«

Wir sind endgültig zum Stehen gekommen. Die Sonne knallt fest entschlossen vom Himmel. Überall Autos.

Hitzeflimmern über den Motoren. Der Fluss gerade außerhalb unserer Sichtweite. In einem Stau bekommt man unwillkürlich das Gefühl, die Menschheit sei irgendwann auf die falsche Spur geraten.

Doch egal, wohin wir fahren, ich will niemals ankommen.

Wieder meldet sich Dad leise zu Wort. »Wenn ihr zusammen wart ... wie war das?«

Jack dreht sich zur Seite, um seinem Bruder besser lauschen zu können. Ralph öffnet langsam die Faust, und wir alle beobachten ihn – seine Puppenspielerhände; er streckt sie aus, macht eine Geste der Verbindung.

»Wenn ich meine Hand ausgestreckt habe, war sie da. Wir waren vermählt. In Gedanken, in Gefühlen. Im Begehren.«

»Wie hat sich ihre Liebe geäußert?«, fragt Dad fast zärtlich. »Wie hat sie ...«

»Musik«, erwidert Ralph wie aus der Pistole geschossen. »Sie hat mir Musik gekauft, Musik geschickt. Ich ihr auch. Duette. Wir haben uns in der Stadt getroffen und kein Wort gesagt, sondern einfach nur unsere Kopfhörer ausgetauscht, damit sie hören konnte, was ich gerade hörte, und andersrum. Und währenddessen sind wir nebeneinanderher gegangen.«

Mein Vater nickt bedächtig.

Ralph bläst Rauch aus. »Die Welt wurde direkt vor meiner Nase rekonfiguriert. Wir wurden in der Gesellschaft des anderen neu erschaffen.«

Er drückt seine Zigarette aus und holt sofort eine neue aus dem Päckchen.

»Die Liebe erschafft uns neu«, sagt Dad. Sein Gesicht ist voller Emotionen, seine Augen glänzen. »Ja, das stimmt. Das macht die Liebe. Sie erschafft uns neu.«

Wir stehen immer noch. Ich kann spüren, dass mein Vater Ralph gern die Hand auf die Schulter legen will, wie er es bei mir tun würde. Doch er kann nicht. Sie können einander nicht berühren.

»Und das Buch?«, fragt Jack ruhig. »Was ist daraus geworden?«

»Ein gemeinsames Projekt. Ich habe es Zeile für Zeile durchgesehen. In Hotels, Cafés, Küchen, Schlafzimmern, Zügen. Ich hab mich mit ihr hingesetzt und den schlaffen Quatsch zu neuem Leben erweckt. Szene für Szene. Diesen ganzen Ersatzscheiß, den sie geschrieben hatte.« Er entzündet das Streichholz.

»Das hat sie dir erlaubt?«

»Ja, Dad, hat sie. Weil sie darin nicht zu finden war, wie überhaupt in ihrem ganzen Leben. Das war alles gar nicht wirklich sie. Sie hatte ein ganzes Buch geschrieben, und höchstens fünf Sätze darin hat sie überhaupt ernst gemeint. Da bleibt einem die Spucke weg. Sie hat mich angefleht, es zu verbessern. Nicht, dass da noch was zu retten gewesen wäre.«

Dad fragt: »Worum ging es denn?«

»Nichts.«

»Zumindest vordergründig muss es doch irgendein Thema gehabt haben.«

»Ich weiß es nicht. Es war voll von Zeug, von dem sie sich eingeredet hat, sie würde darüber schreiben. Ich weiß es nicht. Nach einer Weile war es mir auch egal.

Wir haben gearbeitet, und dann sind wir miteinander ins Bett. Das war mir wichtig.«

»Aber du hast trotzdem damit weitergemacht?«, fragt Dad.

»Ich hab ihr alles gegeben, was ich in mir hatte.« Er zuckt zusammen, als würde er sich immer einen bestimmten Nerv im Herzen einklemmen, wenn es sich in eine bestimmte Richtung dreht.

Wir rollen zentimeterweise weiter. Ich drücke meine Zigarette aus, die bis auf den Filter runtergebrannt ist. Dad tut das Gleiche. Ich schenke Champagner nach. Wieder kommen wir zum Stehen. Jack zieht die Handbremse an und lässt den Arm über seine Rückenlehne baumeln, sodass wir einen windschiefen Kreis um den Plastiktisch bilden.

»Aber wieso?«, fragt er. »Wieso war sie dir so wichtig, wenn sie doch …«

»Ich weiß es nicht. Wieso verlieben wir uns überhaupt? Es ist ein Traum, Fantasie, Realität alles auf einmal. Ich habe mich einfach aufgefangen und verstanden gefühlt. Außerdem war sie so schlau und talentiert – ist sie immer noch – und gleichzeitig befangen und stumm. Verletzlich. Unverletzlich. Schwer zu beschreiben.« Ralph schaut aus dem Fenster, auf der Suche nach Worten. »Sie war wie ein Derwisch, der sich in seinem Tanz verbergen und gleichzeitig damit angeben will.«

»Erzähl weiter«, sagt Jack. Er hilft Ralph beim Sprechen, denke ich, so wie Ralph ihm beim Sprechen hilft. Er ist immer noch der Einzige, der zu seinem Bruder ins Boot steigen, das andere Ruder in die Hand nehmen und die Stromschnellen durchfahren kann; die beiden würden füreinander sterben, ohne auch nur eine Sekunde zu zögern.

»Keine Spur von dem ganzen Scheiß, den man sonst durchmacht, wo man erst mal ganz unten anfängt und ewig nicht wirklich miteinander vorwärtskommt«, fährt Ralph fort. »Sie war brillant. Sie ist völlig unbefangen zwischen verschiedensten Themen hin und her geschwenkt.« Er bläst aus. »Als wir an dem Buch saßen, ist was Seltsames passiert: Ich hab gemerkt, wie sie von mir erwartet hat, dass ich ihr erkläre, was sie meint. Sie wusste es selbst nicht. Vorher hatte noch nie jemand … noch nie jemand mit ihr über ihre Gedanken und Gefühle gesprochen.«

»Erzähl weiter.«

»Ihre Mutter hat vierundzwanzig Stunden am Tag geschuftet, weil ihr Vater abgehauen war. Er hatte eine andere Familie. Und ihre Mutter hatte auch eine andere Familie, wenn man's mal genau betrachtet. Sie hatte einen Stiefvater und lebte in der Lücke zwischen den beiden Familien. Im Grunde musste sie sich also selbst erfinden.«

»Ein abwesender Vater«, sagt Jack.

»Abwesenheit war ihr Ding. Und sie hatte nie einen Gefährten, zumindest nicht den, den sie gebraucht hätte. Ich glaube ernsthaft, dass sie … dass sie von sich selbst entfremdet war. Nicht an der Oberfläche, sondern tief drin. Sie hat geschauspielert.«

»Kein Gefährte, aber trotzdem verheiratet?« Das war Jack.

»Verheiratet.« Dad holt langsam Luft.

»Sie war *verheiratet*?«, frage ich.

»Verheiratet«, bestätigt Ralph.

»Verheiratet«, wiederholt Jack leise. Er dreht sich nach vorne und löst die Handbremse. Wir schleichen ein paar Meter weiter.

»Um Gottes willen.«

Ralph lächelt, wirkt aber erschöpft.

»Mit wem?«, fragt Dad.

»Genau mit dem Falschen – psychologisch gesehen. Mit der Verkörperung ihrer verborgensten Ängste. Nicht, dass er das gewusst hätte. Für Psychologie hatte der keine Zeit.«

»War er denn wenigstens ein guter Mann?«, fragt Dad.

»Ja, natürlich. Ein toller, wunderbarer, gutherziger, großzügiger Mann. Hilfsbereit. Anständig. Zuverlässig.«

»Mir gefällt er«, sagt Jack in Richtung der Mercedes-Bremsleuchten vor ihm.

»Mir auch«, sage ich.

»Ein Mann, der aufrecht durchs Leben geht und das auch alle wissen lässt«, fährt Ralph fort. »Nicht unbedingt gut aussehend, aber auch nicht unbedingt unansehnlich. Weit gereist. Benutzt solche Ausdrücke wie ›nur keine Hemmungen‹, als wäre das schon von sich aus lustig. Erfolgreich auf der Arbeit. Wie auch nicht? Mag Filme, mag Musik. Achtet auf sein Erscheinungsbild, aber nicht übertrieben. Lieblingssonnenbrille. Lieblings-T-Shirt. Betont rücksichtsvoll, vernünftig, stabil, stolz ... aber es gibt nichts Schlimmeres als diese langweiligen, trostlosen Leute, die bis zum Hals in den Plattitüden des Lebens stecken. Ein professioneller Handlanger. Die Art von brüchiger, entnervender Männlichkeit, bei der man am liebsten tot umfallen möchte. Sorry, Dad.«

»Nur keine Hemmungen«, sage ich.

»Und hinter der Fassade?«, fragt Jack mit sarkastischem Unterton.

»Oh, dahinter.« Ralph geht nicht auf den Tonfall ein. »Hinter der Fassade ein verletztes Kind. Nicht seine Schuld. Irgendein Trauma, das ihm die Selbstsicherheit genommen hat. Deswegen musste er sich auch bestimmte Dinge selbst erschaffen. Ihr wisst schon: Ich bin nicht in der Lage, mit der Wahrheit der menschlichen Existenz umzugehen, und deshalb muss ich ein grandioses Konstrukt aus Richtig und Falsch entwerfen, eine Reihe genial idiotischer Totems, die angeblich die Realität darstellen – das hier ist anständig, das da nicht, das hier ist gerecht, das da nicht, das hier ist gut, das da ist schlecht. Man umgibt sich mit Titeln und Uniformen und Priesterkragen und hofft darauf, dass sich niemand daran erinnert, wie animalisch nackt wir zu Welt kommen und dass nichts hiervon auch nur die geringste Rolle spielt, sobald man stirbt.«

Jack: »Hast du ihn kennengelernt?«

»Nein.«

»Woher weißt du dann so viel über ihn?«

»Sie hat mir von ihm erzählt. Er hat durch sie mit mir gesprochen. Ich habe genau hingehört, weil ich das immer mache und weil es interessant ist, wenn ein anderer Mensch über Liebe spricht – besonders, wenn man in diesen Menschen verliebt ist.«

»Mir tut er leid«, sagt Jack.

»Mir auch. Andererseits ... andererseits hatten die beiden die gleichen Probleme. Oder zumindest ähnliche. Und das ist ein Desaster. Die goldene Regel einer jeden Ehe: Man muss unterschiedliche Probleme haben.«

»Warum war sie mit ihm zusammen?«

»Warum ist überhaupt je irgendwer mit jemandem zusammen, mit dem er nur so halb zusammen sein will? Schlechtes Timing. Ein unbestimmter Wunsch und ein paar Illusionen, die man fröhlich als echt hinnimmt. Gefolgt von sanftem Drängen, Schmeicheleien und In-die Falle-Locken durch den Gegenpart. Aber es war noch schlimmer.«

»*Noch* schlimmer?«, frage ich.

»Er ist Christ«, sagt Ralph. »Ein stiller Glaube, der natürlich überhaupt nicht still ist: lauter moralische Imperative und Gesellschaftsordnungen, die ganzen pathetischen Gebote, die der Menschheit angeblich von irgendwem aufgebrummt wurden, um nur ja den Status quo beizubehalten und uns alle für immer danach streben zu lassen, bessere Menschen zu werden. Bei ihm ging es ständig nur um Herren und Knechte und das Klassensystem. Erniedrigung, Demütigung, Anbetung. Deine Mutter hätte einen Heidenspaß an ihm gehabt, Lou. Probleme ohne Ende.«

»Ich spüre da eine Menge Wut«, sage ich.

»Mit Wut brennen wir die Wunden der Liebe aus«, sagt Dad. Dann fügt er sanft hinzu: »Das war bestimmt nicht leicht für ihn, zu wissen, dass es dich gab.«

»Er hat sie mit Scham und Schuldgefühlen überhäuft, bis ihr nichts mehr weiter übrig blieb, als sich regelmäßig auf dem Altar seiner Rechtschaffenheit zu opfern, auf dem Altar seiner sogenannten Liebe, dabei ging es ihm eigentlich nur darum, sie zu *besitzen*. Aber was soll man dagegen machen? Wir leben alle aneinander vorbei. Die Missverständnisse vermehren sich exponentiell.«

Dad fragt: »Hattest du kein schlechtes Gewissen?«

»Doch, weil ich nur ungefähr zwanzig Mal mit ihr geschlafen habe. Ich habe ein schlechtes Gewissen, weil ich vorsichtig war – aus Respekt.«

Wieder kriechen wir ein Stück weiter.

Jack fragt: »Was hat sie für dich getan, Ralph?«

»Sie hat mir Sachen geschenkt. Eine CD von Gesualdo, dem Komponisten, der seine Frau ermordet hat, und ein Buch darüber, wie man als Schauspieler überzeugend Gefühle vortäuscht.«

Jack wirft einen Blick in Richtung Dad und schnalzt mit der Zunge. »Würdest du sagen, es war ... ein Drama?«

»O ja. Und wie. So viel Drama, wie es Wirklichkeit war. Wir waren zwei Oscar-Anwärter, die das Dionysische miteinander ausfechten. Und glaub mir, die Wirklichkeit hat ein paar ordentliche Hiebe hinnehmen müssen. Aber am Ende hatte die Wirklichkeit noch ein letztes Ass im Ärmel.«

»Wie meinst du das?«

»Ich meine, dass die Wirklichkeit uns besiegt hat. Pragmatismus und Konvention haben triumphiert. Müssen sie ja auch.«

»Bist du dir denn sicher, dass ihre Gefühle echt waren? Woher willst du wissen, dass sie dich nicht verarscht hat?«

»Ach, natürlich hat sie mich verarscht. Auf jeden Fall.

Mindestens die Hälfte der Zeit. Sie hat alle angelogen, Mutter, Vater, Ehemann. Ich war da. Ich habe sie gehört. Ich mache mir da keine Illusionen. Ich stand bei den Leuten, die ihr wichtig genug waren, um sie anzulügen, nicht gerade an erster Stelle.«

»Na bitte.« Jack zieht die Handbremse an.

»Gleichzeitig hat sie mich aber auch wieder nicht verarscht.«

»Wie kommst du darauf?«

»Wegen dem, was sie gemacht hat. Was sie gesagt hat. Man muss sich das Verhalten anschauen. Bestimmte Anrufe. Bestimmte Nachrichten, dass sie mich vermisst. Andere, in denen sie mir gesagt hat, wie sehr sie mich liebt. So echt und aufrichtig, wie es nur geht. Sie ist zahlreiche Risiken eingegangen, um bei mir zu sein. Einmal hat sie mich nach einem langen Telefonat sofort wieder zurückgerufen und direkt gesagt: ›Ich liebe dich.‹ Da ist schon ordentlich Respekt fällig, wenn dir das jemand sagt. Vielleicht ausschließlich da.«

»Wie ist es zu Ende gegangen?«

»Schwangerschaft.«

»Wessen Baby?«

»Ihrs.«

»Wie ist es für dich geendet?«, fragt Dad leise.

»Ich hab Höllenqualen gelitten. Und konnte es nicht fassen. Ich habe neun Tage lang getrunken und geraucht und geweint. Ich habe ihr Briefe geschrieben, die ich nicht abschicken konnte. Dann bin ich nach Berlin gezogen und zum besten Puppenspieler aller Zeiten geworden.«

Jack schaut Ralph in die Augen. »Gehts dir ohne sie nicht besser?«

»Und wie, keine Frage. Aber sie ist die interessanteste Frau, der ich jemals begegnet bin.«

»Und ...«

»Und ich war Hals über Kopf in sie verliebt.«

»Hört sich an, als wäre dein Stolz verletzt worden.«

»Glaub mir, auf die Idee bin ich auch schon gekommen. Aber trotz der ganzen gegenseitigen Ausnutzerei und dem Drama und dem Narzissmus und dem ganzen Scheißelend für alle Beteiligten bin ich drei Jahre später immer noch genauso sehr in sie verliebt wie vorher.« Er zuckt mit den Schultern. »Die Liebe ist das, was übrig bleibt, wenn alle anderen Motive und Gefühle und die Vernunft wegfallen. Ich kann mich nach allen Regeln der Kunst von der Dunkelheit und dem Selbstbetrug befreien. Und am Ende ... bleibt immer noch die Liebe übrig, steht immer noch still und wahrhaftig da.«

»Wann hast du sie das letzte Mal gesehen?«, fragt Dad.

»Vor drei Jahren. Wir haben uns in einem Café getroffen. Mann, das war die verlogenste Stunde, die ich je durchmachen musste. Ich hab versucht, ehrlich mit ihr zu reden, aber sie hatte mit uns schon abgeschlossen. Schon lange.«

»Was hat sie denn gesagt?«

»Sie hat gesagt, wir würden uns da zwar nie einig, aber sie wünschte, wir wären nie zusammen gewesen. Dann hätten wir nämlich befreundet sein und jeden Tag miteinander reden können.«

»Und was hast du dazu gesagt?«

»Ich musste ihr zustimmen.«

»Wieso musstest du?«

»Ich konnte ja schlecht sagen, dass es nicht gerade gewirkt hat, als wollte sie eine platonische Freundschaft, wenn sie sich unter meiner Zunge zum Orgasmus gezittert hat.«

»Nein.«

»Und ich konnte auch schlecht sagen, dass es mir kaum vorkam, als würde sie nichts Körperliches wollen, wenn sie neben mir lag und ihre Augen ihr tiefstes Dasein in meine gossen und ich meins zurückgoss, wenn sie mir sagte, dass sie mich liebe und das hier die Welt sei, wie sie sein sollte.«

»Und das wars dann?«

»Ich hab sie gebeten, mir ihr Buch zu signieren.«

»Und?«

»Konnte sie nicht.«

»Klar.«

»Also bin ich aufgestanden und hab sie gefragt, ob sie mich je geliebt hat.«

»Und?«

»Sie meinte: ›Ich glaube schon.‹«

»Sie wollte sich nur selbst schützen«, sagt Jack leise.

»Und was ist jetzt noch übrig?«, will ich wissen.

»Leid. Trauer. Kummer. Leere. Verlust. Die Erinnerung an Glück. Die Erinnerung an Liebe. Zuneigung.«

»Zuneigung?«, fragt mein Vater.

»Ja, tiefe, zeitlose Zuneigung, die ins Universum strahlt wie diese hoffnungslosen Radiosignale, die wir auf der Suche nach Außerirdischen ins All schicken.«

»Hast du was daraus gelernt?«, fragt Jack.

»Nee. Gar nichts.«

Dad meint: »Du findest schon noch wen, Ralph.«

»Nein«, kommt es blitzschnell von Ralph. »Ich brauche niemanden. Frauen sind was Besonderes, Dad, nichts Allgemeines. Das weißt du doch. Und mir gehts gut. Es ist bloß ... traurig. Aber das hier ...« Er leert sein Glas in einem Zug. »Das hier tut mir gut. Dein Selbstmord, meine ich. Im Grunde echt hilfreich. Die Perspektive. Na los, Lou, mehr Champagner. Und was ist mit den Baguettes?«

»Da vorne tut sich was«, sagt Jack. »Es geht weiter.«

VIERTER TEIL

Lass uns ehrlich miteinander reden

Wem die Stunde schlägt

Dad und ich sitzen auf dem kleinen Hänsel-und-Gretel-Kirchplatz eines auf einem Hügel gelegenen deutschen Dorfs.

»Die Deutschen sind die Einzigen, die wissen, wie man anständiges Bier braut.«

»Abgesehen von den Belgiern«, erwidere ich. »Und den Italienern und den Briten und so ziemlich allen anderen. Den Indonesiern.«

»Eins muss man den Deutschen lassen: Sie lieben Konzerte. Keine Spur von der Scham und Schande, die in England mit klassischer Musik verbunden ist. Der ganze Ort ist voller Debussy-Poster.« Er deutet auf die Anschlagtafel. »Woran das wohl liegt?«

»Vielleicht ist Dean in Denzlingen berühmt?«

»Du meinst, es geht mehr um Dean als um Debussy?«

»Möglich wärs zumindest.«

»Dean Swallow«, sagt Dad nachdenklich. »Du hast doch selbst gesagt, wie talentiert er ist. Ach du Scheiße«, sagt er plötzlich. »Wir haben uns die CD noch gar nicht angehört.«

»Wir hatten wirklich andere Probleme.«

»Das ist unverzeihlich.«

»Außerdem haben wir keinen CD-Player.«

Auf der anderen Seite des gepflasterten Platzes steht ein altes Hotel mit einer großen Holztür unter einem zugespitzten Bogen, dunkle Balken ziehen sich in schrägen Rechtecken über die Fassade wie ein Skelett, bis ganz nach oben zum steil abfallenden Dach, aus dem winzig kleine Dachfenster hervorlugen. Links von uns befindet sich das blassrosa Rathaus mit türkis-grauen Fensterläden und Blumenkästen unter jedem Fenster, in denen so ungefähr jede Blütenfarbe vertreten ist, die man sich nur vorstellen kann – von samtigem Violett bis hin zu blanchierter Mandel. Zu unserer Rechten steht eine schlichte, blassgelbe Kirche, deren einfacher Glockenturm mit weißer Uhr und zwei bescheidenen Bogenfenstern von einem hexenhutartigen Spitzdach gekrönt wird. Hinter uns reihen sich noch mehr Fachwerkhäuser aneinander – alle mit diesen riesigen dreieckigen Dächern, die fast bis zum Boden der Obergeschosse hinabreichen. Die warme Abendluft duftet nach den grünen Reben in den Tälern ringsum und aus irgendeinem Grund auch schwach nach Basilikum oder Nelken.

Wir sitzen im Außenbereich der einzigen Kneipe und warten auf Ralph und Jack, die mit Malte losgezogen sind, um uns einen Tisch für das Feinschmecker-Hochgenuss-Menü zu besorgen. Malte war eine Dreiviertelstunde zuvor hier aufgekreuzt, nass geschwitzt vor lauter Freude über uns und sehr aufgeregt wegen des Konzerts heute Abend, wegen des Publikums, des Programms und der Klassik ganz allgemein. Das Festival finde nicht nur in Denzlingen, sondern auch in dem umliegenden Dörfern statt, erklärte er, und dauernd gebe es irgendwelche Probleme mit dem Transport oder den kleineren Veranstaltungsorten. Doch wenn wir jetzt schnell mit ihm ins Schloss kämen, wo die kulinarische Seite des Festivals abgehalten werde, könne er uns dort als »Freunde und Familie des Künstlers« vorstellen und uns so hoffentlich einen Tisch sichern. Die Chancen stünden gut, meinte er, da Dean in Denzlingen bekannt sei wie ein bunter Hund. Trotzdem sei es besser, persönlich dort aufzutauchen und sich als Deans Familie und Gäste der Sponsoren auszugeben … Und bevor wir Dad wieder mühselig in den Bus verfrachteten, verschwand er stattdessen eben mit Jack und Ralph; unser Bus folgte seinem in einer Art seltsamen Mini-Kolonne hinab ins Tal.

Ich habe zwar gesagt, dass wir hier »sitzen«, ganz lässig nebenbei, aber Dad sitzt in seinem *Rollstuhl*.

Den wir auf die richtige Höhe eingestellt haben.

Dessen Bremse wir festgestellt haben.

Dad greift nach seinem Bier. Ich tue so, als würde ich nicht merken, wie viel ihm das abverlangt. Er parkt seitlich zum Tisch, weil seine Beine nicht darunterpassen. Und das hilft nicht gerade, zumal sein linker Arm inzwischen auch zittert. Wir tun so, als würde das alles gar nicht passieren. So viel ist klar. Aber diese Extravorstellung – das Vorgeben, er säße überhaupt nicht im Rollstuhl … eigentlich sollte das ganz in meinem Sinne sein, klar. Ich sollte mich darüber freuen. Aber was ich mir wirklich wünsche – was ich mir *wünsche*, bei Jahwe, Jesus, Mohammed, Zeus und Brahma –, ist mein Vater, wie er früher war. Gesund, widerstandsfähig, unabhängig, lustig. Ich will, dass er kocht, redet, isst, Witze reißt, geht, schwimmt, unterrichtet. Und ich will, dass sein Scheißgesicht funktioniert. Normal.

Ich will ihn nicht durch die Gegend schieben.

Und ich will ganz bestimmt nicht, dass ihn jemand anderes durch die Gegend schiebt.

Und wenn ich das nicht haben kann, wenn ich das nicht haben kann, ihr scheißfaulen Götter, dann will ich meinen Vater vielleicht lieber gar nicht. Vielleicht will ich meinen Vater dann wirklich lieber gar nicht. Ein kalter Blitz durchzuckt mich, als Dad erneut nach seinem Glas greift: Ohne meine Brüder sind wir plötzlich wieder in der Wirklichkeit. Und im Grunde … sind sie diejenigen … die uns verhexen … uns von der Wahrheit ablenken. Die Wahrheit, die seit Menschengedenken aus derselben Frage besteht: Sein oder Nichtsein?

»Das Problem in England …« Dad trinkt demonstrativ einen Schluck, um mir zu zeigen, dass er es kann, verschüttet jedoch etwas Bier, als er das Glas wieder abstellt. »Das Problem liegt darin, dass Wissen mit Wichtigtuerei verwechselt wird.«

»Ach ja?«, sage ich.

Aber ich höre nicht zu. Denn das hier ist nicht das Problem. Das Problem ist, dass Ralph und Jack sich nie mit den Grundlagen auseinandergesetzt haben. Nie im Internet die ALS-Foren studiert haben. Der ganze Schmerz und Verlust, der Mut, die Traumata, die Ängste, der Kummer. Fast ist es wie ein Chatroom nach einem Terrorangriff, nur schlimmer, weil er jede Stunde neu entsteht – frische Empörung, frische Qual macht sich auf jedem Bildschirm breit, der sich auf diesen Pfad begibt. Das – *das* – ist das Problem.

»Na ja, Expertise entwickelt man eben, indem man Wissen ansammelt, oder nicht?«

»Wenn du das sagst.«

So viele echte Menschen posten in Echtzeit auf der ganzen Welt. Katastrophen schlagen hier in einem Leben ein, da, im Norden, im Süden, eine nach der anderen. »Wütend und fassungslos.« »Ich weine, während ich das hier schreibe.« »Völlig platt – gerade meinen Mann aus dem Krankenhaus geholt.« »Sei gut zu dir, Sam, du hast Mut und Kraftreserven, von denen du gar nichts ahnst.« »Erst ist Michael nur langsamer gegangen und hin und wieder über die eigenen Füße gestolpert. Dann haben irgendwann seine Beine nachgegeben. Nach einer Weile konnte er nicht mehr ohne fremde Hilfe aufstehen. Dann konnte er nicht mehr stehen. Das war vor über acht Monaten. Jetzt kann er die Arme nicht mehr bewegen, nicht mehr richtig sprechen und bekommt manchmal keine Luft.«

»Aber Wichtigtuerei hat nichts mit Expertise zu tun«, sagt Dad.

»Was?«

»Wichtigtuerei ist ein emotionales Manöver. Ich weiß oder tue zumindest so, als wüsste ich über eine bestimmte Sache Bescheid, die ich dann *emotional* benutze, damit ich mich besser fühle, meistens indem ich dafür sorge, dass andere sich schlechter fühlen, weil sie es nicht wissen.«

In Wirklichkeit kann Dad es auch nicht ertragen, seitlich am Tisch zu sitzen. Wenn er mit mir spricht, muss er den Oberkörper drehen, was nervig ist, ermüdend, ärgerlich. Aber jetzt ist es zu spät, als dass ich mich woanders hinsetzen könnte, um es ihm leichter zu machen, denn damit würden wir uns das Problem eingestehen und unsere kleine Show wäre beendet. Die übrigens dadurch noch lachhafter wird, dass wir uns vor der Reise eingehend mit der körperlichen Realität befasst haben – jeden Morgen, jeden Abend, jede Minute, monatelang. Bis meine Brüder aufgetaucht sind und den Rollstuhl gekauft haben. Jetzt tun wir so, als hätten wir Optionen. Ich hasse das Wort Optionen. Ich kann nicht ertragen, wie es einem Handlungsfähigkeit und Macht vorgaukelt und nicht merkt, wie sich das unermessliche schwarze Universum angesichts von uns flüchtigen Kreaturen auf unserem zerbrechlichen Planeten vor Lachen in das gewaltige schwarze Loch von einer Hose macht.

Mein Vater wartet auf eine Antwort. Aber ich habe vergessen, worum es geht. Also sage ich: »Erklär mir noch mal, warum das ein Problem ist.«

»Na, weil die beiden Ausdrücke heutzutage austauschbar verwendet werden«, erwidert er aufgebracht. »Die Leute bezeichnen einen Experten als Wichtigtuer. Das ist eine kulturelle Katastrophe.«

Möglicherweise ist mein Vater der letzte Mensch der Welt, der noch so Sachen sagt wie »kulturelle Katastrophe«.

»Die emotionale Transaktion verläuft allerdings in die andere Richtung. Weil du nichts über ein bestimmtes Thema weißt, linderst du deine Angst und Unsicherheit mit einem schlichten Totschlagargument – indem du mich als Wichtigtuer bezeichnest. Und dann fühlst du dich wegen deines mangelnden Wissens nicht mehr ganz so schlecht.«

»Kannst du mich da bitte nicht mit reinziehen?«

Vielleicht lässt sich die Frage, was für ein Mensch man ist, am Ende damit beantworten, wie viel Wahrheit man austeilen und wie viel man einstecken kann.

»Anstatt dir die Mühe zu machen«, fährt Dad unbeirrt fort, »selbst etwas zu lernen oder auch nur zuzugeben, dass es etwas zu lernen *gibt*, und anstatt die Tatsache zu akzeptieren, dass jemand anderes sich die Zeit und Mühe gemacht hat, genau diese Sachen zu lernen, negierst du mein Lernen und spielst dein eigenes Unwissen herunter, indem du mich als Wichtigtuer beschimpfst. Dein Unwissen wird also zur *Rechtfertigung*. Du fühlst dich besser, ich fühle mich schlechter.«

»Ich fühle mich überhaupt nicht besser. Nie.«

»Aber das Thema selbst, Musik, Turnschuhe, Kaffee, Kunst, Bier, Sonnenbrillen, Telefone, Computerspiele – jeder ist auf irgendeinem Gebiet Experte – jedenfalls wird sich mit dem Thema selbst überhaupt nicht auseinandergesetzt. Es wird nicht mal darüber gesprochen.«

Ein paar Vögel, vermutlich Schwalben, umkreisen den Kirchturm, schrecklich lebendig, als hätten sie gerade erst gemerkt, dass der Tag so gut wie vorbei ist und sie den Abend jetzt voll auskosten müssen.

»Verstehst du jetzt, was ich meine?«

»Nicht so richtig.«

»Wenn wir jemanden als Wichtigtuer bezeichnen, geht es um unser Selbstwertgefühl und gegenseitig verletzte

Gefühle. Wir haben uns weder über das Thema noch das Ausmaß unserer Expertise unterhalten.«

»Dad?«

»Die meisten Experten sind sogar das Gegenteil von wichtigtuerisch. Sie teilen ihr Wissen nur zu gern.« Mein Vater ist jetzt Feuer und Flamme. »Die meiste Zeit brennen sie förmlich darauf. Sie wollen doch nur ihr Wissen teilen und erklären und demonstrieren und ihre Leidenschaft weitergeben. Aber stattdessen machen wir ihnen ein schlechtes Gewissen, weil sie von etwas eine Ahnung haben! Da hast du die moderne Welt. Und außerdem ...«

»Dad.«

Er fuchtelt rum wie auf einer Kundgebung. »Das Recht auf eigene Meinung ist nicht automatisch das Recht, dass diese Meinung ernst genommen wird, sofern man nicht ...«

»Dad.«

»Ich meine, man meldet sich bei Twitter an, und ab geht die Luzie. Ab geht die Luzie.«

»Was ...«

»Sag mir eins. Wie soll man auf Twitter den Sinn hinter dem ganzen Leid verstehen? Erklär mir das. Das ist doch alles nur reflexartig und oberflächlich, reine Dummheit und Rührseligkeit. Diese ganzen *Meinungen*. Nichts hat mehr einen moralischen Wert. In meinen Augen ist die Welt hinüber. Hinüber. Ich verstehe einfach nicht mehr, was passiert. Ich verstehe es nicht. Meine ...«

»Dad! Hör auf! Du ...«

»Meine Forschung, meine Mühe, alles sinnlos, Lou.« Er umklammert das Glas so fest, dass es zu zerspringen droht. »Sinnlos und zum Wegwerfen. Es herrscht einfach kein Respekt mehr. Nichts lässt sich mehr *messen*.«

Und dann läuten die Scheißglocken los.

Einfach so, ebenso unbeschwert wie feierlich: Die Kirchturmglocken schlagen die Stunde. Auch meinem Vater? Der Klang erfüllt den kleinen Platz, wandert hinab ins Tal, und wir können nichts dagegen tun. Der Augenblick fühlt sich an, als würde er uns für immer hier festhalten. Gefangen in der Zeit. Und ich denke, endlich, jetzt sind wir so weit. Jetzt können wir uns gegenseitig das Herz ausschütten. Mein Vater und ich, wir schaffen das. Wir können frei von Falschheit miteinander reden. Ja.

»Darum verlange nie zu wissen, wem die Stunde schlägt; sie schlägt dir selbst.«

Aber da ertönt ein zweites Geräusch hinter einem Hügel, und Dad lehnt sich langsam zurück und lockert seinen Griff um das Glas.

»Ralph prügelt den Bus wie einen Hund«, sagt er leise.

»Woher weißt du, dass er das ist?«, frage ich, als ob irgendwas eine Rolle spielen würde.

»Der Nähmaschinensound eines VW ist unverwechselbar, Lou.«

»Nein, ich meine, woher du weißt, dass es Ralph ist und nicht Jack.«

»Keinerlei Gefühl im rechten Fuß.«

Der Bus taucht am anderen Ende des Platzes auf. Ralph sitzt hinterm Steuer. Er fährt nicht ganz im Schritttempo in die Fußgängerzone und parkt kühn vorm Hotel. Die Schiebetür geht auf.

»Na los«, ruft Jack uns zu. »Wir sind spät dran.«

Ich lege etwas Geld für die immer noch halb vollen Getränke auf den Tisch und schiebe meinen Vater über das Kopfsteinpflaster unter dem Glockenturm, der wieder verstummt ist – gänzlich verstummt –, als wäre überhaupt nichts passiert.

Die dritte Kassette ist die schlimmste. Die erste Stimme schreit, ein Gewaltausbruch steht kurz bevor. Ein Glas zersplittert in unmittelbarer Nähe, dann wird noch etwas durch die Luft geschleudert. Mehrere Leute bewegen sich schnell durch das Zimmer. Man hört, wie es knallt und kracht und Möbel entweder umfallen oder zur Seite geschoben werden. Die zweite Stimme flucht. Dann hört man einen dumpfen Knall oder Schlag. Einen schlimmen Sturz. Und die zweite Stimme stößt echte Schmerzensschreie vom Boden aus. Noch mehr Flüche, dann sagt die zweite Stimme: »Ich hab Glas im Auge ... meine Augen ... meine Augen bluten ... Ich kann nichts mehr sehen. Ich hab Blut in den Augen.«

Und dann erklingt die erste Stimme, ganz nah, atmet flach ein und aus ... direkt ins Mikrofon ... ein und aus. Und dann zischt sie leise: »Hoffentlich siehst du nie wieder was.«

Ich rolle Dad zur Schiebetür.

»Wir haben einen Tisch«, verkündet Ralph vom Fahrersitz. »Dad, du hast heute Geburtstag, und außerdem bist du der Onkel von Dean Swallow. Lou, du bist Deans Cousin.«

»Und wer bist du?«

»Deans Freund.«

Jack hilft Dad beim Einsteigen. Ich versuche, den Rollstuhl zusammenzuklappen, habe den Dreh aber noch nicht ganz raus.

»Malte meint, das passt schon, weil Dean eh nie eine Freundin hat«, fährt Ralph fort. »Jack ist mein Bruder.«

»Was für eine Ehre.« Jack lehnt sich aus dem Auto, um den Rollstuhl entgegenzunehmen. »Der Bruder von Dean Swallows Liebhaber.«

Endlich klappt das Teil zusammen, und ich reiche es Jack, dessen Blick besagt, das hier sei die Zukunft, und sei das nicht toll, wie alles funktioniert?

»Ich weiß ja nicht, was ihr mit Malte angestellt habt, aber er liebt euch über alles«, sagt Ralph.

»Wir haben ihm den gewaltigen Arsch gerettet«, gibt Dad zurück.

Ich schiebe die Tür zu – zu fest.

Jack gleitet wieder auf den Beifahrersitz und dreht sich um, während er an seinem Gurt zieht. »Das Konzert ist ungefähr zehn Minuten von hier.«

»Wo?«, fragt Dad.

»In einer Kirche im nächsten Ort.« Ralph löst die Handbremse.

»Und das Restaurant ist in einem Schloss mit Blick auf den Rhein«, ergänzt Jack. »An den Zinnen. Wir habens geschafft, Dad. Das ist ein Spitzenladen.«

»Und was machen wir da?«, frage ich. »Ich meine, wo sollen wir schlafen? Ich habe keinen ...«

»*Wohnmobilstellplatz*«, sagt Jack auf Deutsch.

»Zerbrich dir mal nicht das Köpfchen, Lou«, sagt

Ralph. »Auf einem Hügel in der Nähe ist Platz für Wohnmobile. Wir können unsere Wunden im Schein des Michelin-Sterns lecken und dann nach Hause taumeln. Ist zwar nur einer, aber mehr hatten die drei Weisen auch nicht, und die haben ja auch ordentlich was gefunden.«

Die Bänke sind voller Gläubiger, die der Musik huldigen. Da wir spät dran sind, stehen wir ganz hinten hinter unserem Vater; seine Söhne, ein Trio. An die zweihundert Pilger haben sich heute Abend hier versammelt, und alle klatschen im Takt. Dean kommt für die Zugabe zurück – Chopin – und verbeugt sich peinlich berührt in der Klavierecke; er streicht den Frack nach hinten, rückt den Hocker zurecht und beschwört erneut Harmonien und Dissonanzen aus der leeren Abendluft herauf.

Drei Bogenfenster ragen hinter dem Altar auf. Sie müssen nach Westen Richtung Tal ausgerichtet sein, da das Licht noch in ihnen verharrt, sterbendes Orange, Ocker, Blutrot, und die langen Schatten der Abenddämmerung ziehen vorbei, stehlen sich zu uns hinein und schwören uns, dass der Tag noch nicht vorüber sei, die Chance noch nicht gänzlich vertan. Und für einen flüchtigen Moment zeigt sich die Schönheit der Welt in menschlichen Noten. Ein letztes Mal. Und die Musik ist ein Sehnen, ein Seelenamt und ein Gebet.

Ich merke, dass mein Vater heftig weint, kann mich aber nicht zu ihm hinunterbeugen. Keine Ahnung, ob es meinen Brüdern aufgefallen ist. Ich umklammere die Rollstuhlgriffe.

Im Programm steht, dass Chopin mit neununddreißig an Tuberkulose gestorben ist. Bestimmt wusste er das schon eine Weile vorher. Da bin ich mir sicher. Er muss seinen Tod ein paar Takte weiter gesehen haben. Denn die Musik ist ein Sehnen und ein Seelenamt, ein Rätsel und eine Proklamation, ein Herzelied für die Menschen, die er liebte, ein Gebet, dass der Moment innehalten möge, das Eingeständnis, dass dies unmöglich ist, eine Trotzhaltung, eine Niederlage, ein Hochgefühl.

An dem Tag, als mein Vater mir von seiner Motoneuronerkrankung erzählte, hatte ich früher Feierabend gemacht und wollte die Busschlüssel holen, um einem Freund beim Umzug zu helfen. Ich saß oben im Doppeldecker, hörte neue Musik, in der Hoffnung, etwas davon würde mir gefallen, und schaute hinab auf die in gelbe Warnwesten gehüllten Londoner Radfahrer und ihre vielfältig zur Schau getragene Feindseligkeit gegenüber den Autofahrern. Und ich hoffte, dass mein Vater nicht zu Hause wäre, sodass ich mir die Schlüssel schnappen und die Küchenschränke plündern könnte, ohne mich mit ihm unterhalten zu müssen.

Er war aber oben und rief: »Bist du das, Lou?« Und was, wenn nicht? Ich rief zurück: »Hey, ich will nur kurz was holen.« Er sagte, er habe mich anrufen wollen, also fragte ich, worum es gehe. Er meinte, er habe »Neuigkeiten«. Ich ging direkt in die Küche, um vorher noch rasch ein paar Sachen zu klauen – Tee, Batterien, egal was.

Er kam rein. Er erzählte es mir. Und dann drehten wir beide durch. Aber nicht komplett, sondern so wie zwei Leute, die genau wissen, dass sie am Durchdrehen sind, aber so tun, als würden sie gar nicht durchdrehen, denn wenn sie auch nur eine Sekunde lang zugeben würden, wie sehr sie am Durchdrehen sind, müssten sie losschreien und nie wieder aufhören.

Zwei Stunden später saßen wir mit einer halb leeren Flasche Wein in der Bibliothek, und er redete – wie durchgedreht –, und ich schrieb mit – wie durchgedreht –, und es machte ihm nichts aus. Als ginge das – mein Schreiben – jetzt in Ordnung. Als würde sein bevorstehender Tod meine Position als Schriftsteller genehmigen oder freischalten oder dulden. Mochte mein Ziel auch noch so fantastisch sein, so war es plötzlich eine Fantasie, auf die wir uns beide einigen konnten. Oder die wir akzeptieren konnten. Oder publik machen. Oder ihr nachgeben. Ich weiß es nicht. Als wäre das hier eine Möglichkeit, sein Sohn zu sein. Als wäre das hier eine Möglichkeit für ihn – als hätten wir nicht bereits eine gemeinsame Geschichte –, mein Vater zu sein.

Gerade sagte er: »Aber jeder ist verrückt, Lou, verrückt und halb kaputt ...«

Und ich schrieb mit, was wiederum selbst verrückt und halb kaputt war, als wäre das hier sein letzter Wille, sein Testament.

Und er sagte: »Ich schwörs dir, mit Mitte dreißig glaubt man, man wäre der Einzige, der nicht klarkommt, und alle anderen hätten den Dreh raus, sind vielleicht mal ein bisschen unhöflich auf Partys, ein bisschen angespannt, ein bisschen kühl, seltsam, schräg, aber man selbst ist der Einzige, der sich mit Panik und Angstzuständen rumschlägt. Aber mit Mitte vierzig wird einem dann klar, dass die meisten stillschweigend innerlich durchdrehen. Und alle verschreiben sie sich was, nicht nur Alkohol oder Yoga oder Kinder oder einen Job oder – Gott bewahre – Hobbys, sondern alles. Alles. Alles, was sie zu einem sagen, ist nur eine Form selbst verschriebener Beruhigungsmittel. Ich bin nicht so, sondern so; das wollen sie einem einreden. Ich bin besser darin, als du denkst. Ich bin tiefer, breiter, mehr, als es den Anschein hat. Ich bin überhaupt nicht X, ich bin vielmehr Y. Und dann dämmert es einem. Man ist nicht allein. Jeder kämpft mit furchtbaren Schmerzen. Jeder hat sich was anderes erhofft. Ein bisschen mehr hiervon. Viel weniger davon. Alle wollen doch nur die verpassten Gelegenheiten und falschen Entscheidungen ausblenden. Alle fragen sich, wie zur Hölle ist das hier passiert, und reicht das? Ist es zu spät für mich? Und jeder will auf eine andere Art und Weise verstanden werden. Alle werden von einer anderen Version ihrer Geschichte gequält, die sie nie erzählen durften. Im Ernst. Selbst der Präsident der USA will, dass du deine Meinung über ihn überdenkst. Denk mal hier dran. Vergiss das. Schon klar, die ganze Irak-Geschichte, aber ... Klar, da war ein bisschen Sperma auf dem Kleid, aber was ist mit ...? Und dann, wenn einem klar wird, dass es allen genauso geht, Panik, Angstzustände, weißt du, was dann passiert? Man entspannt sich wieder. Wirklich. Man denkt sich, na ja, wenn alle bekloppt und verängstigt sind, dann ist das wohl okay. Was für eine Erleichterung. Damit lässt es sich viel leichter leben. Warum hat mir das keiner gesagt? Arschlöcher. Und weißt du, wann das passiert? Mit Mitte fünfzig, Lou, mit Mitte fünfzig bekommt man plötzlich wieder alles zurück, weil man sich locker macht, weil man es versteht. Natürlich sind alle plemplem, so ist das nun mal als Mensch auf einem Planeten, der kein Interesse an der Menschheit hat. Muss es ja. Der Ausweg aus der Midlife-Crisis besteht in der Erkenntnis, dass das ganze Leben eine einzige Krise ist. Für jeden. Also ja, man macht sich wieder locker. Die Krise geht vorüber. Man findet wieder Freude an bestimmten Dingen. Man muss sich nicht mehr ständig selbst was beweisen. Und was passiert dann? Ich sags dir. Gerade, wenn man endlich kapiert hat, wie man leben soll, wird man von seinem eigenen verflixten Körper verraten. Gerade, wenn man den Dreh raus hatte, wie man sein Scheißleben mit einem Quäntchen Weisheit und Entspanntheit angeht. Gerade, wenn die Geldsorgen nachlassen, packt der Körper seine Siebensachen. Und dann wird einem noch etwas klar, Lou: Man war die ganze Zeit über ein Tier. Ein Säugetier. Blut und Gewebe. Organe und Gliedmaßen. Mit einem beschämenden, erbärmlichen Ablaufdatum. Und die ganzen Sachen, von denen einem klar geworden ist, dass man sie hätte machen sollen, die kann man sich abschminken. Man kann sich nicht mal mehr an seinen Gedanken und Gefühlen erfreuen, weil es von jetzt an nur noch um den Körper geht. Im Grunde ging es schon immer nur um den Körper, man hat es bloß nicht gemerkt. Denn wenn die Lunge oder das Herz oder die Beine nicht mehr funktionieren, dann ist alles andere komplett unwichtig. Und damit ist man dann in seinen Sechzigern, genau dann. Die Erkenntnis, dass man noch etwa zwanzig Minuten so leben kann, wie man es endlich, *endlich* als richtig erkannt hat. Aber mit schwindender Mobilität und steigender Sicherheit, dass irgendein Körperteil immer mehr wehtun wird, bis man – die Horrorvorstellung schlechthin – irgendwann sogar auf den Tod *hofft*. Darum bettelt. Das ist mein Ernst, Lou. Wirklich. Was für ein Leben ist denn das?«

Feinschmecker-Hochgenuss

Wir folgen Malte. In Oberrotweil stehen seine Aktien gut. Jetzt, da das Konzert als Erfolg verbucht werden kann (und sie nächstes Jahr höchstwahrscheinlich wieder engagiert werden), sprüht er wieder vor schlechten Witzen und Jovialität. Er watschelt zu dem kleinen Stehtisch, um den Oberkellner zu begrüßen, einen drahtigen Mann, der den Kopf seitlich geneigt hält und dessen Blick alle paar Sekunden zur Seite schnellt, als wäre er sich vage bewusst, dass die ganze Welt eine Verschwörung ist. Anscheinend sind die beiden befreundet oder haben zumindest in den letzten Tagen öfter unter einer Decke gesteckt, und uns wird schnell klar, dass hier auf Augenhöhe verhandelt wird. Es wird genickt, im System nachgesehen. Stillschweigende Neuvereinbarungen werden getroffen. Und dann wirft der Oberkellner uns einen raschen Blick zu, der von tieferen Sorgen spricht; er sieht meinen Vater in seinem abgetragenen schwarzen Cord-Jackett, Jacks betont modisches Familienvater-auf-Freigang-Sakko, Ralphs ausgelatschte Stiefel, meine superenge Skinnyjeans. Und kurz wirkt es, als wollte er Einspruch erheben – zu Recht, zu Recht –, aber Maltes Anwesenheit und das Bedürfnis, endlich weiterzuarbeiten, obsiegen schließlich.

»Hier entlang.« Er hält die Speisekarten im Arm wie heilige Schriftrollen.

Das Restaurant befindet sich nicht entlang der Zinnen, sondern auf einer Terrasse mit Blick auf den Rhein. Wir gehen durch hohe Türen hinaus in die noch warme Abendluft. Ich bilde die Nachhut und schiebe Dad dankbar über die deutschen Rollstuhlrampen und flachen Fliesen durch den großzügig bemessenen Platz zwischen Lampen und Tischen.

»Gut, *ja*?«, fragt Malte über die Schulter.

»Sensationell.« Ralph freut sich gleich doppelt, weil er im Freien rauchen darf.

Das Schloss stammt wahrscheinlich aus dem Mittelalter und wurde, beflügelt von romantischen Anwandlungen der Deutschen, wiederaufgebaut. Sanfte Beleuchtung erhellt die Mauern. Tatsächlich hat es rechteckige Zinnen. Hohe, schmale, runde Türme mit kegelförmigen Dächern. Ein gelbes Banner, das hoch oben zwischen zwei Fenstern hängt, verkündet dem Tal (und der Welt dahinter) in schwarzer, altdeutscher Schrift: »*Das Gourmet-Festival Denzlingen – die Feinschmeckermesse am Rhein.*«

Dad dreht sich zu mir um. Ich beuge mich vor, wie es alle Pfleger tun.

»Such dir deine Welt«, sagt er und nickt in Richtung Malte, »und werde darin König.«

»Mach ich doch, Dad«, sage ich. »Nur halt im Datenbankmanagement.«

Der Laden ist voll. Die Gesellschaft ist bunt gemischt: Konzertgänger mit Programmheften in der Hand, ein, zwei Familien mit Teenagern, zwei große Tische mit älteren Herrschaften, akkurat gekleidet und pseudogutgelaunt (als kämen sie gerade von so einer furchtbaren »Romantischer Rhein«-Kreuzfahrt), und ein paar Tische mit echten Schwergewichten, deren Gabelhaltung und Gesichtszirkus eine Atmosphäre feierlicher kulinarischer Ernsthaftigkeit erzeugen. Das Schloss erfreut sich wohl großer Beliebtheit und wird das ganze Jahr über von Fledermausbeobachtern und Freunden mittelalterlicher Rollenspiele frequentiert. Wir haben Glück. Durch irgendeinen von Ralph und Malte gekonnt ausgespielten psychologischen Trumpf haben wir einen Tisch ein Stück abseits in der hinteren Ecke der Terrasse. Der runde Bereich ragt über die Mauern hinaus, als hätte hier einst ein sechseckiger Turm den bestmöglichen Blick über den Fluss bieten sollen. Der Oberkellner bleibt stehen und neigt lächelnd den Kopf.

»Bitte sehr, Herr Lasker«, sagt er auf Englisch. Wieder schnellt sein Blick zur Seite. »Wenn wir sonst noch etwas für Sie tun können, sagen Sie mir Bescheid. Und die besten Wünsche zum Geburtstag. Es ist uns eine Ehre, Familie und Freunde von Herrn Swallow zu bewirten.« Seine Hand beschreibt eine elegante Geste über das teure Gedeck. Kerzen brennen in tränenförmigen Windlichtern, um den nicht existenten Wind abzuhalten, und ich rieche den Duft der Rosen, die sich rings um das alte Gemäuer hinaufranken.

Der Kellner reicht uns die Speisekarten. »Ich schicke Ihnen sofort jemanden, damit es losgehen kann.« Er tritt ein paar Schritte zurück, als würde er sich von einem Kaiser entfernen.

Malte kommt zum Vorschein, sein Kopf hüpft auf der Matratze seines breiten Halses auf und ab.

Ralph hält in der Zigarettenanzündbewegung inne und deutet eine Verneigung an. »Danke, Malte.«

»Trinkt doch was mit uns«, sagt Jack. »Du und Dean.«

»Amaretto mit Limette«, sage ich.

»Wo ist Dean überhaupt?«, fragt Dad. »Sein Chopin war ... ich weiß auch nicht. Die reinste Verzückung.«

»Der muss mit den Leuten von Rheinmetall essen«, erwidert Malte.

»Was ist Rheinmetall? Eine Rockband?« Das war Jack.

»Nein, die Sponsoren.«

Ralph hebt fragend die Augenbrauen. »Rheinmetall sponsert das Debussy-Festival?«

Malte nickt. »Ja, wir sind Rheinmetall da sehr dankbar.«

Keiner von uns weiß, was er mit der Information anstellen soll; anscheinend erklärt es irgendeinen Teil des Universums, der sich nicht an einem einzigen Abend erschöpfend diskutieren ließe.

»Vielen Dank jedenfalls, Malte«, sagt Dad. »Ich für meinen Teil habe einen ganz fabelhaften Abend.«

Malte verbeugt sich. »Ich hab zu danken, Herr Lasker. Ohne Sie wären wir doch gar nicht hier. Eine Hand wäscht die andere, und ich mach das wirklich gerne. Von Autos hab ich keine Ahnung, aber in Sachen Musik und Essen sind Sie bei mir an der richtigen Adresse.« Er verschränkt die Hände und legt sie auf seinem kugelrunden Bauch ab. »Na dann, *see you later, alligators!*«

»Trinken Sie doch einen mit«, wiederholt Dad. »Und

holen Sie Dean dazu. Sein Chopin war einfach ... überirdisch. Wirklich. Sagen Sie ihm das. Sagen Sie ihm das.«

»Mache ich. Ja. Ich werd versuchen, nachher mit Dean zurückzukommen. Aber falls Sie vorher mit dem Essen fertig sind, auf der anderen Seite vom Schloss ist eine Jazzbar, da spielt Dean manchmal. Ich bin da jedenfalls später. Die haben da echt leckere – wie sagt man? – Snacks.«

»Dann sehen wir uns später dort«, verspricht Ralph.

Malte strahlt wie ein Honigkuchenpferd, winkt zum Abschied und watschelt davon. Dabei wirkt er wie eine ausgesprochen seltene Spezies – ein glücklicher Mann in einer Welt, mit der er mehr oder weniger zufrieden ist.

Ich parke Dad neben der Mauer und stelle die Bremse fest, damit wir hinaus aufs Tal schauen können. Der breite Rhein schimmert an diesem Abend ölig-schwarz. Die Dörfer auf der gegenüberliegenden Seite strecken lange Stangen aus reflektiertem Licht über die Oberfläche – karmesinrot, gelb, hellgrün. Die Weinberge dahinter sind massige Schatten, mittendrin eine weitere alte Burg, die ebenfalls von bernsteinfarbenem Licht beleuchtet wird und auf einem Vorsprung steht, der eine entfernte Flussbiegung überblickt. Das Vorderlicht eines dunklen Frachters schiebt sich vorbei – eine lange, diamantbesetzte Zunge, die mundlos durch das Wasser schleckt.

Wir essen und trinken, als stünde bei Sonnenaufgang tatsächlich die Zerstörung Walhallas bevor. Ein Gang folgt auf den anderen; kleine Portionen, aber davon zahlreiche; aufgefädeltes Zeug, durchsichtige Suppen, Zeug aus Samen, Zeug aus Haut, ein paar kleine Hummerschwänze mit Limettenglasur, Schweinefleischbissen mit Feigen und dann Nudeln mit Trüffeln, bei denen mein Vater ins Schwärmen gerät, die für mich jedoch nach alten Socken riechen und wie durchweichte Pilze schmecken.

Aber ich habe Dad noch nie so glücklich erlebt. Er amüsiert sich königlich. Das flackernde Kerzenlicht spiegelt sich in seinen Augen. Das Schloss, der Fluss. Die mächtige Nacht dahinter. Er spricht über die Walküren, über Volkswagen. Ralph auf der einen, Jack auf der anderen Seite.

Womöglich liegt es an den drei Flaschen Wein, aber so um den Nachtisch rum schleicht sich ein düsterer Schwaden in unser Gespräch – etwas Feuchtes, Kaltes, Schädliches ist aus dem Wasser die Uferbänke heraufgekrochen und die Mauern hinaufgeklettert und bahnt sich nun den Weg zu uns. Vielleicht hat es damit angefangen, was mein Vater über meine Mutter und einen Campingtrip vor fünfzehn Jahren erzählt hat, denn da richtet sich Jack plötzlich auf.

»Aber das stimmt doch gar nicht«, sagt er. »Wie soll Lou das denn verstehen? Er war doch gar nicht dabei.« Er hält kurz inne. »Und dann hast du ihn ja angelogen.«

Mein Vater sieht aus, als wäre ihm gerade ein Stich versetzt worden, aber in Zeitlupe, als würde alles langsamer laufen, weil er den Cache seiner Festplatte löschen muss, jedoch keine Zeit hat, anständig runterzufahren und neu zu starten. »Das ist doch völlig unwichtig, Jack. Das war damals schon passé. Es war egal, zumindest für Lou und ...«

»Falsch«, unterbricht ihn Jack scharf. »Ich würde behaupten, wenn man seinen Kindern bestimmte Sachen vorenthält, können sie nie richtig verstehen, wer und was und wie sie sind. Ich würde sogar behaupten, es wirft sie zurück, Dad. So schädlich ist das.«

Ich stelle mein Glas ab. »Wovon reden wir?«

Jack fährt fort: »Ich würde behaupten, du hast das ...«

»Überdramatisiert«, ergänzt Ralph. »Mal wieder.«

»Jetzt stellt euch mal nicht so an«, gibt Dad zurück. »Jeder hält eben bestimmte Sachen vor seinen Kindern geheim. Das ist doch nur zu ihrem Besten.«

Der Nachtschwaden ist nicht nur schädlich, denke ich, sondern giftig, wie er sich durch Anspielungen in unsere Unterhaltung hineinschleicht.

»So funktionieren Familien nun mal«, sagt Dad. »Müssen sie.«

»Wovon reden wir?«, frage ich erneut.

»Ich wollte dich und Ralph bloß vor der ...«

»Schon wieder falsch«, fällt Jack ihm ins Wort. »Jetzt, wo ich selbst Kinder habe, kann ich noch viel weniger ...«

Mein Vater winkt ab. »Ich wollte einfach einen sauberen Neuanfang, Jack. Mehr nicht.«

Ich haue auf den Tisch und meine es sogar fast ernst. »Wovon reden wir?«

Schlagartig verstummt das Gespräch. Vielleicht liegt es an mir. Vielleicht hat es schon immer an mir gelegen. Vielleicht habe ich nur auf den richtigen Augenblick gewartet, um das Lenkrad herumzureißen und uns in den Gegenverkehr zu steuern. Denn jetzt werden wir zusammenkrachen. Endlich.

Ralph greift nach der Weinflasche. »Ich würde sagen, jetzt wäre ein ganz guter Zeitpunkt, um es ihm zu sagen, Dad.«

»Mir *was* zu sagen?«

Die Augen meines Vaters wirken müde, aber es liegt noch etwas anderes darin, das mir bislang unbekannt war – etwas Blasses, Schwaches, das sich gut versteckt hatte: Scham.

»Ich habe deine Mutter überhaupt nicht in New York kennengelernt, Lou«, sagt er langsam. »Sondern in Russland. Achtzehn Monate früher, als du denkst.«

»Womit sich deine Zeit als Dreckschwein insgesamt auf etwa drei Jahre beläuft«, fügt Ralph gelassen hinzu.

»Deine Mutter hat in London gewohnt, bevor sie wieder nach New York gezogen ist.«

»Dad hat ein, zwei Mal die Woche bei deiner Mutter vorbeigeschaut und ist dann nach Hause gekommen und hat unsere zusammengeschrien«, wirft Jack ein.

»Wir wollten damit aufhören, Lou. Sie ist zurück nach Amerika. Um es leichter zu machen.«

»Währenddessen durften Ralph und ich im Bett liegen und Mum und Dad beim Streiten zuhören«, sagt Jack.

Ralph lächelt, kühl wie zersprungenes Porzellan. »Sehr beruhigend war das.«

»Die ersten sechs Monate kamen wir gar nicht klar«, sagt Jack, »aber dann haben wir ein Spiel erfunden, wo wir die Schimpfwörter zählen mussten.«

»Dad hat damals geflucht wie ein Bierkutscher.« Ralph macht ein verächtliches Geräusch. »Ne Menge Fotzen und Scheiße.«

»Ich wollte … ich wollte doch nur mit Carol reden. Ich wollte immer nur …«

»Stimmt doch gar nicht«, unterbricht Jack erneut. »Dad hielt es für das Beste, sie anzulügen, und dann, als Mum das vorhersehbarerweise herausfand, hielt er es für das Beste, vom Feigling zum Fiesling zu werden.«

Ralph ahmt mit der Hand einen sich windenden Fisch nach. »Von Lügen zur Folter und wieder zurück.«

»Das lief eine ganze Weile so, Lou«, sagt Jack. »Eine ganz schön lange Weile.«

Mein Vater schaut mich hilfesuchend an. »Ich wusste nicht, was ich machen soll.«

In mir brennt ein schwarzes Loch, ich bin dunkel, unsichtbar und habe kein Zentrum, sauge jedoch alles in mich auf.

»Deswegen hast du dich für die Option entschieden, die das größtmögliche Leid für alle Beteiligten mit sich brachte.« Jack schüttelt den Kopf.

»Man ›entscheidet‹ sich in so einer Situation nicht für ›Optionen‹, Jack.« Der Hohn meines Vaters ist schwach und schäbig und hässlich. »So einfach ist das nicht.«

»Ach ja?«

»Gehen hatte seine Würde. Bleiben hatte seine Würde …«

Ralph lacht abschätzig. »Kackscheiße.«

»Mit Würde hatte das überhaupt nichts zu tun.« Jack klingt fast, als wäre er der Vater und Dad der enttäuschende Sohn.

»Es war *feige*, zu gehen«, erklärt Ralph. »Es war feige, zu bleiben. Ich glaube, das meinst du damit, Dad.«

»Ich bin durchgedreht.« Jetzt will mein Vater sich wieder einschmeicheln. »Ihr habt doch keine Ahnung. Ich hab mich vor meinen eigenen Gedanken gefürchtet.«

»Bei uns bist du mit deinem Mitgefühl-Appell an der falschen Adresse«, meint Jack.

»Ich appelliere doch gar nicht an euer Mitgefühl.«

»An irgendwas appellierst du jedenfalls«, konstatiert Ralph. »Oder etwa nicht?«

»Ich konnte weder mit Carol noch mit Julia offen reden. Die beiden ...« Wut schleicht sich in seine Stimme – eine Vehemenz, die halb dem Alkohol, halb einem gewissen Ekel geschuldet ist. »Damals haben sich so viele Dramen abgespielt ... ich wurde von beiden verarscht.«

»Sprich nicht so über meine Mutter«, sage ich leise. Meine eigene Stimme kommt mir fremd vor. Ich will gehen. Aber ich kann nicht. Ich habe keine andere Familie.

»Wie soll ich denn deiner Meinung nach über sie sprechen? Ich dachte, ihr drei stündet alle so auf Wirklichkeit.« Dad spuckt das letzte Wort aus wie eine Gräte, die ihm seit Jahren in der Kehle gesteckt hat.

»Die Sache ist die, Lou ...« Ralph ist gefasst, wie um Dad zu trotzen. »Meine Mutter hat ihn trotzdem immer noch reingelassen. Sie hat ihn im Gästezimmer übernachten lassen. Kannst du dir vorstellen, was das mit ihr gemacht hat? Nacht für Nacht, Woche für Woche. Sogar, nachdem sie es rausgefunden hat.«

»Jeden Morgen«, sagt Jack. »Jeden Morgen diese furchtbaren Frühstücke. Mum saß da mit verweinten Augen und hat versucht, sich ihre Hysterie nicht anmerken zu lassen, während sie uns Toast geschmiert, sich nach unseren Hausaufgaben erkundigt und uns dann zum Abschied geküsst hat.«

»Und das Beste war ja immer, wenn Dad ihr versprochen hat, damit aufzuhören, geschworen hat, dass es vorbei ist. Und dann ...«

»Hat er einfach weitergemacht.« Jack schüttelt angewidert den Kopf.

»Ich hab gar nicht weitergemacht.«

»Entschuldige. Ich meinte, wieder von vorne angefangen.« Jack schnaubt verächtlich. »Heimlich.«

»Ich musste nach New York ...«

»Damit sagt er ausnahmsweise mal die Wahrheit, Lou«, wirft Ralph ein. »Eine wichtige Konferenz zur falschen Verwendung der Binnenerzählung in Emily Brontës Werken.«

»Ich stand kurz vor einem Scheißnervenzusammenbruch, Jungs.«

»Nein, für den hast du bei Mum gesorgt«, sagt Jack. »Vorher war sie immer stabil. Vielleicht naiv, ja, aber sie hatte ihr eigenes Leben, sie hatte Pläne. Du, du bist für ihr Leid verantwortlich.«

»Ich ... ich hab mich aufgelöst. Mein Kopf war voller Scherben. Ihr macht euch ja keine Vorstellung.« Dad beugt sich vor, Feuer im Blick, seine Augenbraue zuckt unfreiwillig. »Man versucht ... man versucht, die Liebe von der Lust zu unterscheiden, die Lust vom Wahnsinn, den Wahnsinn vom Sinn, den Sinn von dem, was zur Hölle man da eigentlich treibt. Aber man ist allein, absolut mutterseelenallein, ohne Erfahrung, ohne Rat. Allein. Deine Kinder rebellieren, deine Frau hasst dich, dein Job frisst dich auf, und ständig fliegt dir die Alltagsscheiße ins Gesicht. Also bin ich nach New York geflogen, und plötzlich ... plötzlich war es vorbei. Im Flugzeug. Über dem Atlantik. Alles klärte sich auf und wurde leichter. Ich hab mich besser gefühlt.«

»Super«, sagt Jack abfällig. »Super, Dad. Freut mich wirklich. Aber anstatt dass du einfach wegbleibst, hast du dich für die andere *Option* entschieden. Du bist zurückgekommen ... wieso? Um sie noch weiter zu betrügen, noch weiter anzulügen. Um sie noch achtzehn Monate lang zu quälen.«

»Um dich schön hemmungslos gehen zu lassen.« Ralph schenkt sich Wein nach. »Die Hingabe muss man schon bewundern. Den schieren Narzissmus, egal, wie bösartig er war.«

»Ich beurteile dich ja auch nicht, Ralph.«

Ralphs Augen glimmen. »Ich habe keine Kinder, Dad.«

»Ich ...«

»Das ist ein Riesenunterschied, Laurence.« Ralph stellt den Wein langsam und bestimmt ab. »Was ich mache, findet zwischen zwei entscheidungsfähigen Erwachsenen statt. Wir sind mit den Schmerzen einverstanden. Wir heuern keine Kindersoldaten an.«

»Ich habe doch keine ...«

»Hast du wohl.« Jacks Trunkenheit hat sich in eine glasklare Nüchternheit verwandelt. »Wie sollten wir denn da auch außen vor bleiben? Nicht in das Psychodrama mit reingezerrt werden? Jedes Kind besteht zur Hälfte aus seiner Mutter und zur anderen Hälfte aus seinem Vater.

Du hast uns auf die schlimmstvorstellbare Weise und zum schlimmstvorstellbaren Zeitpunkt aufgeteilt.«

Ralph bläst Rauch aus. »Aber davon mal abgesehen. Von uns mal abgesehen. Du hast dich einfach viel zu lange aufgeführt wie das letzte Dreckschwein. Oder nicht? Das allerletzte Dreckschwein.«

Dads Gesicht ist angespannt, er rührt sich nicht. Sie werden ihn vor mir in Stücke reißen und an den Zinnen aufknüpfen. Ich weiß nicht, ob ich ihn retten oder mitmachen soll.

»Beim zweiten Mal ist meine Mutter dann wirklich verrückt geworden«, sagt Ralph zu mir. »Dad hat gelogen. Sie hat es rausgefunden. Dad hat geschworen, dass er aufhört. Dad hat wieder gelogen, hat sich immer tiefer in seine Lügen verstrickt. Und wieder hat sie es rausgefunden. Der gute, alte Dad.«

»Es gibt so viele Formen der Liebe auf der Welt wie Menschen.« Mein Vater gestikuliert wild. »Hier lieben wir so. Dort lieben wir anders. Natürlich! Und das wisst ihr auch. Ich hab versucht, für beide Seiten da und vor allem ehrlich zu sein. Ich hab ...«

»Ja, nachdem sie es *wieder mal* rausgefunden hatte.« Der Ekel steht Jack ins Gesicht geschrieben. »Das waren nicht einfach nur Seiten, Dad, es ging hier um Menschen und ihr Leben. Hörst du dir eigentlich manchmal selbst zu?«

»Die erste Regel in jeder Affäre lautet: Beschütze die Leute, von denen du *weißt*, dass du sie liebst, und nicht die, von denen du es *glaubst*.«

»Die einzige Erklärung besteht darin, dass du erwischt

werden wolltest«, sagt Jack. »Du wolltest, dass wir es alle wissen.«

»Du wolltest das Drama«, ergänzt Ralph.

»Du wolltest, dass wir alle vier sehen, wie sehr wir dich brauchen. Weißt du, was ich glaube?« Jack hält inne. »Ich glaube, du hast dich in dem Leid gesonnt, das du verursacht hast.«

Ralph übernimmt. »Du stehst auf Konflikte, auf Kollateralschäden, du ziehst alle anderen mit runter auf dein Niveau, genau das, was ein klassisches Dreckschwein braucht, damit es sich in Bezug auf sein elendes Innenleben besser fühlt. Aber weißt du, was richtig deprimierend ist, Dad? Dass du dich überhaupt kein bisschen verändert hast. Jetzt sind wir schon wieder hier. Es geht nur um dich. Nur um dich.«

»Ich habe versucht ...« Mein Vater ist blass, er hält die Rollstuhllehnen fest umklammert. Sie haben ihn nicht nur mit dem vernichtet, was sie sagen, sondern vor allem mit ihrer kühlen Überzeugung. »Ich habe versucht ... Ich habe versucht, das Drama rauszunehmen. Ich hab mich mit eurer Mutter hingesetzt, und dann hab ich mich mit *deiner* Mutter hingesetzt.« Er deutet vorwurfsvoll auf mich. »Und ich habe gesagt ... ich habe gesagt ... aber ich konnte mich mit niemandem vernünftig unterhalten.« Wut zuckt über seine Stirn. »Nichts davon hat irgendeinen Sinn, nichts. Sie ist zum Monster geworden. Ihr habt doch keine Ahnung.«

Die zwei Augenpaare meiner Brüder fixieren ihn wie ein einziges Wesen.

»Ihr habt doch keine Ahnung.« Dad wird lauter.

»Manchmal saß ich nachts allein im Bus und habe mich gehasst, weil ich wusste, wie sehr ihr mich hasst. Ich wusste das. Könnt ihr euch das vorstellen? Und ihr wart damit auch noch im Recht.«

»Wir haben dich nicht gehasst, wir hielten dich bloß für ein totales Dreckschwein.« Als Jack das Wort ausspricht, trifft das meinen Vater noch mehr. »Wir haben nicht verstanden, wieso du dich nicht einfach verpisst hast.«

»Feige und ein Dreckschwein«, sagt Ralph. »Du warst das Monster. Du hast sie zu dem gemacht, was aus ihr geworden ist.«

Mein Vater zuckt zurück. Jegliches Licht ist aus seinem Blick gewichen. Viel mehr erträgt er nicht. Aber ich bin hier nicht der Ringrichter, ich halte in beiden Ecken den Schwamm bereit.

»Ich konnte ... der Situation nicht entkommen ... man hört nicht einfach auf, seine Familie und die Mutter seiner Kinder zu lieben. Ich habe euch ...«

»Jetzt tu doch nicht so.«

»Nein, Jack, nein. Nein.« Zitternd beugt sich mein Vater vor, und jetzt erkenne ich den Schatten seiner alten Gewalttätigkeit, als würde er jeden Moment aufstehen und seine Söhne zusammenschlagen, wenn sein Körper es ihm erlauben würde. Bis sie ihm weinend gehorchen würden. »Ich habe nicht aus einer Laune heraus geheiratet. Ich habe eure Mutter geliebt. Ich habe Carol geliebt. Wagt es ja nicht, wagt es *ja nicht*, mir zu sagen, wen ich geliebt habe und wen nicht. Wagt es ja nicht. Nie. Nie. Nie. Nie. Nie. Sie war mein Polarstern, meine Anführerin, mein Hafen. Ich habe eure Mutter unglaublich geliebt, bevor alles in Flammen aufging. Ihr zwei ... ihr zwei ... ihr habt ja keine Ahnung ...«

»Du hättest doch einfach eine Entscheidung treffen und uns in Ruhe lassen können«, sagt Jack. »So oder so.«

»Das war alles selbsterschaffen«, sagt Ralph. »Selbstverschuldet, selbstbezogen, selbstsüchtig, selbst...«

»Ihr zwei habt keine Ahnung, was ich gemacht habe ...«

»Wir wissen genug.«

»Oder was für euch gemacht wurde. Für euch!« Mein Vater erhebt sich aus dem Rollstuhl, wankt, zittert, eine Hand auf dem Tisch, eine auf der Armlehne, Wut rast durch seine Blutbahn. Er greift nach einem Messer, um es auf den Tisch zu knallen. Aber er hat keine Kontrolle über seine Bewegung und schmeißt es gegen sein Weinglas, das daraufhin umkippt, vom Tisch rollt und in teure Scherben zerspringt. Er kann nicht mehr stehen, schwankt noch kurz, hinter ihm funkeln die Sterne, sein Gesicht ganz zerfurcht von den Emotionen, überspült von deren Flut, und dann fällt er zurück in seinen Rollstuhl, der unter ihm ruckt, aber von den Bremsen an Ort und Stelle gehalten wird.

»Was wurde denn für uns gemacht, Dad?« Kein Windhauch kräuselt Ralphs Stimme, während er sich eine Zigarette an der Kerze ansteckt. »Meinst du das Wochenende, als wir im Bus quer durch Wales gefahren sind und Mum uns in ihrem Auto verfolgt hat? Oder in Keswick, als du Jack das Gesicht eingeschlagen und uns dann im

Hotelzimmer eingesperrt hast? Kannst du dir vorstellen, wie das für uns war? Ich dachte, er stirbt. Er hat alles vollgeblutet, und es kam immer mehr. Ich dachte, er stirbt, weil er sein ganzes Blut verliert. Ich war *neun* Jahre alt, Dad. Und währenddessen hast du dich mit Julia vergnügt. Mann, wie unglaublich hinterfotzig. Wie verlogen. Ich meine, was zum Teufel hast du da gemacht? Was zum Teufel hast du dir dabei gedacht? Uns zu schlagen! Deine Scheißprobleme an uns auszulassen!«

»Oder in Devon, als du uns in diesem ranzigen Hostel abgesetzt hast?«, fragt Jack. »Ohne Essen, ohne Worte, ohne Geld. Wir hatten keine Ahnung, ob du einen Unfall hattest oder was passiert war. Hast du das auch für uns gemacht?«

»Es tut mir leid, Jungs.« Die Stimme meines Vaters klingt hohl. »Es tut mir leid.«

»Warum bist du nicht einfach abgehauen?«, fragt Jack.

»Carol hat getrunken. Sie hat mich geschlagen. Und das wurde ... es war brutal. Furchtbar.«

»Dafür bist allein du verantwortlich.«

»Vielleicht. Aber ich habe gesehen, dass sie ... dass sie labil war. Und ich habe mir Sorgen um euch gemacht.« Die Kampfeslust ist aus seiner Stimme verschwunden. »Und damals haben die Richter immer zugunsten der Mutter entschieden. Mir wurde gesagt, sie würde das Sorgerecht bekommen, wenn ich keine handfesten Beweise vorlegen würde. Und ich dachte ... ich dachte, sie würde garantiert vor Gericht ziehen. Ich wollte bei euch sein, Jungs. Ich wollte bei euch beiden sein.«

Ralph schaut Dad unverwandt an, sein Blick ist die

stärkste, präziseste Tunnelbohrmaschine aller Zeiten. »Du bist bei uns geblieben, um Beweise zu sammeln?«

»Es war doch meine Pflicht, mich um euch zu kümmern. Ich wollte euch nicht verlieren.« Jetzt wird er von der emotionalen Instabilität gepackt. Tränen kullern ihm über das Gesicht. »Ihr zwei, ihr seid doch meine Jungs. Herr im Himmel.«

Doch Ralph lässt nicht locker. »Du bist bei uns geblieben, um *Beweise* zu sammeln? Mehr hast du zu deiner Verteidigung nicht zu sagen?«

»Tut mir leid, das ist die Krankheit.«

»Vergiss die Scheißkrankheit«, sagt Ralph.

»Ich bin bei euch geblieben, damit ich euch mitnehmen konnte. Ich wollte nicht ohne euch leben. Ich dachte, ich seh euch sonst nie wieder. Ich habe doch nicht alles falsch gemacht. Ich habe euch geliebt.«

Jacks Stimme klingt genau wie Ralphs. »Und dann? Hast du deswegen aufgenommen, wie sie weint und schreit?«

Das ist die Kreatur, die aus dem Fluss gekrochen ist. Zwei Köpfe, eine Stimme.

»Deswegen hast du das gemacht?«, beharrt Jack. »Das war deine Lösung?«

»Ja.« Mein Vater ist still geworden, als wäre es eine Erleichterung, alles loszulassen und sich hinzulegen und zu sterben. Er schließt die Augen. »Ja. Deswegen habe ich sie aufgenommen.«

Doch die Kreatur ist noch nicht fertig mit ihm.

»Und hast du gewartet, bis das von selbst passiert ist?«, höhnt Jack.

»Oder hast du sie gereizt, damit du was richtig Gutes auf Band bekommst?«, fragt Ralph. »Hast du sie in die Falle gelockt?«

Mein Vater schweigt.

Die Kreatur zischt zweistimmig, bösartig.

»Du hast das inszeniert, oder, Dad?«

»Du hast sie in ihrem Schmerz und ihrem Leid provoziert, um sie auf Kassette zu bekommen.«

»Ich wusste nicht, was ich sonst machen soll«, flüstert er.

»Kannst du dir vorstellen, wie Mum sich gefühlt hat? Wie sie sich gefühlt haben muss, als sie nach allem, was passiert ist, von ihrem Anwalt von den Aufnahmen erfahren hat? Davon, was du gemacht hast?«

»Wusstest du, dass sie sich die Kassetten anhören wollte, um ihre Verteidigung vorzubereiten? Aber die haben sie nicht herausgerückt. Sie seien zu grauenvoll, und das hätte keinen Sinn.«

»Aber selbst dann ... selbst als sie wusste, dass sie verlieren wird, wollte sie sie sich immer noch anhören.«

»Weißt du auch, warum?«

Mein Vater schweigt.

»Weil sie sich dem aussetzen wollte, wozu du fähig bist, damit sie dich hassen statt lieben konnte.«

»Sie wollte sich anhören, wie es klingt, wenn jemand auf die Liebe scheißt.«

»Das hat sie gesagt. Zu uns.«

»Ihre Worte.«

»Sie meinte, sie erinnert sich noch an die Nächte. *Wie* du es angestellt hast.«

»Was du ausgeheckt hast, damit sie dich angreift.«

»Sie hat uns von den Grimassen erzählt, die der Rekorder nicht aufgenommen hat.«

»Eure Mutter war ...«

»Diese Kassetten. Ihr ganzes Leben.«

»Du, *du* warst der Kranke.«

»Ich musste eine Entscheidung treffen ...« Mein Vater will meinen Blick einfangen, aber ich kann ihm nicht ins Gesicht schauen. »Mir gings die letzten siebenundzwanzig Jahre gut. Wirklich. Und ich glaube, ihr wart ... ich glaube, ihr wart so besser dran. Ich glaube ...«

»Drauf geschissen.« Ralph schiebt ruckartig den Stuhl zurück und steht auf. Die Kreatur ist verschwunden. Sie sind zu zweit, sind wieder meine Brüder. »Egal. Da sind wir eh schon längst drüber hinweg. Du hast gemacht, was du wolltest. Wir sind damit durch. Du bist derjenige, der sich mit dem Scheiß rumschlagen muss, nicht wir.«

Jack erhebt sich langsam. »Als Kind vertraut man auf die Beziehung seiner Eltern«, sagt er wie zu sich selbst. »Als Erwachsener merkt man, was das für eine übersteigerte Erwartung ist.«

»Ja. Wen juckts? Uns nicht.« Ralph wirft seine Serviette auf den Tisch. »In irgendeiner Lithiummine in Kambodscha sind die Leute viel schlimmer dran. Außerdem gäbs ansonsten keinen Louis. Komm, wir schauen mal nach Malte und hören uns ein bisschen Musik an. Ich bin am Verhungern.«

Jack schwankt. »Komm nach, wenn du Lust hast, Lou.«

»Danke fürs Abendessen, Dad«, sagt Ralph. »Lou, pass

auf, dass er seine Scheißkreditkarte benutzt. Ist noch das Mindeste, was das Dreckschwein tun kann.«

Evas hübsches Gesicht füllt meinen Handybildschirm. Sie erzählt mir, dass sie einen Flug für übermorgen gebucht hat. Sie fliegt nach Zürich, egal, ob wir da sein werden oder nicht. Sie hat über Airbnb eine winzige Wohnung gemietet, im Zentrum, nahe des Sees. Ich kann sie abholen, oder sie kann mich abholen. Was auch immer passiert. Ich sage, dann sehen wir uns übermorgen. Ich werde nicht mit diesen Arschlöchern zurückfahren. Ich küsse den Bildschirm zum Abschied. Dann schaue ich mich im Badezimmerspiegel an. Ich weiß nicht, wer ich wirklich bin, aber ich weiß, dass ich dank der Liebe dieser Frau tun kann, was nötig ist. Ich kann es durchstehen. Und ich kann es ertragen.

Requiem

Im Westen geht rasch ein gewölbter Mond auf, als hätte er sein Stichwort verpasst. Die frische Luft befreit meinen Kopf. Der Weg zurück zum Auto führt über einen niedrigen Bergsattel – vom Schloss abwärts und dann einen gepflasterten Hang hinauf zum Wohnmobilparkplatz. Das Flusstal befindet sich zu unserer Linken. Wir sehen ein mit Lichterketten behängtes Kreuzfahrtschiff, und das Wasser ist nicht mehr ölig-schwarz, sondern ein glasiges Dunkelblau, in dem sich das Mondlicht badet und sein Silber poliert.

Hier und da genießen Pärchen die Aussicht. Die meisten sind älter, aber eins davon ist in meinem Alter und geht vor uns her; dann bleiben die beiden stehen und küssen einander verspielt, als wäre das ein kleiner Witz zwischen ihnen, nur dass es kein Witz ist, sondern sie tatsächlich nichts lieber tun würden. Küssen. Stehen bleiben. Küssen. Weitergehen. Küssen. Stehen bleiben. Küssen. Ich halte die Rollstuhlgriffe fest umklammert und lehne mich zurück, damit Dad mir nicht entwischt und den Abhang runterrollt. Er hält die Hände im Schoß verschränkt, und ich weiß genau, dass er niemals an die Bremse kommen würde, sollte ich ihn loslassen.

»Und davor«, sagt er gerade, »hatten wir uns auf einer Konferenz in Jasnaja Poljana kennenlernt. Du weißt schon, Tolstois Landsitz.«

»Erzähl weiter«, sage ich. Wir sind wieder zusammen. Nur er und ich. Er ist inzwischen nicht mehr ganz so betrunken und will unbedingt reden, mir sein Herz ausschütten. Ich bin zu müde und kann lediglich zuhören und Stichwörter geben und ihn machen lassen. Es ist wie auf der Fähre, bloß dass es sich anfühlt, als hätten wir seitdem einen Schiffbruch überstanden.

»Sie war als Dichterin da, klar. Aber am Ende musste sie für alle die Dolmetscherin geben.« Er schüttelt den Kopf. »Dann sind wir zusammen zu Tolstois Haus. Auf dem schwarzen Sofa dort wurde er geboren, hat sie mir erklärt, auf dem Stuhl mit den abgesägten Beinen hat er *Anna Karenina* geschrieben, das da ist sein geliebtes Dickens-Porträt. Später schwänzten wir gemeinsam die Vorträge, und sie kam auf mein Zimmer, wo wir uns fünf Stunden am Stück unterhielten.«

»Hattet ihr gleich eine Verbindung?«

»Eine Verbindung? Oh, wir hatten viel, viel mehr, Louis. ›Wer liebte je und nicht beim ersten Blick?‹ Es hat sich angefühlt …«

»Als hättest du etwas gefunden, das genau in das Loch in deinem Herz passt, von dessen Existenz du gar nichts wusstest.«

Mein Vater dreht sich ruckartig zu mir, der Blick wild und aufgewühlt. »Ja. Woher wusstest du …«

»Hast du in dein Sonett-Buch geschrieben. In der Ausgabe, die du Mum geschenkt hast.«

Er schaut wieder nach vorne, hebt gleichzeitig allerdings auch die rechte Hand. Ich lasse den Griff los und reiche ihm meine. Er ergreift sie, und wir drücken einander kurz die Faust, zu der sich unsere Hände zusammengefunden haben.

»Abends wurde an einem langen Tisch im Wald gegessen. Wir saßen nebeneinander, und sie dolmetschte immer noch. Sie war so eine angenehme Tischgenossin. Ich weiß nicht ... Irgendwann hielten wir uns unter dem Tisch an den Händen. Ihre Berührung war ... elektrisierend. So was hatte ich bis dahin noch nie erlebt.«

Wir schließen zu dem Knutschpärchen auf, das abwechselnd durch ein schweres Münzfernglas schaut, wie es sie auf der ganzen Welt gibt, damit wir uns alle für eine halbe Minute runterbeugen und in die Ferne schauen können.

»Wir sind wieder auf mein Zimmer. Sie ist gegangen. Dann kam sie wieder. Dann ist sie wieder weg. Vier Uhr morgens. Ich habe zwei Stunden geschlafen, dann hat mich irgendwas geweckt ... Ich habe gespürt, dass sie abreisen wollte. Ich weiß noch, wie ich mir schnell was übergezogen habe und nach draußen gerannt bin. Ich hatte recht.«

»Sie ist abgereist?«

»Ja, sie saß schon in dem frühen Bus, der die Hälfte der Teilnehmer zurück nach Moskau brachte. Ich stand also einfach nur unter den Bäumen, und sie sah durch das beschlagene Fenster zu mir herab. Ich hab sie mit Gesten angefleht, wieder auszusteigen. Dabei habe ich so getan, als wäre das alles ein Scherz, aber in Wirklichkeit habe ich sie tatsächlich angefleht. Bis sie dann endlich ausgestiegen ist. Sie war so zögerlich. Sie meinte, sie wüsste, dass sie gehen muss, weil wir uns sonst einen Riesenärger einbrocken würden. Ich muss weg, hat sie immer wieder gesagt, ich muss weg. Ich weiß nicht, ob sie geweint hat oder ob das am Regen lag. Ich habe um ihre Nummer gebettelt, um ihre Anschrift, egal was.«

»Wusste sie, dass du verheiratet bist?«

»Ja.«

»Die ganze Wahrheit?«

»Sie hatte es schon erraten, und ich habe sie nicht angelogen.«

Hinter uns höre ich das Knutschpärchen; durch das Fernglas sähe man ja gar nichts. *Schwarz*. Die Frau lacht.

»Es hat sich angefühlt wie Schicksal, Lou. Und noch tausend andere Sachen, an die ich eigentlich nicht glaube. Wir standen einfach nur da im gelben Matsch unter den silbernen Birken von Jasnaja Poljana. Dann ließ der Busfahrer den Motor an. Und dann vertraute sie mir an, dass sie in Moskau übernachten und erst spät am nächsten Tag abreisen würde. Also habe ich sie dazu gebracht, mir den Namen ihres Hotels zu nennen.«

»Du bist ihr hinterhergereist?«

»Eigentlich hätte ich noch ein paar Tage länger in Jasnaja Poljana bleiben sollen. Das war vielleicht ein Aufstand, mir einen Zug und ein Hotel zu buchen. Ich musste die ganze Familie Tolstoi mit reinziehen. Endlose Telefonate und Reisepassbürokratie. Aber ich habe es geschafft. An jenem Abend hinterließ ich eine alberne kryptische Nachricht in ihrem Hotel, sie solle zu meinem kommen, und dann bin ich am nächsten Morgen in aller Frühe aufgebrochen. Ich habe gehofft und gehofft. Damals war alles so anders. Keine Handys, nichts. Man hat einfach Ort und Uhrzeit genannt, und dann musste man da sein und hoffen, dass es dem anderen genauso ging.«

»Und ihr ging es genauso?«

»Ich konnte mein Glück kaum fassen, Lou. Sie stand Punkt zwei Uhr in der Lobby und hat auf mich gewartet. Auf *mich*. Ich konnte es nicht fassen. Sie war so wunderschön, alles, was ich je wollte, obwohl sie einfach nur sie selbst war.«

»Wie viel Zeit hattet ihr zusammen?«

»Drei Stunden, weil sie sich dann in ihrem Hotel mit den anderen Amerikanern treffen musste, um zum Flughafen zu fahren.« Er saugt die kühle Mitternachtsluft ein. »Mensch, Lou, deine Mutter und ich, wir haben immer richtig gelebt. Richtig gelebt. Jeder Tag kam mir vor wie eine neue Chance.« Meine Mutter ist sein Lieblingsthema, und wenn er von ihr spricht, ist er immer am wortgewandtesten. »Dann musste sie weg. Sie musste sich beeilen. Sie hatte Angst, dass ihr Freund versucht hatte, bei ihr im Hotel anzurufen ... Ich war nicht der Einzige, Lou.«

Wir sind unten im Sattel angelangt, ab jetzt geht es bergauf. Wir bleiben stehen und schauen auf den Rhein. Die ganze Zeit, seitdem das Abendessen gekippt ist, muss ich schon dem Drang widerstehen, immer wieder »Ich weiß« zu sagen. »Ich weiß, ich weiß, ich weiß« – schon so lange muss ich mich dagegen wehren. Denn natürlich hat mir meine Mutter das alles bereits auf einem Spaziergang an einem anderen Fluss erzählt, als sie schon gewusst haben muss, dass sie sterben würde. Ich durfte mich bei ihr einhaken, und sie sagte, erzähl das bloß nicht deinem Vater, Louis. Niemals. Versprich es mir. Bis an sein Lebensende. Er hat sich sehr dafür geschämt und wollte einen Neuanfang. Das war sein Standardsatz. Er glaubt, dass er für uns seine Integrität geopfert hat. Und natürlich stimmt das überhaupt nicht, solches Zeug passiert ständig, *ständig*, überall auf der Welt, aber er stammt aus einer anderen Zeit. Das dürfen wir nicht vergessen. Er war ein Kind der 1950er. Nordengland. Das steckt ihm in den Knochen. Die Bibliotheken. Die Fügsamkeit. Das ganze alte Zeug. Großbritannien war damals praktisch ein anderes Land, und er ist der letzte Überlebende. Aber was ihn stark macht, bereitet ihm auch eine Menge Schmerzen. Man kann die Werte, die einen geformt haben, nicht einfach so abstreifen, egal, wie sehr man sich bemüht. Sie stecken nämlich in allem, was man sagt und fühlt, und wenn man in einer Sache gegen die eigene Intuition handelt, fühlt es sich an, als würde man in allem dagegen handeln.

Mum wusste zwar nicht genau, was sich im alten Haus mit Jack und Ralph abgespielt hatte, doch sie erzählte mir, was sie sich zusammengereimt hatte, damit ich »die Abmachung« verstehen würde, und sie erzählte mir alles über Russland und das, was danach kam. Doch ich behielt das alles für mich, sogar gegenüber meinen Brüdern, heute wie damals, weil ich sonst meine Mutter hintergangen hätte, und sie und ich … sie und ich sind bei dieser ganzen Sache irgendwie außen vor. Egal, was mit Ralph und Jack war. Und außerdem wollte ich meinem Vater zuhören. Ich wollte es alles noch einmal hören. Aber aus seinem Mund. Es erneuert hören. Wie ein Eheversprechen oder so.

Also stemmte ich ihn den Hügel hinauf und sagte: »Drei Stunden hätten euch doch nie im Leben gereicht.«

»Wir hatten nicht mal Zeit zum Duschen. Wir haben uns hastig angezogen und sind dann aus dem Hotel. Ich erinnere mich noch an die Autos, die Lichter, den Regen. Die Sowjetunion zerfiel. Und dann ist diese furchtbare Traurigkeit in mir aufgestiegen, wie eine Flut. Ich weiß noch, wie ich dachte, dass der Rest der Welt leer ist – ohne Liebe. Und dass sich alle im Kreis drehten, um die Leere zu füllen. Und dass ich da bald wieder mitmischen würde. Wir standen oben am U-Bahnhof Puschkinskaja, es schüttete wie verrückt. Und der endlose Strom aus Scheinwerfern. Wir wussten nicht, ob wir einander je wiedersehen würden. Sie sagte immer wieder, nein, nein, nein. Das nasse Haar klebte ihr an der Stirn. Ich weiß noch, dass oben an der Treppe zwei alte Blumenverkäuferinnen standen wie Wächterinnen des Herzens. Ich habe gesagt, doch, doch, wir müssen. Wir haben uns umarmt. Was sollten wir auch sonst machen? Ich habe gesagt, ich will, dass du nach London kommst, komm mit mir nach London. Oder lass mich mit nach New York kommen. Sie erwiderte, das gehe nicht. Wir könnten das nicht tun. Es sei unmöglich. Und ich fragte, wann, wann, wann sehe ich dich wieder? Sie sagte, nie. Nie. Dann haben wir uns geküsst. Wir haben uns geküsst. Weil unsere Lippen etwas anderes sagen wollten als diese sinnlosen, *sinnlosen* Wörter.«

»Und dann dachtest du, das wärs gewesen?«

»Ganz ehrlich, ich hielt das für den wichtigsten Moment meines Lebens. Und dann ist sie einfach die Treppe runtergelaufen. In die Erde hinein. Und sofort wurde ich von einer wilden Reue gepackt.«

Ein Schiffshorn hallt durch das Tal. Ich habe meiner Mutter allerdings nie von den Kassetten erzählt. Ich glaube, sie wusste nichts davon. Und ich habe meinem Vater nie erzählt, dass ich sie gefunden hatte. Oder dass ich sie mir komplett auf seinem alten Walkman angehört hatte. Oder meinen Brüdern. Wem soll man so was auch erzählen?

Irgendein nachtaktiver Vogel segelt vom Fluss herein, die Flügel ausgebreitet wie auf der Suche nach einem Ruheplatz.

»Am traurigsten war es, als ich wieder in mein Hotelzimmer kam. Im Radio lief Chopin. Der Aschenbecher mit unseren Kippen. Zwei halb leere Gläser, von denen eins noch vor zwanzig Minuten von ihren Lippen berührt worden war. Und das Bett … völlig zerwühlt. Überall Kissen. Die Decke auf dem Boden. So etwas Herzzerreißendes hast du noch nicht gesehen. So viel *Leben*, das gerade noch da war, und jetzt … weg.«

Mein Vater lässt den Kopf hängen. Aber ich will nicht, dass er da aufhört. Also schiebe ich ihn weiter. Die Abendluft ist abgekühlt. Hinter uns leuchtet das Schloss. Unten fließt der Fluss.

»Erzähl mir von London.«

Seine Stimme ist voller Gefühle, er muss sich bewusst ans Atmen erinnern. »Drei Monate war gar nichts. Ich habe ihr geschrieben. Ich habe sie angerufen. Das war noch vor E-Mails und dem ganzen Quatsch. Ich dachte, ich hätte sie verloren, und habe mich dazu überredet, weiterzumachen ... zu lieben, wo ich zuvor geliebt hatte ... das ganze Zeug, das man sich einredet.«

»Was hast du dir eingeredet?«

»Ich habe mir eingeredet, die Realität, die *Aufgabe* des Mannseins bestünde darin, mit unangebrachten Gefühlen zu leben, mit allem, was unangebracht war, sich selbst einer Lobotomie zu unterziehen und bei der Familie zu bleiben.« Er hebt die Hände. »Oder ich hab mir versucht einzureden, ich hätte mir lediglich einen Kokon der Lust gebaut und säße darin fest.«

»Aber das hast du dir nicht abgekauft?«

»Keine Ahnung, wie man sich überhaupt jemals selbst etwas einreden kann. Beim Aufwachen habe ich an sie gedacht, nachts habe ich von ihr geträumt. Was war dieses Ding in mir, das unbedingt schlüpfen und ins Licht flattern wollte?«

Der Hügel wird steiler.

»Manchmal habe ich mir eingeredet, ich hätte eine Verantwortung gegenüber der Institution, der Ehe, meiner Frau. Manchmal dachte ich mir auch, ich wäre nur mir selbst gegenüber verpflichtet ... Denn wir haben nur ein Leben, Lou. Und das ist flüchtig. Flüchtig. Verfliegt. Wenn wir den Tag nicht nutzen, dann ...«

»Wie ist Mum zurückgekommen?«

»Das ging von ihr aus. Eines Tages hat sie mich plötzlich auf der Arbeit angerufen. Sie war angeblich mit irgendeinem Sommerstipendium in London, und eigentlich habe sie mich nicht anrufen wollen. Sie habe mir nichts davon erzählen wollen, aber vielleicht könnten wir uns ja ›freundschaftlich‹ treffen. Und da löste sich der ganze Stuss, den ich mir eingeredet hatte, mit einem Mal in Wohlgefallen auf.«

»Habt ihr euch oft getroffen?«

»Nicht oft genug. Ich war so vorsichtig und auch so mürrisch. Wir haben es sogar eine Weile als Freunde versucht. Aber das war in London noch schwerer. Ich kam einfach nicht zurecht, und ich habe alles noch schlimmer gemacht. Deine Brüder haben recht.«

»Wie meinst du das?«

Die Lichter der anderen Wohnwagen am Stellplatz rücken in Sichtweite. Ich schiebe meinen Vater das letzte Stück Richtung Tor.

»Wenn man dort ankommt, wo ich jetzt bin, ist alles reine Rechnerei. Man schaut sich an, was man gemacht hat, und es ist nicht zu fassen, wie viel Zeit man vergeudet hat. Keine Ahnung, was ich da getrieben habe. Aber ich war … ich dachte … ich habe aus allem eine Riesensauerei gemacht. Jeder, der denkt, er könne sich aus reiner Vernunft ver- oder entlieben, hat keine Ahnung vom Menschsein oder von der Liebe.«

»Wie lange lief das so?«

»Viel zu lange. Wir sind zusammen ausgegangen, vielleicht alle zwei Wochen, aber es war so … so kompliziert. Wir sind zu Literaturveranstaltungen, weil das sogar fast in Ordnung ging. Aber es war die reinste Folter, nicht richtig mit ihr zusammen zu sein.«

»Du hast es ohne sie nicht ausgehalten?«

»In der Öffentlichkeit hatte ich immer das Gefühl, jedes andere Gespräch wäre nur eine Ablenkung, bis ich endlich wieder bei ihr sein konnte. Ich war mir ständig bewusst, wo sie sich im Raum aufhielt. Ich konnte jeden Männerblick auf ihr spüren. Ich habe über die Stimmen hinweg auf ihre Worte gelauscht. Wenn sie ging, blieb mir das Herz stehen, und wenn sie zurückkam, schlug es umso schneller. Ich habe hundert Augen gebraucht, nur um sie zu sehen. Und dann ... na ja ... irgendwann schwindet die Willenskraft eben. Ich wusste, dass ...«

»Dass du mit ihr zusammen sein musst?«

Wir waren auf der Kuppe angekommen.

»Nein. Im Gegenteil. Ich wusste, dass unsere Entscheidungen in Sachen Liebe bindend sind. Man muss Befehle erteilen und Befehle ausführen. Wir fordern Dinge, und sie werden auch von uns gefordert. Ich wusste, dass ich der Sache den Garaus machen und mein Versprechen an Carol halten musste.«

»Ist Mum deswegen zurück nach Amerika?«

»Ich habe sie darum gebeten. Und sie wollte das auch. Sie meinte, es wäre besser so. Ich hatte sie bloß davon abgehalten. Ich habe es mir ständig anders überlegt. Ich habe auch sie gequält. Du bist der einzige Mensch in meiner Welt, den ich nie gequält habe, Lou.«

Ich schweige.

Der Rollstuhl passt nicht durch das Schwinggatter, also hieve ich meinen Vater hoch. Wir sehen einander an.

Seine Hände sind kalt, aber unter seinen Achselhöhlen ist es warm. Er stützt sich auf den Holzzaun, und ich klappe den Rollstuhl zusammen.

»Wie war es, als sie abgereist ist?«

Er schaut hinab ins Tal. Wolken haben sich vor den Mond geschoben. »Am letzten Tag fühlte sich mein Herz an, als würde es verwelken, sterben. Sie ging zur Tür, und alles schrumpfte auf diesen Moment zusammen, ihre Hand am Türknauf, sie wusste, dass sie ihn drehen muss, ihre Haare waren noch nicht ganz trocken, sie lächelte, als gäbe es vielleicht doch noch Zeit und Raum für Wahnsinn in unserem Leben. Und dann hat sie die Tür geöffnet ... Und ich wusste, dass sie rausgehen wird ... Und in mir breitete sich eine furchtbare Leere aus, und ich wusste, dass ich von nun an darin gefangen war ... Und ihre Lippen – ein letztes Mal – nass von unseren Tränen, und wir konnten nichts tun, außer uns zu trennen. Mehr nicht.«

Ich klappe den Rollstuhl wieder auf, stelle die Bremse fest und schleppe meinen Vater durch das Tor, aneinandergebunden wie zuvor. Sein Gang ist so schwerfällig, als würde nicht einmal mehr sein motorisches Gedächtnis funktionieren. Die Dunkelheit verbirgt seinen Blick, aber ich spüre seinen Atem an meiner Wange.

»Wieso bist du dann nach Amerika? Was hat sich verändert?«

»Ich bin ja nicht mit Absicht zu ihr geflogen. Oder vielleicht auch doch. Unterbewusst.«

Ich lächele. »Unterbewusste Absicht gibt es nicht, Dad.«

»Jedenfalls wuchs mit jedem Kilometer in der Luft dieses Gefühl in mir heran. Dass das hier die Richtung war, die mein Leben nehmen musste. Dass ich ... dem Joch meiner Eltern entfliehen musste. Ihrer Kritik. Sein ganzes Leben lang sucht man nach bestimmten Dingen in einer Frau. Hier und da findet man mal was, das weiß man auch zu schätzen. Aber dann ...«

»Dann?«

»Dann findet man auf einmal alles, wonach man sich gesehnt hat, *in einem einzigen Menschen vereint.* Alles, was einem je gefehlt hat – alles wird vollkommen erfüllt. Alles wird erwidert, wird verstanden. Und das muss man ernst nehmen, so wie Ralph das gesagt hat: Man muss die Liebe ernst nehmen. Was sollen wir auch sonst tun? Was bleibt uns denn sonst? Es war ja schon ein Wunder, dass wir uns über den ganzen Lärm und die Ablenkungen und das Chaos des Lebens hinweg überhaupt gefunden hatten. Da war sie, und da war ich.«

Ich helfe ihm zurück in den Stuhl, und mich überkommt das gleiche Gefühl wie auf der Fähre – dass ich meinen Vater deutlich sehen kann. Sein wahres Wesen. Diese ganzen Gedanken und Gefühle, die ihn sein Leben lang begleitet haben.

»Das heißt, in New York wart ihr dann wieder zusammen?«

»Wir blieben einfach in ihrer winzigen Wohnung und hörten Musik. Nichts, was wir hätten sagen oder tun können, wäre ausreichend gewesen. Wir konnten nicht mal schlafen oder Sex haben. Wir lagen einfach nur auf dem Bett, hielten uns an den Händen und starrten auf den

Deckenventilator, während die Musik uns durchströmte. Und ich dachte an alle Menschen, die je verliebt waren und nicht zusammen sein konnten, und weißt du was?«

»Was?«

»Mir kam der Gedanke, dass ich eine Pflicht hätte. Nicht gegenüber jemand anderem oder auch nur mir selbst, sondern gegenüber der Liebe an sich.«

Ich schiebe die Bustür auf und drehe mich zu ihm. Er sieht aus dem Rollstuhl zu mir auf. »Als ich deiner Mutter begegnet bin, hat es sich angefühlt, als würde ich sie schon mein ganzes Leben lang kennen.«

Ich hieve ihn aus dem Stuhl.

»Bei ihr war ich absolut ich selbst. Diese lächerliche Verbitterung in mir war wie weggeblasen. Als wäre ich bis dahin nur mit halbem Ich durch die Welt gegangen, wie … wie ein Schatten.«

Wir drehen uns, und er setzt sich auf die Bettkante. Ich ziehe ihm die Jacke aus, knöpfe sein bestes Hemd auf – blauer Oxfordstoff.

»Sie war so scharfsinnig, Lou, so aufmerksam, so schnell. Sie konnte sich besser ausdrücken als jede andere Frau. Sie war treffsicher. Sie war lustig. Sie war ernsthaft. Wenn ich mich ungeschickt angestellt habe oder irgendwas zu ernst nahm, hat sie Grimassen gezogen, aber warmherzig und kess, sodass ich sofort aufhörte und zu einem besseren Mann wurde. Aber das Tollste war ihr *Geist*. Sie verstand andere Menschen durch und durch, und sie konnte das so gut ausdrücken … Ich weiß auch nicht … ich … ich …«

Seine nackten Schultern sind nach vorne gebeugt, die

weißen Härchen in der flachen Kluft seiner Brust drahtig. Er zittert. Ich stehe mit dem Rücken zur kalten Luft. Aber ich will nicht einsteigen und die Tür hinter mir schließen, weil ich dann nicht genug Platz hätte, um ihn auszuziehen. Und ich will hier draußen allein sein. Vielleicht renne ich nur deshalb nicht weg und bleibe nie wieder stehen, weil ich genau weiß, dass ich zurückkommen muss – denn die Welt ist rund, und dein Vater bleibt immer dein Vater.

»Sie war so wunderschön, aber wirklich. Eine ganz intensive Schönheit, Lou, und zwar eine echte, nicht nur dank Schminke oder Haarschnitt oder Klamotten oder so. Sie hat gestrahlt.« Er sagt zwar meinen Namen, spricht jedoch mit sich selbst. »Und je näher man ihr kam, desto mehr spürte man es. Man *spürte* es. So eine Schönheit war das. Immer, wenn sie ein Zimmer betrat, erschrak ich aufs Neue. Da bin ich nie wirklich drüber hinweggekommen. Über ihre Schönheit.«

Ich beuge mich vor. »Schuhe aus.«

»Ich habe einfach keine Lust auf diesen ... Verfall, jetzt wo sie nicht mehr da ist.«

»Gib mir mal den Arm. Hoch. So. Kannst du deine Beine spüren? Na bitte, du stehst.«

»Mir ist kalt, Lou. Die Nacht ist sternenklar.«

»Wir müssen dir die Hose ausziehen. Lehn dich an mich. Dauert keine zwei Sekunden.«

Als ich wieder aufschaue, sind seine Wangen feucht. »Tut mir leid«, sagt er. »Liegt an der Krankheit.«

»Stimmt doch gar nicht.«

»Nein, stimmt nicht.« Er lächelt. »Was soll man da tun,

Lou? Man lernt so eine Frau kennen, und bumm, wie im Großen Hadronen-Speicherring, endlich sieht man die wahren Teilchen des Daseins, nur leider hat man sich komplett kaputt gemacht, um sie zu Gesicht zu bekommen.«

Ich angele seinen braunen Paisley-Pyjama aus dem Bett und helfe ihm hinein.

Ich sage: »Ich mache noch das Bett auf dem Dach, für Ralph und Jack.«

»Meinst du, die kommen zurück?«

»Sie werden jedenfalls zusammenbleiben. Und Jack wird nie irgendwas tun, was Siobhan verletzen würde, also werden sie garantiert am Ende hier auftauchen.«

Ich klettere auf das Bett, um die Riegel für das Dach zu lösen.

Er kuschelt sich unter die Decken, fast wie ein Kind. Als er mir in der schwachen Beleuchtung zulächelt, kräuseln sich seine Krähenfüße wie die weich gewordenen Eselsohren in einem oft gelesenen Buch.

Ich werfe ein paar Kissen und eine Decke in das Aufstelldach.

»Hier sind deine Schmerztabletten, eine Flasche Wasser stell ich dir auch hin«, sage ich. »Ich gehe eben eine rauchen. Kann ich deinen Fleecepulli anziehen?«

»Ja.« Er spült die Tabletten mit einem Schluck Wasser runter. »Nimm ihn ruhig, Lou.«

Ich schraube die Flasche wieder zu und stelle sie neben ihn.

Er lässt sich auf sein Kissen sinken und schließt die Augen. Ich zwänge mich in seinen Pulli. Er schläft auf der Stelle ein und schnarcht, als würde er sich mehr nach seinen Träumen sehnen als nach dem Leben.

Ich schiebe die Tür zu. Das Fenster steht einen Spaltbreit offen. Die Gedanken schießen mir durch den Kopf wie in einem Kaleidoskop, so wie sonst immer nur beim Schreiben. Ich setze mich mit der Zigarette hin und schaue eine gefühlte Ewigkeit lang hinaus auf das Schloss, schaue dem Fluss beim Fließen zu.

Pilgerreise

Im Halbschlaf des graublauen Morgens denke ich zuerst, dass Dad aufs Klo muss, und bin sofort genervt, weil ich dann mitgehen müsste. Die ganze Nacht habe ich schon seine Füße im Gesicht, wälze mich herum und bekomme keine Luft. Immer wenn ich aufwache, gefühlt alle halbe Stunde, schnarcht er so laut, dass ich nicht mehr einschlafen kann. Meine Brüder haben auch einen Riesenlärm gemacht und sind auf mir rumgetrampelt, als sie zurückgekommen sind. Die Luft ist abgestanden und stinkt nach betrunkenen, schlafenden Männern. Mein einsames Kissen ist alt und durchgelegen und rutscht immer wieder in die Vertiefung an der Schiebetür. Mir ist zu heiß, zu kalt. Ich träume, dass ich auf einem schmalen Sims zwischen den kalten Schlossmauern und dem aufsteigenden Flussnebel schlafe.

»Hilf mir hoch, Lou«, flüstert er laut. »Hilf mir hoch.«

Ich merke, wie schwer es ihm fällt, sich umzudrehen. Aber irgendwas stimmt nicht, denn er macht genau das, was er immer macht, wenn er alle aufwecken will, ohne wirklich jemanden aufzuwecken: Er ist nicht besonders leise. Ich versuche, mich aufzusetzen. Bis auf meine Hose bin ich mehr oder weniger angezogen. Ich taste nach meinem Handy, das in der Hosentasche steckt. Eine Nachricht von Eva. Mein Herz schlägt schneller – der Gedanke an eine andere Wirklichkeit. Der Gedanke, sie morgen im Arm zu halten. Ihre Küsse, ihr Körper an meinem in den sauberen Laken eines fremden Bettes, das nicht weiter von diesem hier entfernt sein könnte. Und dann wieder die Welt, die auf uns wartet, die unzerstörte Welt.

Auf einmal piepst es gedämpft altmodisch los, als wäre es 1998 oder so. Erst nach ein paar Sekunden wird mir klar, dass das ein Wecker sein muss – Dads Wecker –, und ich kann nicht fassen, dass er überhaupt wusste, dass sein altes Nokia einen Wecker hat, geschweige denn, wie man ihn stellt.

»Hilf mir hoch, Lou«, drängt er mich. »Wir müssen Teewasser aufsetzen.«

Er setzt sich auf. Sein Pyjamahemd steht offen. Allmählich verstehe ich, was hier vorgeht: Er hat den Wecker mit Absicht auf ... wie viel Uhr gestellt? Ich schaue auf mein Handy. Halb sieben. Was soll der Scheiß?

»Was macht ihr denn da?«, zischt Ralph wütend von oben herab.

Dad hat die Decke beiseitegeworfen. Die Hosenbeine sind nach oben gerutscht, sodass seine Unterschenkel daraus hervorragen. Sie sind dünn und blass, wo sie nicht gerade von blauen Flecken übersät und geschwollen sind, und eine zweite Abneigungswelle spült über mich hinweg.

»Wir müssen uns auf den Weg machen«, sagt Dad. »Wie viele Croissants haben wir noch, Lou?«

Meine Brüder wälzen sich murrend umher.

Ich reiche meinem Vater den Fleecepulli und helfe ihm hinein. Den Schlafanzug behält er an. Anscheinend hat er es eilig.

»So fünf-, sechshundert«, antworte ich. Kurz blitzt ein Licht in seinen Augen auf, doch es ist nach innen gerichtet, als wäre er besessen. Dann lächelt er mich an wie vor der Ankunft meiner Brüder.

»Wir frühstücken unterwegs. Vernichten eins nach dem anderen. Hilf mir hoch, hilf mir hoch.«

»Unterwegs wohin?«, fragt Jack mit rauer Stimme.

»Zürich«, erwidert mein Vater.

Und mit diesem einzelnen Wort holt er sich sämtliche Macht zurück, die er je aufgegeben hat, als würde ihm an diesem neuen Morgen, im ersten Licht, sein Leben wieder selbst gehören, mit allen guten und schlechten Seiten, und egal, was wir denken, egal, was wir fühlen, egal, wie stark meine Brüder sind, wir können ihn nicht davon abbringen, lediglich bestärken; sein Wille ist stärker als unserer, und seine Würde und sein Leid und seine Scham gehören einzig ihm allein.

»Ich muss mich doch mit dem Arzt treffen«, sagt er.

»Scheiße«, krächzt Ralph. »Wann ist dein Termin?«

»Um zwei«, sagt Dad. »Und ich werde bestimmt nicht zu spät kommen.«

»Bis Zürich sind es doch höchstens drei Stunden«, meint Ralph.

»Ich will vorher im Hotel einchecken und duschen«, beharrt Dad. »Mich auf das Gespräch vorbereiten. Ihr könnt ja noch weiterschlafen.«

»Ich fahre nicht nach Zürich«, erklärt Jack heiser.

»Jack, das ist doch nur der Termin für das Rezept. Ich nehme da noch gar nichts. Und das werde ich auf keinen Fall verpassen. Nicht nach diesem ganzen Aufstand. Lou, gib mir mal die Tabletten und das Ibuprofen. Wir müssen Teewasser aufsetzen.«

»Das Rezept«, wiederholt Ralph leise. »Das Rezept.«

»Ja, wie gesagt. Ich werde von einem Arzt untersucht. Und dann passiert bis zum nächsten Tag oder dem Tag danach erst mal gar nichts.« Mein Vater hebt die Beine mit zitternden Händen. Der rechte Knöchel ist von seinem Sturz geschwollen, doch er lässt sich nichts anmerken, ist ganz im Geschäftsmodus. »Mach mal die Türen auf, Lou. Ich will raus. Wir brauchen Tee, und wir müssen uns bald auf den Weg machen. Hilf mir. Hilf mir doch!«

Ich öffne die Schiebetür, und die frische Luft ist kühl und wohltuend und neu. Die anderen Wohnwagen sind alle verrammelt, die Scheiben von menschlichem Atem beschlagen. Über dem Rhein schwebt Nebel, und das fahle Tal und das zinnfarbene Wasser liegen so ruhig da, als wären sie emailliert.

»Ich fahre«, sage ich. »Du kannst schlafen. Ihr könnt alle schlafen.«

An der Tankstelle zahle ich mit der Kreditkarte. Ich bin hundemüde. Immer wieder kommt mir der Gedanke, mich für einen Monat irgendwo in ein Kloster zu verziehen, nur noch Gemüsebrühe zu essen und mich zu erholen. Jack kommt mit einem Karton Apfelsaft an den Lippen aus dem Laden. Er hat vier Stück gekauft. Ralph steht rauchend im Nieselregen an der Straße. Wir sehen aus wie zerlumpte Pioniere, die auf der Suche nach Vorräten für den Winter in die nördlichen Vororte Zürichs eingefallen sind – kein Geld, keine Klamotten, keine Geduld. Und alles hier ist grau. Weißgraue Statuen. Glatte, hellgraue Straßen. Beigegraue Häuser. Graubraunes Gebirgswasser in den Bächen, die an der Straße entlangfließen.

Ich spüre die Motorenhitze und rieche das weit gereiste Öl, als ich den Bus umrunde. Ich will, dass jemand anders fährt. Doug. Wo ist das Arschloch, wenn man es mal braucht? Ich öffne die Tür. Unglaublich, aber wahr: Dad hat den Sitz gedreht, sodass er Richtung Bett schaut.

Ich steige ein. »Was machst du da?«

»Park mal da drüben.« Er deutet auf die Bucht mit dem Luftdruckgerät.

»Wie bitte?«

»Fahr einfach da drüben rechts ran.«

»Brauchen wir Luft?«

»Nein, aber wir sind fast da. Laut Navi sind es noch achtundzwanzig Minuten. Wir sind früh dran. Wir haben noch Zeit.«

Ich lasse den Motor an und deute aus dem Fenster, damit Jack versteht, was wir vorhaben. Er schaut mit verkaterter Begriffsstutzigkeit zu, wie ich langsam über den Platz rolle. Ich bleibe stehen und ziehe die klickernde Handbremse an. Über uns schwebt ein Michelinmännchen.

Jack schiebt die Tür auf, streift die Schuhe ab und klettert ins Bett.

»Familienkonferenz«, sagt Dad.

Ich drehe mich mit dem Fahrersitz um.

Ralph taucht hinter Jack in der Tür auf, beide Gesichter mit demselben Ausdruck darauf. »Warum ist das Tor zu den Alpen eigentlich so unglaublich deprimierend?«

»Das Zentrum ist wunderschön«, erwidert Dad. »Die Flüsse und der See. Der beste Ort in ganz Europa, um in der Stadt zu schwimmen. Das Wasser ist auch ungewöhnlich sauber.«

Meine Brüder haben die ganze Zeit über geschlafen und ähneln jetzt dösigen Soldaten, die gerade erst die Augen aufgeschlagen und noch nicht ganz begriffen haben, dass sie an der Front sind.

»Was machen wir hier am Luftdruckgerät?« Ralph klettert in den Bus und zerrt sich die Stiefel von den Füßen. Er trägt einen von Dads Fleecepullis und sieht einen beklemmenden Augenblick lang genauso aus wie Dad auf den Fotos von meiner Geburt. »Brauchen wir Luft? Oder essen wir was? Ist überhaupt schon Zeit fürs Mittagessen? Ich hab den Überblick verloren.«

»Familienkonferenz«, erwidert Jack und stopft sich ein paar Kissen ins Kreuz.

Ralph schiebt die Tür gefühlvoll zu und setzt sich im Schneidersitz aufs Bett. Ich beuge mich vor. Sogar Jack sieht zerfleddert aus. Unsere Familie müsste sich dringend mal frisch machen. Aber wenigstens sind wir nicht nachtragend.

Dad sieht zwischen uns hin und her und verkündet dann: »Ihr denkt, dass ich wüsste, was zu tun ist, nur weil ich euer Vater bin.«

Jack schüttelt den Kopf.

Ralph fragt: »Was ist los, Dad?«

Dad geht nicht darauf ein. Er hört schon lange nicht mehr zu. »Das ist nun mal so. Ihr denkt, ich wüsste, was ich tue. Vielleicht nicht hier drin.« Er tippt sich an die Schläfe. »Aber in euren Herzen. In eurem Innern.« Er spreizt die Finger und drückt sie sich an die Brust. »Ihr glaubt, ich hätte einen Plan. Eine bestimmte Absicht.« Er zögert. »Wir bleiben immer Kinder und brauchen unser ganzes Leben lang, um unseren Frieden damit zu machen, dass unsere Eltern überhaupt keine Ahnung haben, was sie verdammt noch mal machen.«

»Mir scheint das ziemlich offensichtlich«, erwidert Ralph.

»Na, da hast du Glück«, gibt Dad zurück. »Ich bin nämlich fast tot und verstehe meinen Vater immer noch kein bisschen.«

Ich schraube meinen Saft auf. Die anderen merken das vielleicht nicht, aber ich weiß, Dad kommt gerade erst richtig in Fahrt. Wenn man lange genug mit jemandem zusammenlebt, kann man dessen Laune an winzigen Muskelbewegungen ablesen; ich könnte Dad schweigend gegenübersitzen und anhand der Art, wie er das Buch hält und umblättert, erraten, welchen Autor er gerade liest. Und ich merke, dass Dad sich an den Abgasen seiner eigenen Fahrt berauscht, dass seine merkwürdige Vorfreude ihn berauscht und noch etwas, vielleicht Angst oder Erleichterung oder Anspannung. Ich weiß es nicht. Es ist, als würde er sich freimachen. Als wäre Zürich ihm Freiheit und Erlaubnis, Antrieb und Vorrecht.

»Ich will damit nur sagen, dass ich nicht weiß, was ich machen soll.«

Er schaut vom einen zum anderen – bestimmt, verwundet, gebieterisch.

»Ich weiß nicht, was ich machen soll.«

Wir teilen uns zu wenig Luft. Wir müssen das Fenster weiter runterlassen. Aber draußen stinkt es zu sehr nach Benzin.

Er wiederholt es. »Ich weiß nicht, was ich machen soll ... Ihr seid die Einzigen, die mir noch bleiben ... Deswegen habe ich mit euch darüber gesprochen. Vielleicht hätte ich das lieber gelassen.« Er beißt sich auf die Lippe. »Ich habe gehofft ... ich weiß auch nicht. Ich bin schon länger verwirrt. Mir geht es schon länger ziemlich schlecht.«

Jack sieht angespannt aus, als hätte er schwer an seiner Verantwortung zu tragen. Aber vielleicht versteht er jetzt wenigstens endlich mal, was hier eigentlich passiert.

»Was ich damit sagen will, ist, dass ihr mich nicht klar als den sehen könnt, der ich bin. Keiner von euch. Weil ich euer Vater bin. Ich bin euer Dad. Und weil so viel zwischen beiden Seiten steht, ist es praktisch unmöglich, die eigenen Eltern und die eigenen Kinder klar zu sehen.«

Ralph schraubt langsam den Deckel von seinem Saft, den er zwischen den Beinen hält.

»Ich kann meine Fehler nicht in ein, zwei Tagen wiedergutmachen. Auch nicht in sechs Monaten oder überhaupt jemals. Und vielleicht spielt das auch keine Rolle. Du hast es ja selbst gesagt, Ralph, es gibt Schlimmeres. Und vielleicht verstehen wir einander nach dieser Reise ja ein bisschen besser. Aber jetzt, in diesem Moment, müssen wir das alles beiseiteschieben. Ihr müsst sehen, wo ich mich befinde. Hier, heute, an dieser verflixten Tankstelle. Nicht so sehr als euer Vater, sondern ... sondern weil ich ein Mann bin. So wie ihr.«

Ralph trinkt einen Schluck. »Ich weiß auch nicht, warum, Dad, aber ich kann dich viel leichter ernst nehmen, wenn du fluchst.«

Jack sagt: »Vielleicht *kannst* du das ja ...«

»Warte, Jack. Moment. Ich kann das entweder durchziehen und sterben, bevor es noch schlimmer wird. Und es wird auf jeden Fall schlimmer. Oder ich ziehe es nicht durch und füge mir selbst und euch Leid zu, und dann sterbe ich trotzdem.«

»Ich ...«

»Nein, Jack, hör zu. Als du von deinen Jungs erzählt hast, vor ihrer Geburt, da meintest du, du hättest dich für das Leben ›entschieden‹. Das ...«

»Ich meinte ...«

»Das waren deine Worte, da in der Dusche. Du hast gesagt, ihr hättet euch ›für das Leben entschieden‹. Und das stand euch auch frei. Ich will jetzt nicht länger um den heißen Brei herumreden. Wir treffen ständig Entscheidungen. Das ist normal. Geh nur mal ins Krankenhaus. Schau dir die Nachrichten an. Wir entscheiden, wer lebt und wer stirbt – Kriege, Hungersnöte, Katastrophen. Wem wir helfen und wem nicht.« Er lächelt schief. »Relativismus ist ein Luxus, den sich nur die moralisch Dekadenten leisten können. Im Grunde sind wir eine Spezies, die in einer Welt aus Leben und Tod lebt und dabei trotzdem immer äußerst schnell mit Kritik an anderen bei der Hand ist. Müssen wir auch. War schon immer so.«

»Langsam kommen wir der Sache näher.« Ralph nimmt noch einen Schluck.

»Hör zu, Dad.« Die Kampflust ist aus Jacks Stimme gewichen. »Ich meine, vielleicht *kannst* du das ja durchziehen. Aber nicht ...«

»Die Illusion besteht darin, dass wir uns vormachen, wir stünden mitten im Leben. Dabei stehen wir mitten im Tod. Und wir sind uns alle einig, dass es keinen Gott gibt. Was bleibt uns also?«

»Ich finde bloß, dass jetzt nicht gerade der richtige ...«

»Lass ihn doch mal ausreden, Jack«, sagt Ralph. »Lass ihn ausreden.«

»Was bleibt uns also?«, fragt Dad erneut. »Wir müssen einfach die Freude finden und singen, solange wir können. Wir müssen die Liebe finden und feiern – oft. Wir müssen uns aufeinander einlassen.«

Dads Stirn liegt in tiefen Falten. In den PDFs steht, das hängende Lid nenne sich Ptosis, und die Stirnfalten würden dagegen ankämpfen. Er muss zwanzig Mal so müde sein wie wir, doch er konzentriert sich so sehr, als würde er seine restliche Energie in einem riesigen Lagerfeuer in Flammen aufgehen lassen. Als würde er die Welt entzünden.

»Man hat nur ein kurzes Leben, Jungs. Mehr will ich euch gar nicht sagen. Ein kurzes Leben. Und dann ist es vorbei. Es geht so verflixt schnell vorbei. Das wissen wir alle, aber wir vergessen es ständig. Es kommt einem vor, als wären nur zwanzig Minuten vergangen, und dann schaut man zurück und denkt sich, was ... was habe ich mir da bloß vorgemacht? Was habe ich mir dabei nur verdammt noch mal gedacht?« Die Wörter sprudeln aus ihm hervor, als wäre er wieder jung. »Ich meine damit nicht eure Mütter. Nicht mehr. Die könnt ihr vergessen. Die sind nicht hier. Ich meine mich und euch. Uns vier. Ich meine uns, hier, zusammen.«

Ein VW-Bus fährt aus der Tankstelle, das neue Modell, zwei Generationen jünger als unserer, ungerührt.

»Was ich damit sagen will ... Vergesst mal kurz den ganzen Schmerz und das ganze Chaos. Nur kurz.«

Er hält inne, als müsste er die sich bekriegenden Armeen in seinem Kopf neu aufstellen.

»Wisst ihr, es gab so viele Tage, an denen ich mich ausschließlich um euch zwei gekümmert habe, euch zwei Rotschöpfe. Als ihr noch Babys wart, habe ich euch gebadet. Euch abgetrocknet. Euch angezogen. Ich habe euch erst mit Milch und dann mit fester Nahrung gefüttert, Löffel für Löffel, euch zwei, egal, wie sehr ihr gequengelt und geheult und euch weggedreht habt. Als ihr dann größer wart, habe ich mit euch auf dem Boden gespielt. Lego. Puzzle. Hunderte von Puzzles mit wilden Tieren. Und eure vielen Bilder. Ein einziges Gekritzel war das. Ich habe euch am Sattel festgehalten, als ihr Radfahren gelernt habt. Im Park habe ich ständig nach Hunden Ausschau gehalten. Ich habe neben euch gestanden, als ihr gelernt habt, aufs Töpfchen zu gehen. Ich habe euch abgewischt. Mit euren Hinterteilen habe ich bestimmt Jahre verbracht. Ich habe euch aus dem Auto ins Bett getragen. Ich habe euch die Schuhe ausgezogen. Ich habe euch aus den Jacken geholfen. Ich habe euch eingemummelt und aufgepasst, dass du dein Zebra hattest, Ralph, und du deine Giraffe, Jack, und irgendwann dann auch, dass du dein Ferkel hattest, Lou.«

»Wo ist überhaupt mein Scheißzebra?«

»Und ich habe euch vorgelesen, unzählige Bücher. Bestimmt fünftausend. Und wenn ich wegmusste, haben mir eure kleinen Gesichter unglaublich gefehlt. Ich saß mit euren Fotos am Schreibtisch und habe mir eingeredet, dass ich meine blöden Bücher für euch schreibe. Ich wollte euch beibringen, die gleichen Sachen zu lieben wie ich. Ich wollte euch unterrichten. Ich wollte alle eure Fragen beantworten.« Wieder legt er die gespreizten Finger auf sein Herz. »Ich will, dass ihr das wisst. Ich will, dass ihr es spürt ... *in euren Herzen*. Könnt ihr das für mich machen?«

Er schaut zu Ralph. »Dein Zebra habe ich immer noch«, sagt er. »Zu Hause. Du hast immer mit ihm getanzt.«

Ralph erwidert seinen Blick. »Dad, ich glaube nicht, dass du ...«

»Lass mich ausreden, Ralph – solange ich noch alles beieinanderhabe.« Wieder tippt er sich an die Schläfe. Laut der PDFs hat die Krankheit auch kognitive Auswirkungen, ein seltsames, subtiles Hochgefühl. »Ich kann euch gar nicht beschreiben, wie ich mich die letzten achtzehn Monate lang gefühlt habe. Wenn eine Frau die Straße entlanggeht, kommt mir schon der leichteste Hüftschwung vor wie ein Wunder. Wenn auf dem Parkplatz vor dem Supermarkt ein Junge vor sich hin pfeift, höre ich die Schöpfung pfeifen. Von den Flüssen und Bergen und Wäldern und Küsten mal ganz zu schweigen. Oder von unserer Musik, der menschlichen Stimme, dem Tanz, unserer Kunst, unseren Kathedralen, der Poesie, der verflixten Poesie. Die schiere Schönheit. Wie du schon sagtest, Jack: Das ist alles ein Wunder. Ein Wunder. Jeder Augenblick, jeder einzelne Atemzug. Und soll ich euch noch was verraten?«

Wir schweigen.

»Ich bin fast schon *dankbar* für die Krankheit. Für die Zeit, die sie mir gegeben hat, mein Leben zu genießen und die Dinge bei Lichte zu betrachten. Ich sterbe nicht plötzlich, sondern kann noch nachdenken, überlegen. Alles Revue passieren lassen. Ein weiteres Privileg, das mir zuteilwurde. Eins von vielen.«

»Dad?«, fragt Ralph leise.

»Im Übrigen ist der Tod ... na ja, ich sehe den Tod als eine Riesenerleichterung. Nicht nur für mich, sondern für uns alle. Ein Geschenk für die Menschheit. Ich meine, stellt euch nur mal vor, dass die ganzen Arschlöcher, die uns die Welt kaputt machen, ewig leben würden. Diese ganzen wütenden Alten. Stellt euch mal vor, die würden nie sterben, die ganzen Kriegstreiber und Giftspritzen in unserer Gesellschaft und unserer ...«

»Dad«, wiederholt Ralph. »Ziehst du das wirklich durch? Weil du ...«

»Ich bin glücklich, Ralph. Mein Scheißknöchel tut weh. Aber ich bin glücklich. Und die letzten paar Tage ... ihr sollt wissen, dass das für mich die besten Tage seit Langem waren. Sogar gestern Abend war auf ganz eigene

Weise wundervoll. Bedeutsam. Wertvoll. Wichtig. Verändernd.«

Autos fahren vor und tanken. Fahren wieder weg. Als wäre es die normalste Sache der Welt. Leute treffen. Orte besuchen. Und ich denke, das hier ist der Moment: Jetzt, wo wir hier sind, überlegen wir es uns anders. Ich spüre es. Jack kann Dad endlich hören, Ralph kann ihn hören, ich kann ihn hören. Und deswegen überlegen wir es uns alle anders. Ein letztes Mal. Ein letztes Mal. Diejenigen, die dagegen waren, sind jetzt dafür. Diejenigen, die dafür waren, sind jetzt dagegen.

»Ich will nicht behaupten, ich hätte keine Angst«, fährt Dad fort. »Natürlich habe ich Angst. Bloß habe ich noch mehr Angst davor, weiterzuleben. Deswegen hoffe ich, dass ich das Rezept bekomme. Dass alles glattläuft. Keine Lust auf Bürokratiehürden. Und dann schauen wir mal. Danach sehen wir weiter. Morgen.«

Er lächelt.

»Dad?«, fragt Jack.

»Je schneller wir das hinter uns bringen, Jack, desto schneller könnt ihr weiterleben. Am besten betrachten wir diese Zeit als ... als eine tolle Chance, die die meisten Leute nicht bekommen. Einen wahren Segen.«

»Dad.«

»Die meisten Leute haben das nämlich nicht. Ich bekomme jedenfalls keinen einsamen Schlaganfall in Leeds, während ihr alle in London auf der Arbeit seid. Ich falle nicht einfach tot um. Irgendwann muss ich eben gehen. Und das hier war toll. Wir hatten diese Möglichkeit. Zusammensein. Heute holen wir uns das Rezept, und morgen sehen wir weiter. Wir unterhalten uns heute Abend und morgen noch eine Runde ... und dann schauen wir mal.«

Jack sagt: »Dad, ich verstehe ja, warum du das für eine gute Idee hältst. Wirklich. Aber ich ...«

»Tut mir leid, Jack, eins noch.« Er drückt sich die zitternden Fingerspitzen an die Stirn. »Ich habe immer noch nicht gesagt, was ich eigentlich sagen will.«

»Du ...«

»Nämlich das hier: Wir sind das, was wir geben. Wir sind das, was wir zurücklassen. Das ist mir erst gestern plötzlich in der Höhle klar geworden – da merkt ihr mal, was für ein Idiot ich bin. Das ist natürlich offensichtlich, und die Dichter schreiben schon seit Anbeginn der Zeit davon. Von einem Menschen bleibt nur übrig, was er oder sie erschaffen hat. Im Leben geht es nur um Schöpfung. Der einzige Sinn ist die Schöpfung.« Wieder dieses langsame, halbe Lächeln. »Es geht nicht darum, was man genommen, sondern darum, was man gegeben hat. Natürlich. Was man gegeben und was man erschaffen hat. Und damit wären wir hier. In diesem Bus. Alles, worauf mein Leben sich beläuft. Das, worauf ich am stolzesten bin. Ihr drei. So wie ihr seid. Ihr drei Jungs. Die ich über alles liebe. Das wollte ich damit sagen. Mehr nicht.«

»Dad.« Jack beugt sich vor und streckt ihm die Hand hin.

Dad ergreift sein Handgelenk, so wie er es bei mir immer macht, und hebt es kurz an. Dann macht er etwas, das ich noch nie erlebt habe: Er streckt die andere Hand aus und legt sie Ralph auf die Schulter.

Ich beuge mich ebenfalls vor, sodass wir einen lockeren Kreis bilden.

»Wenn ihr an dem Punkt anlangt, wo ich bin, seht ihr das deutlich, Jungs. Endlich, endlich. Aber was mir wirklich wichtig ist ... am allerwichtigsten ... mehr erwarte ich gar nicht ... ist, dass ihr weiterredet, so wie wir immer geredet haben.« Wieder schaut er von einem zum anderen – von Ralph zu Jack zu mir – der Kreis aus Vater und Söhnen, für einen winzigen Moment intakt. »Verkracht euch nicht. Niemals. Versprecht mir, dass ihr Freunde bleibt. Dass ihr einander helft, wo ihr könnt. Ihr habt nämlich ein Riesenglück miteinander. Ich weiß nicht, wie das passiert ist. Noch so ein Wunder.«

»Dad«, sage ich.

»Dann wollen wir uns mal auf die Socken machen, Lou. Einchecken und uns für den nächsten Schritt bereit machen. Hauptsache bereit sein.«

FÜNFTER TEIL

Malereien an der Wand

Die himmlische Stadt

Nach der Fahrt im Bus wirkt mein Zimmer im Hotel Ambassador so unfassbar schön, geräumig und *privat*, dass ich mir vorkomme wie in einer anderen Welt. Sobald die schwere Tür ins Schloss gefallen ist, setze ich mich in den ausladenden Ledersessel, fasziniert von meinem polierten Tisch mit dem frischen Obstkorb, und starre auf das große Bett und die breiten, cremefarbenen Streifen auf der Tapete. Das Licht fällt durch lange, durchlässige Spitzenvorhänge herein, die das Zimmer mit gleichmäßigem Tageslicht erhellen, das selbst im dunklen Holz des großen Schreibtisches glänzt. Neben meinem Ellbogen liegt schweres elfenbeinfarbenes Briefpapier, als wäre ich ein Botschafter, der Depeschen verschickt. Vielleicht ist die Zivilisation ein Schweizer Hotelzimmer. Ich weiß es nicht. Ich übernachte nie in Hotels. Ich habe keine Ahnung. Aber Jack hilft Dad, und deswegen habe ich anderthalb Stunden, um mich auszuruhen, und die Aussicht auf dieses Bett heute Nacht. Und ich bin ungemein erleichtert. Ich könnte zehn Jahre in diesem Zimmer verbringen. Wieder rauskommen, wenn alles vorbei ist – Islamischer Staat, Klimawandel, das neue finstere Mittelalter, der scheißfröhliche Niedergang meines Scheißvaters.

Auf einmal will ich wieder nackt und sauber sein.

Ich gehe ins Bad – *mein* Bad, *mein* Bad – mit der riesigen Wanne und dem dimmbaren Licht und einem Waschbecken, in dem man Zwillingsbabys baden könnte. Ich streife meine Klamotten ab, die vom Campen dreckig und zerknittert sind, und drehe das dicht strömende, heiße Wasser auf. Auf dem Spültisch stehen lauter kleine Fläschchen, auf deren Etiketten »Balsam« und »Fußbad« und »Entspannungsbad« steht. Ich kippe sie alle in die Wanne. Dann hole ich mein Handy und lege es auf den Beistelltisch.

Ich kann nicht fassen, wie groß die Handtücher sind, wie dick, wie viele es sind.

Ich gleite langsam in die Wanne, schließe die Augen und versinke.

Als ich auftauche, bin ich wieder ruhig.

Ich trockne mir die Hände ab, nehme mir das Handy und suche nach Evas Wohnung auf der anderen Seite des Sees. Da gehe ich hin – egal, was passiert, da gehe ich morgen hin. Sie landet morgen Vormittag. Sie meint, um neun müsste sie da sein. Der Flug geht superfrüh und war superbillig.

Aber als ich aus der Wanne steige, ganz warm und entspannt, begehe ich den Fehler, den Vorhang beiseitezuziehen und aus dem Fenster zu schauen, um einen Blick auf den See zu werfen, gleich links vom Hotel. Ich schaue hinüber zu dem Stadtteil, wo Eva übernachten wird, vorbei an den Booten und der Sonne, die sich auf dem Wasser vergnügen. Ob ich wohl erraten kann, in welchem Haus die Wohnung ist? Aber die Entfernung ist zu groß. Mein Blick wandert schräg rechts zur Altstadt, wo der See sich zu Flüssen verengt. Dann schaue ich wieder zum Opernhaus direkt gegenüber vom Hotel. Und dann fällt meine Aufmerksamkeit auf ein Café unten rechts, fast direkt unter meinem Fenster.

Ich beobachte eine Familie. Sie machen nichts Besonderes. Fünf Köpfe. Sitzen in dem zu kleinen und überfüllten Straßencafé und wirken unruhig. Und da sehe ich, wie der Junge – keine Ahnung, wie alt er ist, vielleicht sieben – das Glas seines Vaters umstößt, sodass der Rotwein sich rasch auf dem Tisch ausbreitet.

Sofort springt die Mutter auf, damit sie nichts abbekommt, und die älteren Geschwister – ein Mädchen und ein Junge – springen ebenfalls auf, weil sie etwas auf die Teller bekommen haben. Ich schaue zu, wie alle auf den Jungen einschimpfen (während auf der Straße die Autos vorbeifahren und niemand anderes es mitbekommt), als wäre er der größte Idiot und hätte nichts in der Familie verloren. Und er schrumpft in sich zusammen, weil er nicht fliehen kann, und er ist zu jung, um sich zu wehren, und was soll er anderes machen, als auf seinem Stuhl zu sitzen und sich zu wünschen, im Erdboden zu versinken? Aber jetzt steht sein Vater auch auf und macht eine beschwichtigende Geste und wuselt um den Tisch herum wie ein Tänzer. Wischt die Sauerei mit einer Serviette auf. Macht es dem Jungen leichter.

Beim Check-in stellte sich heraus, dass Dad nur zwei Zimmer reserviert hatte. Wir hatten den Bus geparkt und Dad in die Lobby geschoben, und er war bestens gelaunt und höflich und verströmte immer noch all seine Energie. Auf dem Gesicht des Empfangsmitarbeiters zeichnete sich jedoch sofort milde Überraschung ab.

»Guten Tag, Mr. Lasker«, sagte er. »Schön, Sie hier begrüßen zu dürfen. Allerdings haben Sie nur zwei Zimmer reserviert. Das war im März, das kann ich hier sehen. Aber das sollte kein Problem sein, wir dürften noch … ich glaube … ja, wir haben noch zwei Zimmer, wenn Ihnen das recht ist. Da haben Sie ja Glück gehabt, und wir auch! Wir haben nämlich nur noch drei Zimmer frei.«

Dad hatte nichts dagegen, für zwei Extrazimmer zu bezahlen. Mehr noch, er war geradezu versessen darauf. Natürlich, sagte er, klar, und reichte ihm die Kreditkarte. Verdammt. Ja, natürlich.

Er hatte es vergessen, aber uns war es nicht entgangen. Er hatte nur zwei Zimmer reserviert, weil er es damals so erwartet hatte: zwei Leute. Und das zweite war auf Dougs Namen reserviert.

Und wie ich da so aus dem Fenster starre, passiert es auf einmal. Ich weiß nicht mal genau, wie es losging … diese merkwürdige Flüssigkeit, die meine Augen füllt und aus den Winkeln tritt. Weil ich beobachte, wie die Mutter ins Café geht und der Vater den Platz mit seiner Tochter tauscht, damit er neben dem Jungen sitzen kann. Ich zittere, mein Gesicht ist ganz verzerrt. Und ich verstehe immer noch nicht ganz, was mit meinem Körper los ist. Ich ziehe die Nase hoch, und meine Stimme will etwas sagen, doch sie ist heiser und dünn, und es fühlt sich an, als hätte sich etwas zwischen meinen Kiefermuskeln verfangen.

Das sind bestimmt Tränen, denke ich. Das sind bestimmt Tränen.

Und ich bin nicht ich selbst. Aber ich bin es doch. Ich weine sicherlich, denn schwere Tränen kullern mir über die Wangen in den Mund, als würde ich mich bald auflösen und nur noch aus Wasser bestehen.

Ich will unbedingt mit meinen Brüdern reden. Und mit meinem Vater. Ich will ihn unbedingt sehen. Und das geht auch, weil er direkt nebenan ist und ich einen Schlüssel habe.

Aber was, wenn das nicht mehr geht? Weil er nicht mehr nebenan ist? Oder überhaupt irgendwo?

Natürlich sind wir früh dran. Wir setzen uns ins Wartezimmer, nebeneinander auf drei aufrechten Stühlen, als wäre hier alles in bester Ordnung. Dad in seinem Rollstuhl sitzt ganz außen. Sauber, gewissenhaft, frisch. Als würden wir uns zum Militär verpflichten. Als würden wir neue Pässe beantragen. Als würden wir eine Pediküre bekommen. Es riecht nach Teppichreiniger. Draußen, wo wir den Bus geparkt haben, rauscht der Verkehr vorbei. Fotos von vollkommenen Menschen auf den Covern von Zeitschriften, die offenbar schon lange nicht mehr von den unvollkommenen Menschen hier im Wartezimmer angerührt wurden. Eine Frau, die Rezeptionistin, telefoniert irgendwo leise auf Deutsch. An der Wand hängen unglaubwürdige Familien an unglaubwürdigen Urlaubsorten mit unglaubwürdigen Zähnen. Eine Digitalanzeigetafel ruft die Patienten auf. Ich beobachte die Namen. Traschsel. Fassnacht. Enz.

Lasker.

Doch die englischen Buchstaben lassen sich unmöglich verarbeiten, kommen wenig überzeugend zum Vorschein, leuchten auf und verschwinden, und ich starre sie nur an, als könnte ich einen verborgenen Sinn in meiner Halluzination entdecken. Aber sie enthalten nichts von mir, weder Identität noch Bedeutung. Ich schaue aus dem Weltall hinab. Wir sind eine verblendete Familie aus einer verblendeten Spezies. Wir warten auf einen weißen Magier, der einen Zauberspruch aufsagen und uns so den Tod erlauben wird. Ja, aus dem Blickwinkel der Sterne erkenne ich, dass ein nackter Wahnsinn im kollektiven menschlichen Geist wütet, der erst dann nachlassen wird, wenn wir uns selbst zerstört haben und von der Welt verschwunden sind. Wir müssen uns wehren. Wir müssen der Wirklichkeit ins Auge sehen und uns damit auseinandersetzen.

Lasker.

Wir stehen auf. Jack tritt einen Schritt vor, als wollte er die Griffe übernehmen, lässt *mich* dann jedoch Dad in Richtung Sprechzimmer schieben. Ralph folgt betont langsam.

Lasker.

Die Tür geht auf, und der Arzt steht auf der Schwelle. Er ist groß, trägt eine dünne, rahmenlose Brille und vermittelt den tadellosen Alt-aber-neu-Eindruck von jemandem, der jedes Wochenende seine Fassade rigoros mit dem Sandstrahlreiniger bearbeitet.

»Danke für Ihre Geduld.« Sein Englisch ist fast so perfekt wie seine Rasur. »Wie schön, dass die ganze Familie hier ist.«

Wir sind nicht gerade auf eine Geduldsprobe gestellt worden. Es ist Punkt zwei Uhr. Wir sind einfach nur pünktlich.

Ich bekomme kein Wort hervor. Nur Ralph konnte sich gegenüber der Rezeptionistin zu einer gewissen Höflichkeit durchringen.

»Toll, dass Ihre Familie hier ist«, wiederholt der Arzt. »Sie sind alle Söhne?«

Ralph bricht unser Schweigen. »Soweit wir wissen, ja.«

»Sie sind ein Glückspilz«, sagt der Arzt. In seiner Schläfe zuckt eine Ader. »Hier in der Schweiz gibt es ein Sprichwort, rote Haare sind ein Zeichen für einen feurigen Geist.«

Ralph lächelt interessiert, erwidert jedoch nichts, und wir stecken alle kurz im Türrahmen fest, bis der Arzt merkt, dass die Zeit für uns keine bedeutungslose Illusion mehr ist, sondern so wahrhaftig wie Hunger und Durst.

»Also, falls Sie nichts dagegen haben«, sagt er, »bräuchte ich eine Viertelstunde mit Ihrem Vater. Das wäre toll. Und danach können wir uns alle gemeinsam unterhalten.«

Er bietet mir an, den Rollstuhl zu übernehmen, und mir bleibt nichts anderes übrig, als nachzugeben.

»Kommt, wir gehen eine rauchen«, sagt Ralph. »Hebt die Laune.«

Die graue Straße draußen wirkt absurd normal. Die Sonne spiegelt sich in den Fenstern des Bürogebäudes gegenüber. Auf einer Seite parken Autos. Ein kleiner Junge flitzt mit seiner Mutter vorbei. Ein Mann mit Einkaufstüte kämpft mit seinem Türschloss. Wir gehen ein Stück die Straße hinab Richtung Bus.

Ralph schüttelt seine Zigaretten aus dem Päckchen. Er sieht jetzt anders aus. Irgendwo muss er sich eine dünne helle Hose, ein Sakko und ein neues Hemd gekauft haben – in weniger als zwei Stunden.

»Wie wars im Bad mit Dad?«, fragt er Jack.

»Schmerzhaft.« Jack seufzt tief, als müsste sein Atem durch seinen gesamten schwerfälligen Körper fließen. Komischerweise sieht er in frischen Klamotten schlechter aus: Jeans und ungemütliches Polohemd. Er wirkt unter der Last der Krankenpflege gebeugt, und kurz glaube ich, dass er sich auch eine Kippe anstecken wird. Er sagt: »Ich werde den Arzt bitten, ihm was für seinen Knöchel zu verschreiben.«

Ich merke, dass wir vor einem Laden stehen – einer *Apotheke* – und an einem gelben Zebrastreifen, der unseren britischen Schwarz-Weiß-Gewohnheiten sauer aufstößt.

Ralph schüttelt sein Streichholz aus und blinzelt uns durch die Rauchwolke zu. »Zieht er das wirklich durch?«

»Ich weiß es nicht«, antwortet Jack. »Ich weiß es nicht.«

»Was hat er zu dir gesagt?«

»Er meinte, er will nur das Rezept. Mehr nicht. Er will wissen, dass er die Möglichkeit hat.«

»Sagt er das nur, damit er nicht mit dir diskutieren muss?«

»Ich weiß es nicht.« Jacks Haltung hat sich verändert – als wäre seine Überzeugung bis jetzt sein innerer Action Man gewesen, und nun, da sie flöten ist, hat er nichts mehr, das ihn aufrecht hält. Vielleicht hat dazu die eine Stunde allein mit Dad gereicht – ihn ausziehen, waschen –, denn jetzt ist Jack offensichtlich drin: in der Leben-und-Tod-Zone. Wo wir alle sind.

Jack seufzt erneut und reibt sich die Stoppeln, die schon fast zu einem väterlichen Bart herangewachsen sind. »Er meint, das wäre eine Ironie des Schicksals. Eine Pilgerreise.«

»Was soll eine Ironie des Schicksals sein?«

»Die ganze Sache. Wie eine religiöse Pilgerreise ... bloß in den Selbstmord.«

»In die Sterbehilfe«, sage ich.

»Also geht es doch nicht nur um das Rezept?«, fragt Ralph.

»Ich weiß es nicht«, sagt Jack. »Ich weiß es nicht. Er behauptet schon. Er sagt, er will weitermachen und sich dann morgen entscheiden.«

Ralph bläst den Rauch seitlich aus, behält mich dabei jedoch im Blick. »Wie gehts dir, Lou?«

»Mir gings gut.«

»Vergangenheitsform?«

»Bis wir im Hotel angekommen sind. Irgendwas stimmt an dem Hotel nicht. Ich weiß es auch nicht. Das macht mich echt fertig.«

Aber in Wahrheit weiß ich es durchaus, glaube ich. Ich glaube, wir wissen es alle. Wir wissen alle, dass Dad niemals so freigiebig vier Zimmer in einem Vier-Sterne-Hotel am Zürichsee spendieren würde, wenn er sich nicht entschieden hätte. Das Geld sagt mehr als alle Worte. Beziehungsweise Dads Einstellung zum Geld. Wenn es ihm nicht ernst wäre, würde er das niemals tun. Er könnte es nicht ertragen, Tausende von Pfund zum Fenster rauszuschmeißen. Zumindest vermuten wir das alle. Und diese Vermutung bringt uns um, denn wenn es wirklich das Geld ist, das uns die Wahrheit verrät, dann ist das eine weitere Sache, die nicht ist, wie sie sein soll. Und es gibt schon so viel, das nicht richtig läuft.

Ein Auto fährt vor, hält an, lächerlich zuvorkommend – der Fahrer denkt anscheinend, wir wollten den gelben Zebrastreifen überqueren. Ralph beugt sich vor und bedeutet ihm weiterzufahren. Er nickt uns lächelnd zu. Er muss etwa sechzig sein. Wie lange bleibt ihm noch? Noch fünfzehn Sommer. Oder dreißig? Zwei? Wie viel hätte er wohl gern?

»Das Hotel hat mich echt fertiggemacht«, wiederhole ich. »Wären wir besser mal im Bus geblieben.«

Wir werfen dem Bus einen Blick zu, wie er da geduldig wartet, unangreifbar. Was sollen wir mit dem Bus machen? Wir können ihn unmöglich verkaufen. Wir können ihn unmöglich behalten.

»Alle für einen.« Ralph schaut mich an, als wäre er mein Boxtrainer.

»Ich will, dass es vorbei ist«, sage ich.

»Ja.« Ralph tritt seine Kippe aus. »Wir sind jetzt so ziemlich bei des Pudels Kern angelangt, Lou.«

Ich spüre, wie sich ein Arm um meine Schulter legt, der nur zur Jack gehören kann.

»Ich muss mich bei dir wegen letzter Nacht entschuldigen, Lou.« Er richtet sich auf. »Tut mir leid. Das hatte nichts mit dir zu tun.«

»Ich weiß.«

»Schon.« Jack zieht mich an sich, sodass seine Stirn fast meine berührt. »Aber was du nicht weißt, ist, wie verflixt toll du schon dein ganzes Leben lang bist. Mit deiner Mutter und jetzt auch mit Dad.«

Das ist Dads Wort, denke ich: verflixt. Warum benutzt Jack Dads Wörter?

»Und du weißt auch nicht«, fährt Jack fort, »dass du und ich und dein nerviger Bruder auf ewig zusammenhalten werden. Egal, was passiert. Bis wir wieder für einen von uns hier zusammenkommen – wahrscheinlich zuerst für den da, weil er einfach so ein Schwanzlurch ist.« Jack sieht Ralph an.

Und Ralph greift nach meiner anderen Schulter, sodass wir mit verschränkten Armen und gesenkten Köpfen dastehen wie eine Fußballmannschaft vor dem Endspiel.

»Alle für einen«, sagt Ralph.

»Das ist seine Entscheidung«, sage ich.

Dad sitzt dem Arzt gegenüber im Sprechzimmer. Er dreht sich zu uns, wirbelt fast herum, lächelt und winkt uns zu. Er hat den Dreh mit dem Rollstuhl so langsam raus. In ein, zwei Wochen ist er garantiert ein alter Hase, der durch die Stadt rast und genau weiß, wo sich sämtliche Rampen und Aufzüge befinden.

Wir sagen nichts. Während wir dem Navi Richtung Arztpraxis gefolgt waren, hatte Dad uns befohlen, es ihm ja nicht zu versauen. Doch es ist nur schwer vorstellbar, dass die Dinge noch versauter sein könnten. Wir setzen uns trotzdem auf das zu niedrige graue Sofa und verkneifen uns wunschgemäß jeden Kommentar; drei Brüder, deren Knie sich berühren.

Der Arzt erzählt uns den ganzen Kram, den ich schon weiß – »der Gesundheitszustand Ihres Vaters und die dazugehörigen Erscheinungen«. Auf Englisch klingt er zu locker, als würde er ein aerodynamisches Upgrade an einem Sportwagen beschreiben, das leider hinter den Erwartungen zurückgeblieben ist. Über dem Schreibtisch hängt eine Uhr, die kaum hörbar, aber mit schonungslosem Sarkasmus vor sich hin tickt.

»Als Arzt besteht meine oberste Pflicht darin, Leben zu retten«, sagt er. »Aber hier in der Schweiz kann ich noch eine andere Pflicht erfüllen. Und dazu bin ich in diesem Fall bereit.« Er legt die Hand auf einen dünnen Ordner auf dem Schreibtisch.

Ich bin so müde, aber wenn ich einschlafen würde, würde ich womöglich erst im Winter wieder aufwachen, oder in hundert Jahren, oder nie mehr.

Der Arzt lächelt. »Drei Söhne«, sagt er wieder. »Haben Sie ein Glück.«

Ralph sagt: »Ja, und wir können ihn erst jetzt so langsam leiden.«

»Herr Doktor, darf ich Sie was fragen?«, setzt Jack an. »Wie lange ist das Rezept gültig?«

»Natürlich obliegt das ganz Ihrem Vater, wie er jetzt weitermacht. Das kann er gemeinsam mit unseren Freunden bei Dignitas entscheiden. Ich werde mit ihnen Rücksprache halten, und dann werden sie ihn heute Nachmittag besuchen. Aber im Grunde hat er drei Monate Zeit, das Rezept einzulösen.«

»Zeit«, sagt Ralph.

»Gut zu wissen«, sagt Jack.

»Meine Aufgabe wäre damit beendet.« Der Arzt steht auf. In seiner Stimme schwingt ein Tonfall mit – nicht triumphierend, sondern *abschließend* –, und davon wird mir nur noch schlechter. »Wir haben die nötigen Berichte, die wir dann den standesamtlichen Unterlagen beifügen, sofern Sie sich dafür entscheiden.«

Ein deutscher Wortschwall ergießt sich aus Ralph.

Der Arzt wirkt entnervt, seine Schläfe zuckt wieder los. Er erwidert etwas, das mir verschlossen bleibt, tritt dann hinter seinem Schreibtisch hervor und beugt sich über Dad – etwas zu theatralisch.

»Wo wir schon mal hier sind, können wir uns doch auch gleich was Anständiges für deinen Knöchel verschreiben lassen«, sagt Ralph. »Nur für den Fall. Man weiß ja nie. Wer weiß, wie viel du noch vor dir hast. Lass den Arzt mal einen Blick drauf werfen.«

Vorsichtig und ungeschickt zieht der Arzt meinem Vater erst den Schuh, dann den Strumpf aus.

Die Zeit steht still. Dieser Augenblick fühlt sich an, als wären sämtliche Augenblicke in ihm verschmolzen. Aber niemand kann sich dagegen wehren. Niemand kann etwas anderes als das tun, was er gerade tut. Nämlich über die Möglichkeit von allem und nichts nachdenken, die Destillation der Zeit, Sein oder Nichtsein.

Der Arzt untersucht den geschwollenen Knöchel und nickt. Er ist wieder Arzt. Mein Vater akzeptiert seine Berührungen klaglos. Er ist wieder Patient. Der Arzt bewegt das Gelenk erst in diese, dann in jene Richtung, fühlt nach Sehnen und Knochen. Wir lauschen seiner Diagnose.

»Übel verstaucht«, sagt der Arzt. »Aber nichts allzu Schlimmes.«

Ralph sagt noch etwas auf Deutsch, und der Arzt nickt und stellt ein zweites Rezept aus.

»Schmerztabletten und so ein orthopädischer Strumpf«, erklärt Ralph tonlos. »Können wir in der Apotheke um die Ecke holen.«

Ohne die Sicherheit seiner englischen Maske klingt die Stimme des Arztes ganz anders. Jetzt steht er auf und reicht Ralph das zweite Rezept, und dann, mit unnötiger Sorgsamkeit, nimmt er den Ordner und gibt ihn meinem Vater.

Als Dad sich zu mir dreht, lächelt er sanft, ruhig, fast schon glückselig.

»Dann wollen wir mal wieder ins Hotel, Jungs«, sagt er fröhlich. Er hält den Ordner mit beiden Händen fest. »Ich glaube, wir könnten alle ...« Er mustert uns mit gespieltem Tadel, als wären wir Kinder, die zu lange wach geblieben sind, was natürlich auch stimmt. »Ich glaube, wir könnten alle ein Tässchen Tee auf dem Hoteldach gebrauchen. Und dann legen wir uns eine Runde hin. Die haben da übrigens Original-Apfelstrudel.«

Der Arzt dreht meinen Vater Richtung Tür, geschickt, kameradschaftlich, leutselig. Aber ich springe schneller auf als meine Brüder, weil ich nicht will, dass der Arsch meinen Vater auch nur einen Meter weit schiebt.

Kurz bleiben wir im eleganten Grau des Empfangsbereichs stehen, und ich fühle mich benommen, als wären wir wieder auf der Fähre und in Schieflage geraten. Der Arzt nickt uns zu. Wir brauchen keinen neuen Termin, denke ich, keine Kontrolle, keine warmen Worte, wir sollen nicht noch mal vorbeischauen, wenn es in ein, zwei Wochen noch nicht besser ist.

»Danke«, sagt Dad.

Dann folge ich meinen Brüdern aus der Praxis, schiebe meinen Vater vorsichtig die Rampe hinunter, die sie bestimmt extra für die unzähligen Patienten in Rollstühlen gebaut haben.

Aus irgendeinem Grund ist die alte Alarmanlage im Bus angesprungen – doch sie gibt keinen Laut von sich, nur die Warnblinker leuchten schwach auf.

Später, kurz vor Sonnenuntergang, verlassen wir drei ohne unseren Vater das Hotel. Wir halten auf dem Gehweg kurz inne. Am Empfang haben sie uns erzählt, das hier sei die erste Oper mit elektrischem Licht gewesen. Also schauen wir auf die andere Straßenseite und denken darüber nach, ohne besonderen Grund. Dann wenden wir uns nach links Richtung See.

Es riecht nach Essen – ein Mann verkauft irgendwelche gerösteten Nüsse. Pärchen. Inlineskater. Angeschlossene Fahrräder am Geländer. Die Luft ist noch warm. Der See erinnert an Lalique-Glas – reglos, amethystblau und schillernd. Wenn man schwimmen geht, soll man eine bunte Badekappe tragen, damit einen die Boote nicht umbügeln.

Wir gehen Richtung Altstadt. Überall graben sie die Straßen auf. Funken sprühen von den Geräten der Schweißer, die in abgedunkelten Schutzmasken an den Bahnschienen zugange sind. Angeblich sind weitere Hinweise auf eine römische Siedlung aufgetaucht. Eine Zollstelle womöglich. Davor waren die Kelten hier. Die ganze Stadt ist voller Ausgrabungsorte. Und alles liegt unter der Stadt. In Schichten. Dad wäre ganz begeistert, denke ich, aber er wollte allein sein, hat er gesagt, schlafen.

Wir haben auf dem Dach Tee getrunken, und dann kamen die Leute von der Dignitas und haben sich mit Dad unterhalten. Morgen früh, bevor wir abreisen, kommen sie noch mal vorbei.

Jetzt wissen wir es also.

Soweit man das wissen kann.

Denn natürlich bieten sie einem tausend Möglichkeiten, es sich noch mal anders zu überlegen. Ermutigen einen dazu. Bis zur letzten Sekunde. Selbst in dem kleinen blauen Todeshaus.

Aber wir wissen zumindest, dass wir dorthin gehen werden.

Das ist der Plan.

Zum kleinen blauen Todeshaus, meine ich.

Wir müssen um zehn Uhr morgens los.

Um unseren letzten Termin zu vereinbaren.

Wir wollen nicht zu spät kommen.

Während wir weitergehen, erzähle ich meinen Brüdern, dass die Fahrt von der Haltestelle Stadelhofen – aus dem Hotel raus rechts und dann hundert Meter die Straße runter – ungefähr fünfundzwanzig Minuten dauert. Deswegen hat Dad sich wahrscheinlich dieses Hotel ausgesucht. Ich erkläre ihnen, dass sich das kleine blaue Haus in einem Städtchen namens Pfäffikon befindet. Draußen auf dem Land. Aber ja, man könne direkt von unserer Haltestelle dorthin fahren. Von »unserer« Haltestelle, sage ich. Und am anderen Ende ein Taxi nehmen. Fünf Minuten. Ich messe alles in Zeit, nicht in Entfernung.

Eigentlich ist es kein richtiges Haus, sage ich, eher ein zweistöckiger blauer Kasten, der aussieht, als wäre er aus sehr teurem Wellblech. Mitten in einem Industriegebiet. Auf einer etwas ländlichen Straße namens Barzloostraße. Gegenüber wächst Mais. Und dahinter, direkt dahinter steht eine massive weiße Lagerhalle, die dreimal so hoch ist und bestimmt dreihundert Meter lang. Gigantisch. Imposant. Wer weiß, was die da drin machen. Aber sie ist so riesig und so nahe, als wollte sie das kleine blaue Haus von seinem winzigen Grundstück verdrängen.

Unpassend reicht nicht einmal zur Beschreibung aus, sage ich. So ein merkwürdiger Ort. Ja, so ein blaues Metallgebäude. Wie ein vorübergehendes Büro auf irgendeiner schicken Stadterneuerungsbaustelle. Aber von Gebüsch umwachsen und versteckt. Und im Grunde ist es auch gar nicht richtig blau. Eher graublau, aschblau.

Wir überqueren gemeinsam die große Quaibrücke, eine Autobrücke an der Flussmündung. Straßenbahnen zu unserer Rechten, das Ufer zu unserer Linken. Immer noch sind Tretboote auf dem Wasser, Leute amüsieren sich. Doch die Dämmerung bricht langsam herein, das Licht wird dichter. Wir können im Süden gerade so die Alpen ausmachen, die weißen Schneekronen auf den zerklüfteten Kuppen. Eigentlich sind sie vielmehr ein ganz blasses Lila.

Und direkt neben dem kleinen blauen Haus befindet sich ein Imbiss, erzähle ich ihnen, wo die Lagerarbeiter irgendwelchen Müll zu Mittag essen. Auch aus Wellblech. Und wisst ihr was? Wenn man in dem Imbiss hinten aufs Klo geht, kann man direkt in den beschissenen Dignitas-Garten und durch die Fenster reinschauen. Wo die Leute sich übers Sterben unterhalten – ja oder nein. Ich habe zwar »Garten« gesagt, aber eigentlich stehen da nur ein paar Pflanztöpfe an einem Betonweg, der zu einem sogenannten Sommerhaus führt, das aber überhaupt keine gute Aussicht hat, weil ... wozu braucht man da schon eine Aussicht? Warum sollten sie einem den Blick auf die Berge und die Seen und den Himmel ermöglichen? Stattdessen gehen die Leute in den armseligen Garten und überqueren einen winzigen Bach. Ich weiß auch nicht warum. Als wäre das irgendwie *symbolisch*. Im Schatten der massiven Lagerhalle.

Woher ich das alles wisse, fragen meine Brüder.

Dad und ich haben Leute kennengelernt. Ihre Bilder angesehen. Mit ihnen geredet. Wir haben uns ein Handyvideo angeschaut, gestehe ich. Was dachtet ihr denn, was wir die ganze Zeit über gemacht haben?

Wir biegen an einem hübschen kleinen Kanal ab, der sehr gepflegt aussieht. Wir sind auf dem Weg zu einer Freiluftbar namens Rimini, an einem Badebereich in einem der Flüsse gelegen, die aus dem See in die Altstadt fließen, dem Männerbad Schanzengraben. Jack hat Google Maps auf dem Handy geöffnet. Das sei angeblich ein besonderer Ort; eine hölzerne Treppe führe ins Wasser. Man könne dort schwimmen. Das Wasser sei so sauber, man könne es trinken; ein geheimer Garten oder eine Oase mitten in der Stadt. Direkt am Botanischen Garten. Zauberhaft. Wundersam.

Die Dämmerung gleitet irgendwo an uns vorbei, ein kurzer Sepiaschatten, und als wir endlich ankommen, ist der Himmel bereits schwarzblau, und die Lichter der Bar spiegeln sich auf besonders schöne Weise im Wasser. Verwischte, verschmierte gelborange Kreise schillern auf der Oberfläche, während ein rötliches Licht darunter scheint, wie von tief unten, als würde da ein Feuer lodern, und unter dem hölzernen Steg, der über das Wasser hinausragt, schimmert ein hellblaues Licht. Wo keine Farbe hinreicht, befindet sich lediglich zähflüssiges, glänzendes Schwarz.

Die exotischen Bäume mit dem dichten Blattwerk und den schmalen, tropischen Stämmen gegenüber im Botanischen Garten ragen zu einer hohen Wand aus Licht und Schatten auf, als gäbe es dahinter nichts. Alles riecht frisch, unbeschmutzt von Stadtgestank und Säugetiergeruch, als entspränge die reine Bergluft hier unten am Fluss. Und wenn ich mich vorbeuge, höre ich das rauschende Wasser.

Die Bar selbst erinnert an ein Gasthaus aus Grimms Märchen. Balken stützen die Konstruktion, ein spitzes Holzdach; grob gehauene Tische stehen um die hölzernen Säulen herum. Wir bestellen Hamburger, sitzen mit gebeugten Rücken auf den Hockern und pulen die Etiketten von unseren Bierflaschen.

Da erzähle ich ihnen, dass ich nicht mitkomme.

Da fragt Jack, was?

Da sagt Ralph, Moment.

Da sagt Jack, dass er auch nicht mitwill, aber trotzdem mitkommt. Natürlich kommt er mit.

Da sagt Ralph, dass er mich dabeihaben will.

Da sage ich erneut, dass ich nicht mitkomme.

Da sagt Jack, du kannst dafür sein oder dagegen, Lou, aber du musst dabei sein.

Da fragt Ralph, sei ich dagegen?

Da sage ich, man könne dafür oder dagegen sein und trotzdem nicht mitkommen.

Da sagt Ralph, was ist mit Dad?

Da sagt Jack, alle für einen. Das war schon immer so. Alle für einen.

Und ich liebe meine Brüder, weil man solche Männer nicht jeden Tag kennenlernt.

Aber da sage ich, nein, ich komme nicht mit.

Die Zimmertür öffnet sich mit einem leisen Klicken, und ich drücke sie vorsichtig auf. Im Radio läuft klassische Musik, und das Zimmer wird nur schwach von der Schreibtischlampe beleuchtet. Ich sehe, dass mein Vater etwas mit seinem alten Füller geschrieben hat. Er liegt mit abgewandtem Gesicht auf dem Bett. Ich merke, dass er wach ist.

»Lou?«

»Ja?«

Er dreht sich halb auf den Rücken, damit er mich sehen kann. »Alles in Ordnung?«

»Ich komme nicht mit.«

»Lou.« Er rappelt sich mühsam auf.

»Ich komme morgen nicht mit.«

Meine Augen gewöhnen sich an das Halbdunkel. Der Lampenschirm wirft blütenblattförmige Schatten an die Wand.

Er lehnt sich an das Kopfteil. »Ich bin eingeschlafen.«
»Hast du was geschrieben?«
»An dich. An deine Brüder.«
»Ich komme nicht mit dir, Dad.«
»Lou, komm rein. Komm, setz dich zu mir.«

Die schweren Vorhänge sind nicht gänzlich geschlossen. Die Nacht draußen ist nur ein schmaler dunkler Streifen. Der milchigtrübe Mond ist wahrscheinlich in den See gefallen, mit zunehmendem Alter blind geworden.

Er klopft neben sich aufs Bett. Ich gehe drei Schritte, und sein altes Gesicht schaut mich an, seine Augen sind feucht, tränen aber nicht. Sein weißes Haar. Sein Bart. Die Musik ist wunderschön. Er streckt mir die Hand hin.

Zwischen uns ist etwas, das ich jetzt spüre, etwas Numinoses, etwas, das schon immer da gewesen ist, bloß ahnten wir es bislang nicht, konnten es nicht in seiner Greifbarkeit spüren. Doch jetzt könnten wir uns ihm hingeben. Etwas von mir und etwas von ihm, etwas, das mehr ist als die Summe aus uns beiden. Etwas, das weit in die Vergangenheit zurückreicht.

»Zieh die Schuhe aus«, sagt er. »Und dann setz dich.«
Ich streife meine Stiefel ab und setze mich neben ihn.

Mit einem Stöhnen bewegt er die Beine zur Seite, als müsste er mir Platz machen, dabei käme auf diesem Bett problemlos eine fünfköpfige Familie unter.

»Bekommst du auf deinem Handy Geschichten?«
»Was meinst du?«
»Hörbücher.«
»Ja. Wahrscheinlich.«
»Weißt du, was wir machen sollten?«
»Was denn?«
»Uns eine Geschichte anhören. Und morgen früh reden.«

Ich schaue ihm für den Bruchteil einer Sekunde in die Augen. Er hat seine gesamte Würde zurückgewonnen, seine größten Stärken: sein Durchhaltevermögen und seinen Gleichmut.

»Wie wärs zum Beispiel mit ...« Er überlegt. »Wie wärs mit Steinbeck? Den können wir jetzt gebrauchen. Der menschlichste Schriftsteller aller Zeiten, gleich nach Du-weißt-schon-wem.«

»Welches Buch?«

»*Die Straße der Ölsardinen*. Guck mal, ob du da einen guten Sprecher findest.«

Ich suche danach.

»Hier«, sage ich.

»Das ging schnell.« Mein Vater lächelt. »Eine neue Welt, Lou. Eine nagelneue Welt.«

Ich weiß nicht, warum, aber es schwebt mir durch den Kopf, durchs Zimmer, durchs Herz, und deswegen frage ich einfach: »Wie ist dein Vater gestorben, Dad?«

Er schaut mich an. »Demenz«, sagt er leise.

Die Musik ist so ätherisch, als spielten die Musiker so nahe am Nichtspielen, wie es nur ginge.

»Aber das wusstest du doch.«

»Warst du dabei?«

Das Bett wackelt, weil er mit seinem ganzen Körper nickt. Mit seinem Gewicht. Seiner Präsenz. Sanft erwidert er: »Es ging langsam. Ein Jahr lang bin ich immer wieder nach Leeds gefahren. Langsam und furchtbar. Bei jedem Besuch war es schlimmer. Am Ende habe ich ihn zwei Wochen am Stück gepflegt. Die Lungenentzündung hat ihm dann den Rest gegeben … Als er starb, hatte er keine Ahnung, wer ich war. Wir waren Fremde.«

»Hast du ihm je nahegestanden?«

»Nein … doch … nein.« Er schaut mich an – verzieht reumütig das Gesicht, etwas aus längst vergangener Zeit. Seine Augen unter den weißgrauen Brauen scheinen tiefer zu liegen als sonst, als würden sie allmählich in seinen Kopf hineinsinken. »Auf gewisse Weise waren wir einander nahe … immerhin hatten wir eine gemeinsame Geschichte. Die zahllosen Tage, die man zusammen verbringt, schaffen eine gemeinsame, einzigartige Welt in einer Familie.«

»Aber als Erwachsener hast du nicht oft mit ihm gesprochen, oder?«

»Nein. Nicht über die Außenwelt. Nicht so richtig.«

»Nicht so wie wir.«

»Nicht so wie wir.«

Er schaut mich an, und ich schaue ihn an.

»Nicht so wie wir, Lou«, wiederholt er.

Die Musik verklingt. Wir sitzen nebeneinander.

»Mach die Geschichte an«, sagt er.

Ich drücke auf Play und lege das Smartphone auf den Nachttisch. Dann lege ich mich neben meinen Vater. Der Sprecher nennt den Titel – vier Wörter – mit freundlicher Stimme, die gleichzeitig staunend und verheißungsvoll klingt, so als würde das, was als Nächstes kommt, einen unendlich traurig und unendlich glücklich machen, sodass man nur noch lachen und weinen wollen würde.

»Malereien an der Wand«, sagt Dad.

Dann legt er mir die Hand auf den Kopf, so wie früher, und ich schließe die Augen.

»Wir reden morgen, Lou«, sagt er.

»Jeden Tag, Dad.«

Um neun Uhr morgens gehe ich in Flip-Flops, kurzer Hose und einem Hemd, das ich nicht mag, aus dem Hotel. Niemand weiß, wohin – aber sie wissen, dass ich weg bin. Die Sonne scheint, und ich muss die Augen zusammenkneifen, weil ich meine Sonnenbrille nicht dabeihabe.

Sie werden mich nicht finden. Ich biege links ab, gehe schnell, als würde mich jemand verfolgen. An der Ampel muss ich warten. Ich spüre die warme Sonne auf meinen nackten Armen. Ich überquere die Straße und gehe zum Flussufer, hin zu dem schmalen Grünstreifen und der Promenade. Das Wasser glitzert. Hunderte Boote befinden sich darauf, manche vertäut und mit blauer Plane abgedeckt, andere legen gerade ab. Heute wird ein schöner Tag. Leute gehen an mir vorbei, alte und junge, Kinder rennen den Weg entlang, jemand ist auf Inlineskates unterwegs. Ich komme an den Cafés vorbei, gehe unter den Bäumen an den Bänken entlang.

Er wusste es zwar nicht, aber mein Vater hat mir beigebracht, mit seinem Leben hat er mir beigebracht, dass man manchmal andere Menschen zurücklassen muss, wenn man selbst weiterleben will. Psychologen sagen immer, dass man genau die emotionale Logik an seine Kinder weitergibt, die man eben *nicht* weitergeben will. Vielleicht war es also grausam von ihm, uns mitzunehmen, vielleicht ist er ein großer, mutiger Mann, vielleicht ist er ein kleiner, feiger Mann. Jedenfalls hat mein Vater eine Frau verlassen, um mit meiner Mutter zusammen zu sein. Und deswegen gibt es mich – aufgrund dieser Entscheidung. Und manchmal muss man anderen Paroli bieten – denjenigen, die man liebt, genauso sehr wie denjenigen, bei denen das nicht der Fall ist. Und manchmal bedeutet das, dass man sie im Stich lassen muss. Sie einfach sich selbst überlassen. Meine Brüder hängen immer noch tief drin; sie *müssen* mitkommen – den ganzen Weg bis zum bitteren Ende, weil sie sich nicht lösen können, nicht weit genug wegkommen; egal, wohin sie gehen, sie entkommen den Ketten nicht, sie sind bis hin zum kleinen blauen Haus an ihn gefesselt. Es ging niemals um Falsch oder Richtig, aber der Weg nach Zürich verläuft gewunden, und hinter jeder Kurve verbergen sich neue Qualen. Und meine Brüder ... meine Brüder sind immer noch darin verheddert, weil sie sind, wer und was sie sind, wie sie sind und von wem sie gemacht wurden. Aber ich habe freien Lauf. Ja, ich bin frei. Ich kann es schaffen. Ich kann die Ketten durchtrennen.

Und ich habe Glück, weil heute ein schöner Tag ist, um am Leben zu sein.

Und ich beiße mir innen auf die Wange, bis es richtig wehtut. Aber ich gehe weiter.

Und jetzt liegt mein Ziel direkt vor mir: Bad Utoquai. Ein Badehaus aus der Belle Époque direkt am See. Es hat wirklich etwas Wunderschönes an sich. Hübsches, weißes Holz, elegante Schmiedearbeiten. Ein einziges Stockwerk, das in der Sonne leuchtet. Anmutige Balkone. Sonnenschirme. Hölzerne Terrassen. Geschmackvolle Wandelgänge. Es reicht hinaus über das Wasser wie einer dieser alten Mississippidampfer aus den Tom-Sawyer-Filmen.

Ich zahle und gehe hinein. Rechts ist der Damenbereich, links der für Herren. In der Mitte für alle. Es gibt Familien, Pärchen, Singles. Ich gehe hinaus auf die Terrasse, wo sich bereits Leute sonnen, lesen und Getränke aus dem Restaurant trinken. Auf dem See treiben Schwimmpontons. Das Wasser ist schieferblau und fast bewegungslos, schaukelt nur sanft von links nach rechts, als wäre es von der Sonne hypnotisiert worden.

Ich ziehe mir Hemd und Flip-Flops aus und stopfe alles unter einen Stuhl. Ich überquere das Deck, steige über die Sonnenanbeter hinweg und gehe den Wandelgang entlang. Eine riesige Passagierfähre legt gerade am anderen Ende des Sees ab. Zahllose kleinere Boote schippern umher.

Ich komme bei der Leiter an. Ich überlege, vom Sprungbrett zu springen. Aber das kommt mir übertrieben vor, und ich steige stattdessen die Sprossen hinab und spüre das kalte Wasser, will aber meinen Rhythmus nicht unterbrechen oder mir meinen Schmerz oder Schock oder so anmerken lassen. Also steige ich einfach hinab, als wäre das gar kein Problem, und dann lasse ich los, und der See umhüllt mich, und sofort scheint das Wasser wärmer, und ich lasse mich auf dem Rücken von der Leiter wegtreiben und schaue in den Himmel.

Dann drehe ich mich um und schwimme los, das Wasser spritzt von meinen Armen und glitzert im Sonnenschein. Ich schwimme ein bisschen schneller, vorbei am Ponton. Ich trage keine Badekappe in Warnfarben. Überhaupt keine Badekappe. Und die Fähre kommt auf mich zu. Lauter Boote, die den See kreuzen. Doch da ist eine Lücke, wenn ich sie nur richtig erwische. Und jetzt schwimme ich langsamer, und alles schillert und tanzt auf dem Wasser, die Schönheit des Tages und der blaue Himmel. Und ich schwimme weiter, strampele mit den Beinen. Und ich spüre die Sonne und den Rhythmus meines Atems. Und ich schwimme über den See. Ich schwimme einfach weg. Ich schwimme einfach.

Epilog

Mein lieber Louis,

der Brief an dich ist gleichzeitig der einfachste und der schwierigste. Ich habe ihn mir bis zuletzt aufgehoben.

Am einfachsten ist er, weil du mich am besten kennst. Und du weißt, wie glücklich ich bin und wie glücklich ich mich schätze, und wie genau ich mir diese Entscheidung überlegt habe. Die im Übrigen richtig ist, mach dir da bitte keine Gedanken. Ich weiß, dass du das schaffst. In einem Jahr geht es dir wie den anderen, die wir so kennengelernt haben: Tolle Idee! (Übrigens: Falls du irgendwann so weit bist, dass du unsere Erfahrungen ebenfalls mit anderen teilen kannst, dann würde das sicher vielen Leuten helfen; wie in so vielen anderen Fragen, scheint Großbritannien in dieser Hinsicht ziemlich verwirrt ...)

Du sollst wissen, dass die letzten paar Tage mit dir zu den schönsten meines Lebens gehören – und das meine ich ganz ernst. Die Fähre, das Château in der Champagne, die Campingplatzgespräche, die Höhle, als ich unser Rennen gewonnen habe, unser ausgezeichnetes Essen (trotz der verdienten Anschuldigungen), unser Mitternachtsspaziergang am Rhein – und der Strudel gestern Nachmittag im Dachgarten mit Blick auf die Alpen, als R und J endlich in der Wirklichkeit ankamen. (Mit der Wirklichkeit umzugehen ist mit das Schwerste im Leben.) Diese gemeinsame Zeit und die warme Spätsommersonne sind ein Riesenglück. Da will man ja fast an Gott glauben. (Kleiner Scherz.) Aber was ich im Bus gesagt habe, stimmt – ich bin dankbar für die Krankheit und dafür, dass ich sie so beenden kann. Wir müssen alle sterben. Das ist kein echtes Problem – nicht in meinem Alter –, aber natürlich bin ich auch unfassbar traurig, dass der große Traum vorbei ist. (Jetzt kommt es mir noch mehr wie ein flüchtiger Traum vor ...) Trotzdem glaube ich, dass ich unter den bestmöglichen Umständen sterbe. Das ist die Wahrheit, versprochen, und daran solltest du immer denken, wenn du traurig bist.

Aber natürlich sollst du nicht nur an die letzten paar Tage denken, Lou. Du sollst an unser gemeinsames Leben denken. Daran, wie du noch klein warst. Denk an Mum. Denk an den Spaß, den wir hatten, wie wir gelacht haben, an unsere Dummheiten. Denk daran, wie wir zusammen gespielt und gegessen und Ausflüge unternommen haben. Baden. Ins Bett gehen. In Flüssen und Seen schwimmen. Alles, was wir zusammen waren und gemacht haben. Alles, was wir gesagt haben. Egal, was dir im Gedächtnis geblieben ist. Wenn es ein Leben nach dem Tod gibt, dann in den Gedanken der Menschen, die wir kannten und die wir über alles geliebt haben. Also sei am besten gar nicht traurig. Oder zumindest nicht so oft!

Ja, behalte die besten Erinnerungen an mich und trage sie in deinem Herzen bei dir.

Ich glaube mittlerweile, dass man einen Menschen am besten danach einschätzen kann, wie viel er von seiner Seele in sein Leben legt – seine Fähigkeit, tiefergehende Gefühle und Gedanken und Sehnsüchte auszusprechen und zu erwidern.

Zwischen den Menschen, die denken und fühlen und nachfragen, und denen, die sich gegen Nachfragen und Gedanken versperren, besteht ein himmelweiter Unterschied. Zwischen denen, deren Herzen offen und großzügig sind, und denen, deren Herzen verschlossen und verhärtet sind. Je reicher das Innenleben, desto schöner das Außenleben; wenn man sich um das eine kümmert, wird das andere aufblühen. Außerdem, Louis, erfreue dich an der Schönheit der Natur und dem menschlichen Genie. Schätze deine Freunde, lies, so viel du kannst, und entscheide dich für den mutigeren Weg, sofern es einen gibt.

Deine Mutter hat mir zwei Dinge beigebracht, die ich an dich weitergeben will. (Ich weiß, dass sie dir tausend andere Sachen beigebracht hat.) Erstens: Versuche, wie sie es formulieren würde, den Menschen hinter dem Verhalten zu sehen. Diejenigen, die verstehen, was uns zu dem macht, was wir sind, sind befreiter und erkenntnisreicher. Deine Mutter hat mir sehr spät die Psychologie nähergebracht, und wie bei allem anderen ist ein Großteil davon Mist – aber zwischen dem ganzen Unsinn habe ich auch eine Menge Weisheit und Verständnis gefunden, von denen ich mir wünschte, ich hätte sie in jüngeren Jahren erfahren, als ich noch »ein Gefangener meiner Persönlichkeit« war. (Ihre Worte.) Wie kann man irgendetwas wirklich verstehen, wenn man sich nicht selbst versteht?

Zweitens: Sei stark. Damit meine ich nicht, dass man sich nicht hin und wieder mal von der Verzweiflung hinstrecken lassen darf – im Gegenteil, ich glaube, das machen die meisten Menschen heimlich. Wir alle richten Chaos an, wir alle fügen anderen Leid zu und leiden selbst, und die Welt ist randvoll mit Tragik, Elend und Unglück. Mit Starksein meine ich, dass man selbst in seinem schwächsten Moment daran glauben sollte, dass man die Reserven hat, die Herausforderung durchzustehen, tiefer nachzudenken, mehr zu fühlen, durchzuhalten. Dass man wissen sollte, dass man diese Reserven immer irgendwie wiederfindet, auch wenn man nicht genau weiß, wie oder wann. Lass dich von niemandem definieren und von nichts besiegen. In dieser Hinsicht waren mein Vater und sein Vater die stärksten Menschen, die ich je kennengelernt habe – ihre Widerstandsfähigkeit, ihr Durchhaltevermögen und ihre Entschlossenheit. Du trägst die Stärke der beiden in dir, das kann ich dir versprechen. Hoffentlich ohne den schlechten Kram. Oder nur ein bisschen davon!

Gleichzeitig ist dieser Brief der schwierigste, weil ich dich so sehr liebe, und das frei von Schatten und Komplikationen. Deswegen will ich mich bei dir für alles bedanken, was du mir gegeben hast, Louis … so viel, so viel. Als du klein warst, war ein Kuss von dir das größte Glück auf Erden. Wir haben immer ein Spiel gespielt, ich weiß nicht, ob du dich noch daran erinnerst. Ich habe dich hochgehoben, und du hast mir deine kleinen Arme um den Hals gelegt und dein Gesicht an meins gedrückt und »Paaaaa-pa« gesagt. Ein größeres Glück habe ich nie erfahren. Daran werde ich denken, wenn ich aus dem Kelch trinke, der an keinem von uns vorübergeht.

Aber darüber hinaus hast du mich auch zu einem edelmütigeren Mann gemacht und einen großen Teil meiner verloren geglaubten Würde wiederhergestellt. Du warst das größte Glück und der Sinn meiner zweiten Lebenshälfte, und deine Gesellschaft in den letzten Jahren war mir ein immenses Vergnügen. Doch was am wichtigsten ist: Du hast geholfen, den Riss in unserer Familie zu kitten. Pass auf deine Brüder auf, so wie ich sie gebeten habe, auf dich aufzupassen – aber höre bloß nicht auf ihre Ratschläge. Das meine ich nicht nur als Witz.

Eins noch: *Such dir deine Lebenspartnerin gut aus und sei dir sicher, dass du sie liebst – das ist unsere schwerwiegendste Entscheidung, und wenn es hart auf hart kommt, was sich nicht vermeiden lässt, reicht die Liebe unendlich viel weiter als alles andere, was die Menschheit bisher entdeckt hat. Bisher konnten noch keine zwei Menschen, die zusammengelebt haben, vermeiden, dass es hart auf hart kommt, außer sie haben einander gemieden.*

Ich muss schlafen gehen, obwohl ich nicht will.

Nur noch schnell eins: Schreib möglichst an deinem geheimen Buch weiter. Selbst wenn es noch zehn Jahre dauert!

Und schließlich das hier: Du bist alles, was sich ein Vater von seinem Sohn erhoffen kann, und noch viel mehr. Du bist mein schlauer, aufmerksamer, wunderschöner Junge mit Musik im Herzen und einer Dichterseele. Du bist die Freude meiner Seele und der Stolz meines Herzens. Mein großartiger Gefährte. Und ich schicke dir Küsse und wünsche dir stetigen Mut und die gelassene Gewissheit, dass dein Vater dich liebt, wohin auch immer deine Reise geht und wie auch immer du dich fühlst.

Ich liebe dich, Lou. Für immer und ewig.

Ich liebe dich.

Dad

Danksagung

Mein Dankeschön an das Motor Neurone Disease Care and Research Centre ist schon lange überfällig. Ich danke auch den Patienten, die sich so großzügig Zeit für mich genommen und offen von ihren Erfahrungen berichtet haben. Des Weiteren Professor Kevin Talbot, dessen Expertise und Einblicke unschätzbar wertvoll waren, und der wahrhaft wunderbaren Rachael Marsden; wenn die Welt ein gerechter Ort wäre, müsste sie für ihr Mitgefühl und ihren freigiebigen Geist mit sämtlichen Ehrungen überhäuft werden. Außerdem stehe ich bei all den Menschen tief in der Schuld, die ihre sehr persönlichen Erfahrungen mit Dignitas mit mir geteilt haben, selbst wenn meine Fragen wehtaten; insbesondere gilt mein Dank an dieser Stelle Lesley für ihre Würde und ihre tief reichende Menschlichkeit.

Was das Schreiben angeht, möchte ich meinem Agenten Bill und meinen Lektoren danken – Kris für Eifer und Einsatz, Paul für seine Tics und seine Cleaver-Square-Weisheit. Außerdem Lucie und Nicholas und den genialen Leuten bei Picador. Rachael und Olivia bin ich ebenso dankbar wie Leo und Kate für ihre Meinung zu den ersten Entwürfen, sowie Mark, meinem Zechgenossen im Labyrinth. Mein herzliches Dankeschön geht zudem an Richard für die zahlreichen Male, die er mir Unterschlupf gewährt hat, und für ein Vierteljahrhundert Enthusiasmus und Freundschaft. Mein Dank und meine tiefe Zuneigung gelten denjenigen meiner leidgeprüften Geschwister, die lesen, zuhören, rebellieren – Hec, Goose, Hugs, Bebs, Widge und Chubb. Mein aufrichtiger Dank auch an Elisa, die mir wahrscheinlich am meisten dabei geholfen hat, dieses Buch in die Tat umzusetzen. Und natürlich an Emma, die *conditio sine qua non* all meiner Tage.

Und schließlich, im Gedenken an MH, Dichter-Philosoph und Unterwegs-Freund: Ich kann dein Gedicht immer noch hören, Matt, genau so, wie du es damals in Saint-Siffret vorgetragen hast.

Quellennachweis:

Die deutschen Zitate sind folgenden Werken entnommen:

William Butler Yeats: The Second Coming. (Übersetzung von Christa Schuenke).

John Donne: Meditation XVII. (Übersetzer*in unbekannt) Original in: Devotions upon Emergent Occasions. Together with »Death's Duel«, University of Michigan Press, Ann Arbor, 1959. (E-Book-Ausgabe)

John Donne: Abschied von der Liebe. (Übersetzung von Werner von Koppenfels) In: Alchimie der Liebe. Gedichte zweisprachig, ausgewählt, übertragen sowie mit einem Nachwort und Anmerkungen versehen von Werner von Koppenfels. Karl H. Henssel, Berlin, 1986.

Lutherbibel, revidiert 2017. Deutsche Bibelgesellschaft, Stuttgart, 2016.

Seneca: Philosophische Schriften. (Übersetzung von Otto Apelt) Marix Verlag, Wiesbaden, 2004.

William Shakespeare: Hamlet. (Übersetzung von August Wilhelm von Schlegel) Sigbert Mohn Verlag, Gütersloh, 1832.

William Shakespeare: König Lear. (Übersetzung von Wolf Graf Baudissin) In: William Shakespeare. Gesammelte Werke in drei Bänden, dritter Band, Tragödien. Sigbert Mohn Verlag, Gütersloh, 1832.

William Shakespeare: Sonett LXXIV. (Übersetzung von August Wilhelm von Schlegel und Ludwig Tieck) In: Sonette. Wegweiser Verlag, Berlin, 1924.

William Shakespeare: Wie es euch gefällt. (Übersetzung von August Wilhelm von Schlegel und Ludwig Tieck) In: Ein Sommernachtstraum. Der Kaufmann von Venedig. Viel Lärm um nichts u.a. Diogenes, Zürich, 1979.

Iwan Turgenjew: Väter und Söhne. (Übersetzung von Manfred von der Ropp) In: Iwan S. Turgenjew: Romane. Deutscher Bücherbund, Stuttgart/Hamburg, 1969 (Lizenzausgabe des Winkler-Verlags, 1964).

KEIN & ABER POCKET

Lukas Linder
Der Letzte meiner Art
Roman
ISBN 978-3-0369-5997-9

Maile Meloy
Bewahren Sie Ruhe
Roman | Aus dem Englischen von Anna-Christin Kramer und Jenny Merling
ISBN 978-3-0369-5987-0

Milena Moser
Land der Söhne
Roman
ISBN 978-3-0369-6100-2

Dina Nayeri
Drei sind ein Dorf
Roman | Aus dem Englischen von Ulrike Wasel und Klaus Timmermann
ISBN 978-3-0369-6106-4

Harold Nebenzal
Café Berlin
Roman | Aus dem Englischen von Gertraude Krueger
ISBN 978-3-0369-5994-8

Alle Pockets sind auch als eBook erhältlich.
www.keinundaber.ch

KEIN & ABER POCKET

Max Porter
Trauer ist das Ding mit Federn
Roman | Aus dem Englischen von Uda Strätling und Matthias Göritz
ISBN 978-3-0369-5974-0

Robert Seethaler
Die Biene und der Kurt
Roman
ISBN 978-3-0369-5915-3

Elif Shafak
Der Bastard von Istanbul
Roman | Aus dem Englischen von Juliane Gräbener-Müller
ISBN 978-3-0369-5924-5

Hannah Tinti
Die zwölf Leben des Samuel Hawley
Roman | Aus dem Englischen von Verena Kilchling
ISBN 978-3-0369-5981-8

Anne Tyler
Launen der Zeit
Roman I Aus dem Englischen von Michaela Grabinger
ISBN 978-3-0369-5996-2

Alle Pockets sind auch als eBook erhältlich.
www.keinundaber.ch